魅丽文化
SUNNY
心晴坊
女性新阅读

# 你马甲又掉了 霍太太2

晴小天 著

江苏凤凰文艺出版社
JIANGSU PHOENIX LITERATURE AND ART PUBLISHING

图书在版编目（CIP）数据

霍太太，你马甲又掉了．2 / 晴小天著．-- 南京：江苏凤凰文艺出版社，2022.9
ISBN 978-7-5594-6965-6

Ⅰ．①霍… Ⅱ．①晴… Ⅲ．①长篇小说－中国－当代 Ⅳ．① I247.5

中国版本图书馆 CIP 数据核字 (2022) 第 113689 号

# 霍太太，你马甲又掉了．2

晴小天 著

责任编辑 张 倩
出版统筹 曾英姿
选题策划 石 颖
特约编辑 张 冉
封面设计 浅 予
插画绘制 柒 三 木路吉
出版发行 江苏凤凰文艺出版社
南京市中央路 165 号，邮编：210009
网 址 http://www.jswenyi.com
印 刷 湖南天闻新华印务有限公司
开 本 880mm × 1230mm 1/32
印 张 10.5
字 数 327 千字
版 次 2022 年 9 月第 1 版
印 次 2022 年 9 月第 1 次印刷
书 号 ISBN 978-7-5594-6965-6
定 价 49.80 元

# 目录

CONTENTS

第一章　测试缘分 · 001
第二章　最爱的女人 · 016
第三章　现在告诉你答案 · 030
第四章　我不准你考虑 · 049
第五章　做我霍云城的女人 · 061
第六章　订婚典礼，取消了 · 076
第七章　又见糖糖 · 094
第八章　如此陌生 · 106
第九章　舒情有危险 · 123
第十章　你还会再保护我吗？ · 137
第十一章　你见过我父母吗？ · 153

# 目录

CONTENTS

第十二章　你肯定她是糖糖吗？· 167
第十三章　越来越扑朔迷离 · 180
第十四章　曾经的未婚妻 · 196
第十五章　她绝对不简单 · 210
第十六章　两个人的聚会 · 226
第十七章　和舒小姐交个朋友 · 239
第十八章　满盘皆输 · 252
第十九章　掉“马甲” · 268
第二十章　拭目以待 · 284
第二十一章　心里满满都是她 · 298
第二十二章　此生，他认定了这个女人 · 315

## 第一章
## 测试缘分

《撩妹七十二计》？这是什么鬼？

霍云城冷冷地扫了林岩峰一眼，薄唇微动，语气十分不屑："无聊！"他说着，骨节分明的大手，却从林岩峰手中接过了这本书。

林岩峰跟在霍云城的身后，恭恭敬敬地说道："总裁，我明天回A市。"

"嗯。"霍云城神色淡淡的，点了点头说，"有事随时联系我。"

林岩峰办事，霍云城还是很放心的。这几天有林岩峰回去看着公司，他只需远程指挥即可。

林岩峰走后，霍云城在沙发上坐下，靠在靠垫上，双腿随意交叠着，手中捧着林岩峰给他的那本《撩妹七十二计》，很认真地翻看了起来。

这一晚，舒情难得睡了一个好觉。第二天醒来，已经是日上三竿。

舒情洗漱一番，准备去找于娜逛街，她来了巴黎好几天了，一直在忙"冰与火"的事情，都没有时间和于娜见面。今天难得有空，正好约于娜去逛街。

她刚打开房间的大门，却见霍云城修长挺拔的身躯站在门口。

"霍云城，你怎么在这儿？"舒情微微有些惊讶。

霍云城笑了笑："我在等你。"

"等我？"舒情诧异，"等我干什么？"

霍云城这是有什么事？

"我们今天出去逛逛。"霍云城语气霸道，不容拒绝。

舒情颦了颦好看的眉："你不是受伤了，要休息的吗？"

那天的爆炸，霍云城奋不顾身地护住了她。虽然说昏迷重伤是装的，可他的肩膀还是被天花板砸到受了伤。

霍云城勾唇道："小伤而已。"

说完，霍云城不由分说地拉住了舒情的手："走吧！"

两个人坐在车上，舒情有些无语，只能发短信告诉于娜："临时有事，约会取消。"

很快，于娜很八卦地回了短信："什么事？你是不是和霍云城在一起？"

舒情回复："算是吧。"

于娜揶揄道："重色轻友。"

舒情撇了撇嘴，正想回复于娜，却听见霍云城在她耳畔道："到了。"

舒情抬眸往车窗外看了看，不远处便是埃菲尔铁塔。

"下车吧。"霍云城帮舒情打开车门，很绅士地说道。

两个人沿着塞纳河畔漫步。河畔绿树成荫，风景如画，不远处公园绿地星罗棋布，远远望去，数座铁桥横亘于河上，给塞纳河畔又增添了几分异国风情。

舒情以前也曾经到这里玩过，却从来没有像今天这样，觉得风景异常的美。

"先生，买枝玫瑰送给女朋友吧。"就在这时，一个东方面孔的小女孩提着一大篮红玫瑰，用中文对霍云城说道。

"女朋友"这三个字，取悦了霍云城。

"我全要了。"霍云城剑眉轻挑，修长的手指从钱包里拿出了一沓钱递给小女孩，"不用找了。"

小女孩很高兴，带着几分羡慕的目光看向舒情："小姐姐，你男朋友对你真好，你好幸福啊！"

舒情有些无语道："他不是我男朋友。"

在一旁的霍云城闻言，微微蹙眉，神色淡淡地开口："嗯，不是男朋友，是未婚夫。"

舒情：……

"小姐姐，有这么宠你的未婚夫，真是让人羡慕死了！"小女孩说完，便拿着钱兴高采烈地离开了。

霍云城手捧玫瑰，目光幽深地看着舒情："送给你。"

舒情摇了摇头："我不要。"

"你不喜欢？"霍云城有些纳闷，"不是说，女孩子都喜欢玫瑰吗？"

昨天那本《撩妹七十二计》里就是这么说的，追求女孩子的第一招就是送花，但这好像对舒情不管用，显然，他出师不利。

舒情皱了皱眉心："你送我玫瑰不合适。"她还没有想好答案，在此之前，不想收霍云城送的玫瑰。

霍云城微微颔首，倾身，薄唇贴在了舒情的耳畔，低沉的声音像大提琴一样动听悦耳，带着几分魅惑人心的喑哑："舒情，我不是说过，我在追求你吗？"

舒情情不自禁地心跳加速，她深吸一口气，抬眸对视上霍云城那深邃的目光："霍云城，不如我们来做个游戏吧。"

霍云城一怔，下意识问道："什么游戏？"

"测试一下我们的缘分。"舒情抿了抿唇说道。

霍云城来了兴趣，淡淡地说："嗯？"

"你往那边走，我往反方向走，如果这样我们都能相遇的话，就说明我们有缘。"舒情解释道。

霍云城思忖片刻，点头道："好。"

"你先走。"舒情怕霍云城作弊，指了指前方。

霍云城深深看了舒情一眼："我会证明，我们是有缘的。"

见霍云城那挺拔的背影在她视线中渐渐远去，舒情的心绪有些乱。

她不知道自己对霍云城的感情究竟是怎样。心动吗？似乎有一点。喜欢吗？似乎也有一点。但是，这种感觉是爱吗？舒情自己也说不上来。她只知道，在霍云城之前，她从未对任何人有过这样的感觉。

可是，舒情也知道，霍云城的心中还有另外一个女孩——糖糖。

她怕。她怕霍云城只是把她当成糖糖的替身，他怕她对她的追求，也只是因为糖糖而已。

她该接受他的追求吗？

舒情深呼吸，赶走心头这些莫名的情绪，漫无目的地漫步在巴黎的街头。

日落黄昏，舒情还没有遇见霍云城。所以……他们两个人之间，果然是没有缘分的吗？她扬起嘴角，露出一抹自嘲的笑容，那笑容里带着几分酸涩。

舒情正打算打车回宾馆，不远处一个游乐园忽然吸引了她的注意。

这个游乐园……为什么那么熟悉？她好像以前来过一样。

朦朦胧胧的片段在舒情的脑海中一闪而过，似乎是爸爸妈妈带着她一起过来的。舒情揉了揉太阳穴，努力回忆着什么，却又什么也想不起来。

从她有清晰的记忆开始，她就和爷爷两个人生活在一起。在那之前的记忆，已经很模糊了，仿佛被抹去了什么很重要的东西。

可被抹掉的究竟是什么呢？舒情不知道。

十二岁那年，她生了一场大病，九死一生，病好之后，在那之前的很多事情，她都想不起来了。

爷爷告诉舒情，她的父母在她很小的时候就双双去世了。这么多年来，舒情对自己父母的记忆几乎为零。每每她想去回忆儿时的事情，都会头痛欲裂，因此很多时候，舒情刻意不去想。

可为什么此时此刻，她的脑海中会浮现一家三口到游乐场玩的场景呢？那场景还那样真实。

舒情的双腿，情不自禁地往游乐场方向走去。

舒情站在大门口，不住地往游乐场里面看去，努力想要回忆起什么，但脑海中只有模糊的片段一闪而过，她的头又开始痛。舒情有些沮丧，为什么她什么也想不起来呢？就连爸爸妈妈的样子，她都一点也记不起来了。

夜色渐渐深了，霓虹灯变幻着色彩，在大街上投下了一道道彩色的光芒。白天还晴空万里的天气，此刻却淅淅沥沥下起了小雨。

凉风阵阵袭来，舒情忍不住打了一个寒战。

忽然，一把黑色的大伞，撑在了舒情的头顶，为她遮风挡雨。舒情有些惊诧地回头，映入眼帘的，是一个高大熟悉的身影。

“霍云城，怎么是你？”舒情惊讶地看着面前的男人，有一种莫名的悸动，在心头滋生。

朦胧的灯光下，霍云城一身烟灰色的西服，把他完美的身材展现得淋漓尽致。那幽深如瀚海的目光，落在她的脸庞。嘴角微微往上，扬起了一抹浅浅的弧度，霍云城如大提琴般深沉动听的声音在舒情耳畔响起：“偌大的城市，完全相反的方向，我们又相遇了，说明，你是我的命中注定。”

舒情的心跳不由得慢了半拍。

茫茫人海，偌大的城市，她和霍云城真的再次相遇了。

她和他之间，真的注定了有缘吗？

霍云城脱下西服外套，小心翼翼地披在了舒情的身上，低声道：“为什么一个人傻愣愣地站在游乐园的门口？”

霍云城的西服外套还带着他的体温，舒情心头一暖：“我在想我爸妈。”

“你爸妈？他们现在在C市乡下吗？”霍云城淡淡地问道。

舒情是从C市的乡下来的，那她爸妈此刻应该也在乡下吧？

舒情的目光黯淡了下去，语气带着几分伤感：“他们已经不在人世了。”

“对不起。”霍云城连忙道歉，看向舒情的目光中，多了几分心疼。

“其实，我也不知道我爸妈长什么样。听我爷爷说，在我很小的时候，他们就出了意外去世了。”舒情幽幽地叹了一口气。

“我父亲也在我十五岁的时候去世了。”霍云城感同身受地说道。

舒情点点头：“我很想他们。”

霍云城蓦地牵起了舒情的手，带着她走进了游乐园的大门：“我带你去看他们。”

“去看谁？”舒情一头雾水，却不由自主地跟着霍云城往游乐园里面走去。

淅淅沥沥的小雨，不知道在什么时候停了。霍云城带着舒情，在摩天轮旁边停下了脚步。

“我恐高。”舒情看着面前高耸入云霄的摩天轮，缩了缩脖子。

“有我在，不用怕。”霍云城淡淡地笑了笑，直接伸手把舒情给抱了起来。

“啊——”一声惊呼，舒情还没有反应过来，整个人就已经腾空而起，被霍云城抱进了摩天轮。

“你干什么？”舒情有些蒙了，这男人究竟想干什么？

“你看那边。”霍云城修长的大手，指向了天空，“看见那边两颗最大最闪烁的星星了吗？”

舒情狐疑地顺着霍云城所指的方向望去。

茫茫夜空中，隐隐约约地闪烁着两颗璀璨的星子。

“其实你爸爸妈妈一直都没有离开，他们只是去了另一个空间，默默地注视你，关心你。”霍云城低沉地说道。

“是吗？”即便知道这只不过是霍云城安慰她的话，可舒情的心中还是划过了一丝感动。

舒晴笑了笑，一回头，差点撞上霍云城棱角分明的脸庞。

他立体的五官犹如上帝鬼斧神工的杰作，幽深的眼眸正深深地注视着她。在摩天轮狭小的空间，两个人挨得那么近，舒情甚至可以清楚地听到他的呼吸声。

舒情的心跳微微有些加速，她别开了眼光，抬头看向窗外。

在摩天轮到达最高点的时候，是不是就是她离爸爸妈妈最近的时候？

摩天轮缓缓地上升，再上升。身旁的男人让她感到莫名的心安。在这一刻，她仿佛忘记了恐高，忘记了一切，她的眼睛中，唯有夜空里闪烁的星星。

摩天轮上升到最高点的时候，身旁的男人忽然微微俯下身子，低头在她的脸颊落下了蜻蜓点水般的一吻。

脸颊上传来霍云城唇瓣的温热，酥酥麻麻地涌入舒情的身体。

“舒情，你知道吗？摩天轮的最顶端，就是最接近幸福的地方。如果恋人在最顶端接吻的话，他们将生生世世永不分离。”霍云城性感的嘴角挂着一抹浅浅的笑容，带着些许的魅惑，“就像我们现在一样。”

舒情的脸一下子变得滚烫。

“我们好像还不是恋人吧。”深呼吸了几口气，她淡淡地说。

“我会等你的答案，但你不要让我等得太久。”霍云城幽幽地开口，温热的大掌覆上了舒情的小手。

舒情的心犹如小鹿乱撞一般，几乎要跳到喉咙口。她闭了闭眼，再睁开，看向身旁男人的目光一片平静：“如果有一天，糖糖回来了，在她和我之间，你会选择谁？”

舒情知道，此时此刻，其实她不应该问这么大煞风景的问题。可是，她就是忍不住。她介意糖糖的存在，介意霍云城对糖糖的深情，更害怕自己只是糖糖的替身。

霍云城沉默了。他垂眸，面无表情地把玩着手中的雨伞。

他的沉默，便是最好的答案。舒情的心，开始一点点往下沉，密密麻麻的苦涩蔓延着。

狭小的空间，静默无语，气氛有些尴尬。摩天轮开始缓缓地下降。在即将停下的时候，霍云城忽然抬眸。他的眸色如夜色般深沉，用很认真的语气对舒情说道：“糖糖在我的过去确实占有重要的位置。但是此刻，现在，我想共度余生的女人，是你。”

他的声音，仿佛天籁之音一般，传入舒情耳中。舒情的心，情不自禁地一阵狂跳。

她抿了抿唇，似不经意地开口："真的吗？"

"嗯。"霍云城淡淡地点了点头，语气带着几分期待，"所以……可以提前揭晓答案吗？"

"不可以。"舒情有些傲娇地扬了扬嘴角，笑吟吟地看向身旁的男人，"说了两个月就是两个月。"

霍云城刚才给她的答案，有些出乎她的意料。虽然这是她想听到的答案，可是他说的是真心话吗？

他真的可以放下糖糖吗？那可是他这么多年来的执念。

舒情有些怀疑，心头却有小小的欣喜在发芽。或许，再多给彼此一点时间，多了解他一点，她能够更清楚地看清他心中所爱，究竟是不是糖糖。

霍云城无奈地轻笑了一声："行。"

从摩天轮下来，两个人在游乐园的马路上并肩而走。

夜，很静谧，路灯照出两个人长长的影子，描摹出一幅岁月静好的画面。

现在，他们两个人是什么关系呢？舒情侧着脑袋，仔细地想了想，或许算是朋友之上，恋人未满吧。

"很晚了，我们回去吧。"走了一整天的路，舒情觉得有些累了。

两个人回到酒店，刚走进大厅，一个身穿玫红色裙子的女人径直向着霍云城走来，"云城，你还好吧？"

舒情抬眸看去，微微蹙了蹙好看的秀眉。徐婉儿！她什么时候来的巴黎？

霍云城面无表情地看着徐婉儿，淡淡开口："你怎么会在这里？"

"云城，你不知道这几天我多担心你。"徐婉儿目光火热地盯着霍云城，"看见你没事，我也就放心了。"

见到徐婉儿目光中毫不掩饰对霍云城的爱慕，舒情上前一步，挽住了霍云城的胳膊，嘴角扬起一抹讽刺的笑容："我未婚夫有事没事，和你有什么关系？"

"我也是关心云城。"徐婉儿狠狠地瞪了舒情一眼，心中满是不甘。凭什么舒情这个女人能和霍云城这么亲密！

“霍云城，我们走吧。”舒情不想再理会徐婉儿，直接拉着霍云城上了电梯。

徐婉儿一直偷偷跟在霍云城和舒情的身后，直到看见他们进了两个房间。

徐婉儿的目光闪烁了一下。看样子霍云城也没多喜欢舒情，要不然他们怎么会分开住在两个房间？

一定是舒情死缠烂打地勾引霍云城。这个女人不就是长得漂亮点吗？就知道不要脸地勾引男人。比起自己，她可差得远了！

舒情回到房间，舒舒服服地洗了一个热水澡。

雾气在浴室中氤氲着，她的脑海中，莫名又浮现出霍云城的那句话——“此刻，现在，我想共度余生的女人，是你。”

舒情好看的嘴角微微往上扬了扬，她穿上睡衣，目光落在一旁霍云城的西服上，想去把西服还给霍云城。

刚打开房门，就传来了徐婉儿那娇媚羞涩的声音：“云城，这次我来，是特意来谈徐氏和霍氏的合作方案的。”

徐婉儿之前死缠烂打地缠着她哥，让她进霍氏去工作，可久久没有回音。霍云城又和舒情到了法国，徐婉儿实在忍不住，偷偷拿了徐沐阳的合作方案，借口谈合作跑到了巴黎来找霍云城。

舒情透过门缝，看见徐婉儿换了一件玫红色的吊带低领小短裙，胸前的春光若隐若现，头发随意地披在肩头，脸上妆容精致，很明显是精心打扮过的。

“是吗？”霍云城勾了勾嘴角。

“当然啦，我连计划书都带来了，不知道今晚你有没有时间，我们可以一起讨论呢？”徐婉儿说着，风情万种地看了霍云城一眼。

霍云城斜靠在门框上，一双凌厉的眼睛微微眯了眯，眼角的余光，却瞥到了旁边房间门口面色不悦的舒情。

他情不自禁地扬了扬嘴角，淡淡地笑了笑。

徐婉儿却误会了，她以为霍云城在对着她笑。

看着面前犹如神般俊美和优雅的男人，徐婉儿心脏一阵狂跳。她就知道，她今晚打扮得这么美，霍云城会喜欢的。只要她趁热打铁再多下一点功夫，霍云城还不是手到擒来？

徐婉儿无比惊喜，上前一步，想要往霍云城身上靠："云城，不如我们去你房间好好聊聊……"

话音未落，霍云城往旁边让了让，徐婉儿站立不稳，一下子就摔倒在地上。

舒情看着这情景，忍不住"扑哧"一声笑了出来。她拿着霍云城的衣服，迈步走过去，居高临下看着狼狈的徐婉儿："徐小姐怎么喜欢趴在地上？"

"舒情，你！"一抬头，徐婉儿就看见舒情一脸嘲讽，脸色不由得一变。她忙从地上爬起来，愤怒地瞪着舒情。

"云城，你的衣服刚才落在我房间了。"舒情故意亲热地对霍云城说道，语气带着几分娇羞妩媚，让人浮想联翩。

霍云城的衣服落在了舒情的房间，他们两个人究竟干了什么？！徐婉儿不甘又嫉妒，为什么霍云城从来不正眼瞧她一眼，她究竟有哪一点比不上舒情了？

偏偏霍云城又当着她的面，温柔地拉着舒情的手，直接走进了刚刚她想进却进不得的房间。

"云城，那个计划书……"徐婉儿不甘心地开口，话还没说完，"砰"的一声，房门就关上了。

徐婉儿垂在身体两侧的双手紧紧握拳，目光中闪过一抹阴鸷。舒情，你这个贱人！我一定不会放过你的！

舒情一走进房间，就没好气地甩开了霍云城的手："徐婉儿这么晚找你干什么？"

"你不是都看见了吗？"霍云城轻笑了一声。

"三更半夜的，你们孤男寡女一起讨论合作方案？"舒情的语气，莫名地有些酸。

徐婉儿对霍云城的心思，司马昭之心——路人皆知。

尽管霍云城刚才并没有搭理徐婉儿，可看见徐婉儿这么不遗余力地勾引他，舒情心里面还是有些不舒服。

"舒情，你吃醋了？"霍云城姿态优雅地往沙发上坐下，似笑非笑地看向舒情。

"你才吃醋！"舒情气急败坏地把手中的西服扔给霍云城，"还给你。”说完便头也不回地走了。

下一秒，一只大手扣在她的腰间。

霍云城稍一用力，舒情没有防备，脚下没站稳，整个人就跌入霍云城怀中。

她的脑袋撞到了他硬邦邦的胸口，不由得轻嗤了一声：“你放开我。”

闻到舒情身上淡淡的香味，熟悉中带着致命的诱惑，霍云城呼吸一紧。他双手紧紧环住舒情的腰，把她的身体贴向自己。

被他那成熟男性的荷尔蒙紧紧包裹着，舒情的身体一下子就僵硬了。她倒吸了一口凉气，皱眉道：“霍云城，你要干什么？唔……”话未说完，就被霍云城的薄唇堵回了口中。

霍云城的双眸中闪烁着一团烈焰，激烈而热情地吻着怀中女人的唇。

舒情挣扎了一下，可这仿佛更加激起了男人的征服欲。他的吻，热烈而缠绵，舒情渐渐有些沦陷，不再挣扎。

怀中女孩的配合，让霍云城惊喜，他情不自禁地想要更多。

铺天盖地的吻落下，一种疯狂的情愫，渐渐滋生着。

房间的温度渐渐升高，再升高……

怀中女孩那样的柔软，那样的动人，和记忆中的女孩渐渐重叠在一起，霍云城不由喑哑出声：“糖糖……”

糖糖？

舒情一下子清醒了过来，她猛地推开霍云城，狠狠甩了他一巴掌。

“啪”的一声，让房间里刚才还火热的温度一下子降到了零点。一天的好心情荡然无存，舒情的胸口剧烈起伏着，俏脸冰冷如霜：“霍云城，你太过分了！”

脸上的疼痛传来，霍云城剑眉紧蹙。

“自始至终，你都把我当成糖糖的替身！”舒情站起身，语气气愤而冰冷，“今天你在摩天轮上说的那些话，都是假的！你爱的人根本就是糖糖，你想共度余生的人也是糖糖！只不过现在你找不到她，就把我当成替身。我告诉你霍云城，我舒情不屑做什么替身，你不是要答案吗？我现在告诉你，答案就是……”

舒情的“No”字还未说出口，霍云城语气沉沉地打断了她：“舒情，不是这样的。”

“不是这样，那是哪样？”舒情嘴角扬起一抹讥讽的笑容。她不是傻子，在刚才那种情景下，霍云城脱口而出的是糖糖，已经说明了一切。

霍云城滚动了一下喉结，不知道该怎么解释。舒情给他的感觉，和糖糖那么像，以至于刚才，他觉得舒情就是糖糖，才会脱口而出喊了她一声“糖糖”。

在舒情看来，他把她当成糖糖的替身。可事实上并不是这样。

“没话说了是不是？霍云城，我不想再看见你！”舒情说完这句话便决然转身离开。她的心就像被泼了一杯硫酸一样，痛得厉害。她真是傻，差点信了霍云城在摩天轮上说的那一番鬼话。

幸好，她还未深陷，能够及时抽身，亡羊补牢，为时未晚。

徐婉儿不甘心地看着舒情和霍云城进了霍云城的房间，脑补着两个人翻云覆雨的画面，不由得怒火中烧，气得脸都快变形了。

她一定要除掉舒情这个不要脸的女人！霍云城，是她徐婉儿的！

徐婉儿愣愣地站了一会儿，才不甘心地往自己房间走去。刚走到电梯口，忽然看见一个熟悉的身影从最里面那个房间走出来。

安妮？

她回法国了？

徐婉儿顿住了脚步，有些好奇地望去，只见安妮穿着一件白色的裙子，风情万种地挽着一个法国老头。

徐婉儿认识那个老头，似乎是一个小有名气的导演，叫约瑟。

安妮整个人恨不得贴上那个老头：“亲爱的，人家对你是真心的，女一号的角色，你一定要给我呀。”

约瑟捏了安妮一把：“你今晚表现得还不错。不过嘛……想要做女一号的演员多得是，你也知道你最近名声不太好……”

“我那是被人陷害的！”安妮咬着唇，一副委屈的模样。

都怪那个舒情！害得她被媒体捉奸当场，大幅报道她私生活不检点，搞得她之前靠着 Bruce 上位好不容易塑造的玉女形象一落千丈，以至于很多片商、导演都和她解约，她现在根本接不到戏，只能靠出卖自己来争取角色。

可她使出浑身解数，就连约瑟这样的三流导演都没松口同意让她出演女一号。

“我相信你是被人陷害的没用啊，观众不相信。”约瑟双手一摊，“不如这样，你再给我点时间，明晚我打电话给你，咱们好好谈一谈。”

“好吧。”安妮有些无奈，她当然明白，约瑟这个老色鬼是什么意思。只是现在，约瑟是她唯一的救命稻草了，她只能牢牢抓住。

“明晚等你。”约瑟看了安妮一眼，关上了电梯门。

安妮脸色沉了沉，揉了揉刚才被约瑟折腾的地方，转身离开。没走几步，忽然听见一个女子的声音：“安妮，好久不见。”

安妮抬头，见徐婉儿正站在她面前。

“徐小姐？”安妮有些诧异。

徐婉儿上下打量了安妮一番，见她薄薄的纱裙下，隐隐约约可见身上青一块紫一块的。早就听说约瑟是个大变态了，没想到安妮这么没下限，看来她也是穷途末路了。

而安妮有这个下场，和舒情脱不了关系。

徐婉儿心中有些得意地笑了笑，她正愁怎么对付舒情，这不刚打瞌睡就有人送枕头来了吗？

“安妮，你这是怎么了？”徐婉儿故作关心地问道。

安妮有些尴尬，拉了拉裙子，却什么也挡不住，只能窘迫地笑了笑：“不小心摔的。”

“哦，这样啊。”徐婉儿也不点破，假意好心道，“不如去我房间坐坐，我那有药膏，你这些瘀伤，要是留下疤痕就不好了。”

“那就麻烦徐小姐了。”安妮点点头。她被约瑟折磨得现在浑身就像散了架一样痛，正好想休息一下。

徐婉儿带着安妮走过大厅，走进她房间，拿来了药膏给安妮。

“谢谢。”安妮心中有一丝感动。

“你和 Bruce 怎么样了？”徐婉儿明知故问。

一听到 Bruce，安妮的目光瞬间黯淡了下去。“我们分手了。”安妮的语气带着几分忧伤和不甘。

“为什么分手？就因为那天在宴会上的事情吗？”徐婉儿似不经意地提起。

安妮咬了咬唇瓣，愤恨地说：“都是舒情！这一切都是因为她！”

宴会上那杯红酒，明明是要给舒情喝的，可舒情假装喝了来骗她，把酒全部灌入她的口中，让她在众人面前出尽了丑！

如果不是舒情，Bruce 怎么可能要和她分手？她现在又怎么会沦落到要靠陪约瑟睡觉来争取角色的地步？

徐婉儿一副恍然大悟的样子：“原来当日的事情，都是舒情一手造成的啊。”

“对，就是她！”一提到舒情，安妮就恨得咬牙切齿。

“舒情有什么好呢？除了会勾引男人，她还会什么？”徐婉儿眯了眯眼眸，“其实想要 Bruce 回心转意的话，很简单。”

“徐小姐，你有什么办法让 Bruce 回心转意？”安妮一听，急切地问道。只要能让 Bruce 回心转意，她愿意付出所有！

徐婉儿笑了笑道：“Bruce 和你分手，多半也是被舒情灌了迷魂汤。只要能够让 Bruce 看清楚舒情的真面目，让她亲口承认当日是她陷害你，不就可以了？”

“舒情怎么可能承认？”安妮愤愤然道。

徐婉儿往前一步，低声在安妮耳畔耳语了一阵。

安妮露出了笑容：“这一次，一定让舒情死无葬身之地！”

夜深了，舒情躺在床上，辗转无眠。她的脑海中，交替闪过霍云城在摩天轮上深情款款和她说的那番话，以及刚才在霍云城房间，他情动之时脱口而出的那两个字“糖糖”。

她的心很乱，仿佛有一团乱麻，怎么也理不清头绪。舒情猛地坐起身，打电话给于娜：“陪我去酒吧喝酒！”

于娜睡得正香，就被舒情的电话给吵醒了，有些无语地开口：“姐妹，你看看现在几点，三更半夜的，你怎么了？”

舒情闷闷地说：“心情不好。”

于娜清醒了过来，忙关心问道：“怎么了？”

“见面再说。”舒情淡淡道。

于娜起床换好衣服，拿起车钥匙边走边说：“把你酒店的地址发我，我去接你。”

舒情换好衣服，走出房间，在大厅门口等于娜。

安妮从徐婉儿房间出来，准备回去的时候，看见了站在大门口的舒情，她忙躲在一旁的角落中。

刚才听徐婉儿说，舒情和霍云城也住这家酒店。这么晚了，舒情一个人站在大门口干什么？安妮愤恨地盯着舒情，难道她半夜三更瞒着霍云城和其他男人约会？

就在这时，于娜的车子不偏不倚停到了舒情身旁，她打开窗户："舒情，上车！"

舒情打开车门，坐上了副驾驶的位置。

安妮只看见舒情坐上了一辆白色的玛莎拉蒂，却没有看到车里人的样子。凭直觉，她觉得舒情一定是去和男人偷情去了。

安妮连忙拦了一辆出租车："帮我跟着前面那辆车。"

于娜看了一眼身旁的舒情："你怎么了？是不是霍云城又惹我家的舒大小姐生气了？"

"你别提他！"一听见霍云城三个字，舒情的脸色变得有些难看。

于娜笑了笑，看来她又猜对了。除了霍云城，谁还能把舒情惹得这么生气？

于娜带着舒情到了酒吧，找了一个角落坐下，给她倒了一杯红酒："舒大小姐，说说吧，霍云城又怎么惹你生气了？"

舒情端起酒杯，一饮而尽："我也不知道该怎么说。"

"嗯？"于娜不解。

舒情又给自己倒了一杯酒，轻轻晃着酒杯："霍云城的心里，一直爱着一个女孩。"

舒情把霍云城和糖糖的事情简单和于娜说了一遍。

于娜点头："所以，你就认为霍云城把你当成糖糖的替身？"

"难道不是吗？"舒情秀眉轻蹙，心事重重。

"我倒不这么认为。"于娜沉声道，"既然霍云城都在追求你了，你还纠结这么多干什么？"

"我有洁癖，尤其是在感情方面。"舒情淡淡道，"我绝对不允许我将来的另一半，心里面还有个白月光。"

"好吧……那沈俊言呢？他倒是对你一心一意，可你还不是看不上他？"于娜不以为然地撇了撇嘴，"那如果沈俊心中有个白月光，你会介意吗？"

舒情那么介意霍云城心中爱过另外一个女孩，还不是说明其实她在意霍云城？

“沈俊言？”舒情怔了怔，“我们只是朋友，他有没有白月光，和我有什么关系？”

“哦，那就对了。”于娜一针见血，“舒情，其实你已经爱上了霍云城，要不然你为什么这么介意那个糖糖？”

“是这样吗？”舒情有些烦躁地揉了揉太阳穴，“你能不能别再提他了？”

看着舒情一副为情所困不自知的样子，于娜低声笑了笑，转移话题问道：“明晚的慈善拍卖会，你这个大老板去吧？”

“去。”舒情点头。

明晚的慈善拍卖会，是Leo工作室出资牵头举办的，本来舒情没打算出席，可现在她突然想去看看。

安妮坐着出租车跟到了酒吧，用帽檐挡住了脸，四处寻找着舒情的身影。要是能被她看见舒情在和哪个男人约会，那可就精彩了。

舒情把她害得这么惨，她一定要千倍万倍地加还给舒情！

## 第二章
## 最爱的女人

安妮找了一圈，才发现坐在角落的舒情。

只是，和舒情在一起的却不是什么男人，而是一个女人，还有些眼熟。

安妮盯着于娜看了一会儿，仔细想了想，终于想起来了，那个女人是 Leo 工作室的负责人于娜。

之前霍氏陷入抄袭风波，还是于娜出来给舒情作证，“锤”死了玛丽琳。

舒情和于娜是什么关系？

不是说舒情只是一个从下乡来的土包子吗？为什么会和于娜在一起？两个人有说有笑的，看起来关系很不错的样子。

安妮有些疑惑，悄悄坐到了离舒情和于娜不远的地方，隐隐约约听见舒情明天要去慈善拍卖会。

慈善拍卖会？

安妮的目光中一抹精光闪过，连忙给徐婉儿发了一个短信：“徐小姐，舒情明天会去参加 Leo 工作室举办的慈善拍卖会。”

徐婉儿很快回了短信：“你好好准备一下。”

舒情喝了几杯酒，渐渐有些晕。

于娜按住了舒情拿着酒杯还想继续喝的手：“别喝了，去我那边睡会儿吧。”

“嗯。”舒情揉了揉太阳穴，倦意阵阵袭来。

带着微微醉意，她站起身，和于娜一起往酒吧门口走去，忽然就在角落里看见一个有些熟悉的身影。

安妮？

舒情蹙了蹙眉心，安妮在酒吧出现，是巧合，还是……

在于娜家休息了一晚，第二天快到中午的时候，舒情才醒来。

舒情揉了揉眉心，看见于娜给她的留言："我先去准备慈善晚宴的事情了，厨房有早餐，你自己热一下，下一季 Leo 工作室的新品推出计划我发你邮箱了，你有空看一下，晚上见。"

好姐妹就是贴心，舒情的心中一阵温暖。

她吃完早餐，便认真看起于娜发给她的计划书，提了几条意见。

今晚的慈善晚宴，在法国一家五星级酒店举行。作为慈善晚宴的负责人，于娜一早就去酒店做准备工作，直到快开场，所有事情才告一段落。而舒情，在和于娜打过招呼后，就在一个不起眼的角落中坐了下来。

这次的慈善拍卖会，是 Leo 工作室举办的公益活动，邀请了很多上层名流。

徐婉儿让徐沐阳想办法弄了一张请帖，进入了拍卖厅。

她在拍卖厅环顾了一下四周，看见了坐在角落里的舒情，而霍云城并不在。

看来霍云城也没多喜欢舒情，要不然昨晚舒情三更半夜跑出去，现在还一个人来参加慈善拍卖会。

徐婉儿目光中闪过一抹阴狠。

舒情，今晚有你好看的！

晚上八点整，拍卖会正式开始。

主持人抑扬顿挫地说道："欢迎大家参加今晚由 Leo 工作室主办的慈善拍卖会，今晚的拍卖收入，Leo 将全部捐出，都用于慈善事业，谢谢大家的捧场！今晚我们一共会拍出十件物品，都是由 Leo 工作室捐赠提供的，希望可以找到有缘人。"

掌声响起，主持人宣布："拍卖会正式开始！第一件进行拍卖的物品，是一个唐朝的青瓷碗，有请礼仪小姐！"

礼仪小姐迈着优雅的步伐款款走上舞台中央，双手端着一个精致的托盘，主持人把托盘上的红布揭开，上面放着一个青色的瓷碗。

"这个青瓷碗的底价是五十万，每次加价不得低于五万，有喜欢的朋友们可以开始竞拍了！”

舒情抬眸看了一眼青瓷碗，那是爷爷之前送给她的。家里的古玩太多，都快堆不下了，能够拍卖掉为慈善事业尽一份力，也算是物尽所用了。

很快，这个青瓷碗便名花有主，拍出了两百万的高价。

第二件进行拍卖的物品是一只栩栩如生的毛绒猫咪玩具。

“这只毛绒猫咪很可爱对不对？”主持人开口介绍道，“你们千万别小看它，它可是出自国际级大师 Leo 之手，尤其是猫咪的眼睛，是镶钻的，十分具有收藏价值。”

底下有人窃窃私语，“原来是 Leo 亲手制作的，真是很难得。”

“那可是价值不菲，不知道最终谁能拍下来。”

这只猫咪，是舒情亲手缝制的，她还蛮喜欢的，因此打算把它再拍回来。

主持人的声音再次响起：“这只猫咪的底价是一百万，每次加价不得低于十万，现在大家可以开始出价了。”

随着主持人的话音落下，很快有人举牌：“一百二十万！”

“一百五十万！”

“两百万！”

……

价格一路攀升，很快到了五百万。

“现在价格是五百万，还有人出价更高吗？”主持人洪亮的声音响起。

舒情扬了扬唇，举牌道：“我出一千万。”

主持人的声音提高了几分：“这位小姐出价一千万，请问还有人……”

主持人话音未落，只见徐婉儿高高举牌，“我出一千两百万！”

徐婉儿狠狠地剜了舒情一眼，其实本来她没打算拍这只猫，但是只要是舒情看上的东西，她都要抢过来！

收到了徐婉儿挑衅的目光，舒情淡淡地笑了笑，再次举牌：“一千五百万。”

一千五百万！

徐婉儿看向舒情的目光，带上了几分鄙夷。

舒情怎么可能有这么多钱，还不是靠勾引男人！这八成是花的霍云城的钱！

徐婉儿四处环顾了一下，并没有看见霍云城的身影。

徐婉儿站起了身，走到舒情身旁，居高临下看着她，开口讽刺道："舒情，你花这么多钱买一只猫，霍云城知道吗？"又冷冷地笑了笑，"如果你拍了下来，可又没钱买，你说会不会很丢人？"

"这就不劳徐小姐你操心了。"舒情风轻云淡地勾了勾嘴角，拿出一张黑卡，在徐婉儿面前晃了晃。

她会没钱买？真是开玩笑。

徐婉儿顿时想起来了，之前在RD精品店，舒情就是用这张卡抢了那件艾莎礼服。

徐婉儿不由得怒火中烧，这一次，她一定要抢到这只猫！

于是，她再次举牌："两千万！"

徐婉儿这是打算和她杠上了？

舒情饶有意味地看了徐婉儿一眼，正想再举牌，忽然从拍卖厅门口传来一个清冽的男子声音："三千万！"

一下子加了一千万，拍卖厅立马沸腾了起来。

听见这熟悉的声音，舒情皱了皱眉心，往门口看去。

映入眼帘的，是霍云城那高大挺拔的身影。

只见霍云城身穿剪裁得体的西服，配上墨绿色的领带，看起来高贵优雅。他迈着沉稳的步伐，走进了宴会厅。

舒情疑惑不解，霍云城怎么会过来？

很快，便有记者围了过去："霍总，请问您怎么有空来参加今晚的慈善拍卖会？"

霍云城淡淡开口："为慈善事业略尽绵力而已。"

"霍总，请问您……"

记者还想再问什么，霍云城面无表情地摆了摆手，表示不接受采访。

主持人慷慨激昂的声音响起："霍总把价格加到了三千万，还有人要继续加价吗？"

"三千万一次。"

"三千万两次。"

"三千万三次，没有人加价了是吗？成交！"

主持人一锤定音，霍云城以三千万的价格，拍下了那只舒情亲手制作的毛绒小猫咪。

"欢迎霍总以三千万的价格，拍下了这只可爱的毛绒猫咪。"主持人宣布道。

在雷鸣般的掌声中，霍云城不疾不徐地走上了舞台。

宴会厅的灯光照射在他那挺拔的身影上，仿佛给他周身都镀上了一层金色的光芒，让他看起来耀眼无比。

“感谢霍总慷慨解囊，为慈善事业捐赠了三千万。”主持人示意礼仪小姐把毛绒猫咪递给霍云城。

霍云城从礼仪小姐手中接过了毛绒猫咪，微微扬了扬嘴角。舒情刚才和徐婉儿在争这只猫咪，她应该是很喜欢这只猫咪吧？

主持人有些八卦地问道：“不知道霍总拍得Leo大师亲手制作的猫咪，会送给谁呢？”

霍云城勾了勾嘴角，幽深的目光若有若无地落在了坐在角落里舒情的身上，清了清嗓子，声音清冽道：“这只毛绒猫咪，当然送给我最爱的女人。”

送给最爱的女人？

在听见霍云城这句话的时候，舒情的眼皮莫名地跳了跳，心中有一种涩涩的味道，涌遍全身。

霍云城最爱的女人……糖糖吗？

霍云城花三千万拍下这只毛绒猫咪，是打算将来找到糖糖的时候，送给糖糖？

真是太讽刺了，那可是她亲手做的猫咪啊！

“哇，不知道哪位小姐这么幸运呢？”主持人的语气带着一丝羡慕，“她现在在现场吗？”

霍云城淡淡地笑了笑，不置可否。

在众人艳羡的目光中，霍云城长腿一迈，走下了台，一步一步往角落走去。

徐婉儿看着霍云城往她的方向走来，心中不由得有些激动。霍云城拍下这只猫咪，有没有可能是要送给她的呢？

徐婉儿默默地祈祷着，不停地告诉自己，霍云城一定是送给她的！

在霍云城即将走到她面前的时候，徐婉儿的心怦怦直跳着，脸上扬起了她自认为最美的笑容，半含娇羞半含期待地开口：“云城……”

然而，霍云城却根本连一个眼神都没有给徐婉儿，直接略过她，径直走向她身旁舒情的座位。

霍云城走到舒情的面前，微微颔首，深邃的目光落在她的脸庞，将手中的毛绒猫咪递给了她：“舒情，送给你。”

谜底揭晓，在场众人议论纷纷：

“原来霍总是送给他未婚妻的。”

“霍总对未婚妻真是深情啊，羡慕死人了。”

“……”

看着霍云城一步步走到她面前，舒情的呼吸情不自禁地一滞。

霍云城拍下这只她亲手制作的猫咪，是送给她的？可是，刚才他在舞台上，当着所有人的面，说是要送给他最爱的女人。现在他送给她，也就是说……她是他最爱的女人？

他这是什么意思？

“舒情？”见舒情无动于衷，霍云城微微蹙了蹙剑眉。

舒情回过神，按捺下心头那点小小的激动，冷冷道，“对不起，我不喜欢这只猫。”

被舒情当众拒绝，霍云城脸色有点难看：“刚才你不是还在竞拍吗？”

“我现在不喜欢了。”舒情面无表情地开口，一语双关，“我绝对不会要不属于自己的东西。”

说完，舒情站了起来：“让一下，我去洗手间。”她转身往洗手间的方向走去。

看着舒情离开的背影，霍云城眯了眯眼眸，目光有些黯淡。

他知道，舒情还在为昨晚的事情生气。对于昨晚的事情，他也很懊恼。昨晚在摩天轮上，他能感到舒情其实也是喜欢他的。可后来他那声无意识的“糖糖”，一下子又把他和她的距离拉远了。

昨晚他坐在沙发上抽了一晚上的烟，今天一大早就去舒情房间找她，想向她解释，却不见舒情的踪影。

他问了酒店的前台，才知道舒情半夜出去了。

霍云城费了一番功夫，才查到舒情今晚来了慈善拍卖会。于是他便立刻赶了过来，一进门就看见舒情在和徐婉儿争这只毛绒猫咪，便毫不犹豫地拍了下来。

他打算借着猫咪当着众人的面向舒情表白，可没想到，舒情竟然不领情，头也不回地走了。

这种从未有过的挫败感，让霍云城极度不爽。

“云城，舒情真是太过分了。”看着一脸黑线的霍云城，徐婉儿酸溜溜地开口。

霍云城拍下了毛绒猫咪送给舒情，又当着那么多人的面说舒情是他最爱的女人，这让徐婉儿嫉恨不已。让徐婉儿没料到的是，舒情这个不知好歹的女人竟然拒绝了霍云城。也不知道是不是欲擒故纵的手段。不过，这倒是一个好机会。

于是，徐婉儿添油加醋：“你怕是不知道，昨晚舒情瞒着你去酒吧和男人约会呢。”

霍云城瞬间面布寒冰，冷得让人不寒而栗。

“真的。舒情她根本就是水性杨花，到处勾搭男人，不值得你对他这么好。”徐婉儿不停地说着舒情的坏话，“她之前和沈俊言勾勾搭搭，还和林楠也有一腿，现在在法国还不忘半夜三更去酒吧勾搭男人，云城，她背着你给你戴绿帽，你怎么就不明白呢？”

“闭嘴！”面对徐婉儿的喋喋不休，霍云城有些烦躁地扯了扯领带，抬手看了看腕表。

舒情去洗手间已经很长时间了，怎么还不回来？她该不会是生气先走了吧？

霍云城拿起手机，拨打了舒情的电话，对方却关机了。他有些担心，便站起身，往洗手间的方向走去。

“云城，你去哪里？”徐婉儿问道。

霍云城却根本没理她。

徐婉儿站起了身，忙跟了过去。她的眼中闪过一抹狠厉的精光——算了算时间，安妮应该得手了吧？舒情，这次你一定跑不掉了！

洗手间里，舒情站在洗手池前，用冷水拍了拍脸庞，抬头看向镜中的自己。昨晚没有休息好，她的脸色有些憔悴，两个黑眼圈尤其明显。

其实，刚才看着霍云城的举动，舒情的心中并不是没有任何波澜的。霍云城平时那么冷峻，那么高高在上，竟然当着所有人的面，向她告白，换了任何人，都会被感动。

但是，昨晚霍云城的那一声“糖糖”，让舒情真的分不清，霍云城对她的感情，究竟有几分真。

舒情闭着眼睛揉了揉眉心，深吸了几口气，想赶走心中那些莫名的情绪。

忽然，脖子上一凉，一个硬邦邦的东西顶住了她，带着几分尖锐的触感。

是一把锋利的匕首！

舒情心头一惊，猛地睁眼。

在镜子中，舒情看见用刀顶住她的人是安妮。

“安妮，你干什么？”舒情镇定神色开口。她心中有些懊恼，自己想事情想得太入神了，连安妮什么时候过来的都不知道。

都怪霍云城！如果不是他，她怎么可能分神？

“舒情，今天是你的死期！”安妮手拿匕首抵住了舒情的脖子，恶狠狠地开口。

没想到今天这么顺利，安妮有些兴奋。

这一次，她一定要把自己之前所受的一切，千倍、万倍地还给舒情！

舒情微微蹙眉，安妮上次还没得到教训吗？又不知好歹地来惹她？既然这样，她也就没什么好客气的了。

“安妮，Bruce不是在宴会厅吗？你不去找他？”舒情神色淡淡地说道。

一听到Bruce，安妮的眼眸沉了沉：“舒情，你这个贱人！要不是你，Bruce怎么可能和我分手？”

想到Bruce对她的绝情，想到她现在走投无路，被迫要去陪约瑟这个变态，安妮的情绪就激动起来，“要不是那天你算计我，让我在众人面前出丑，我现在又怎么会这样？”

“哦，你说那天啊？”被尖刀架在脖子上，舒情依然是那样的从容不迫，她淡淡地笑了笑，“难道不是你先算计我的吗？”

安妮被呛得脸色一变，将手中的匕首沿着舒情的脖子往脸上移动：“舒情，你不就是仗着自己有几分姿色吗？今天我就毁了你这张脸，看你以后怎么勾引男人！”

“那你就试试！”舒情看准机会，以迅雷不及掩耳之势，在安妮手上的麻穴点了两下，又快又准。

安妮根本没有想到舒情会突然来这么一手，没有任何防备，手上一阵发麻。“哐当”一声，匕首掉在了地上。

舒情转身，这才看见在洗手间的一旁，还站着两个身材魁梧的法国男人。而洗手间的大门，被安妮反锁了。

安妮气急败坏地对那两个男人喊道：“你们还愣着干什么？还不赶紧给我抓住她！”

幸亏徐婉儿想得周到，安排了这两个男人。眼下她虽然失手，但舒情也插翅难飞！

今天，就是舒情的死期！

看着舒情那张美艳动人的脸庞，安妮嫉恨不已。她一定要亲手毁了这张脸，毁了舒情！

“怎么，安妮，你又想故技重演？”舒情嘴角扬起了一抹讽刺的笑容。

上一次给她下药不成，这次直接来强的？只是安妮也太小瞧她舒情了。

两个男人收到了安妮的命令，对视一眼，立刻两面夹击往舒情围了过去。

舒情警惕地看着一步步逼近她的男人，在心中计算着。

就是这个时候！

就在其中一个男人伸手要去抓舒情的胳膊时，她一个漂亮动作，直接把他的胳膊弄脱臼。男人面露痛苦，身体晃了晃，往后退去。

舒情又是一记横踢腿，往另外那个男人的胸口踢去。

“啊！”一声惨叫，那个男人摔倒在了地上。

他们压根没想到面前看起来弱不禁风的女人，如此勇猛，出招又狠又快。

他们哪里知道，舒情可是学过女子自由搏击的。当年爷爷说过，女孩子必须得会点儿防身的功夫，于是给她请了一位退役女特警教她女子跆拳道和自由搏击。果然，苦练多年的功夫没有白费。

不可置信地看着面前这一幕，安妮愣怔了几秒才反应过来。

安妮冲着地上那两个痛得直哼哼的男人吼道：“你们这两个不中用的东西，还不赶紧爬起来给我抓住她！”

“安妮，你省省吧。”舒情冷冷道。

刚才那两下，她用上了八成的力量，那两个男人估计得在床上躺一段时间才行。

舒情嘴角扬起一抹冷艳的笑容：“安妮，现在该轮到你了。”

“舒情，你想干什么？”安妮的脸上露出了骇然的神色。她怎么也没想到，舒情竟然如此能打，就连两个高壮的男人都不是对手！

舒情垂眸看了看地上的匕首，声音冰冷："刚才你不是要划花我的脸吗？现在，我是不是应该以其人之道还治其人之身？说吧，你是要我动手呢，还是你自己动手？"

"舒情，你……你这个贱人，你别过来！"安妮一步步往门口退，想要趁机逃出洗手间。

舒情不屑又好笑地看着安妮狼狈的样子。

霍云城到达洗手间的时候，听见里面乒乒乓乓的声音。

"舒情，你没事吧？"霍云城上前敲门，声音带着几分急切和紧张，但是洗手间的大门从里面反锁上了。

"舒情你在里面吗？出什么事了？"霍云城沉声问道。

没有人回答，霍云城担心舒情的安危，用力把门撞开。

洗手间的门被打开的一瞬间，霍云城看见有两个男人面色苍白，一脸痛苦的样子。而舒情双臂交叠，正居高临下地看着一旁的安妮。

"舒情，发生什么事了？"霍云城长腿一迈，走过去问道。

霍云城心中有些疑惑，原本他以为舒情被欺负了，可没想到看到的竟然是这样一幅情景。

"哦，没什么。"舒情回头，淡淡地说道。

"你的脖子怎么了？"霍云城带着几分关心的目光，落在了舒情的脖子上面。

刚才安妮用刀抵着舒情脖子的时候，留下了一道红色的刮痕，细细的，不仔细看还看不出来。

本来舒情没有发现，可经过霍云城这么一说，她也觉得脖子上有些疼。

"咝——"舒情轻哼了一声，揉了揉脖子，"没什么。"

"我送你去医院看看吧。"霍云城的语气带着几分心疼。

"不用了，只是擦破一点皮，过几天就好了。"舒情顿了顿。

霍云城不是在拍卖会上吗？怎么突然过来了？

"还是去医院看一下比较好。"霍云城不放心，目光紧紧地落在舒情的脖子上面。

徐婉儿过来的时候，看到的就是这刺眼的一幕。

她知道舒情今天来参加慈善晚宴，特意让安妮在洗手间伏击舒情，还安排了两个男人，想把舒情给绑架了。没想到这几个人这么不中用！

徐婉儿暗暗地瞪了安妮一眼，真是成事不足，败事有余！

安妮恨恨地盯着舒情，忽然站起身来，捡起了掉在地上的匕首，使出全身的力量，狠狠向着舒情刺过去。

“舒情，你这个不要脸的贱人，去死吧！”安妮的面庞扭曲着，怒气冲冲地喊道。

舒情背对着安妮，没有发现安妮突然发狂的动作。等她反应过来，就只听到一声喊叫。

“舒情，小心！”霍云城神色一凛。他刚才正心疼地盯着舒情脖子上的伤痕，眼角的余光忽然看见安妮拿刀刺了过来，眼看着刀尖立刻就要刺到舒情，他下意识地用胳膊去挡住了匕首。

锋利的匕首瞬间割破了霍云城的衣服，划伤了他的胳膊。

霍云城闷哼了一声，生生替舒情挡住了这一刀。

安妮没有想到霍云城会突然为舒情挡刀，一时间愣住。

“咚”的一声，匕首掉在了地上。

“霍云城，你没事吧？”这突如其来的变故，让舒情的心脏猛地一跳。

“没什么……”霍云城皱了皱双眉，幽深的目光看向舒情，他低下头，微凉的薄唇若即若离地扫过舒情的脖子，“我要你毫发无伤。你没事，我就没事。”

舒情的脸一下子就红了。

这个男人……都什么时候了，还这么撩人。

“你的胳膊流血了，让我看看！”舒情的声音都有些颤抖。

得知消息的酒店经理带着酒店工作人员纷纷赶了过来，被眼前的一幕给惊呆了，连声道歉：“霍总，真对不起，是我们酒店的失职，让你和舒情小姐受到了惊吓。”

几个安保人员把两个彪形大汉迅速架了出去。

安妮则趁乱逃跑了。

“你还在流血……”酒店的医务人员拿来了急救医药箱，和舒情一同扶着霍云城去了休息室。

徐婉儿想要跟去，却被舒情堵在了门外：“徐小姐，我未婚夫受伤了，不方便招待你。”

徐婉儿强压住心头的不甘心，看向休息室中坐在椅子上的霍云城：“云城，你受伤了，让我陪你行吗？”

霍云城冷冰冰地开口："有舒情陪我就行，这里没你什么事。"

"听见没？还不走？"舒情"砰"的一声，把门关上。

徐婉儿躲闪不及，差点被夹到手。她再也忍不住了，心中的恨意翻涌着。舒情，这次又算你走运！

她不信舒情永远都有这么好的运气！

下一次，她一定要让舒情死无葬身之地！

休息室里面，只有霍云城和舒情两个人。

舒情把门关上，一转身，却看见霍云城脱去了上衣，露出了健硕挺拔的上半身，锁骨分明，胸肌发达，八块腹肌突出，显得格外的性感。

霍云城是属于穿衣显瘦，脱衣有料的那种身材，舒情看着顿时觉得脸上阵阵发烫，呵斥道："霍云城，你没事脱衣服干什么？"

"不脱衣服，医生怎么给我包扎止血？"霍云城似笑非笑地看了舒情一眼，指了指胳膊上的伤口。

"那也不用脱成这样吧……"好吧，舒情有些无奈。谁让霍云城是为了救她而受伤的呢？

舒情眯了眯眼睛，刻意不去看不该看的地方。医务人员仔细检查了霍云城胳膊的伤口，好在伤得不深，当时安妮的刀子应该偏了。医务人员先给霍云城胳膊上的伤口做了简单的处理，然后等着酒店的车来接他们去医院做进一步检查和包扎。

见舒情一脸紧张的样子，霍云城好看的嘴角情不自禁地扬了扬。

"行了，你赶紧把衣服穿上吧！"舒情一边心疼，一边又没好气地说道。

霍云城优雅地穿好了衣服，将那只一直紧紧握着的毛绒猫咪递到了舒情的面前。

"拿着，我不允许你再拒绝了。"霍云城的语气坚定，不容人抗拒。

舒情的心，莫名地颤了颤。刚才霍云城奋不顾身替她挡了那一刀的情景，再一次浮现在她脑海中。

其实这并不是霍云城第一次救她了。之前仓库爆炸的时候，霍云城也是毫不犹豫地用他的身体护住了她。甚至于再之前夏星星拿刀刺她的时候，也是霍云城挺身而出。

霍云城一而再、再而三奋不顾身地救她，难道真的只是把她当成糖糖的替身吗？

舒情的心，在这一刻，微微有点混乱。她抬眸看向面前的男人，两个人四目相对，目光交织，一种莫名的悸动，在舒情的心中渐渐滋生。

“谢谢。”舒情伸手，接过了毛绒小猫咪。猫咪的身上染上了霍云城的鲜血，原本是白色的绒毛，有些地方变成了红色。

在舒情接过毛绒猫咪的那一刻，霍云城轻笑了一声。

“不生气了吧？”霍云城伸手把舒情拥入怀中，深情的话语在她耳边低沉地响起，“昨天我对你说的每一句话，从来没对其他女人说过，你没有理由不相信我。”

舒情淡淡地笑了笑，不置可否。

她伸手轻轻推开霍云城：“你先放开我。”

“你笑了，是不是说明你不生气了？”霍云城低沉地问道。

“我生不生气重要吗？”舒情轻抚了一下手中的毛绒猫咪。

“对我来说，很重要。”霍云城深深地看了她一眼，语气十分认真地回答。

舒情抿了抿唇，没说什么。

霍云城沉默了一会儿，又问道：“刚才在洗手间究竟发生什么事了？”

“哦，没什么。就是安妮看我不顺眼，找了两个人想要绑架我吧。”舒情轻描淡写地说道。

想起当时的情景，霍云城皱了皱眉：“所以……那两个人是你打成这样的？”

“不然呢？”舒情耸了耸肩膀，语气淡淡地反问。

霍云城眼眸微微眯起，一抹探究的目光从舒情身上扫过。

他这个乡下来的未婚妻，功夫这么好吗？

捕捉到这抹目光，舒情站起身道：“走吧，酒店的车快到了。”

可舒情刚想迈步，霍云城就伸手拉住了她的胳膊。霍云城微微用力，把舒情往他怀里带。舒情一个站立不稳，跌坐在霍云城的腿上。

这个动作……怎么看怎么暧昧。

舒情想站起来，可霍云城骨节分明的大手，紧紧地按住了她的肩膀。

他低沉的声音在舒情的耳畔响起：“舒情，承认吧，你心里有我。”

舒情的呼吸一滞：“你就这么自信？”

霍云城抬起她的下巴，指腹间尽是丝滑触感：“是你不能正视自己的感情。”

舒情的目光闪躲，皱着秀眉道：“我没有……”

还没等她说完，霍云城低头，又快又准地吻下来。

他的唇间有清冽的薄荷气息，又带着一丝灼热，疯狂席卷着她的唇舌。舒情的心狂跳起来，好似喝了甘甜而辛辣的威士忌，脚都有些站不稳了。

休息室的温度开始升高，一室旖旎。

“舒情，我不会给你机会再拒绝我了……”深邃的目光中，带着浓浓的欲念，霍云城喘息着说道。

舒情回过神，她刚才竟然没有推开他！

深呼吸几口气，平复了一下呼吸，她瞪了霍云城一眼：“霍云城，你别太过分！在我给你答案之前，不准再对我这样！”

看着舒情那俏丽又带着几分恼怒的脸庞，霍云城微微扬了扬嘴角：“不准对你哪样？”

“就是刚才那样。”

霍云城低笑了一声：“刚才哪样了？”

刚才那暧昧的一幕萦绕在舒情的脑海中，她羞恼地在霍云城胸口轻捶了一拳：“你还说！”

霍云城顺势抓住了舒情的手，放在唇边亲吻着：“舒情，别忘了给我你的答案，我的耐心有限。”

第三章

# 现在告诉你答案

霍云城又在法国休息了几天，胳膊上的伤口好得差不多了，准备回国。

这天晴空万里，天空一望无垠。

舒情在霍云城的私人飞机面前停住了脚步。

“怎么了？”霍云城侧头斜睨了一眼身旁的女人，目光中透着一抹微不可察的关心。

舒情摇了摇头：“没什么。”

不知道为什么，她的心中忽然有些不安。而且，那种不安的感觉很强烈，就仿佛会有什么事情发生一样。

“还在恐高吗？别害怕，有我在。”霍云城的大手握住了舒情的手。

霍云城清冷的话音，让舒情的情绪舒缓了不少，她笑了笑，跟在霍云城的身后，登上了飞机。飞机起飞，很快便冲上了云霄。

看着窗外飘过的云朵，舒情的思绪有些飘远。

这次法国之行，最大的收获，便是查到了“冰与火”事件的幕后黑手，让霍氏重新步入正轨，甚至更上一层楼。

“对了，琼斯和玛丽琳都认罪了吗？”舒情侧头看了霍云城一眼问道。

霍云城蹙了蹙眉：“琼斯把一切都扛了下来，玛丽琳把自己撇得干干净净。”

“这样啊……”舒情若有所思，“看来琼斯对玛丽琳还是真爱。”

只是很可惜，琼斯被这所谓的真爱蒙蔽了双眼，做了那么多伤天害理的事情。

霍云城勾了勾嘴角，不置可否。

“不知道这件事情，‘爱&恋’又参与了多少。”舒情揉了揉眉心，又说道。

虽然琼斯扛下了所有的罪名，可是舒情总觉得，事情并没有这么简单。

霍云城看了一眼舒情有些憔悴的脸庞，目光中是难得的温柔：“别想这么多了，在法国的这几天你也很累了，现在应该好好休息一下。”

“嗯。”舒情顺从地点点头，她确实觉得有些疲倦，便闭上了双眼，养养神。

也不知道过了多久，就在她迷迷糊糊准备进入梦乡之际，飞机忽然开始晃动，先是很小幅度的，后来晃得越来越剧烈。舒情一下子惊醒，下意识地握住了霍云城的手：“霍云城，发生什么事了？”

“可能遇到强气流了。”霍云城伸手将舒情拥入怀中，柔声安慰道，“别怕，闭上眼睛，很快就过去了。”

霍云城那熟悉的温暖的怀抱，让舒情稍稍安心。

可是，飞机却颠簸得越来越厉害。

几秒钟之后，霍云城的脸色凝重了起来，这样持续大幅度的颠簸，绝对不是普通的气流可以造成的！

果然，一位空乘走过来提醒道：“霍总，舒小姐，我们的飞机正在颠簸，请系好您的安全带。”

舒情的心一下子就提了起来，那种恐慌、害怕，在这一瞬间全部都涌了出来。

霍云城拍了拍舒情的肩膀，站起身，俊美的脸庞异常沉稳：“别慌，我和机长通个话。”

过了一会儿，机长的声音在广播里响起：“霍总，抱歉，飞机出了些故障，我们正在一一排查，请您和舒小姐系好安全带。”

舒情的呼吸一窒，怎么会这样！她有些无措地看着身边的男人：“霍云城，怎么办？”

“别怕。”霍云城紧紧握住她的手，“我保证，我们不会有事的。”

“霍云城，我害怕……”那种极度恐惧的感觉，密密麻麻地蔓延到舒情的全身。

霍云城在舒情耳畔低沉说道：“相信我，不论发生什么，我一直会在你身边。”

舒情闭上了眼睛。

一阵强烈的失重感传来，整个人飞速往下坠落，舒情失声惊呼。

“舒情，你看着我的眼睛……”霍云城那富有磁性的声音在耳边响起。

她颤抖地开口：“霍云城，我们会死吗？”

“不会。”他紧紧握住她的手，仿佛握着世间最珍贵的珍宝。

“真的吗？”舒情的头靠在霍云城的肩膀上，在他的安抚下，那种恐惧害怕的心绪渐渐地开始平复。

霍云城低头，深深地看着她，语气无比坚定：“相信我！”

“嗯。”舒情重重地点了点头。

“还害怕吗？”霍云城的目光，是前所未有的柔和。

对视上他的视线，舒情笑了笑：“有你在，不怕。”

舒情把头紧靠在霍云城的胸前，与他贴得如此之近，她能够清楚地听见他心跳的声音。

往事，历历在目，眼泪忽然一下子都涌了出来。霍云城一次次地维护她，奋不顾身地救她，他一次次地对她说“舒情，别怕，我会保护你”。

他对她说：“舒情，我在追求你。此时此刻，我想共度余生的女人，是你。”

她抬眸，看着身旁的男人，雕刻般的脸庞，白净的皮肤，立体的五官，深邃的黑眸，英挺的鼻梁，微抿的薄唇，即便是在如此情况下依然临危不惧，浑身上下散发着一种与生俱来的从容，仿佛天生的王者一般。

在这一刻，一种前所未有、难以言语的悸动，毫无征兆地在她的全身蔓延开来。

心跳，越来越快。

舒情闭了闭眼，再睁开时，眼中闪着一抹异样的光芒。

她轻声说道：“霍云城，我现在告诉你，我的答案是什么。”

“嗯？”霍云城双手拥住她，深邃的目光紧紧落在她的脸庞，带着期盼和紧张。

“霍云城，我的答案就是——我答应你。”舒情在霍云城的耳畔低语，气若幽兰，“往后余生，我愿意和你一起度过。”

她顿了顿，又抬眸，柔情似水地看着面前的男人，樱桃般的红唇张了张，坚定道：“不离不弃。”

“舒情，我等这个答案，已经很久了。”霍云城的目光悸动，弯了弯性感的薄唇，低头吻住了舒情。

那种熟悉的感觉再次传来，霍云城呼吸一滞。

“情情，情情……”霍云城口中不停地呢喃着她的名字，缱绻温柔地加深了这个吻。

那种触电般的感觉，涌遍了舒情的全身。从未有过像现在的这一刻，让她心动。

在经历了生死这一瞬间，舒情终于看清楚了自己的心意，她愿意和这个耀眼、优秀的男人携手共度余生。

无论生，无论死，即便霍云城的心中还有一个糖糖，可那又怎么样？

既然舒情已经明白了自己的心意，那么她是不会让任何人影响她和霍云城的感情的，包括糖糖在内。

她要让霍云城的心，完完全全只属于她。

就算糖糖回来，也是一样，她一定不会认输！

舒情忘记了惊慌、恐惧、害怕，忘记了此刻她和霍云城依旧是生死未卜。

她深吸一口气，把那一切负面的情绪统统赶走，此时此刻所剩下的，唯有眼前这个霸道的吻。

也不知道过了多久，霍云城才意犹未尽地结束了这个让人情难自禁的热吻。

“舒情，我很高兴。”霍云城将额头抵住了她的额头，嘴角勾起了一抹淡淡的弧度。

等了这么多天，霍云城终于等到了自己想要的答案。舒情终于可以正视她内心的真实感情。

这样亲昵的动作，让舒情的耳根有些发烫，身体发软地依偎在了霍云城的怀中。

其实，她早该告诉霍云城了，只是自己一直都放不下他心里面有个白月光——糖糖。

她为什么不早点正视自己的感情，早点和霍云城试试交往？而不是等到现在，他们命悬一线的时候。

不知过了多久，但也许很快，机长的声音在广播中响起：“霍总，我们已经排除故障，但是这架飞机无法继续执行飞行任务，需要紧急迫降到海岛上，请霍总和舒小姐穿好救生衣……”

“霍云城……要迫降到海岛上……”虽然暂时解除了危机，但舒情仍然很担忧。

霍云城紧拥住舒情，仿佛抱着最珍爱的稀世之宝，眉眼之中尽是温柔：“别怕，会没事的。”

“嗯。”舒情轻轻地点头。

在这一刻，她只想做一个被人保护的小女人。

是的，只要和这个男人在一起，她便什么都不怕了。

霍云城、舒情和机组人员迫降到某座荒岛的海滩上。机组人员和霍云城都试着与外界联系，然而，所有的电子设备都没有信号，也就是说，他们一行人和外界失去了联系。

霍云城握住了舒情的手，带着异常坚定的力量说：“不管怎么样，只要我们在一起，一定会没事的。”

舒情点头，指尖传来了霍云城掌心的温度，他好像把他的力量源源不断地传给了她似的。

舒情脑海中灵光一现：“我有办法。”

“嗯？”霍云城有些诧异。

舒情解下脖子上戴的项链，紧紧地握在手中。

这是在她十六岁生日那年，爷爷送给她的生日礼物。

当时，爷爷笑着跟她说：“情情，这条项链是爷爷特意帮你订制的，你别看它普普通通，可是有大作用的哟。”

舒情有些不解地接过项链，好奇问道：“它有什么作用？”

舒老爷子指着项链的吊坠，笑眯眯地问道：“看见这朵梅花没有？”

“嗯。”舒情的目光落在吊坠上那凸起的一朵小小的梅花上，却还是不明白这项链有什么特别的。

舒老爷子解释道：“这是一个信号发射器，梅花就是开关。以后，如果你遇到危险，只要你按下开关，爷爷就能收到你的求救信号，就会过来救你啦。”

“这么神奇？”舒情很开心地戴上了项链，心中却没当回事。

这些年来，舒情从来没有试过。但是既然爷爷这么说，那一定是可以用来向他求救的。只是不知道在这座荒岛上，能不能发出信号。可眼下的情况，也只能是死马当成活马医了。

舒情向霍云城解释道："这是我爷爷给我的，他说我遇到危险的时候，可以用这个向他求救，希望能有用。"

"试试。"霍云城低头看了一眼舒情手中的项链。

从外观上看，这条项链并没有什么特别的。

舒情纤细白皙的手指，按下了梅花开关。在这一瞬间，原本平平无奇的项链，忽然开始闪烁着绿色的光芒，刚开始是浅绿色，而后一点点加深，变成了墨绿色。

"原来真的可以发射信号。"看着手中的项链，舒情一阵惊喜，同时又有些担忧，"不知道爷爷能不能收到我们的求救信号。"毕竟这荒岛上所有的电子设备都没有信号。

舒情没有把握，爷爷送给她的这个项链，能不能把她的求救信号给发出去。

"一定会的。"霍云城看着她的眼睛，剑眉微挑。

这样的发射器，霍云城从未见过。舒情的爷爷，不是一个乡下老爷爷吗？怎么会有如此高科技的东西？

霍云城不自觉地流露出几分探究的目光。

他这个未婚妻不简单。只是舒情不说，他也不会刻意去问。他喜欢的就是她这个人，无关她的身份、家世。

几日后，霍云城一行人依然无法与外界取得联系，也没等来任何搜救船只或直升机。幸好私人飞机上还有点物资储备，这几天可供以基本生存。

舒情突然想到："霍云城，你有没有觉得，我们这次的飞机故障，并不是意外？"

霍云城微微眯了眯眼眸，脸色变得深沉。其实他早就有这种想法了——他的私人飞机性能一向很好，定时做检查，不可能突然发生故障。

唯一的解释，就是飞机在起飞前被人动了手脚。

会是谁呢？

从机长到机组人员，都是霍家的老员工了，一直以来都忠心耿耿。更何况，如果出事，他们也是凶多吉少，没有人会轻易拿自己的性命来开玩笑。

他剑眉紧蹙："其实我怀疑，当年我父亲的死也不是意外。"

“你的意思是……在飞机动手脚的人，也是害死你父亲的人？”舒情的脸色严肃起来。

如果这样的话，这个人就很可怕了。

“舒情，我们必须尽快回去。”霍云城沉声说道。他乘坐的飞机失联，这样爆炸性的新闻，现在肯定已经传开了，外面不知道会怎么样。

不知道为什么，他有一种不好的预感。

“你在担心霍氏？”舒情看了看身旁一脸沉冷的男人问道。

霍云城轻点了一下头，淡淡道：“嗯。”

“其实，这也不算坏事。”舒情思忖着开口，“在你飞机上动手脚的人，现在肯定认为你已经死了，那么，他必然会进行下一步行动。所以只要我们尽快回去，就能知道究竟谁是幕后凶手！”

“你说得对，我们首先要回去。”霍云城也很赞同。

就在他们一筹莫展的时候，忽然远处有一艘豪华的游艇出现在舒情的视线中。

“霍云城，有船过来了！”舒情的语气，万分惊喜。

她伸手指着远处的游艇，激动又兴奋：“我们有救了！”

霍云城顺着舒情所指的方向望去，只见一艘游艇正在海上快速航行。

霍云城脱下外套，骨节分明的大手拿着外套，不停地挥舞着。

游艇上的人似乎看见了舒情和霍云城，正向着他们的方向行驶过来。

终于有人来了！他们得救了！

舒情的心怦怦跳得飞快。

但这游艇……很眼熟。

离他们越来越近，舒情终于看清楚了，这游艇是爷爷的！

舒情开心地抱着霍云城的腰：“那是爷爷的游艇！”

霍云城紧紧回抱了一下舒情：“一定是你爷爷收到了你的求救信号。”

“嗯。”舒情重重地点了点头，冲着游艇拼命挥手，大声喊道，“爷爷！我在这里！”

舒老爷子站在甲板上，在看见舒情和霍云城的那一瞬间，长长地舒了一口气。

幸好，他的宝贝孙女没事。

“爷爷，我还以为再也见不到你了！”在看见和蔼可亲的舒老爷子，舒情没忍住眼眶一下子就红了。

“情情，你没事就好了。”舒老爷子忙扶住了自家的宝贝孙女，上上下下地打量着，确认她没事才放心下来。

舒情鼻子一酸，伸手揉了揉眼睛：“爷爷，我没事，幸亏霍云城保护了我。”

霍云城长腿一迈，上前一步，伸手握住了舒情的手，嘴角轻扬看向霍老爷子，尊敬地喊了一声“爷爷”。

舒老爷子见两个人互动亲昵，又听见了霍云城对他的称呼，一下子明白了。他摸了摸胡子，爽朗地笑道：“哈哈，你们两个终于在一起了。很好，很好！”

“爷爷……”在舒老爷子面前，舒情有些羞涩，撒娇道，“你别说这些嘛。”

“男大当婚女大当嫁，你害什么羞啊？”舒老爷子揶揄道。

“爷爷，你还说！”舒情干脆转过了身，双手拍了拍脸庞。

见身旁女人害羞的样子，霍云城挑了挑眉，很认真地对舒老爷子道：“爷爷，我会照顾舒情，保护舒情。”

“不错，爷爷确实没看错人。”舒老爷子对霍云城很满意。

这是霍云城第一次见到舒老爷子，老人家精神矍铄，和蔼可亲，周身的气场强大，一点都不像是乡下老头。

霍云城忽然想起，爷爷有个世交，也是姓舒。当年两个人叱咤风云，名扬商界，只不过后来舒老爷子突然退隐了。

会是他吗？

霍云城正想着，舒情忽然开口打断了他的思绪：“爷爷，你怎么知道我们在这边？是收到我的求救信号了吗？”

舒老爷子点头：“对。”

几天前他正在湖边钓鱼，随身携带的感应器忽然振动了起来。舒老爷子心头一沉，宝贝孙女遇到危险了！

他知道自己孙女的能力，能够让舒情发出求救信号的，一定是危急万分的情况。

信号很弱，舒老爷子费了好一番功夫，才定位到是在某个荒岛，于是连忙带上人进行搜救。

获救后的激动兴奋渐渐平复下来，舒情问道：“爷爷，现在外面情况怎么样？”

霍氏总裁的私人飞机失联，本人生死未卜，外界一定会很轰动。

果不其然，舒老爷子眼眸微眯，凌厉的目光看向了霍云城：“云城，霍氏，遇到麻烦了。”

霍云城剑眉微微蹙了蹙：“意料之中。”

“爷爷，究竟怎么回事？”舒情追问道。

舒老爷子摸了摸胡子，神情严肃了起来：“在收到你的信号后，我第一时间联系了云城的爷爷，但是——”

“我爷爷怎么样了？”霍云城的眉心跳了两下，沉声开口。

舒老爷子看了看霍云城：“你家用人说他病了，我无法直接与他对话。这是以前从来没有过的情况，但是情况紧急，我顾不上，只能先出海来找你们。”

在听了舒老爷子这番话后，霍云城的脸色异常深沉。

即便爷爷生病，也不可能联系不上。

一定出事了。

“云城，你爷爷不会有事的。”舒情握了握霍云城的手，柔声安慰道，“我们尽快赶回去，不管霍氏遇到什么麻烦，我们一起面对。”

“嗯。”霍云城轻声应着，又侧头深深看了舒情一眼，目光中闪烁着微不可察的感动和深情。

“爷爷，我们尽快赶回去吧。”舒情知道，尽管霍云城表面上波澜不惊，但他内心一定很担心、很焦急。

她也一样，归心似箭。

霍老爷子对她那么好，如果他真的出了什么事，别说霍云城，她也会很难过的。

“现在再担心也没用，你们先进来休息一下，按照最快的速度，至少也得两天才能到。”舒老爷子心中也一样担心挚友的安危，但他比起舒情和霍云城要更冷静几分。

他相信不管遇到什么事情，霍老爷子能应付过来。更何况现在他已经找到了霍云城，以霍云城的能力，只要他回去，不管霍氏遇到什么麻烦，霍云城都可以扭转乾坤。

两日后，舒情和霍云城总算回到了A市。

港口，舒老爷子送舒情和霍云城上了岸，叮嘱道："我先回C市，你们万事小心。如果应付不了，随时找我。"

"爷爷，你保重。"舒情有些不舍，可她现在还有更重要的事情要做。

舒老爷子的游艇消失在了舒情的视线中，她的眼眶微微有些泛红。

"舒情，等这边的事情处理完，我陪你一起去看爷爷。"

霍云城清冽的声音在舒情耳畔响起，舒情回过神，秀眉微蹙："我们先去老宅找你爷爷。"

"不，不能打草惊蛇。"霍云城淡淡地开口。

打草惊蛇？

舒情很快就明白了霍云城的意思。

之前在老宅的时候，她曾经偷偷给霍老爷子把过脉，当时他的脉象平稳正常，怎么现在会突然得了重病？

霍老爷子的病，只怕是有人故意为之。而这个人，很有可能是给飞机动手脚想要害死霍云城的人。

"先找林岩峰。"霍云城沉声道。

舒情点点头，将舒老爷子给她的手机递给了霍云城。

霍云城接过手机，拨通了林岩峰的号码。

"喂，哪位？"林岩峰的声音，从电话那头传来。

霍云城冷声开口："是我。"

"霍总？"林岩峰的声音，一下激动了起来，"你没事？"

"对。"霍云城淡淡道。

"总裁，你没事就太好了！"林岩峰的语气带着激动和关心，"我们都很担心你和舒小姐。你失踪的这些日子，发生了很多事……"

"我们见面再说。"霍云城四处看了看，"我在海湾港口。"

"我马上来接您。"林岩峰恭敬说道。

"别告诉任何人我联系过你。"霍云城沉声叮嘱。

"我明白。"

半小时之后，林岩峰驾车来到了海湾港口。

"霍总，舒小姐，真的是你们！"林岩峰打开车门，见到了霍云城和舒情，只觉得恍如隔世。

"上车再说。"霍云城冷声开口，和舒情一起坐到了后座。

林岩峰发动了车子，载着两个人离开港口："总裁，我们去哪里？"

"去我郊区的别墅。"霍云城薄唇微动道。

这栋别墅是很久之前爷爷送他的，很隐蔽，没有人知道。此刻他不想让人知道他已经回到A市了。

一行人终于到了别墅，霍云城带着舒情和林岩峰走进了客厅。

他在沙发上坐下，自有一股即便泰山压顶也能坦然处之的气势，淡淡地问道："霍氏究竟发生什么事了？我爷爷怎么了？"

"霍老他没事。"林岩峰忙走到霍云城的面前说道。

霍云城闻言，轻舒一口气，抿了抿嘴唇，沉声问道："究竟怎么回事？"

"我从法国回来的时候，一切都很正常。"林岩峰一边思索，一边说道，"不久后，就突然传来了总裁你的飞机失联的消息，还有传闻坠机了的。当时，消息传来，全城轰动，所有人都急坏了，尤其是霍老，他找了很多搜救队去找你们。但没过几天，霍老就没有出现在大众面前了，林家栋说他心脏病复发，送到医院抢救了。"

"心脏病复发？"霍云城双眉蹙了蹙。他知道爷爷确实是有心脏病，但这些年一直都在吃药，控制得很好。

"嗯。"林岩峰点了点头，继续说道，"林家栋说是因为你失踪下落不明，霍老受了刺激，又连日奔波就病倒了。我去医院想看望霍老，但是被林家栋拦住了。"

"林家栋不让你见爷爷？"霍云城的嘴角紧紧抿成一线。

"对。他说霍老病重需要休养，任何人不能打扰。"林岩峰的脸色带着几分冷凝。

"那你怎么知道霍爷爷没事？"舒情打断了林岩峰问道。

按照林岩峰的说法，林家栋将霍老爷子软禁了起来，那为什么他这么确定霍老爷子没事呢？

"是这样的。"林岩峰开口解释，"那几天我一方面让搜救队在海上进行搜救，但是飞机失联或者坠机的范围不能确定，难度实在很大。另一方面，我也想方设法去医院，想和霍老取得联系，但是林家栋的人防得很严。我不敢乱来，怕他狗急跳墙伤害到霍老。"

舒情追问："然后呢？"

林岩峰从西服外套口袋中拿出了一张纸条，递给了霍云城："就在我一筹莫展的时候，有个护士交给我这张纸条。"

霍云城修长的手指接过纸条，垂眸看去，只见上面写着一串特定的摩斯密码，翻译过来就是：小心提防林家栋，尽快找到云城。他认得，这是爷爷的笔迹。

“我试着联系那个护士，但是未果。”林岩峰继续说道，“表面上霍氏一切还风平浪静，但是从那天起，林家栋就暂代总裁之位，处理霍氏大小事宜。”

“看来，林家栋早就对霍氏总裁的位置虎视眈眈了。”霍云城深邃的双眸里闪过一丝了然，他的直觉果然没有错。

林家栋处心积虑做了这么多事，只怕和自己的飞机事故脱不了干系。

林岩峰继续道：“他还企图收买我。这还不算，今天在董事会上，林家栋突然宣布将由他接任霍氏执行总裁一职，两天后就要举行记者发布会了。”

霍云城冷笑一声：“林家栋的狐狸尾巴终于藏不住了。”

“我多怕总裁你真的出了事，霍老又无法联系上，没人阻止林家栋下一步动作，我想找个人商量都不行。幸好现在你和舒小姐都回来了。”林岩峰感叹道。

这几天，他和林家栋斗智斗勇，有些心力交瘁。好在总裁没事，在关键时刻赶了回来，林岩峰终于可以松一口气了。

“其实，现在的情况对我们是有利的。”在听完了林岩峰的话之后，舒情分析道，“林家栋急功近利，已经露出了他的狼子野心。现在，他以为云城出事了，在没有确认云城究竟是生是死的时候，就急于谋夺霍氏，他在明，我们在暗，我们完全可以杀他一个措手不及。”

霍云城赞赏地看了舒情一眼，他早就知道他这个未婚妻头脑不简单。此刻更是和他所想的一样，他们是心有灵犀吗？

霍云城冷静地说：“林岩峰，我们要赶在林家栋召开新闻发布会前，搜集证据，揭穿他的阴谋。”

“是，总裁。”林岩峰神色一凛。

“两天的时间，是有些仓促，但是应该来得及。”舒情在霍云城身边坐下，揉了揉眉心道。

想要找到林家栋在霍云城飞机动手脚的证据没这么容易，但是要阻止他谋夺霍氏总裁职位，还是来得及的。

“既然林家栋想要收买你，我们就将计就计。”霍云城沉吟着开口。

"总裁，你的意思是？"林岩峰恭敬地问道。

"你答应他的要求，让他以为自己成功了，得意忘形，放松警惕，我们趁机搜集证据。"舒情在一旁补充道。

看着总裁和舒情一唱一和，林岩峰连连点头，连日来心中的阴郁一扫而空。

霍云城又仔细交代了林岩峰一番细节，林岩峰一一记下。

"总裁，那我先回去了，以免林家栋起疑心。"林岩峰抬手看了看时间，他已经出来很久了。

"嗯。"霍云城淡淡道。

林岩峰走后，舒情拿出手机，习惯性地刷了刷新闻，网上铺天盖地的都是关于霍氏的报道。

霍氏总裁霍云城坠机落海，生死不明！

霍氏董事长霍老心脏病发，情况危急！

霍老养子林家栋，在霍氏危难时刻挺身而出，即将担任霍氏执行总裁！

……

舒情眯了眯眼，这些消息，恐怕都是林家栋让人故意散布出去的。

见身旁的男人脸色越来越难看，舒情果断关掉了手机，皱了皱眉感叹道："真没想到，林家栋竟然敢这么做。霍爷爷对他这么好，他竟然狼子野心软禁霍爷爷，还企图谋夺霍氏，真是知人知面不知心！"

霍云城的脸上遍布阴霾："爷爷一定很失望。"

其实不仅爷爷会很失望，他心中也是异常失望。

他记得小时候，林家栋经常逗他玩，还给他买玩具，送他上学，他从小就对林家栋很尊敬。没想到林家栋一直对霍氏虎视眈眈，这么多年来处心积虑，只怕就是为了今天吧？

"云城，你在想什么？"见霍云城周身散发着冰冷的寒意，舒情握住了他的手，关心地问道。

霍云城回过神，眼中闪过一抹沉痛，冷声道："我怀疑，我父亲当年的意外，也和林家栋有关。"

"但是，我们没有证据。"舒情抿了抿唇，眉眼间带着几分凝重，"这么多年过去了，就算当年留下什么线索，只怕也早就被毁了。"

霍云城的手指关节一点一点收紧，语气冷厉而坚定："不管过了多久，只要是他做的，就一定会留下蛛丝马迹！”

“对，不过我们的当务之急，是揭发林家栋软禁霍爷爷，企图夺权的狼子野心。”舒情眸中闪过一丝锋芒。

她一定不会让林家栋这个卑鄙小人得逞的！

霍云城侧头，深深看了舒情一眼，伸手将她拥入怀中，眉眼之间尽是款款深情：“舒情，谢谢你！在这特殊的时候，不离不弃地陪着我。”

舒情依在霍云城的怀中，伸手在他额头上轻点了一下：“傻瓜，我是你未婚妻，当然要和你同甘共苦。”

霍云城紧紧拥住了怀中的女人，声音低沉，许下一生一世的承诺：“情情，此生我必不负你。”

舒情心中有一股暖流涌过，她抬眸对视上霍云城深邃的目光：“你可要说话算话啊。”

“当然！”霍云城说完，便深深吻住舒情。

林岩峰回到了霍氏，就被林家栋的助理给叫住了：“林特助，林总找你。”

林岩峰点头：“我知道了。”

他坐着电梯来到了十八楼——总裁办公室。

霍云城的办公室，此刻已经被林家栋给霸占了，他还真是得意忘形，一点也不知道收敛。

林岩峰收回思绪，抬手敲了敲门。

“进来。”总裁办公室中，传来了林家栋的声音。

林岩峰推门而入，问道：“林副总，你找我？”

林家栋此刻正坐在霍云城的座位上，见林岩峰过来，抬头看了他一眼：“我和你说的事情，你考虑得怎么样了？”

想到霍云城刚才交代的话，林岩峰故作犹豫道：“这……我还没考虑好……”

“你还犹豫什么？”林家栋蓦地站起身，一步步走近林岩峰，威压感十足，“识时务者为俊杰。”

见林岩峰一副左右为难的样子，林家栋继续道：“眼下的情况，林特助你不是不知道吧？云城坠机，这么多天了一点消息都没有，只怕是凶多吉少了。我义父病重，他交代我一定要替云城好好管理霍氏。现在集团内，除了我，没有人可以担任霍氏总裁一职。”

说着，林家栋将一张支票塞进了林岩峰的手中：“只要你答应在董事会上投我赞成票，这些钱就归你，另外我还会提升你做副总。”

“真的？”林岩峰似乎被说动心了，接下了支票。

“当然。”林家栋扬了扬嘴角，一副志在必得的样子。

两天后，是林家栋举行新闻发布会的日子。

这是一个大晴天，阳光灿烂，天空一片蔚蓝。新闻发布会定在了下午两点。

舒情和霍云城起了一个大早，霍云城给林岩峰发了短信：“准备得怎么样了？”

林岩峰很快就给了他回复：“一切顺利！”

“怎么样？”舒情走了过去，关切地问道。

霍云城笑了笑，在舒情额头落下轻轻一吻，目光带着几分柔和：“一切顺利，现在我们就等林家栋召开新闻发布会了。”

“那就好。”舒情闻言，舒了一口气，“到时候我先去发布会，趁他开发布会放松警惕，你赶紧带人去救出霍爷爷。”

“嗯。”霍云城点了点头。

下午两点整，新闻发布会准时开始。

霍氏大楼的会议厅，被记者里三层外三层地包围着。

舒情乔装打扮了一下，混在人群中，在会议厅不起眼的角落找了一个座位坐下。

她和霍云城兵分两路，她先来新闻发布会看看情况，而霍云城则带人去医院救霍老爷子。

很快，新闻发布会正式开始，林家栋一身西装革履，前呼后拥地走上了主席台，满面春风地在正中央的座位坐下。

有些意外的是，霍母也跟在了林家栋身后，坐到了他旁边。

主持人清了清嗓子，微笑着说道：“欢迎各位参加霍氏的新闻发布会。首先我们有请霍云城霍总的母亲，白清清女士发言。”

为什么霍母会出现在这个新闻发布会上？

在舒情诧异的目光中，霍母穿着一身黑色礼服，踩着高跟鞋走到舞台中央，她清了清嗓子道：“大家下午好，相信在座的各位，都听说了关于我儿子不幸的消息，云城不久前在从法国回来的途中不幸坠机落海。现在半个多月过去了，尽管我们派出了最专业的搜救队去搜救，但云城依然毫无消息，生死未卜。考虑到集团必须正常运行，我们霍氏董事会商议决定，重新推选合适的人选来担任执行总裁。”

霍母话音刚落，在场所有人都开始议论纷纷。

虽然霍母的措辞很委婉，但是这也说明了霍云城生还的希望非常渺茫，要不然霍氏也不会急着召开董事会推选了新任总裁。

更何况，霍母是霍云城的母亲，就连她都这么说了，那霍云城很可能已经遇难了。霍氏只是为了稳定局面，才压住消息而已。

耳听众人的议论，舒情的目光不自觉地冷了几分。虽然霍母和霍云城的关系并不好，但是舒情怎么也想不到，霍母竟然会胳膊肘往外拐，亲手扶持林家栋上台。

霍母和林家栋之间是有什么不可告人的秘密吗？如果不是，那怎么解释林家栋可以轻而易举地软禁霍老爷子？

舒情咬着唇，面色凝重。

霍云城知道了自己的母亲这样对待他，岂不是很心寒？

“请问霍夫人，关于霍氏下一任总裁的人选，董事会是不是已经有了答案？”有记者迫不及待地问道。

“当然。”霍母笑了笑，转身看向坐在中央的林家栋，“经过我们董事会投票决议，一致通过林家栋先生出任霍氏下一任执行总裁！”

在一片热烈的掌声生，林家栋站起来，脸上挂着笑容：“谢谢，谢谢大家的信任！”

他挥了挥手，示意大家安静下来，清了清嗓子沉声说道：“对于云城的不幸，我感到很痛心。但是现在不是悲伤的时候，我还有更重要的事情要做。霍氏是我义父的心血，如今义父病重，云城生死不明，霍氏的基业不能动摇，既然大家信任我，那我只能当仁不让，挑起这个重担。”

有记者敏锐地问道：“请问林家栋先生，您接任霍氏下一任总裁，是由霍老授权的吗？”

霍氏毕竟是霍老爷子一手创立的，身为霍氏的董事长，霍老爷子有权决策总裁的职位由谁担任。如果没有霍老爷子的授权，那林家栋就是名不正言不顺。

林家栋笑了笑，一副理所当然的模样：“当然了，这也是义父的意思。”

“那霍老今天怎么没有来发布会呢？”记者追问道。

林家栋目光闪烁了一下：“因为云城的事情，义父心脏病复发，现在情况很危险，不能来参加发布会。他老人家已经委托我全权处理霍氏的事务。”

看着在台上得意洋洋侃侃而谈的林家栋，舒情嘴角扬起一抹讽刺的笑。看来林家栋真的是迫不及待地希望霍云城死去，只可惜，他的如意算盘要落空了。

舒情垂眸看了看手机，霍云城怎么还没有消息？他去救出霍老爷子，应该不会有什么意外吧？

林家栋还在上面假惺惺地发表长篇大论，舒情摘下墨镜，对林岩峰使了一个眼色。

林岩峰心领神会地点点头，长腿一迈就往台上走去，冷冷地看向林家栋：“林家栋不可以接任霍氏总裁一职！”

这突如其来的反对，让所有人的目光一下子集中到了林岩峰身上。众所周知，林岩峰是霍云城的得力助手。

“林特助，请问你这话是什么意思？”立刻有记者发问。

林岩峰说：“字面上的意思。”

见半路杀出个程咬金，林家栋脸色变了变，不明白林岩峰为什么突然变卦了。

“霍总现在只不过是失踪而已，只要一天没找到他，就说明依然有希望，林副总你又何必急着取代他？”林岩峰冷厉的目光直视林家栋。

林家栋勉强让自己保持着笑容，迈步走到林岩峰面前，拍了拍他的肩膀：“云城出事了，我知道你很伤心，其实我又何尝不伤心？我可是看着云城长大的，将他视如己出。但是现在，我们必须面对现实。云城出事后，集团安排了多少人去搜救，可结果怎么样？一无所获！云城依然生死未卜！”

“既然是生死未卜，那就说明霍总很有可能在世。林家栋，你有这么迫不及待吗？”林岩峰冷笑着。

林家栋蹙眉，向旁边的保安使了一个眼色。

保安立刻心领神会，走上前：“林特助，请你出去！”

林岩峰却根本不理会保安，冷冷地看向林家栋：“怎么，你做贼心虚？”

“你胡说什么？”林家栋眉心蹙了蹙。

林岩峰的声音提高了几分：“我胡说？如果你是正大光明接任霍氏，有霍董事长的授权，林副总你又何必威逼利诱来收买我呢？”他说着，从兜里掏出了一张支票，在众人面前晃了晃，“这上面可是有你的亲笔签名。”

现在，总裁那边还没有消息传来，林岩峰所要做的就是拖延时间。

林岩峰此言一出，引得在场众人窃窃私语。

“看来这里面的水很深啊！”

“林家栋真的有霍老的授权吗？如果有的话，为什么林岩峰会当众说林家栋收买他？”

“……”

“林岩峰，你别胡搅蛮缠了，不然我对你不客气了！”林家栋目光一冷，在这个节骨眼上，他怎么可能让林岩峰破坏他的计划呢？

“我是不是胡搅蛮缠，你心中有数。林家栋，我劝你还是及时收手吧！”林岩峰一字一句道。

林家栋挥了挥手，对一旁的保安说道：“你们还愣着干什么，还不把他给赶走？”

两个保安对视一眼，上前拉住了林岩峰。

林家栋清了清嗓子，再次开口：“各位，我们现在继续发布会。我宣布，从现在开始，由我担任霍氏执行总裁！”

就在这个时候，从会议厅的大门口，传来了一道清冷的男子声音：“林家栋，恐怕你要失望了！”

是霍云城！

舒情一直紧紧提着的心，终于落了下来。霍云城终于赶到了，他一定是已经救出了霍老爷子。

“霍总！”

“霍总没事！他回来了！”

霍云城的出现，引起了一片轰动，所有人都震惊地看着大门口那个耀眼无比的男人。

在会议厅灯光的照射下，霍云城仿佛身披金色光芒，浑身散发着强大的气场，他一步一步地走向前面的主席台。

他看了看坐在角落里的舒情，微微扬了扬嘴角。

舒情向他比划了一个顺利的手势。

“云城！你……你没事？”林家栋不可置信地看着霍云城一步步走向他，脸色变了又变。

霍云城竟然没死！

他不是坠机掉进大海了吗？这么多天的搜救都毫无音讯，他怎么可能还活着？！并且还出现在新闻发布会上！

林家栋千算万算，万万没想到霍云城竟然会毫发无损地出现！他筹划了这么久，眼看着就要成功了，怎么可以功亏一篑！

霍云城冷冰冰地扫了林家栋一眼：“怎么，林叔你不想看见我？”

“怎么会呢……云城，你回来我高兴还来不及。”林家栋强压住心中的不甘，假惺惺地拍了拍霍云城的肩膀，“你失踪的这些日子，我派了很多人去找你，现在看见你没事，我也就放心了。”

“既然这样，那今天的新闻发布会就到此为止吧！”霍云城环顾了一下四周，神色淡淡地说道。

第四章

# 我不准你考虑

“既然发布会已经召开了，就绝没有到此为止的道理。”就差一步，他马上就要成功了，为什么霍云城偏偏在这个时候回来？他如何都不能就此收手。

“云城，你不在的这段时间，霍氏已经由我接管了，这也是你爷爷的意思。”林家栋说道。

“是吗？这真的是我爷爷的意思吗？”霍云城的脸色沉了沉，“林家栋，你为了夺权，偷偷给爷爷下药，害得他心脏病发作，又软禁了他，你以为我不知道吗？”

霍云城此言一出，好像给原本就不平静的湖面，投入了一块巨石，激起了一浪又一浪。

众人窃窃私语——

“霍老爷子是被软禁起来的吗？”

“难道他不是心脏病复发？”

“林家栋真的这么做了？霍老爷子可是他的义父。”

“义父算什么？这年头亲父子反目成仇的还少吗？”

……

这些议论落入了林家栋的耳中，他的脸色变了又变，瞪着霍云城：“云城，你别胡说！”

霍云城怎么会知道这么多事情？他不是失踪了后才回来吗？为什么连他软禁霍老爷子的事情，霍云城都知道？林家栋的手指一点一点地收紧，心也越来越慌。

见林家栋这个样子，霍云城起了一抹讽刺的笑容：“我胡说？那就让爷爷亲自来告诉你，我到底有没有胡说？”

他在救出了爷爷之后，就迫不及待地赶来了发布会。算算时间，爷爷也应该快赶到了。

霍云城话音刚落，忽然在场众人又轰动了起来：“霍老爷子！真的是霍老爷子来了！”

只见会议厅的大门口，两个身穿黑衣的保镖，扶着步履蹒跚的霍老爷子，正向会议厅里面走来。

“爷爷。”霍云城长腿一迈，连忙往大门口走去。

舒情也同时站起了身，扬了扬嘴角看向霍云城。

两个人对视一笑，走到大门口，一左一右扶起了霍老爷子：“爷爷，你没事吧？”

霍老爷子看起来有些疲惫，强打起精神笑了笑：“没事。”

两个人扶着霍老爷子，往大厅中央走去。

“义父，你不是……”在看情霍老爷子的一瞬间，林家栋的脸色就变得十分难看。

老爷子现在不是应该昏迷不醒躺在医院里吗？为什么会突然出现在新闻发布会？完了……这下全完了！

“义父，你怎么过来了？”林家栋强作镇定地问道。

霍老爷子冷哼了一声：“你当然不想我过来。”

“怎么会呢？”林家栋假惺惺地说，“您老人家没事，这是天大的喜事。”

“林家栋，你为了夺取霍氏，给我下药，假传我病重，将我软禁。可惜，你的如意算盘打错了！”霍老爷子目光凌厉地直视林家栋，掷地有声。

“义父，我没有。”林家栋后退一步，额头上冷汗连连。

“有没有，你自己心里清楚。”霍老爷子迈步走上主席台，清了清嗓子，“我宣布今天的新闻发布会到此结束，霍氏执行总裁依然是霍云城。从即日起，解除林家栋霍氏副总裁的职务，他不再担任霍氏集团内的任何职务。”

在众人面前，霍老爷子已经给足了林家栋面子了。

毕竟是自己一手养大的义子，即便对方狼心狗肺想害他，霍老爷子最终还是给他留了一丝余地，只是把他赶出了霍氏而已。

这场新闻发布会草草结束，记者们纷纷围住了霍老爷子，想要采访。

“霍老，请问您刚才所说的，林家栋软禁您是怎么回事？”

“林家栋身为您的义子，他为什么这么做？”

“霍老，您是不是要把林家栋扫地出门？”

一个接一个的问题袭来，霍云城蹙了蹙眉心，林岩峰立刻心领神会地上前拦住各位记者：“对不起各位，今天霍老不接受采访。”

霍云城和舒情扶着霍老爷子走出了会议厅。

刚走出厅门，一个高大挺拔的身影急切地向着舒情走来。

来人是沈俊言。

“舒情，你没事太好了！”在见到舒情的一刹那，沈俊言的目光闪烁着异样的光彩，大步向舒情走近。

舒情有点惊讶，怔了怔问道：“沈俊言，你怎么会在这儿？”

沈俊言直接走到舒情面前，拉起了她的手：“舒情，你失踪了这么多天，知不知道我有多担心你？我一直都在找你。刚才在新闻发布会上看见你，就立刻赶了过来，幸好你没事。”

当着这么多人的面，沈俊言真情流露，舒情却有些尴尬。

她不动声色地抽出了手，笑了笑：“我没事，你不用担心了。”

“舒情……”沈俊言还想再说什么，却被一个冷冰冰的声音给打断了。

一旁霍云城的脸色，肉眼可见地黑了下去：“沈俊言，你很闲吗？这里没你的事，回你的星辰娱乐去。”

沈俊言脸色也沉了沉：“星辰娱乐可不是我的，它是……”

舒情眉心跳了跳，沈俊言搞什么？她可不想掉“马甲”啊！

舒情忙打断了沈俊言：“沈俊言，上次我朋友问你要的签名照，你还没给我呢。”

沈俊言深深地看了舒情一眼：“那你跟我去星辰娱乐拿吧。”

舒情点点头，侧头看向霍云城：“云城，你先带霍爷爷回去休息，我和沈俊言有事要说。”

霍云城脸色铁青，舒情一见到沈俊言，就要去拿什么签名照，是什么意思？

舒情却不再理会霍云城，和霍老打过招呼后，直接拉着沈俊言走人了。

有些话，她必须和沈俊言说清楚。

“舒情，你还没有和霍云城解除婚约吗？”刚走出霍氏集团，沈俊言就迫不及待地问道。

舒情摇了摇头："我不打算解除婚约。"

"为什么？"沈俊言的目光瞬间暗了暗，急切地问道，"你和霍云城，不是契约关系吗？你不是说过你不喜欢他，很快就会和他解除婚约吗？是不是他强迫你？"

见沈俊言这么激动，舒情有些无奈地摇了摇头："你觉得会有人能够强迫得了我吗？"

"那你为什么……"沈俊言的脸上有几分忧郁和受伤。

确实，按照舒情的个性，没有任何人可以强迫她，包括霍云城。所以，舒情接受霍云城是因为……

舒情抿了抿唇，给了沈俊言答案："因为我爱上霍云城了。所以，我答应了他的追求。"

"不，这不可能！"听了舒情的话，沈俊言满脸震惊和不可置信。

舒情明明说过，她和霍云城之间，不过是双方爷爷定下的婚约，她对霍云城根本没有感觉，怎么可能爱上他？！

"在法国的这段日子，我重新认识了霍云城。"舒情解释道，"尤其是在我们经历飞机事故之后，霍云城给了我安全感，我觉得……他值得我托付终身。"

"舒情，这根本就不是爱。"沈俊言双手按在舒情的肩上，"你只是被霍云城感动了而已，感动并不等于爱。霍云城为你做的那些，我也可以做到，为什么你不选我？"

"沈俊言，你别这样。"舒情轻轻推开了沈俊言，"我们不合适。"

沈俊言的眼中，尽是受伤的神色："舒情，难道你不知道，霍云城心里面爱的是糖糖吗？"

糖糖……

舒情的心，莫名地沉了沉。

她皱着眉道："糖糖对于霍云城，已经是过去式了，现在霍云城爱的人是我。"

"舒情，你别自欺欺人了。你有把握吗？如果有一天，糖糖突然出现了，你能保证霍云城不会选择她吗？"

沈俊言的话，就像一把铁锤在舒情心中敲击着，让她觉得很不舒服。她不是没有想过，糖糖可能依然在世，可能有一天会突然出现。但是，在她决定和霍云城在一起的那一刻，她就已经想清楚了——她会让霍云城完完全全地爱上她，让他的心里只有她，再也装不下其他人，包括糖糖在内。

想到这里，舒情坚定地点头：“对，我有把握。”

“希望你不会有后悔的一天。”沈俊言幽幽地说道，松开了舒情。

远处，徐婉儿和白岚向着霍氏的方向走去。

在霍云城失踪的这些日子，徐婉儿茶饭不思，伤心欲绝，她多怕霍云城真的意外身亡。

幸好，霍云城福大命大。

霍氏今天的新闻发布会，早就在网上传开了，徐婉儿一看见新闻，得知霍云城回来了，便立刻和白岚一起赶往霍氏，谁知道竟看见了舒情和沈俊言两个人在霍氏门口拉拉扯扯。

“白岚，他们两个人在干什么？”徐婉儿停住了脚步，侧头看了看身旁的白岚。

白岚的脸色已经很难看了，愤愤然开口：“肯定是舒情那个不要脸的狐狸精在勾引沈俊言！”

白岚恨不得冲上去把舒情和沈俊言分开，却被徐婉儿拦住了。徐婉儿自然是希望舒情和沈俊言在一起，最好舒情能主动和霍云城分手，就算不能，她脚踏两只船，霍云城也是忍受不了的。但在霍氏集团门口主动闹开就不好了，何况此事还未必是真的。

白岚恨恨地瞪着舒情，眼睁睁看着舒情上了沈俊言的车。

“怎么，还想着你的沈大影帝呢？”见白岚那一副花痴又愤愤不平的模样，徐婉儿扬了扬嘴角，“你想和沈俊言在一起，很简单啊，除掉舒情就行了。”

“你说得对。”白岚点点头，心中早已经把舒情千刀万剐了。

正在这时，一个高大帅气的身影从霍氏走了出来。

“霍云城！”徐婉儿激动地迎了过去。再次见到自己心心念念的男人，她的目光毫不掩饰地流露出爱慕。

霍云城双眉紧蹙：“徐婉儿？”

“云城，你回来了，你没事就好。”徐婉儿真情流露，眼眶微微一红，“这些天，你不知道我有多想你多担心你，幸亏你没事。”

霍云城的眸色有点冷，出于礼貌回了一句：“我没事，谢谢关心。”

“那个，云城，你和舒情怎么样了？”徐婉儿似不经意地开口，“刚才我来的时候，看见舒情和沈俊言两个人在霍氏门口搂搂抱抱的，舒情还上了沈俊言的车。”

搂搂抱抱？上了沈俊言的车？舒情这个女人想干什么！刚答应了他的追求，信誓旦旦地说要和他在一起，一转身就投入了沈俊言的怀抱？

霍云城的脸色越发冰冷。

徐婉儿继续添油加醋：“他们两个人看起来好像是情侣。云城，你是不是和舒情分手了？你们本来就是契约婚姻，舒情和沈俊言在一起也没什么。”

“徐婉儿，我再说一次，我不想听见任何关于舒情的闲言闲语。”霍云城冷冷地扫了徐婉儿一眼，声音淡淡的。

他生气是一回事，但是他绝对不允许任何人说舒情的闲话，对她评头论足。

徐婉儿不甘心地开口：“云城，你为什么对舒情那么好？她根本就不值得。”

“这不是需要向你解释的事情。”霍云城的双眸仿佛染上了寒霜，冷得让人不寒而栗。说完，他不再理会徐婉儿，直接越过她离开。

看着霍云城那冷漠疏离的背影，徐婉儿委屈无比：“云城，总有你会后悔的一天！”

舒情坐在沈俊言的车上，沈俊言双手紧握方向盘，默默地开着车，两个人都不讲话，气氛有些尴尬。

这两天她虽然忙于霍氏的事情，但对星辰娱乐也有关注。

沈俊言将国外的很多业务都转移到了国内，接连投资了几部重量级的电影，引起了娱乐圈轰动。

“你做得很好。”舒情由衷地夸奖道。

沈俊言在这方面很有天赋，要不然舒情当初也不会出资入股星辰娱乐。

他苦笑了一声：“我做得再好，你也不会多看我一眼。”

“沈俊言，你别这样。”舒情轻叹一声，侧头看向沈俊言说道，“其实，我找到了真爱，你应该恭喜我祝福我，不是吗？”

真爱……

沈俊言的心中，蔓延出一股苦涩的味道。他追了舒情两年，整整两年啊，却比不过霍云城和舒情一个月的感情，他可真是够失败的。

沈俊言沉默了几分钟，再抬头时，已经恢复了平静。他深深地看了舒情一眼：“祝你幸福。”

爱一个人，并不是非要得到她。只要舒情能得到幸福，他愿意默默祝福她。

“谢谢。”舒情终于舒了一口气。沈俊言能想通就最好了，舒情不希望他钻牛角尖。

“那，我们还是朋友吗？”沈俊言迟疑了一下，又问道。

舒情笑了笑，十分肯定地回答道：“当然。”

两个人到了星辰娱乐，舒情看了看近期的工作安排，很是满意：“嗯，这计划书做得不错，下一季度的新剧拍摄，就按这计划书进行即可。”

“你满意就好。”沈俊言淡淡道。

为了做好这份计划书，他熬了好几个通宵。只要能让舒情满意，他都会竭尽全力去做。沈俊言又把下一期演员招募计划给舒情详细介绍了一下，舒情提了一些意见。等他们忙完，已经是黄昏了。

“我回去了。”舒情把修改后的计划书递给沈俊言，站起身道。

“我送你。”沈俊言跟了上去。

舒情思忖两秒钟，点点头。

等舒情回到水月新城的时候，天色已经黑了。

沈俊言下车，替舒情打开了副驾驶那一侧的车门：“到了。”

舒情下了车，笑着向沈俊言道谢：“谢谢你送我回来。”

舒情说完便转身往霍云城家中走去，忽然听见沈俊言的声音在她身后响起：“舒情——”

“嗯？”舒情脚步一顿，回头。

只见沈俊言快步走上前，拥抱住她，在她耳畔低低地说道：“舒情，我祝你拥有幸福、快乐！”

他突如其来的靠近，让舒情有些不适，她后退一步回道：“谢谢。”

三楼的阳台上，霍云城手中拿着一个酒杯，一脸阴郁地看着楼下那刺眼的一幕。

今天在新闻发布会后，舒情就当着那么多人的面和沈俊言离开，把他一个人丢在霍氏。她可知道，他用了多少耐心，才压下了去星辰娱乐把她直接拉回来的冲动。

他回到家中，还是不见舒情人影。

心情郁闷，一个人开了一瓶拉菲，喝起了闷酒。怎么，他在家借酒消愁，她就和沈俊言卿卿我我？这女人，究竟有没有把他当成未婚夫？！

舒情进门，客厅里没有开灯，漆黑一片。

霍云城还没有回家吗？

舒情正打算开灯，忽然传来一个阴沉沉的男人声音："你舍得回来了？"

是霍云城的声音。

舒情下意识地回头，借着窗外投进的朦胧月光，只见霍云城正端坐在客厅的沙发上，一身黑色丝质衬衫，几乎与夜色融为一体。

舒情没回答，打开灯正打算将手提包放下，身后忽然袭来一道力量，霍云城高大的身躯直接把她压在了门板上。

一股浓烈的酒味扑面而来，舒情拧了拧眉："霍云城，你干什么？"

面前的男人，浑身带着不满的气息，冷若冰霜地开口："舒情，你和沈俊言干什么去了？"

舒情笑了笑："不是告诉你，我去帮我朋友拿签名照了吗？"

签名照？当他是傻子吗？

霍云城脸上翻腾着怒意，冷厉的目光落在面前女人那姣好的面庞上，脑海中闪过刚才在楼下，沈俊言和她亲密的样子。霍云城修长的手指拧住了她的下巴，蓦地低头咬上了她的唇。

"霍云城，你放开……"唇上一阵疼痛，舒情的话全部被面前的男人尽数给堵了回去。

霍云城的吻，带着霸道的惩罚，让舒情喘不过气来。

她挣扎了一下，挣脱不了，便也不再反抗。

她知道霍云城在介意什么，这件事情她也有做得不对的地方，便任由他此刻施为。

也不知道过了多久，霍云城终于结束了这个霸道的吻，脸色依然难看："沈俊言是不是也这么吻过你？！"

"你胡说什么？"舒情喘息着，瞪了他一眼。

"刚才不是沈俊言送你回来的？他为什么抱你？你们一下午都在一起？干什么了？"霍云城漆黑的眼眸深不见底，翻腾着难以抑制的怒火。

"霍云城，你喝醉了。"舒情推开了霍云城，往沙发走去。

下一秒，腰间一股力量袭来，舒情站立不稳，摔倒在沙发椅上。

霍云城把手中的酒杯狠砸在地上，欺身上来，抬起她的下巴，强迫她直视他的眼睛，冷冷地开口："我很清醒。舒情，你是不是后悔了？还是说，之前你答应我，只是因为我们流落荒岛，你以为再也回不来了？"

舒情感到他逼人的气息，伸手抵在他胸膛："怎么，在你心中，我是这样的人吗？"

"那你告诉我，你和沈俊言究竟是什么关系？"霍云城强压着心头的怒火，语气沉沉的。

辛辣的酒味混合着霍云城身体的热度扑面而来，舒情定了定神，回道："我只能告诉你，我和沈俊言是朋友，刚才确实是他送我回来的。而你看见他拥抱了我一下，那是他对我的祝福——我和他之间，并不是你想的那样。"

"祝福？"霍云城蹙眉。

"对，因为我告诉他，我找到了自己想要共度一生的人，而那个人就是你。霍云城，这下你可以不用再吃醋了吧？"

"真的？"霍云城忍不住勾了勾嘴角，一直紧绷的脸终于松弛下来。

舒情点头："对，是真的。不过……"

"不过什么？"霍云城追问。

"不过你这么不分青红皂白地冤枉我，看来我要重新考虑考虑我的选择了。"舒情微微扬了扬嘴角，半开玩笑地开口。

"我不准你考虑！答应我了就不能够变卦！"霍云城霸道地开口，又低头吻住了舒情的红唇……

缠绵又带着几分霸道的吻，让舒情的脸一下子就烫了起来。

他灼热的气息和她的呼吸交缠着，温热的薄唇紧贴着她的唇，大掌抚上她纤细的腰线摩挲着，他发烫的掌心让舒情的呼吸有些凌乱。

舒情的目光，渐渐有些迷离。恍惚间，她听见霍云城低沉的声音："舒情，我们结婚吧。"

结婚？

舒情一下子清醒了过来："你说什么呢？"

霍云城的目光越发深邃，嘴角噙着一抹浅浅的笑，情深款款地开口："舒情，嫁给我吧！"

舒情：……

她是答应了霍云城没错，可她没想过这么早就结婚啊。

毕竟两个人才认识了不过一个多月，尽管一起经历了生死，可结婚……似乎太快了一点吧！更何况，她还有很多事情要做呢，哪能这么早就结婚了。

“霍云城，你喝醉了，别胡言乱语。”舒情用手堵住了霍云城的薄唇，不让他再往下说。

霍云城轻笑了一声。

第二天，舒情醒来的时候，霍云城为她准备了丰盛的早餐。

“看看，喜不喜欢？”霍云城为舒情拉开椅子，拉着她坐下。

垂眸看着面前色香味俱全的早餐，舒情心中一暖：“这些都是你做的？”

“嗯。”霍云城应了一声，“你喜欢的话，以后我每天都做给你吃。”

抬眸对上面前那个优雅高贵的男人，舒情的心跳不由得慢了半拍。高高在上如霍云城，也有这么温柔的一面。如果真的嫁给她，以后应该会很幸福吧？

“在想什么？”霍云城发现了舒情的走神，骨节分明的大手在她面前晃了晃。

舒情回过神：“哦，没什么，我在想这么多好吃的，我先吃哪个好。”

“尝尝煎蛋，你最喜欢的。”霍云城夹了一个煎蛋放在舒情的盘子里，目光扫过她的脸庞，“昨晚我的提议，你是不是考虑考虑？”

舒情手上的筷子一顿：“你这算是和我求婚？”

霍云城挑了挑眉：“可以这么说。”

“有你这么求婚的吗，一点也不浪漫。”舒情有些无语，“更何况，我们才认识一个多月，现在谈结婚太早了。”

不浪漫……

霍云城抓住了这三个字。

好像确实是随便了一点，可这种事他也没经验。霍云城没再提这个话题，舒情松了一口气。

霍云城一整天都在思考“不浪漫”这三个字，以至于在和公司高管开会的时候，都有些走神。

好不容易等到会议结束，林岩峰跟在霍云城的身后，到了总裁办公室：“霍总，你是不是有心事？”

霍云城坐下，双腿随意地交叠着，冷不丁地问道：“女人是不是都喜欢浪漫？”

林岩峰愣了一下，他还以为自家总裁大人在担心霍老爷子的身体，没想到总裁竟然问了这么一个出人意料的问题。

“应该是吧。”林岩峰点点头道。

霍云城抿了抿唇，看了林岩峰一眼：“怎么求婚才算得上浪漫？”

求婚？

林岩峰惊讶，而后又了然，总裁这是要和舒小姐求婚呢。可是，他怎么知道怎样求婚才算浪漫啊？

林岩峰哀号了一声:“霍总,我是‘单身狗’……不擅长这种事情啊！”

“行了，你先出去吧。”霍云城有些不耐烦地松了松领带。看来这事还得他亲力亲为才行。

两天后。

舒情忙碌了一天，正准备下班，忽然接到了霍云城的电话。

“忙完了吗？一起走吧。”霍云城清冽的声音在电话那头响起。

“好。”舒情一口答应。

舒情挂断电话，刚到地下车库，就看见霍云城高大挺拔的身影正斜倚在他的车边，双手抄在西裤口袋里，在朦胧的灯光照耀下，有一种从容不迫和优雅。

“情情。”霍云城见到舒情，站直了身体，长腿一迈走到她面前。

舒情笑了笑：“走吧。”

坐在车上，舒情才发现霍云城所开的方向，并不是回水月新城。她不由有些诧异：“不是回家吗？”

霍云城双手紧紧握着方向盘，嘴角扬了扬：“带你去一个地方。”

“去哪里？”舒情疑惑。

霍云城侧头看了她一眼：“到时候你就知道了。”

好吧……还搞得这么神秘。

舒情不再追问，反正到时候就知道霍云城在搞什么了。

大概半小时后，霍云城停下了车：“到了。”

舒情往前望了望，霍云城竟然带她来了海边。

一望无垠的大海，此刻风平浪静，湛蓝色的海水波光粼粼，微凉的海风吹拂着舒情的秀发，给人一种心旷神怡的感觉。

只是，他们来海边干什么？

舒情蹙了蹙好看的眉："霍云城，你带我来这边干什么？"

"上游艇。"霍云城指了指停在海边的一艘豪华游艇。

舒情有些无语，这大晚上的，霍云城这么有闲情逸致要带她出海吗？说真的，自从那次飞机迫降海岛之后，舒情对大海就没任何好感了。

不等舒情说什么，霍云城就牵起了她的手，带着她登上了游艇。

"跟我来，我让人准备了烛光晚餐。"霍云城握着舒情的手，往餐厅方向走去。

舒情走进餐厅，才发现在餐厅的墙上，挂满了各种颜色的千纸鹤。

"怎么这么多千纸鹤？"舒情惊讶地望着墙上挂着的一串串千纸鹤，不解地问道。

霍云城带着舒情走到餐厅中央那精致奢华的餐桌前坐下。餐桌上，放着一对惟妙惟肖的千纸鹤。

霍云城将红色的那只递给舒情，深邃的目光带着几分柔和："送给你的，看看喜不喜欢？"

"别告诉我，这是你折的。"舒情一头雾水地接过了千纸鹤，低头看了一眼。只见在千纸鹤的一对翅膀上，有几个金色的字："舒情，嫁给我！"

上面的字迹力透纸背，舒情认识，是霍云城的。

所以……这男人究竟想干什么？

## 第五章
## 做我霍云城的女人

“是我折的。”霍云城挑眉看向一脸诧异的女人，“每一只纸鹤都是我亲手叠的，你喜欢吗？”

喜欢倒是挺喜欢，只是……舒情蹙了蹙眉，无语地看了霍云城一眼：“霍云城，你这么闲的吗？”

霍云城伸手揉了揉她的眉心，脸上佯装委屈：“你不是说要浪漫吗？”

浪漫……好吧，她也只不过是随口一说而已，这男人就当真了吗？舒情美眸中升起了一抹无奈：“这么老套。”

“老套吗？”霍云城深邃的双眸含着笑意，“只要是我做的就不老套！当然，你不喜欢千纸鹤也没关系，还有其他的。”

“还有？”舒情一怔，这男人又搞了什么花样？

霍云城站起身，长腿一迈走到舒情面前，拉着她的手：“跟我过来。”

他带着舒情走到窗口边，指了指窗外：“你看那边。”

“嗯？”舒情顺着霍云城所指往窗外看去，只见外面黑漆漆的一片。

“这有什么好看的……”

舒情话还未说完，沙滩上瞬间亮起了上百盏灯光，摆成两颗心连在一起被丘比特之箭一箭贯穿的形状，看起来无比闪耀。

忽然，灯光一暗，过了会儿又重新亮起，这次是五个大字：“舒情，嫁给我！”

见舒情目瞪口呆地看着沙滩，霍云城揽着她的细腰，嘴角勾了勾：“这样有没有一点浪漫？”

舒情回过神，抚额开口：“这更老套……”

“哦，别急，还有……”霍云城伸手，又指了指天空。

舒情忙按住了他："行了，你别搞这么多花样了。"

话音刚落，无数绚烂的烟花在夜空绽放，几乎照亮了海面。

与此同时，霍云城变魔术似的从口袋掏出一个红色心形的丝绒戒指盒。他单膝跪地，抬眸，深深地看向面前的女人："舒情，答应我，做我霍云城的女人。"他深邃的眼眸，好像瀚海的海洋，能让人沉溺其中。

"行了，你先起来吧。"舒情扯了扯嘴角，伸手用力把霍云城拉起来。

像霍云城这样高高在上的男人，能绞尽脑汁搞这么多花样，大概真的很有诚意吧。

被他这么宠着，说没有半分感动和开心，那是不可能的。

舒情的心里有一种甜丝丝的感觉，密密麻麻地蔓延到全身。

不过，她没想过这么早结婚。

她认真地说道："霍云城，你这求婚，勉勉强强算及格。不过我没想过这么早就结婚。"

"为什么？"霍云城微微蹙了蹙眉，"你还想要什么？没有我办不到的。"

舒情抿了抿唇："和这些无关。毕竟我们才认识一个多月，互相了解得还不够深刻。更何况，哪有都没有谈恋爱就直接结婚的？"

舒情的想法是，两个人既然两情相悦，确定了恋爱关系，那就好好谈一场恋爱，水到渠成了自然就会把结婚提上日程。

现在，她才刚刚答应和他确定恋爱关系呢，可不想一下就上升到结婚的高度。

"这样……"霍云城搂着她低下头，在她耳畔低低地说道，"既然你不想这么早结婚，我也不勉强，不过至少我们要先订婚。"

他温热的气息尽数喷洒在她的脖颈周围，撩得她的脸阵阵发烫。

舒情还没来得及开口说什么，霍云城蓦地抓起了她的手。

手上传来微微凉意，舒情垂眸，只见霍云城以迅雷不及掩耳之势，将那枚夺目的戒指套在了自己的无名指上。

"你干什么呢？"舒情边问边打量着手上的戒指，心中有些惊艳。

在灯光的照耀下，手上的戒指熠熠生辉，一颗精致的钻石闪闪发光，晃得舒情都快眼花了。

"这是我们霍家的传家宝，爷爷让我送给他孙媳妇的，现在我给你戴上了。"霍云城勾了勾唇，深邃的目光带着只有在舒情面前才会流露出来的柔和，伸手将她揽入怀中。

舒情偎依在霍云城的怀中，心跳得有些快。她思忖片刻，点头：“那就照你说的，我们先订婚。”

其实之前爷爷和霍老爷子算是已经给他们订过婚了，但这毕竟是两家爷爷的口头约定，而当时舒情和霍云城完全不认识。现在，是她和霍云城两个当事人自己的意愿。

见怀中女人点头答应，霍云城深邃的双眸闪过异样的色彩：“舒情，我可以等，等到你做好准备嫁给我的那一天——但你的丈夫只能是我。”

“那你可要慢慢等哟。”舒情的脸有些不争气地红了。

“希望不要让我等太久。”霍云城勾唇轻笑了一声，低头吻住了她……

第二天是周末，霍云城带着舒情回了霍家老宅看望霍老爷子。

“少爷，舒小姐。”黎叔打开门，见到霍云城和舒情，恭敬地喊道。

霍云城问道：“我爷爷呢？”

“霍老在书房。”黎叔带着他们到了书房，敲了敲门，“老爷，少爷和舒小姐过来了。”

“进来。”霍老爷子的声音从书房传来。

霍云城推门而入，见霍老爷子正在书房练字，走上前道：“爷爷。”

霍老爷子放下手中的笔：“云城，情情，你们来了。”

舒情见霍老爷子的气色好了很多，笑了笑关心道：“霍爷爷，您身体没事吧？”

“还叫我霍爷爷呢？”霍老爷子笑眯眯地盯着舒情，“应该改口和云城一样叫我爷爷了吧。”

呃，爷爷……

舒情看了看身旁的霍云城，只见他挑了挑眉：“爷爷说得没错。”

在霍老爷子殷切期盼的眼神中，舒情张了张口：“爷爷。”

“这就对了！”霍老爷子摸了摸胡子，语出惊人，“云城，你和情情打算什么时候结婚？”

结婚……

好吧，看来在结婚这件事情上，霍家人都是急性子。

舒情忙道：“爷爷，我们没打算这么早结婚。”

“嗯？”

霍老爷子蹙了蹙双眉，正想说什么，霍云城富有磁性的声音响起："爷爷，我和舒情会先订婚。"

"订婚啊，也行吧……"霍老爷子爽朗地笑了几声，然后吩咐黎管家，"老黎，你去把黄历拿来。"

霍老爷子戴上老花镜翻看黄历，仔仔细细研究了会儿，而后抬头看了霍云城和舒情一眼："这个月十八号是黄道吉日，你们这天举行订婚典礼不错。"

"十八号，是不是太仓促了？"舒情有些无语，今天都已经十号了，只剩下八天时间，也太仓促了一点吧！

就连她想亲手给自己设计一件礼服的时间都不够。

霍云城深邃的目光流转，落在舒情身上，伸手直接揽住了她，语气清冽："不仓促。你什么都不用准备，我会给你一个盛大的订婚典礼，你就打扮美美地当准新娘就可以了。"

看着自己孙子和舒情一副恩爱的模样，霍老爷子满意地点点头："那就这样定了。"

舒情有些无语。

什么就定了？她还没答应呢！

霍家的男人，还真是一个比一个霸道。

"爷爷，林家栋那边，我会继续派人盯着。"霍云城忽然想起了什么，"林岩峰找过机长了，可惜他在迫降的时候受了伤，对当日的记忆一片空白。"

"这样啊。"霍老爷子蹙了蹙眉，"让最好的医生去医治他。"

"我已经安排了。"霍云城目光清冷，"爷爷，林家栋能丧心病狂地软禁您，也能在我的飞机上动手脚害我，那么我父亲的死，是不是也和他有关？"

霍老爷子眼眸微眯，闪过一抹复杂的神色："在没有确凿证据前，先不要打草惊蛇，我真的不希望是家栋。"

毕竟林家栋是自己从小养大的养子，而且当年林家栋的父亲有恩于他，甚至为了救他而牺牲自己。他实在不愿意相信，林家栋如此心狠手辣。

"我知道了，爷爷。"霍云城答应道。

霍云城和舒情要订婚的消息不胫而走，一时间轰动无比，上了热搜，轰动全网。

底下的评论也是达到了前所未有的热烈，有很多表示祝福的——

霍男神和舒美女终于要订婚了！

霍男神 & 舒美女，最佳：祝福他们！

男神要订婚了，羡慕、嫉妒、恨……开个玩笑，恭喜霍男神和舒美女！

还有很多不和谐的抹黑舒情的声音——

舒情那个土包子，哪点配得上霍男神了？

舒情就是一个水性杨花的贱人，脚踏两条船，霍男神千万不要上当！

霍氏总裁办公室。

霍云城坐在椅子上，修长的手指刷着手机屏幕，看见了那些抹黑舒情的评论，剑眉蹙了蹙。他喊来林岩峰，沉声道：“把那些负面新闻都给清理了。”

林岩峰恭敬地应着：“是，总裁。”

魅色酒吧，灯火摇曳，纸醉金迷。

化妆间，一个身穿白色礼服的年轻女孩面无表情地低头看着手机上霍云城和舒情的大幅照片。

“Angel，怎么还没化妆？还有半小时就开始表演了。”同伴 Alice 见她目不转睛地盯着手机屏幕，提醒道。

在酒吧，所有驻唱女孩用的都是英文名。

Angel 也是，她的中文名叫作唐若颖。

唐若颖抬头看了她一眼：“知道了。”

“你在看什么呢？”Alice 好奇地凑了过去。

在看见关于霍云城和舒情即将举行订婚典礼的新闻后，Alice 艳羡道：“你也关注霍云城和舒情呢？听说他们马上就要订婚了。”

“那又怎么样？”唐若颖冷哼一声。

Alice 羡慕地感叹道：“舒情能够嫁给霍云城这样优秀的男人，真是世界上最幸福的女人了！”

唐若颖眼眸闪过一抹冷光：“哼，可能马上就不是了。”

“嗯？你说什么？”Alice 诧异地问道。

唐若颖扬了扬嘴角，冷冷地开口：“到时候你就知道了。”

一转眼便到了十八号，舒情和霍云城举行订婚典礼的日子。

霍云城一早就起床了，他敲了敲舒情房间的门:“情情，起床了吗？”

“嗯。”舒情打开门，“你这么早？”

“今天是很重要的日子，你不会忘了吧？”霍云城嘴角噙着一抹笑，别有深意道。

舒情揉了揉头发：“我知道。不过现在……也太早了吧。”

面前的女人睡眼惺忪，一头微卷长发，几缕发丝松散地搭在她白皙而精致的锁骨上，整个人比平时多了几分娇柔和慵懒。

霍云城目光幽深了几分，情不自禁地伸手揽住了她的纤腰，将她往自己的怀中带。

舒情还没反应过来，霍云城灼热的唇已经落在她的脖颈上。

“好啦。”胸口剧烈起伏着，舒情推开紧紧禁锢住她的男人，想了想说道，“今天我就不去公司了，上午在家休息一下，下午我和于娜去做造型。”

“我陪你。”霍云城又把她拥入怀中，在她额头落下轻轻一吻。

这男人，要不要跟得这么紧……

舒情轻轻推开他：“不用，有于娜陪我就行了。你公司不是还有事吗？”

“我就想陪你。”霍云城抿了抿薄唇。在今天这么特殊这么隆重的日子，霍云城一刻都不想和自己心爱的未婚妻分开。

“不如这样，一会儿我做完造型打电话给你，到时候你来接我。现在你先去公司。”舒情想了想说道。

她知道霍云城是个工作狂，霍氏在经过了林家栋的事之后，多多少少有些影响，霍云城现在需要投入更多的精力。

见舒情坚持，霍云城迅速在她脸颊亲了一口，无奈地说道：“好吧，听老婆的。”

“谁是你老婆，脸皮真厚。”这个称呼，让舒情的脸一下变得滚烫。

见舒情的脸色如煮熟的虾子，霍云城好心情地弯了弯嘴角：“那我先去公司了，下午记得打电话给我，我去接你。”

今晚，他会让自己心爱的女人，成为全世界最幸福的女人，让所有的人都羡慕她。

他很期待，今晚的订婚典礼。

车上。

霍云城骨节分明的大手紧紧握着方向盘，向着霍氏方向开去。忽然，前面一个身穿白色裙子的女人，慌慌张张地一边跑一边回头，径直冲出了马路，向着霍云城的车奔来。

霍云城脸色一沉，忙踩了刹车。一阵汽车轮胎摩擦地面的声音刺耳地响起。

车停稳后，霍云城蹙了蹙眉，打开车门下车，垂眸看向躺在地上正焦急地望着他的面色苍白的女人。

这女人似乎有点眼熟。

霍云城揉了揉眉心，想起来了，这人似乎是魅色酒吧的驻唱。他曾经在酒吧听过她唱歌。

不知道她为什么会突然冲出马路，撞到他的车上。还好，车子只是从她身侧擦过，应该撞得并不严重。

霍云城问道："你没事吧？"

唐若颖一把抓住霍云城的小腿，惊慌失措地看向身后："先生，救救我！"

霍云城蹙眉抽出了腿，正想开口，忽然有个人高马大的男人朝着唐若颖走来。

络腮胡子的男人直接把她从地上拉了起来，恶狠狠道："你还想跑？！"

"呲啦"一声，唐若颖的领子被络腮胡子男人暴力撕破，露出了肩膀。

霍云城眼角的余光忽然看见，在女人雪白的肩膀上，有一朵梅花形的胎记。

霍云城的目光一凝。

这个梅花形的胎记……好熟悉。

在记忆深处，曾经的那个小女孩，肩膀上也是有这么一朵梅花形的胎记。

"糖糖？"霍云城紧紧盯着那朵梅花形胎记，目光闪过一抹不可置信，喃喃出声。

唐若颖一愣之下，再次抓住了霍云城的胳膊，目不转睛地盯着他的脸，一双美眸闪着莹莹泪光，激动地问："你是……城哥哥？"

城哥哥……多么熟悉的称呼！

当年的糖糖，就是这么称呼他的！

面前这个看起来弱不禁风、楚楚可怜的女孩，真的是糖糖吗？

那些尘封的记忆，就像决堤的潮水一般汹涌而来。

霍云城的思绪，在这一刻有些混乱。

“臭婊子，张老板能看上你是你的福气，多少女人想排队上他的床，便宜你了！”络腮胡子男人用力把唐若颖一拉，一个巴掌“啪”地打了上去，“还不快跟我走！”

唐若颖用手捂住了脸庞，浑身颤抖着，求助的目光看向霍云城：“城哥哥，救我！求求你救救我！！”

唐若颖的话，萦绕在霍云城的耳畔。

当年，糖糖摔下山崖的时候，最后说的那句话就是：“城哥哥，救我！求求你救救我！！”

霍云城再无迟疑，冷眸扫向那个男人：“你想干什么？”

他那强大的气场，让原本凶恶的男人气焰一下子弱了下来：“这女人欠了我们老大的钱，欠债还钱，天经地义……”

霍云城直接拿出一张支票，填上数字，扔给了络腮胡子，他薄唇微动，冷冰冰地吐出了一个字：“滚！”

络腮胡子男人在看见支票上的数字时，两眼发光，连忙从地上捡起了支票：“这就滚，这就滚。”

“城哥哥，谢谢你。”唐若颖拉着霍云城的手，看向他的目光交织着久别重逢的激动、开心、震惊……各种复杂的感情在两个人之间流动。

他们似有千言万语，却又不知该如何开口。

手心传来面前女人指尖冰冷的温度，霍云城眯了眯眼眸，语气带上了几分若有若无的审视：“你是糖糖？”

“嗯，是我啊，城哥哥。”唐若颖毫不犹豫地重重点头。

她是糖糖！

她居然就是糖糖！！！

霍云城的喉结滚了滚，心中实在有太多的疑惑，可一时之间又不知道从何问起。

这么多年，她究竟去了哪里？为什么他一直找不到她？

阵阵凉风吹拂在唐若颖的身上，她那件本来就单薄的裙子已经被刚才那个男人撕坏，瘦弱的身体仿佛一张纸似的摇摇欲坠，好像随时都会倒下。

“城哥哥……我终于找到你了……”见霍云城用审视的目光打量着她，唐若颖颤抖着声音，晃了晃身体，整个人往霍云城怀中倒去。

“糖糖，糖糖？”霍云城下意识伸手扶住了她，“你怎么了？”

怀中的女人脸色惨白，双眸紧闭，已经晕了过去。

RD 精品造型屋。

舒情和于娜一到那里，店长便热情地迎了上来：“舒小姐，你的礼服和造型师已经准备好了，是霍总亲自给你挑选的。”

“谢谢。”舒情礼貌一笑，接过了礼服。

不得不说，霍云城的眼光还不错，就连于娜都夸奖道：“这礼服都可以媲美咱们家的了。看来你老公对你还真是用心。”

“什么老公，别胡说。”舒情佯装生气地瞪了于娜一眼，便跟着造型师去了里面。

看着自己老板一副小女人的模样，于娜笑了笑。也就只有霍云城这样优秀的男人，能够配得上她家老板了。

一小时之后，做完造型，舒情走了出来，于娜瞪大了眼睛。

于娜知道她家老板长得漂亮，可从来不知道可以这么美艳。

微卷的秀发披在肩头，一身朱红色的礼服，勾勒出她曼妙的身姿，衬得她高贵典雅，落落大方。

“姐们儿，你今天真是美呆了！”看着面前这个宛如天仙般美丽高贵的女人，于娜由衷地感叹道，“今晚你一定会是最耀眼的准新娘！”

舒情被夸得有些不自在，低头看了看时间：“好像不早了。”

“怎么样？”于娜揶揄地笑道，“是不是迫不及待想见你家老公了？”

“我打个电话给他。”舒情拿起手机，拨打了霍云城的号码。

听筒里传来了关机的提示音，舒情咬着唇瓣摇摇头。

见舒情的脸色有点不对劲，于娜忙收起了笑容，关切问道：“怎么了？”

“霍云城的电话打不通。”舒情拧了拧秀眉，回答道。

于娜一怔：“是不是在忙？”

“关机了。”舒情的目光不由得暗了暗，霍云城在搞什么呢？明明说好了要来接她的，怎么突然联系不上了？

“可能在开会吧。”于娜安慰道。

舒情点点头：“我们在这边等他一会儿，他忙完了应该会过来。”

两个人在沙发上坐下，舒情的目光紧紧盯着大门。

“舒情，你别担心了，说不定你家老公想给你一个惊喜，突然出现在你面前。”见舒情一脸失落，于娜拍了拍她的肩膀安慰道。

“嗯。”舒情淡淡地应了一声，有些心不在焉。

不知道为什么，她的心中忽然升腾起一种不安的感觉，仿佛有什么大事要发生一样。想了想，舒情又拨打了林岩峰的电话。

“你好，舒小姐。”林岩峰的声音从电话那头传来。

舒情抿了抿唇，问道：“霍云城在公司吗？”

“霍总？他今天没来公司啊。”林岩峰有些诧异，“他没和你在一起吗？”

“什么？他没去公司？”舒情的心“咯噔”一下，急忙问道，“你确定吗？”

“确定。”林岩峰点头，语气很肯定。

本来今天霍总约了客户，可林岩峰一直没见霍总来公司，打电话过去关机了。林岩峰还以为，今天是自家总裁大人订婚的重要日子，霍总要陪舒小姐，所以才特意关机不想别人去打扰他们。

现在接到舒情的电话，林岩峰也很是纳闷：“舒小姐，我还以为霍总和你在一起，所以特意帮他取消了今天的客户会面，怎么你们不在一起吗？”

“没有，如果你见到他，或者有他的消息，请立刻通知我。”舒情嘴角的弧度有些僵硬，她深吸一口气说道。

“好的，舒小姐，霍总可能有什么紧急的事情，我让人去找找他，一有消息马上通知你。”林岩峰一口答应。

舒情挂断电话，心紧绷了起来。

“怎么样？”于娜关切开口。

舒情秀眉紧蹙：“他不在公司。”

舒情心中那种不安的感觉，越来越强烈。霍云城究竟去哪儿了？明明他早上说了是去公司的，为什么现在不见人影了？就连手机都关机了。霍云城不是这样没交代的人，怎么可能莫名其妙地失踪了呢？

更何况，今天还是他们举行订婚典礼的日子。

不会出事了吧……

想到这里，舒情蓦地起身：“我出去找他。”

于娜忙跟了上去：“我和你一起去。”

舒情顾不上换下礼服，提着裙摆就往外走去。

“等等我。”于娜追了出去，拉住了舒情，“舒情，你冷静点。你知道上哪儿去找霍云城吗？”

舒情摇摇头，而后脑海中灵光一现。她连忙拿出手机，拨通了Anthony的电话。

“Ada姐，今天不是你订婚的大喜日子吗？怎么有空找我？”Anthony在电话那头开玩笑道，“不怕你老公吃醋啊？”

舒情秀眉紧蹙，清冷的声音带着几分急迫：“Anthony，马上帮我定位一个手机号码。”

“嗯？”听见舒情严肃的声音，Anthony有些诧异，“什么号码这么重要？”

“别问这么多了，尽快告诉我结果！”舒情面色冷凝道。

舒情挂断电话，就把霍云城的手机号发给了Anthony。

很快，Anthony给她回复了信息：只能定位到大概的位置，在城郊的明洋山附近。

明洋山？

舒情的脸色越发冷了几分，为什么霍云城会跑那儿去？他不会无缘无故跑这么远，是有什么重要的事情吗？还是说……他出了意外？

情急之下，未开车出门的舒情和于娜叫了一辆专车，直奔明洋山。

“小姐，明洋山的范围很大的，有具体的地点吗？”司机回头看了看舒情，目光中充满着惊艳和疑惑。

这个漂亮的女人，一身盛装打扮，去明洋山那么偏僻的地方干什么？

舒情蹙眉开口：“你先往明洋山的方向开去，具体地点等会儿再说。”

说完，舒情又给Anthony发了信息：“还能定位到再具体一点的位置吗？”

十分钟之后，Anthony回复：“对不起，Ada姐，我已经尽力了，定位不到了。”

医院。

霍云城蹙眉看着病床上躺着的女人。

她真的是糖糖吗？

那一段尘封的记忆，不停在霍云城的脑海中闪过。

她肩头的梅花形胎记，她那一声“城哥哥”，都和当年的糖糖一模一样。可是，为什么当她晕倒在他怀中的时候，给他的感觉却那样陌生？

她究竟是不是糖糖？

霍云城面色冷硬，思绪有些飘远。

忽然，一声柔柔弱弱的“城哥哥”传入他的耳畔，把霍云城的思绪拉了回来。

他低头看去，只见唐若颖缓缓睁开眼，苍白的唇瓣动了动，激动又带着几分不可置信地开口：“城哥哥，真的是你吗？是你救了我？”

霍云城没回答她这个问题，转而声音清冷地问道：“你叫什么名字？”

唐若颖费力地坐起来，斜靠在病床上，含情脉脉地看向面前身姿挺拔的男人，柔声道：“城哥哥，我叫唐若颖，小名糖糖。”

“唐若颖？”霍云城蹙了蹙剑眉，这是一个陌生的名字。

“嗯。”唐若颖点点头，“因为我姓唐，所以小名就叫糖糖。城哥哥，当年我们一起被绑架，被关在一个小黑屋里面，你不会都忘记了吧？”

霍云城没有表情的面孔微微有所动容。

被绑架，关在小黑屋，确实都能对得上。

“城哥哥，你一定记得我的，对不对？当年，那些绑匪好凶，还放狗想要来咬我们。我怕黑，你怕狗，我说过我会保护你，不让大狗咬你。”唐若颖继续说道。

当时的情景再次浮现——暗无天日的小黑屋里，糖糖小小的身子抱着他，声音稚嫩：“城哥哥，你别怕，我很厉害的，我会保护你的。”

霍云城的薄唇动了动：“糖糖……你真的是糖糖？”

我怕黑，你怕狗……

是的，当年的霍云城，确实怕狗。而糖糖，也怕黑。

以至于当霍云城知道舒情怕黑的时候，曾经一度认为她就是糖糖。可后来证明她不是。

所以，面前的女孩——唐若颖，她才是糖糖？

唐若颖伸出了右手，颤抖着抚上了霍云城的脸庞，轻轻地摩挲着：“是的，城哥哥，我是糖糖！”

脸庞传来面前女人手指上的温度，不知道为什么，霍云城觉得有些不习惯。

他不动声色地按住了唐若颖的手，轻轻放下。

唐若颖的目光微不可见地暗了暗，继续说道："城哥哥，我还记得当年绑架我们的是三个男人和一个女人，那个最凶的男人缺了一颗门牙，他们都喊他三哥。我们最怕这个三哥了，他每次进小黑屋都吓我们。"

霍云城的心跳快了几分。唐若颖说的一点都不错！

见霍云城有所动容，唐若颖微微扬了扬嘴角，继续说道："有一次，他拿了一把刀进来，想要割我的头发，城哥哥你拼命保护我，他在你的胸口划了一刀，你流了好多血。城哥哥，你胸前的伤口还在吧……还有，那个女人就善良一点，经常会拿点吃的给我们，有一次她拿了一个肉包子进来，城哥哥舍不得吃，都留给了我，你和我说'糖糖，我不饿，你快吃，吃完了我们才有力气逃跑……'。"

霍云城的目光幽深了几分。按照唐若颖的这些话，她应该就是糖糖。当年这些事情，只有他和糖糖两个人知道。所以，唐若颖就是他这么多年来一直在寻找的糖糖！

"糖糖，真的是你……"霍云城低沉道。

"城哥哥，你终于认出我了吗？"唐若颖脸上扬起了开心的笑容，扑进了霍云城的怀中，"太好了！我终于又见到你了！当年我摔下了山崖，我……我以为我再也见不到你了！"

唐若颖身上的香水味传来，霍云城微微蹙了蹙眉。

这个味道，似乎和记忆中的糖糖不太一样？也许是因为糖糖长大了吧，和儿时肯定是有区别的。

霍云城轻轻推开了唐若颖，回忆起当年的往事，语气也带着几分感慨："是啊，当年你摔下山崖，我被我父亲派来找我的人救了回去。这些年来，我一直在找你，可是为什么你音讯全无？当年你摔下山崖，后来怎么样了？"

唐若颖幽幽地叹了一口气："摔下山后，我昏迷不醒，被附近一位村民给救了，送去了医院。当时我的伤势太重，需要持续治疗，医院报警后又联系了福利院。福利院把我的资料做了登记……后来被一个国外的慈善家看到了，给我办理了领养手续，并带我去澳大利亚治疗。"

"我一直都在澳大利亚，养父去世后，我就回国来找我亲生父母，几番辗转才找到了他们。原来当年他们抛弃我也是迫不得已，这些年我一直误会他们不要我、遗弃了我。"唐若颖说着，抽泣了起来。

霍云城递给她一张纸巾："别哭了，擦擦吧。"

"谢谢。"唐若颖红着眼眶接过了纸巾，吸了吸鼻子。

霍云城道："原来你去了国外，难怪我一直找不到你。"

"城哥哥，你真的一直在找我？"唐若颖抬眸，泪眼蒙眬地看向霍云城。

霍云城点头，薄唇轻启："嗯。"

"我回国后也一直在找你。"唐若颖的语气带着几分辛酸，"其实我在新闻上经常看见你，可直到最近，才知道原来你就是城哥哥，后来又听闻你即将订婚的消息……我……一直不敢来打扰你。"

她顿了顿，又说道："说起来也是因祸得福，要不是我撞到了你的车，我想我们两个人还会继续错过吧。"

"对了，那个人为什么追你？你怎么会欠他们钱？"霍云城问道。那个人一看就是恶霸流氓，糖糖怎么会惹上这种人呢？

唐若颖神色难过地垂下了眼眸："因为我亲奶奶得了重病，需要高昂的手术费，我的养父去世前已经破产了，我并没有继承什么遗产。我去酒吧兼职驻唱，根本赚不了那么多钱，只能去借高利贷。"

"原来是这样。"霍云城微微眯了眯眼眸。

唐若颖抬头，对视上霍云城深邃的眼眸道："城哥哥，你刚才替我还的钱，我一定会想办法努力工作还你的。"

"不用了。"霍云城轻轻摇了摇头，"那些钱不过是小事，你不用放在心上。"

"那怎么行呢？"唐若颖坚持道。

霍云城抬手看了看时间，想到舒情还在造型屋等他，便站起身："糖糖，刚才医生替你检查了，没什么大碍，你安心在医院休息一下，我还有事先走了，明天我再联系你。"

霍云城刚站起身，身后就响起了唐若颖急切的声音："城哥哥……"

"怎么了，糖糖？"霍云城顿住脚步，回头问道。

唐若颖楚楚可怜地开口："我不想在医院，你可以送我回家吗？"

"你家住哪里？"唐若颖的样子让霍云城无法拒绝。

唐若颖抿了抿唇瓣，柔弱地开口："我家在明洋山。"

去明洋山的路程有点远。霍云城思忖片刻，算了算时间应该赶得及去接舒情，再一起参加晚上的订婚典礼，就同意了。

他拿出手机想给舒情打个电话说一声，却发现手机没电了。

“糖糖，可以借我用一下手机吗？”霍云城开口问道。

唐若颖拿出她的手机：“我手机坏了，不能打电话，不过可以发短信的。城哥哥，你要发给谁？我帮你发。”

霍云城给唐若颖说了舒情的手机号，让唐若颖发短信告诉舒情，他有点事可能会晚点去接她。

“嗯，发好啦。”唐若颖拿着手机在霍云城面前晃了晃。

“行，走吧，我送你回去。”霍云城开着车，把糖糖送回了家。

第六章
# 订婚典礼，取消了

舒情和于娜坐着车在明洋山转了一圈又一圈。

司机有些无奈地开口：“两位小姐，你们究竟要去哪里啊？”

舒情秀眉紧蹙，心中极度不安。她正想开口，忽然听见身旁于娜惊讶的声音传来：“舒情，那不是霍云城的车吗？”

舒情顺着于娜所指的方向望去，果然，不远处停着一辆劳斯莱斯，在乡村小道上显得格外突兀耀眼。

这是霍云城的车没错，可是他为什么会来这里？

舒情眯了眯眼，心中的不安越发扩散，忙对司机说道：“麻烦到前面那儿停下，谢谢！”

“好嘞！”司机很快就把车开到了霍云城的车子旁，停了下来。

车还没停稳，舒情就迫不及待地打开车门下车。

霍云城的车停在了山脚下的小路旁边，舒情往车里张望了一下，里面没有人。

既然他的车在这里，那他人也应该在附近吧。舒情又拨打了一遍霍云城的电话，依然是关机。

于娜给司机付了钱，连忙走了过去，关心地问道：“怎么样？”

舒情摇了摇头：“车上没人。”

车在，人不在。担心、紧张、不安……各种情绪在舒情心头交织着。霍云城到底干什么去了？他没事吧？

“我们到处找找，可能他就在附近。”于娜四处望了望，说道，“别这么担心，霍云城那么聪明，肯定没事的。”

舒情深呼吸一口气，侧头看了看于娜道：“你到左边去找，我到右边找。”

“好。”于娜点头，往左边方向走去。

舒情往右边走了几步，见旁边有一户农家小屋，大门虚掩着。

舒情走上前去，敲了敲门，没有人回应。舒情迟疑了一下，还是推门走了进去，她想问问里面的人，有没有见过霍云城。

霍云城开车将唐若颖送了回来。

明洋山下的唐家只是一个普通的农村家庭，家徒四壁，看起来很寒碜。

霍云城蹙了蹙眉："糖糖，你住这里？"

“嗯，这是我亲生父母的家，平时我在市区租房住，不然晚上去酒吧太远了，不过有空我就会回来。”唐若颖低下了头，咬着唇瓣，“等奶奶的病稳定下来，我就接他们都去市区住。”

霍云城若有所思地点了点头："你家人呢？"

“爸妈都去医院陪奶奶了。”唐若颖轻声说道，“可能得晚点才能回来。”

“既然这样，你好好休息，我先走了。”霍云城惦记着舒情，惦记着晚上的订婚典礼，站起身说道。

“城哥哥，我觉得这里好痛。”见霍云城要走，唐若颖忽然指着胸口。

还没等霍云城反应过来，她整个人都往他身上倒去。

“糖糖，你怎么了？”霍云城忙扶住了唐若颖。

唐若颖依偎在霍云城的怀中，微微踮起了脚，红唇附在霍云城的耳畔，气若幽兰地问："城哥哥，你还记不记得，你曾经说过，你会娶我？"

霍云城的身体僵了僵。

确实，儿时的他曾经对糖糖说过这句话。

可是……

舒情推门而入的时候，看见的就是这样一个场景。

一个衣冠不整的年轻女孩，和霍云城紧紧抱在一起，两个人的动作是那样亲密和暧昧。

而且，那个女孩还对霍云城说："你曾经说过，你会娶我。"

舒情不可置信地看着面前这一幕，脑袋有一瞬间的空白。她担心霍云城，急得到处找他，而他在干什么？

他消失了这么久，就是在和另外一个女孩卿卿我我？舒情的心脏猛烈地抽动着，痛到几乎无法呼吸。她深吸一口气，极力克制着自己的情绪，颤抖着声音开口质问：“霍云城，你在干什么？”

霍云城正想推开糖糖，忽然一道熟悉的声音传来。

怎么会是舒情的声音？霍云城怔了怔，看向门口。只见舒情一身盛装打扮，脸色阴沉如寒冰。

“舒情？”霍云城诧异地盯着眼前人。

他不是让舒情等他去接她吗？为什么此刻她会出现在这里？舒情又是怎么找到这里的？

见舒情的脸色很难看，霍云城松开了唐若颖：“舒情，你怎么过来了？”

可是唐若颖却紧紧地拉住了他，整个人绵软无力地偎依在他怀中，浑身颤抖：“城哥哥，她是谁呀？我好痛，你别走。”

感觉到唐若颖整个人颤抖得厉害，霍云城剑眉紧蹙，低头看了她一眼：“糖糖，你没事吧？”

糖糖……

这两个字，如惊雷一般落入了舒情的耳中。

这个女孩——霍云城紧紧抱着的女孩，竟然是糖糖！

难怪……

真是太讽刺了！

今天是他们订婚的大喜日子，霍云城却抱着另外一个女人！而那个女人，还是他这么多年来一直心心念念的白月光——糖糖！

这一刻，舒情的心口好像被狠狠地剜了一刀似的，痛得厉害。

“霍云城，她是糖糖？”舒情费了很大的力气才让自己的声音听起来正常一些。

“舒情，你先回去，我等会儿跟你解释。”霍云城蹙眉说道。

他知道舒情一定是误会了，但是他相信舒情对他的感情，也相信舒情会信任他。只要他和舒情解释清楚了，那就没事了。

现在糖糖似乎很难受，很有可能是刚才被他的车撞伤了。更何况，他好不容易遇到了糖糖，当年糖糖对他有恩，曾经不顾一切地救过他，他不可以一走了之丢下她。

所以，霍云城能想到的，就是让舒情先回去，等他处理完这边的事情，就会赶去订婚晚宴，和舒情解释糖糖的事情，然后照常举行他们的订婚典礼。

可是，在舒情看来，霍云城已经用实际行动说明了一切。他当着她的面，还紧紧地抱着糖糖！在他的心目中，最关心、最在乎、最爱的人，始终是糖糖！以前是，现在是，将来也是！而她舒情，只不过是浮云而已。

是啊，霍云城深爱的糖糖回来了，怎么可能还会多看她一眼？还有她这个替身什么事吗？

舒情很想上去狠狠甩霍云城一巴掌，很想大声质问他，为什么要这样对她？

可舒情还是忍住了。

既然他已经找到了糖糖，他不爱她了，她何必再纠缠？

她舒情绝不是那种被男人甩了，就一蹶不振的软弱女人！

舒情眼中闪过一抹复杂神色，带着几分痛苦和决绝，她深深地看了霍云城一眼，转身离开。她的脚步，异常沉重，每走一步，都那么艰难。

舒情失魂落魄地走出了门，于娜正向她走来，气喘吁吁地开口："舒情，那边我都找过了，没看见霍云城……"

"不用找了。"舒情冷声开口，指甲深深地掐到了肉中。手掌的痛，传遍全身，她却浑然不觉。因为心口的痛，是肉体疼痛的千倍万倍！

见舒情脸色很难看，于娜忙关心地问道："舒情，你怎么了？"

"于娜，我们走！"舒情回过神，拉着于娜往马路上走去。

刚才那辆专车还在，司机去了一下洗手间刚回到车上，正要发动车子，舒情拉开车门，上车，沉声对司机说道："去帝豪酒店。"

帝豪酒店是霍氏旗下的产业，也是今晚订婚典礼举行的地方。

"舒情，发生什么事了？你找到霍云城了吗？"见舒情的样子很不对劲，于娜追问道。

舒情脸色冰冷，咬着唇瓣点点头。

"他人呢？怎么没和你一起？他是先去了帝豪酒店吗？"于娜心中很担心，语气有些焦急。和舒情认识这么久，她还从来没有见过自家老板这个样子。

一定出事了！

舒情闭上了眼，嘴角扬起讽刺的笑："今晚，不会有订婚典礼了。"

"什么？"于娜闻言，心中一惊。

舒情深吸一口气，缓缓地道："我决定和霍云城解除婚约，今晚的订婚典礼也会取消。"

于娜震惊地开口："解除婚约？舒情你不是在开玩笑吧？"

"我像是开玩笑的样子吗？"舒情自嘲地笑了笑。

于娜追问："为什么？"

舒情的心狠狠抽搐了一下："因为霍云城的白月光回来了，他今天失踪了一整天，就是和她在一起。"

"白月光……你说糖糖回来了？怎么会这么巧，偏偏在这个时候？"于娜的语气充满了不可置信。

她曾经听舒情说过关于糖糖的事情，知道霍云城曾经爱过一个女孩。可当年糖糖坠落山崖，这么多年杳无音信，所有人都认为她已经不在人世了。

今天，霍云城和舒情订婚的日子，糖糖怎么会突然出现？

于娜也不知道该怎么安慰舒情："就算是糖糖回来了，霍云城也不一定会选糖糖。舒情你别这样，你和他好好谈谈。"

"霍云城的行动，已经说明了一切，我又何必自讨没趣？"舒情眯了眯眼睛，语气带着几分酸涩的味道。

"可是……"于娜知道自家老板的个性——舒情是一个有主见、有自尊、高傲的女人，她决定的事情，任何人都改变不了。

于娜还想再说什么，舒情打断了她："于娜，你让我静一静。"

舒情背靠在座位上，刚才霍云城和糖糖拥抱的那一幕，再次浮现在脑海中，怎么也驱之不去。

心，一点一点地往下沉，一直沉到湖底最深处。

那样的冷，那样的痛。

这是舒情从未有过的感觉。很难受，痛到几乎窒息。但是，再痛再难受，她都要承受住。此时此刻，她必须坚强。

既然糖糖回来了，霍云城选择了糖糖，那么，今晚的订婚典礼也没有必要举行了。

与其让霍云城提出，那还不如她先提出。

她要让所有人知道，是她舒情，不要霍云城的！

帝豪大酒店。

一楼最豪华的宴会厅中，宾客云集，热闹非凡。

在这里，今天即将举行的是霍氏当家人霍云城的盛大订婚典礼，A市所有有头有脸的人都来参加这场盛世典礼。

很多记者早早赶了过来，生怕错过第一时间的新闻。

所有人都很期待这场盛宴，除了徐婉儿。

她恨恨地盯着宴会厅最前面的舞台，一会儿霍云城即将和舒情在那里举行订婚仪式，接受所有人的祝福。

为什么，为什么偏偏是舒情！

“婉儿，别生气了，不过是订婚而已，又不是结婚了。”白岚感受到身旁徐婉儿的怒意，连忙开口安慰道。

徐婉儿狠狠地吸了一口气：“你说得对，订婚而已。”

“就是嘛，以后我们再想办法把这个女人赶走！”白岚说着往沈俊言的方向看了看，心中打着小九九。舒情和霍云城订婚了，是不是就不会再去纠缠沈俊言了？

时间一分一秒过去，所有人都到齐了，但是今晚的主角——霍云城和舒情却一直不见人影。

霍老爷子有些纳闷，给霍云城打电话，却是关机，舒情的电话也没人接。

“老黎，你让人去找找云城。”霍老爷子蹙了蹙眉，心中隐隐有些不安。他了解自己的孙子，霍云城并不是一个不守时的人。更何况，今天这么重要的日子，他应该早就到了。

为什么现在不见人影，就连电话都打不通呢？

“老爷，你别急，少爷也许是有什么事耽搁了。”黎叔安慰霍老爷子说道。

正说着，霍母和霍倩踩着高跟鞋走了过来。

“爸，云城在搞什么呢？”霍母一副不满的神情。自从那天林家栋召开新闻发布会，霍母帮林家栋说话后，霍母在霍家的地位就一落千丈。

霍云城干脆直接搬去了水月新城，这么多天都没有回过家。

霍老爷子扫了她一眼：“你自己的儿子，问我干什么？”

霍母被呛了一句，正想开口说话，霍倩悄悄拉了拉她的手。

“爷爷，表哥不是不知轻重的人，我想他一定正在赶来的路上。”霍倩甜甜地开口，不忘抹黑舒情：“不过舒情也是的，表哥的手机没电了，她为什么不接电话？一点分寸也没有。”

霍老爷子张了张口，正想说什么，忽然听见有人喊道：“来了，来了！”所有人的目光都往门口看去。

只见舒情穿着一袭朱红色礼服，正朝着宴会厅走来。

霍老爷子看见舒情，终于舒了一口气，可随即发现不太对劲。怎么只有舒情一个人，霍云城呢？

舒情一张明丽的脸庞冷若冰霜，踩着红地毯，径直走向宴会厅中央的舞台。

“情情，怎么就你一个人？云城他人呢？他没和你在一起吗？”霍老爷子见状连忙站起身，走到舒情的面前，关切地问道。

舒情顿了顿脚步，垂下头回答道：“他不会过来了。”

“什么？”霍老爷子一惊。

舒情这话是什么意思？云城为什么不会来了？他是出什么事了吗？

霍老爷子还想再问舒情究竟是怎么回事，她却直接越过了他，目光决绝地往前走去。

在场众人，都感受到了舒情的不对劲，不由得交头接耳，窃窃私语。

“发生什么事了？”

“为什么只有准新娘一个人？霍总呢？”

“啧啧啧，不会是霍总临时悔婚了吧？”

……

在众人惊诧的目光中，舒情一步步走上了舞台。

司仪在台上做着准备工作，见舒情走上来，忙迎了过去：“舒小姐，订婚典礼还没开始，您可以先休息一下。”

舒情却完全不理会他，直接从他手中拿过了话筒。

她清了清嗓子，深吸一口气，语气坚定地说：“今晚的订婚典礼，取消了。”

舒情此话一出，仿佛在平静的湖水中扔下了一块巨石，激起了巨浪。

太突然了，事先一点征兆都没有。

在场所有的宾客都震惊地看着台上的舒情，然后面面相觑，议论纷纷。

“舒情为什么突然取消订婚典礼？这么儿戏吗？”

“八成是被甩了吧？”

“也对，豪门还是要讲究门当户对的，像她这样乡下来的土包子，霍总怎么可能真心要和她订婚？”

面对底下人们的议论，舒情置若罔闻。

徐婉儿脸上的兴奋怎么都藏不住，她看了一眼身旁的白岚：“舒情是不是疯了？”

白岚讨好道：“谁知道呢？说不定是霍总发现了她的真面目，把她给甩了。”

徐婉儿赞同道：“对，一定是这样。云城终于看清了这个女人的真面目，太好了！”

“婉儿，我就说霍总和她不过是玩玩而已，怎么可能真和她订婚呢？这下你不用担心了，霍家少奶奶的位置，一定会是你的。”白岚不停地拍马屁。

徐婉儿满意地点头。

记者们则带着兴奋，纷纷围了过去。

霍氏总裁在订婚典礼即将开始前突然被取消婚约，这可是爆炸性大新闻啊！

“舒小姐，请问你为什么要取消订婚典礼呢？”

“舒小姐，你突然宣布取消今晚的订婚典礼，霍总知道吗？这是你的决定，还是霍总的决定？”

“舒小姐，你取消订婚典礼，是因为和霍总之间出问题了吗？”

一个接一个的问题，不停地炮轰着舒情。

舒情微微扬了扬嘴角：“对不起，我不接受采访。今晚的订婚典礼取消了，你们可以走了。”

当霍云城赶到帝豪大酒店宴会厅门口的时候，看见的就是这样一幕——舒情，他深爱的女人，身穿他亲手为她挑选的朱红色礼服，衬得她格外高挑纤细，那样明艳动人，那样让他心动，可是她说出的话却是那样无情：“今晚的订婚典礼，取消了。”

订婚典礼，取消了……

她轻飘飘的一句话，就擅自取消了他们的订婚典礼。

“霍总，霍总来了！”

有人看见了站在宴会厅门口，脸若寒冰的霍云城，惊讶地喊道。

记者们争先恐后地围了过去，将话筒对准了霍云城。

“霍总，请问舒小姐突然取消订婚典礼，您事先知情吗？”

“霍总，请问您……”

记者话还没说完，霍云城双眸赤红，脸冷得犹如千里冰封，毫不客气地开口：“滚！”

霍云城的气场实在太强大，记者们抖了抖，纷纷噤声，让开通道。

只见霍云城带着冰冷的气息，面色阴沉得可怕，一步步向着舒情走去。

一阵寒意袭来，舒情皱了皱眉，并不畏惧地对视上了霍云城的眼眸。

他这是舍得从糖糖那里回来了？

他这么生气，是因为她比他先一步提出了取消婚约？

现在，所有人都知道是她舒情甩了霍云城，他脸上挂不住，所以才这么生气？

呵呵……其实霍云城不应该高兴才对吗？她提出了解除婚约，那他就可以名正言顺地和糖糖在一起了。更何况，由她提出，他也不会背负见异思迁的骂名。他还有什么好生气的？

看着那个冷若冰霜的男人，一步一步逼近自己，舒情的嘴角微微扬起了一抹讽刺的弧度。

还没等她开口，手腕上突然传来一阵强大的力量。

“你……”舒情还没反应过来，就被霍云城扣住了手腕，直接把她拉到了舞台后面的休息室，压到了墙上。

“霍云城，你放开我！”舒情整个人被霍云城禁锢着，她挣扎道。

霍云城却纹丝不动，双手扣住她的手腕，居高临下地看着她，薄唇紧紧抿成一线，深邃的目光中翻腾着舒情看不懂的怒意。

良久，他才滚动了一下喉结，压抑着愤怒的情绪，暗哑着嗓音问道：“舒情，为什么？”

舒情的双手无法动弹，用力挣扎了一下，却挣脱不了。

“舒情，究竟为什么，你要取消订婚典礼？”见舒情沉默不语，霍云城又重复了一遍。

霍云城这个样子，让舒情心中有一瞬间的愤怒。她闭了闭眼，霍云城和糖糖紧紧拥抱在一起的情景，再次浮现在眼前。

心，一阵刺痛。

舒情深呼吸几下，再睁眼时，目光中已是冷漠一片："为什么？你不是应该很清楚吗？"

"因为……糖糖？"霍云城蹙了蹙眉心，"我不是说过，关于糖糖的事情，我会和你解释的吗？"

解释？舒情冷冷地笑了笑。事实已经摆在面前了，还有什么好解释的？

就在这时，霍老爷子拄着拐杖，在黎管家的搀扶下走进了休息室。

"云城，情情，你们到底在搞什么啊？"霍老爷子又气又急，一见到霍云城和舒情，就沉着脸，焦急地问道。

好端端的，为什么要取消订婚典礼？而且还当着所有嘉宾的面，那么突然？让所有人看笑话，简直不知所谓！

"爷爷。"见霍老爷子进来，霍云城忙松开了舒情，上前去扶霍老爷子。

"是不是你做了什么惹情情不痛快的事了？"霍老爷子脸色极其难看，敲了敲拐杖，语气严肃。

没等霍云城回答，霍母不知道什么时候也走了过来，清了清嗓子道："爸，你怪云城干什么？"

她狠狠瞪了舒情一眼说道："现在很明显，取消订婚典礼是舒情的责任！这个舒情一点规矩也不懂！今天这么重要的日子，她自己丢人就算了，连累霍家干什么？"

霍倩也在一旁添油加醋道："就是啊，表哥怎么可能惹舒情不痛快？今天好端端的订婚典礼，舒情竟然自作主张取消了，把我们霍家的脸都丢尽了！"

听着霍母和霍倩两个人一唱一和，喋喋不休，霍老爷子突然感觉胸口闷得慌。

他捂着胸口，目光看向舒情："情情，你来说，究竟怎么回事？"

"霍爷爷，谢谢你一直以来的关心，但是今天对不起，我必须和霍云城取消婚约。"舒情抿了抿唇，语气坚定决然。

"情情，是不是云城他……"霍老爷子张了张口还想再说什么，胸口一阵绞痛，身体晃了晃，整个人往地上倒去。

幸好霍云城就在旁边，手疾眼快地及时托住了霍老爷子。

"爷爷，爷爷！你怎么了？"只见霍老爷子面色惨白，脸上大汗淋漓，双目紧闭。

“爷爷，你怎么了？”霍云城心头一惊，连忙蹲下身子，大声喊道。可是，霍老爷子却没有半点反应。

“快叫救护车！”看着昏迷不醒的霍老爷子，霍云城的心一阵抽痛，几乎吼道。

很多人围了过来，休息室里乱作一团。

林岩峰立刻打了120：“喂，你好，帝豪大酒店，有老人晕倒……请立刻过来！”

舒情心头也是一紧，垂眸看向躺在地上的霍老爷子。他这个样子看起来像是突发心脏病。

舒情正想要走过去看看霍老爷子，却被霍母和霍倩给挡住：“舒情，你害得爷爷还不够吗？你还想干什么！”

“你们让开！”舒情语气冷厉。霍老爷子现在的情况很危急，她必须在医生赶来之前，给他进行急救。

不然后果不堪设想。

霍倩却冷哼一声，一点也没有让开的意思：“舒情，你以为你是谁？现在你和表哥已经解除婚约了，你什么都不是！你没有资格去看爷爷！”

“让开！”舒情没时间和霍倩再纠缠下去，直接把霍倩往旁边一推。

“哎哟！”霍倩一声惨叫，摔倒在地上，她恨恨地瞪着舒情，“你竟然推我？”

舒情根本就不想理会霍倩，可是霍倩一把抱住了她的腿。

霍母和霍倩两个人又拉又扯，像两个泼妇一样，缠住了舒情。

舒情有些急，用上了几分力，好不容易摆脱了霍母和霍倩，拨开人群，走到霍老爷子面前。

她蹲下身子，伸手想为霍老爷子把脉，却被霍云城的大手一把按住。

“舒情，你干什么？”霍云城剑眉紧锁，目光冷冽。

舒情看了霍云城一眼，推开了他，直接给霍老爷子做起了心肺复苏。

她那娴熟的动作，让霍云城愣了愣。忽然想起，当时夏星星落水，也是舒情帮她做的心肺复苏。所以，舒情是懂医术的？

舒情全神贯注地给霍老爷子做着心肺复苏，完全顾不上周围人的指指点点。此刻她心中是内疚的，如果不是她取消了订婚典礼，刺激到霍爷爷，也许霍爷爷就不会晕倒了。

十分钟过后，救护车赶到。

医生匆匆忙忙地走进休息室。

“医生，快看看我爷爷怎么样了？”一向冷静自持的霍云城，此刻的语气却带着紧张和焦急。

“病人突发心脏病，需要立刻抢救！”医生给霍老爷子做了检查，脸色冷凝，一边沉声道，一边将带来的救急仪器给霍老爷子戴上。

霍云城跟着医生一起往门口救护车方向走去，在经过舒情身旁的时候，顿了顿脚步。

“如果爷爷有事，我不会原谅你的。”霍云城侧头看了舒情一眼，便与她擦身而过。

这句话犹如三九寒冬天的冰凉空气扑面而来，舒情的心不由得颤了颤。她没有想到，事情会发展成这样。可是，这件事情的始作俑者，难道不是霍云城自己吗？如果不是因为他和糖糖纠缠不清，她又何至于会取消订婚典礼？

这场原本应该热闹盛大的订婚典礼，还没开始就落寞地结束了。

舒情的心仿佛被铁锤一下一下地敲击着，难受得厉害。

“舒情，你这个贱人，害得爷爷生死未卜，你满意了？”霍倩踩着高跟鞋，指着舒情的鼻子骂道。

“舒情，要是老爷子出了什么事，我们霍家不会放过你的！”霍母也不忘落井下石，扬起手就要往舒情脸上扇去。

舒情目光冷了几分，挡住了霍母的手：“霍爷爷心脏病发，我也感到很遗憾，但你敢说，霍爷爷发病，你们没有责任吗？刚才是谁在他面前一个劲儿地说那些话刺激他？”

“你还狡辩！”霍倩忙扶住了霍母，“姨妈你没事吧？”

记者们又不嫌事大地围了过来，一个又一个的问题砸向舒情——

“舒小姐，请问霍老爷子的病很严重吗？”

“舒小姐，请问你以后有什么打算？”

“舒小姐，你能说说你和霍总取消婚约的原因吗？”

……

舒情蹙了蹙眉，不耐烦地回道：“对不起，我不接受采访！”

霍倩眼中精光一闪，这不是抹黑舒情的好机会吗？

她忙向记者们招了招手：“你们有什么问题可以来问我和姨妈。”

记者们求之不得，纷纷围了过去。

霍倩清了清嗓子道：“大家都看见了，今天我爷爷突发心脏病，完全都是被舒情取消订婚的事刺激的！我代表我们霍家在这里向大家宣布，我们霍家和舒情这个蛇蝎心肠的女人再无任何瓜葛！”

记者们纷纷点头。

一时间，舒情被千夫所指，她已经不想再听下去，冷冷地笑了笑：“霍倩，你一个和霍家毫无关系的养女，有什么资格做霍家的代言人？”

被舒情当众揭穿她是领养的身份，霍倩的脸上青一阵白一阵，转了转眼珠想要说什么，舒情却直接忽略了她，直接离开了。

于娜和沈俊言迎了过来：“舒情，你没事吧？”

“你们都别跟着我，让我一个人静一静。”舒情抬眸，看了他们一眼。她知道，于娜和沈俊言关心她，可此时此刻，她只想一个人静一静。

于娜和沈俊言对视一眼，还想再说什么，舒情沉了沉脸：“你们放心，我没事，我只是想静一静。”

“可是，舒情……”沈俊言还想说什么，于娜拉住了他：“算了，让舒情一个人冷静一下。”

今晚实在发生太多事情了，换作任何人都受不了。但是于娜相信舒情，她可以处理好一切。

在沈俊言担心的目光中，舒情走出了酒店的大门。

独自走在街头，路边的霓虹灯照在舒情身上，她的思绪有些纷乱。

她不知道今晚自己是不是做错了，如果她没有当众宣布取消订婚典礼，也许霍爷爷就不会心脏病复发，现在躺在医院急救。可是，即便她不宣布取消婚约，霍云城还是会做同样的决定。

因为他的糖糖回来了。

结果还不是一样？

耳畔响起霍云城那句冷漠的话：“如果爷爷有事，我不会原谅你的。”舒情的心痛得厉害。

霍云城恨她吧？他认为是她把霍爷爷害成这样的。

不知不觉中，雨，哗哗落下。磅礴的雨打在舒情的身上，打湿了她的衣服。夜晚的凉风伴着雨水袭来，舒情忍不住打了一个寒战。

忽然间，一把大伞出现在她的头上，遮住了风雨。舒情有些诧异地抬眸，一个高大挺拔的身影站在她身后，是沈俊言。

“舒情，我不放心你。”

沈俊言已经从于娜那里知道舒情取消和霍云城订婚典礼的原因了。本来他心中是有些欣喜的，霍云城一直爱着的糖糖回来了，以舒情那么骄傲的性格，她和霍云城绝无可能再在一起了。也就是说，他又有机会可以追求舒情了。

可是，此时此刻，看见舒情浑身湿透的狼狈样子，他很难受很心疼。如果可以，他不想让舒情受到一点点的伤害。

医院。

“倪医生，我爷爷怎么样了？”霍云城俊朗的面庞满是担心和紧张。

倪医生是A市最好的心内科医生，他给霍老爷子做了一个详细的检查，面色沉重地道：“霍老原本就有心脏病，不过一直吃药控制着。今晚他又受了很大的刺激，导致心脏病复发，虽然目前急救过来了，但是需要立刻做手术。”

霍云城蹙眉点头，看了倪医生一眼：“一定要保证我爷爷没事！”

倪医生说：“霍总放心，我一定会尽力的！”

霍老爷子进了手术室，霍云城站在外面等得心焦，脸色阴沉得可怕。

舒情当众宣布取消订婚典礼，以及霍老爷子心脏病发的一幕幕，在他的脑海中交替闪过。

他期待了这么多天，今晚原本应该是他最幸福的一刻，现在为什么会搞成这样？

“总裁，霍老会没事的。”林岩峰看着霍总黑得宛如煤炭的脸色安慰道。

霍云城置若罔闻，深邃清冷的目光紧紧盯着手术室的大门。

霍母带着霍倩也赶了过来：“云城，你爷爷怎么样了？”

霍云城淡淡地开口：“在做手术。”

“表哥，你放心，爷爷吉人天相，一定会没事的。”霍倩拉着霍云城的胳膊，温柔地安慰他。

霍云城侧头冷冷地扫了她一眼，抽出了胳膊。

霍倩的目光暗了暗，忍不住说道：“表哥，爷爷搞成这样，完全都是因为舒情！”

“闭嘴！”霍云城眼神冷冷一扫，不耐烦地吼道。

霍倩颤了颤，正要说什么，被霍母拉住了：“倩倩，云城现在心情不好，你让他静一静。”

霍倩噤了声。

也不知道过了多久，手术室的大门终于打开了。

霍云城长腿一迈，忙走了过去：“倪医生，我爷爷怎么样？”

“手术是很成功的。”倪医生推了推金丝边眼镜，迟疑了一下才说道。

霍云城闻言微微松了一口气，却又听倪医生小心翼翼地说道：“但是……”

“什么？”霍云城的心头一紧，追问道。

“霍老的情况还是不太乐观。”倪医生斟酌着开口，“能不能醒来，我也没有把握。”

霍云城脸色一沉，声音沙哑：“不可能！爷爷一定会醒过来的！”

很快，护士推着移动病床走了出来。

“爷爷。”霍云城站在病床前，低头看着昏迷不醒的霍老爷子，心如刀绞。

霍倩上前一步再次安慰道：“表哥，你别太担心了，爷爷吉人天相，一定会没事的。”

霍云城微微点了点头。

第二天，天气阴沉沉的。

舒情迷迷糊糊地睁开眼，映入眼帘的是一盏白色的琉璃灯。这是在哪里？她揉了揉太阳穴，昨天的记忆渐渐汇拢。

本来应该是她和霍云城订婚的日子，但是——霍云城背着她和糖糖在一起。她取消了订婚典礼，霍爷爷受了刺激晕倒，后来她想静一静，下雨遇到了沈俊言。

昨天的一幕幕，不停地在舒情的脑海中浮现。舒情的心，一阵阵地抽痛。

她正想起床，房间的门恰好打开，沈俊言迈步走了进来。

“舒情，你醒了？”沈俊言走到床前，关切地问道。

舒情四处望了望问道，“这是你家？”

“嗯。”沈俊言柔声开口，“我做了早餐，想吃什么？”

舒情摇摇头：“我没胃口。”

看着精神不佳的舒情，沈俊言的目光充满了心疼：“不吃东西怎么行？我帮你拿杯牛奶过来，你先喝一点。”

“沈俊言。”舒情喊住了他，“霍爷爷现在怎么样了？”

“听说做了手术，还没醒。”沈俊言轻叹一声道。

舒情面色一紧：“我想去看看霍爷爷。”

“那你先乖乖吃了早餐，我送你去。”沈俊言温柔地拍了拍舒情的肩膀，欲言又止，“你和霍云城……”

舒情想去医院看望霍老爷子，那一定会遇到霍云城，沈俊言怕她触景伤情。

“沈俊言，我现在不想提这件事情。”舒情深吸一口气，神色淡淡地说道。

一提到霍云城，她的心就开始痛。舒情现在不愿去想那些让她伤心的事情，她只想确认霍爷爷的安危。

她勉强吃了几口早餐，便迫不及待地催着沈俊言送她去医院。

舒情坐在车上，习惯性地打开手机刷新闻。

关于她和霍云城订婚典礼取消的新闻，在网络上已经铺天盖地地传开来——

霍氏总裁和舒情取消婚约，霍老突发心脏病，生命垂危！

霍氏总裁霍云城和神秘女子约会，舒情被甩，无奈取消婚约！

……

网上竟然还放上了霍云城和糖糖的照片！

舒情的心猛地跳了跳。这些狗仔队还真是无孔不入，连糖糖都拍到了。

看着照片中霍云城扶着糖糖，糖糖依偎在他怀中，两个人亲密无间的样子，舒情心中那种密密麻麻的痛就蔓延开来。她深呼吸几下，才稍微平复了心绪。

舆论发酵得很厉害，网上各种各样的声音都有，其中也不乏对她的嘲讽、谩骂，要多难听就有多难听。

舒情自己被霍男神甩了，还装清高取消婚礼，害得霍老病重生死未卜，真不要脸！

土包子就是土包子，怎么配得上霍男神，被甩也是活该！

有谁知道霍男神的新欢是谁？

见舒情的脸色很难看，沈俊言侧头看了她一眼：“舒情，你没事吧？”

“我没事。”舒情回过神，将手机锁屏。从小到大，舒情还从来没有被黑得这么惨过。尽管她一再告诫自己不要再去想这些，可当被千夫所指时，还是做不到心中无波无澜。

“舒情，到了。”沈俊言的话拉回了舒情的思绪。

舒情打开车门下去，叮嘱道：“沈俊言，你在这儿等我。”

“我陪你上去吧。”沈俊言不放心。

舒情：“不用，你就在这等我。”如今她正处在风口浪尖上，不想被人拍到她和沈俊言在一起。毕竟，沈俊言的人气这么旺，很多狗仔都在想方设法地拍到他的新闻。

见舒情坚持，沈俊言的目光暗了暗：“那你自己小心，有事打电话给我。”

“嗯。”舒情微微点了点头。刚走进医院大门，就有两个小护士像发现了新大陆一般对她指指点点。

“看，这不是那谁吗？”

“对对对，舒情！就是被霍总甩了的那个，她来医院干什么？”

“该不会是来看霍老的吧？”

“啧啧，她还有脸来啊？我看八成是不甘心想来纠缠霍总的……”

“太不要脸了吧！”两个小护士一唱一和，用鄙夷的目光盯着舒情。

舒情直接面无表情地从她们面前走过，到了住院部。

“请问霍老先生在哪个病房？”舒情来到服务台问道。

服务台的护士抬头看了舒情一眼，用手往前指了指：“八楼的VIP病房。”

“谢谢。”

舒情坐电梯直达八楼，她往里看了看，只见最里头那间病房有两个保镖站在门口，霍爷爷应该就在那间病房了。

她前走去，每往前一步，心情就沉重一分。

霍云城此刻应该正在病房吧？他是不是依然认为，是她害了霍爷爷？舒情揉了揉眉心，让自己冷静下来。现在不是想这些的时候，当务之急是霍爷爷的病情。

正想着，背后忽然传来了一道女人尖锐的声音：“舒情，你来干什么？！”

舒情回头，脚步一顿，只见霍倩和霍母正气势汹汹地向她走来。

又是她们……

舒情皱了皱眉心，不想理会这两个女人。她继续迈步往前，却被霍倩一把抓住了胳膊。

“舒情，你害得爷爷昏迷不醒还不够吗？现在怎么还有脸过来？”霍倩恶狠狠地瞪着舒情，劈头盖脸地骂道。

## 第七章
## 又见糖糖

舒情抽出胳膊，冷冷地看了霍倩一眼：“霍倩，收起你泼妇的样子！我今天来不是和你吵架的，我只想看看霍爷爷。”

“姨妈，你看看舒情，她骂我！”霍倩一脸委屈，拉着霍母的手。

霍母眉心一蹙，声音拔高了几分：“舒情，我告诉你，我们霍家和你半点关系也没有，你别想着再来纠缠云城！这里不欢迎你，你快走吧！”

“麻烦你们两个让一让！”舒情没耐心听霍母讲话，只想尽快见到霍老爷子，不想再和她们啰唆什么，绕开了霍母，迈步向前走去。

眼看着舒情就要走到病房门口，霍母忙几步赶了过来，厉声对保镖说道：“你们愣着干什么？还不把她赶走？以后不准她再过来！”

两个保镖对视一眼，犹豫了一下，而后对舒情说道：“舒小姐，请回去吧。”

舒情冷冷地看了他们一眼：“请你们让开。”

“舒情，你个不要脸的，还不赶紧滚！你还想再害爷爷吗？！”霍倩见舒情站在纹丝不动，气急败坏地吼道。

昨天，舒情在记者面前说她是收养的，今天这个消息就传得满城风雨、人尽皆知了。

她一直以来在学校经营的豪门小姐形象大受影响，更有许多人在背地里议论纷纷，说她是假千金，就连几个她的狂热追求者都对她冷淡了不少。

舒情讽刺地看了霍倩一眼，正想开口，病房门忽然打开，霍云城出现在她面前。

“你们在干什么？”霍云城蹙了蹙眉心，冷声问道。

见到霍云城，霍倩恶人先告状，她指着舒情，愤愤然地说："表哥，舒情这个心肠歹毒的女人，昨天害得爷爷心脏病发，至今还没脱离危险，现在她又过来想要刺激爷爷，她简直就是蛇蝎心肠！"

霍云城凉薄的目光扫过舒情的脸庞。他一直守在霍老爷子的病床前，一夜没合眼。听到外面隐隐约约传来争吵的声音，就开门想看看究竟发生了什么事，没想到会看到舒情。

霍云城的眼中飞快闪过一抹复杂的神色，他的心有些闷闷的。一想到爷爷是因为舒情才变成现在这样，他的心就坚定了下来。

"是你。"霍云城的语气淡淡的，听不出半点波澜。

舒情点了点头，对上霍云城带着凉意的目光。

一晚上不见，他憔悴了很多，俊朗的面庞满是疲倦，让人心疼。

她本以为自己可以平静地面对霍云城，此时此刻，她却心跳得厉害。

"霍云城，我来看看霍爷爷。"舒情深吸一口气，尽量让自己的声音听起来平静一些。

霍云城蹙了蹙眉，正要开口，就看见一个男人正急匆匆走过来靠近舒情。

是沈俊言。

"舒情，你没事吧？"沈俊言在医院门口等了很久都不见舒情下来，有些担心她，便上来了。

舒情愣怔了一瞬，看了沈俊言一眼，笑了笑："没事。"

"哟，舒情，我可真是小看你了啊。"霍母嘴角扬起一抹讽刺的笑容，"这边刚被云城给甩了，那边就勾搭上沈俊言了？"

"霍夫人，请你别乱说！"沈俊言脸色一沉。

霍母冷笑一声："你这么维护舒情，敢说你们两个没什么？"

舒情有些头大，她只是单纯想来看看霍爷爷，看能不能帮上忙，为什么就这么难呢？

她再次看向霍云城道："霍云城，让我进去看看霍爷爷。"

在见到沈俊言的那一刻，霍云城原本就冷俊的面容，变得更加冰冷。尽管舒情之前一再和他解释，她和沈俊言只是普通朋友，两个人没什么。可现在，沈俊言关心她的样子，根本就不像关心普通朋友。而舒情昨晚才和他解除婚约，一转身就和沈俊言在一起，真的很讽刺。

会不会，其实她是为了沈俊言才和他解除婚约的？

短短几秒钟时间，霍云城的心中已是百转千回。

“舒情，你回去吧，爷爷现在昏迷不醒，见不了你。”霍云城的目光冷得犹如千里冰封，说完便直接转身回了病房。

“砰”的一声，房门被用力关上，声音震得舒情浑身抖了抖。

为什么……她只是想看看霍爷爷而已，霍云城就这么恨她，连这点小小的要求都不答应？

心，一点点往下沉。

痛，渐渐蔓延全身。

“舒情，我们走吧。”见舒情怔怔地站在原地，望着病房门，沈俊言走到她身旁，轻声劝道。

舒情回过神，有些黯然地点点头。

“你们两个听好了，以后不准舒情再过来！”霍母面露得意，又不忘吩咐保镖道。

“是，夫人！”两个保镖恭敬道。

走出医院大门，舒情接到了舒老爷子的电话。

“情情，是我。”舒老爷子的声音，在电话那头响起。

听见爷爷亲切的声音，舒情鼻子酸酸的：“爷爷。”

“网上的报道我都看到了，你和云城搞什么呢？”舒老爷子的声音带着几分不解。

从海岛将舒情和霍云城救回来之后，舒老爷子就环游世界去了。他本来开开心心的，忽然看见网上报道舒情和霍云城取消订婚典礼，霍老爷子心脏病发的消息。

“爷爷，我……”舒情深吸一口气，不想让她爷爷担心，“没什么，这些事情我自己会处理好。”

“真的可以处理好？”舒老爷子扬了扬嘴角。

“嗯，爷爷，你玩你的，不用担心我。”舒情故作淡定道。

舒老爷子知道自己宝贝孙女的个性，说：“那行吧，有事记得第一时间打电话给我。”

挂断了电话，舒情打开车门，正准备上车，忽然看见远处有一个女人，提着保温桶往医院方向走去。

那个女人……很眼熟。

等女人走近了，舒情眯了眯眼，终于看清楚了。

竟然是……糖糖？

舒情的心情不自禁地“咯噔”一下。

昨天在明洋山农家小屋看见霍云城紧紧抱着糖糖的那一幕，猝不及防地又在她脑海中跳了出来。

糖糖此刻出现在这里，肯定是冲着霍云城来的。

“舒情，你认识她？”见舒情面色冷凝，目不转睛地盯着那个女孩，沈俊言好奇地问道。

舒情的嘴角扬起了一抹弧度，眼睛微眯：“她就是糖糖。”

沈俊言好奇地顺着舒情的目光望去，只见唐若颖的背影消失在医院大门口。

舒情收回目光，压下心头的各种情绪，淡淡地开口：“我们走吧。”

唐若颖拎着保温桶，一路打听，来到了住院部的八楼。

“请问，霍老先生是住这个病房吗？”唐若颖见最里面的病房有保镖把门，便走过去问道。

穿黑衣服的保镖有些不耐烦地摆摆手：“这位小姐，请你离开。”

自从霍老病倒，老是有不知好歹的记者乔装打扮，想要过来拍点什么独家新闻。保镖见唐若颖面生，也把她当成了乔装的记者。

唐若颖抿了抿唇瓣，笑盈盈地开口：“两位保镖哥哥，我是霍总的朋友，有很重要的事情要见他。麻烦你们转告霍总，我叫糖糖，可以吗？”

糖糖？

霍云城的贴身保镖自然知道自家总裁心中一直以来的白月光就叫糖糖。而今天的八卦娱乐新闻，也都说总裁大人已经找到了糖糖，昨天就是和她在一起，甚至还有照片。虽然照片上的女人的面孔有些模糊，但是保镖仔细看了唐若颖一眼，身形还真挺像。

保镖不敢怠慢：“那请你稍等一下。”

“霍总，门口有个自称叫糖糖的女孩，说有重要事情找您。”保镖推门而入，恭敬地向霍云城禀告道。

“糖糖？”霍云城有些意外，站起了身，迈步走到门口。

“城哥哥。”看着面前高大帅气的男人，唐若颖弯了弯嘴角，露出抹甜甜的笑容。

霍云城低头看了她一眼："你是来医院做复查的吗？我找人陪你去。"

昨天他不小心撞到了糖糖，虽然带她去医院做过检查没什么大碍，但后来糖糖回到家中突然说胸口疼，当时他急着赶去帝豪酒店，没顾得上她。

"不是。"唐若颖摇了摇头，"我没事了。"她顿了顿，又柔声说道，"城哥哥，昨天你走得那么匆忙，我很担心。今天看新闻才知道，原来昨晚是你的订婚典礼……取消了。"

在说到"订婚典礼"四个字的时候，唐若颖的目光暗了暗："对不起，都是我不好。"

霍云城有些诧异："为什么这么说？"

"我不知道昨天那位小姐，就是你的未婚妻。"唐若颖咬着唇瓣，一副柔弱自责的样子，"是不是因为我，让舒小姐误会了，她才会取消订婚典礼？而你爷爷才会因此重病昏迷？"

"和你无关。"霍云城脸色一沉，薄唇微动。

唐若颖垂下眼眸："如果有需要的话，我可以向舒小姐解释的。城哥哥，我愿意为你做任何事情。"

城哥哥，我愿意为你做任何事情……

这句话，当年在小黑屋，糖糖也是这么和他说的。

霍云城的眉心跳了跳："糖糖，谢谢你。"

唐若颖把手中的保温桶递给了霍云城："城哥哥，我知道，霍老先生病了你一定很担心，可你也要保重身体。这是我特意给你熬的鸡汤，你多少喝一点。"

面对糖糖的关心，霍云城心头一暖，伸手接过了保温桶。

唐若颖嘴角噙着一抹浅浅的笑，她忽然想起了什么，从口袋拿出了五百块钱："城哥哥，这是我昨晚驻唱的工资，先还给你。剩下的钱，我会慢慢还的……"

霍云城推开了唐若颖递给他的钱，沉声道："不用。糖糖，你我之间是生死之交，不必这么见外。"

生死之交……

这就是霍云城对他们两个人关系的定位吗？

唐若颖的目光一沉。

她要的不是生死之交，她要的是心心相印，她要的是霍云城这个耀眼的男人的心！

不过，不急，一步步慢慢来。现在，已经是一个很好的开始了。

“城哥哥，你拿着吧。”唐若颖把钱塞进了霍云城的手中，“我还要去酒吧唱歌，不打扰你了，你一定要照顾好自己。”

唐若颖说完就转身离开。

看着手中带着唐若颖余温的五百块钱，霍云城蹙眉给林岩峰打了一个电话：“帮我把唐若颖的奶奶转到最好的医院，找最好的医生医治。”

“是，霍总。”林岩峰在电话那头一口答应。

霍云城挂断电话，回到病房。病床上，霍老爷子依然昏迷不醒。霍云城轻轻替霍老爷子盖好被子，低头看着面色苍白的霍老爷子，心中不由得一阵绞痛。

他握住了霍老爷子的手，仿佛想把自己所有的力量都传递给霍老爷子一样：“爷爷，你一定会好的。”

“霍总。”倪医生走了进来，站在了霍云城的身后。

霍云城抬眸，冷声问道：“我爷爷什么时候会醒？”

倪医生脸色一凛：“霍总，我正要和你说关于霍老的病情。”

“倪医生，你给我说实话，爷爷的病究竟怎么样了？”霍云城冷着脸，迫不及待地追问。

“说实话，霍老的病，我没有把握。”倪医生小心翼翼地开口，“不过，在这个世界上，有一个人应该能治好霍老。”

“谁？”霍云城勾唇问道。

只要能治好爷爷，不管是谁，他一定会去找来。

倪医生清了清嗓子道：“今天我查遍了关于霍老病情的所有资料，还和我在国外的导师联系过，我们认为霍老已经做完手术了但依然昏迷不醒，或许可以试试中医疗法。民间有位医术高明的齐玉初齐大师不知你有没有听说过？他对此症很有经验，可以一试。”

“齐大师？”霍云城一怔，他从来没有听说过这个人。

“他是什么人？”霍云城眸色一凝，追问道。

倪医生看了一眼霍老爷子的心电监护仪，然后说道：“齐大师家学渊源，毕业于全国一流大学，还远赴海外交流学习过，曾经是享誉中外的中医大师，医术非常高明。早期也曾受邀在我们医院坐班就职，治好了不少病情严重的病人，但是二十年前，发生了一些事情，他突然辞职离去销声匿迹了。”

“销声匿迹？”霍云城神色一凛，语气中带着几分急迫，“现在在哪里可以找到他？”

倪医生神色遗憾地摇了摇头：“我不知道。或者应该这么说，没有人知道齐大师的行踪。”

霍云城原本稍稍看见一丝希望的心，一下子又沉了下去。他的薄唇紧紧抿成一线，沉默片刻又问道：“二十年前，发生什么事了？”

倪医生轻叹一声：“具体发生了什么事情我也不清楚，只是听我导师说，二十年前的事情，对他打击很大。自从那件事之后，齐大师就失踪了，其间有很多人都去找过他，但是都没找到。已经过去了这么多年，没有人知道他去哪儿了，甚至没有人知道，他究竟还在不在世。”

听了倪医生的这番话，霍云城的脸色阴沉，剑眉紧锁，一个还不知道是否在世的神医真的靠谱吗？

霍云城低头看着病床上昏迷不醒的霍老爷子，手指关节一点点收紧。不管靠不靠谱，有一线生机就不能放弃，不管齐大师在哪里，他都必须尽快找到齐大师！

爷爷等不起，他不能眼睁睁地看着爷爷就这样一直昏迷不醒。这种无能为力的感觉，实在太难受了。

霍云城正要打电话给林岩峰，让他派人去找齐大师，病房的门忽然打开了。黎管家走了进来，关切地问道：“少爷，霍老怎么样了？”

霍云城目光暗了暗：“还是老样子，依然昏迷着。”

见霍云城一脸憔悴不堪的样子，黎管家有些心疼，走过去开口安慰道：“少爷，你不用太担心了。霍老吉人天相，一定会醒来的。”

“嗯。”霍云城淡淡地应了一声。

黎管家又说：“少爷，你陪了霍老一天一夜了，就算是铁打的身体也熬不住。你回去休息一下吧，这里有我照顾霍老。”

霍云城摇摇头：“我想陪着爷爷。”

黎管家拍了拍他的肩膀：“少爷，我明白你现在的心情，可是万一连你都累病了那霍老怎么办？我想霍老也一定不希望你不顾惜自己的身体。听黎叔一句话，赶紧回去休息一下，有事我会立刻打电话通知你。”

霍云城思忖片刻，才道：“那就麻烦黎叔了。”

黎管家跟了霍老爷子几十年，和霍老爷子的感情非常好，这几十年来他在爷爷身边尽心尽力，所以有黎叔在这边照顾爷爷，霍云城还是很放心的。

霍云城又叮嘱了门口保镖几句，才转身下楼离开。

舒情坐在沈俊言的车上，看着窗外，心里乱作一团。

她深吸一口气，收回目光，低头看见了手上的戒指。

这是霍云城向她求婚的时候送给她的。

往事忽然铺天盖地地袭来——

霍云城为她挡刀，为她不顾自己的生死，他向她求婚……

既然他不爱她，为什么还要为她做这么多事情？真的只是因为她像糖糖吗？

舒情揉了揉眉心，赶走了心头那些纷飞的思绪。此刻，最重要的还是霍爷爷的病。既然霍云城不让她见霍老爷子，那她只能想其他办法了。

舒情默默摘下戒指收起来，侧头看了沈俊言一眼，抿了抿唇说道："沈俊言，可以帮我一个忙吗？"

"当然可以。"沈俊言问不问舒情要他做什么，就一口答应了。

舒情声音低沉地开口："帮我找个房子吧，直接买下就行，我想尽快搬进去。"

既然她已经和霍云城解除了婚约，就没有理由再住在水月新城了。

沈俊言笑了笑："不用这么麻烦，我在城东花园有一间公寓，如果你不嫌弃的话，随时可以搬过去。"

"那谢谢了。"舒情微阖着眼，往座椅上靠了靠。

沈俊言迟疑了一下，还是说道："我还以为你会离开 A 市，出去散散心。"

他所认识的舒情，在经历了被未婚夫背叛这种事情之后，只会潇洒地离开。可现在她还要继续留在 A 市，难道是对霍云城念念不忘吗？

舒情的呼吸一滞，想了想说道："毕竟霍爷爷现在还躺在医院里，他老人家这个样子我也有责任。我不能当什么都没发生过，就这么一走了之。"

沈俊言的眼中微不可察地闪过一抹黯淡，他点了点头："你放心，霍老不会有事的。"

舒情执意留下，真的只是因为霍老爷子吗？

两个人一路默默无言，沈俊言开车带着舒情到了水月新城。

舒情说：“你等我一下，我很快出来。”

舒情打开门，家里静悄悄的。这个时候，霍云城应该还在医院吧。

走到二楼她住的房间，舒情有些晃神。尽管只是昨晚没有回这里住，她却有一种恍如隔世的感觉。她在这里住了一个多月，留下了很多美好的回忆。

现在，她要离开了。她本以为自己会很坦然地离开，可现在，心中闷得慌。和霍云城在这里相处的点点滴滴，不受控制地从她记忆深处冒了出来。一幕幕过往，那样清晰。

霍云城，是第一个让她心动的男人。对于他，她付出了真心，是真的想过和他执手偕老，共度一生。可惜，她太傻了，错付真心。霍云城已经有糖糖了，而且现在很可能正和糖糖卿卿我我，她又何必在这儿触景伤情？

舒情收回思绪，快速把自己的东西收拾好，装到皮箱里面。提着皮箱走下楼，到了客厅正准备出门的时候，忽然传来开门的声音。

舒情下意识地顿住了脚步。

她的心猛地一跳，该不会是霍云城回来了吧？

舒情愣在了原地，一时之间有些不知道该如何面对。

门打开，出现在舒情视线中的，却是王妈。

“舒小姐？”王妈没想到家里这个时候会有人在，吓了一跳。

舒情微微有些失落，同时也舒了一口气：“王妈，是你啊。”她怎么就忘记了，王妈每天这个点都会过来打扫卫生。

“舒小姐，你这是？”看着舒情手中提着的皮箱，王妈诧异地问道。

舒情淡淡地道：“我要走了，麻烦你和霍云城说一声。”

关于舒情和霍云城的事情，这两天闹得沸沸扬扬的，王妈也略有耳闻。但是，她总觉得霍少爷不是那种见异思迁的人，平时霍少爷对舒情的温柔，王妈也是看在眼里的。

在霍家做了这么多年的钟点工，除了霍老爷子，她还从来没有见过霍少爷这么关心过谁——舒情是第一个。

可是，没想到舒情这么快就要搬走了。

王妈怔了怔，开口挽留：“舒小姐，你不等霍少爷回来吗？有什么事情，你们两个好好谈一谈，何必搬走呢？”

舒情摇摇头，正想说什么，沈俊言出现在了大门口。

"舒情，好了吗？"沈俊言迈步走向舒情，看着她问道。

"嗯。"舒情点了点头。

沈俊言从舒情手中接过皮箱，目光柔和："东西都收拾齐了吧？没有落下的了？"

"没有。"舒情的声音听不出任何情绪。

沈俊言温柔地笑了笑："那我们走吧。"

王妈惊诧地看着面前这一幕，舒小姐和这个男人……是什么关系？

在王妈询问的目光中，舒情顿住了脚步，她突然想起了什么，从口袋拿出钥匙，递给王妈："对了，这是这里的钥匙，麻烦你帮我还给霍云城。"

"舒小姐，不如你自己交给霍少爷？"王妈还在努力挽留舒情。

"不用了。"舒情说完转身跟在沈俊言的身后离开了。

"舒情，上车吧。"沈俊言将舒情的皮箱放进后备厢，而后很绅士地替她打开车门。

"谢谢。"舒情回头又看了一眼，抿了抿唇，坐上了副驾驶的位置，她的心情莫名有几分不舍。

"别想这么多了，回去好好休息一下。"沈俊言伸手替舒情系好了安全带。

"嗯，我没事，你让我静一静就好。"舒情有些疲倦地靠在椅背上，闭上了眼。

沈俊言不再说什么，调转车头，离开了小区。

霍云城从医院开车回家，在快到小区门口的时候，忽然看见一辆熟悉的车子从小区驶出来。

那不是沈俊言的车吗？他来水月新城干什么？霍云城的眉心突突跳了两下。他下意识地侧头看向窗外，在副驾驶位隐隐约约看见一张清丽的脸庞。

是舒情。

两辆车擦肩而过，霍云城猛地一踩刹车。他回头想看清楚，却已经不见了沈俊言的车子。

舒情和沈俊言在一起？

霍云城冷着脸回到家中，王妈正在客厅打扫卫生。

见霍云城回来，王妈连忙迎了上去："霍总，您回来了？"

"嗯。"霍云城应了一声。

王妈迟疑了一下问道："您见到舒小姐了吗？她刚走。"

舒情果然回来过！

霍云城脸色一沉，薄唇微动："她去哪儿了？"

王妈摇了摇头，拿出舒情留下的钥匙递给霍云城："舒小姐没说，但她把她的东西都带走了。还有这把钥匙，是舒小姐让我还给您的。"

舒情把东西都搬走了？也就是说，她不会再回来了……

霍云城的脸色冷如冰封。

半晌，他才语气冰冷地问道："她是一个人回来的？"

感受到霍云城浑身的低气压，王妈小心翼翼地开口："和一个男人一起回来的，好像是最近电视上很火的那个，叫什么来着？姓沈吧……"

王妈话音未落，忽然传来"砰"的一声巨响。

被吓了一跳的王妈抬眼看去，只见霍云城一拳重重地打在了柜子的玻璃门上。

玻璃碎了一地。

"霍总，您没事吧？"王妈急忙上前问道。

手上剧痛传遍全身，霍云城微微蹙眉："没事。"说完，便长腿一迈，走上了楼梯。

到了二楼舒情的房间，霍云城推门而入。

房间里收拾得很整洁，原本摆放的舒情的东西，已经全部都不见了。

霍云城铁青着脸，独自坐在房间中央的大床上，骨节分明的大手轻轻抚摸着放在床头的枕头。那是舒情睡过的地方，上面仿佛还残留着她独有的气息。

舒情就这么走了吗？

和沈俊言一起走了吗？

舒情和他解除婚约，从水月新城搬走，一切都是为了沈俊言？

徐家别墅。

徐婉儿躺在床上，刷着手机。

看到网上铺天盖地的关于舒情的黑料，徐婉儿的嘴角情不自禁地扬起。舒情这个女人终于有这样的下场了！

心情大好的徐婉儿约白岚去逛街。

两个人坐在车上，白岚一个劲儿地说徐婉儿爱听的话：“婉儿，这下舒情可是遗臭万年了，她差点害死霍老，霍总肯定恨死她了。”

徐婉儿冷哼一声：“那是她活该！”

徐婉儿忽然想起了什么，皱了皱眉：“网上有报道说，霍云城之所以甩了舒情，是因为他找到糖糖了，你帮我去查查是不是真的。”

白岚忙一口答应：“好，婉儿，别担心，就算真的是糖糖又怎么样？舒情我们都能赶走，更何况什么糖糖？”

徐婉儿满意地点了点头，忽然指了指前面的车，侧头问白岚：“那个是不是舒情？”

顺着徐婉儿所指，白岚往前看去——是沈俊言的车。开车的男人高大帅气，正是沈俊言。而坐在副驾驶座位的，是舒情。

心中的妒火升腾而起，白岚的脸色冷了下来。

“舒情刚被霍总甩了，就去勾引沈俊言！”白岚恨恨地开口，“我们跟过去看看。”

# 第八章 如此陌生

“好。”徐婉儿倒是一口答应了。

她对司机冷声吩咐道：“你跟着前面那辆车。”

“是，小姐。”司机恭敬地开口，远远地跟上了沈俊言的车。

徐婉儿和白岚一直跟着沈俊言的车到了城东花园。

她们看见沈俊言从后备厢里面拿出了行李，带着舒情到了他在城东花园的公寓。

看着沈俊言和舒情两个人并肩走进了公寓的大门，白岚的眼中掩饰不住地露出愤怒和妒忌，愤愤地骂道：“舒情这个不要脸的女人，竟敢住进沈俊言的房子！”

徐婉儿眼中闪过一抹精光，侧头看了一眼白岚：“沈俊言金屋藏娇，而这个女人竟然是舒情。你说如果我们把这条消息告诉媒体，会不会很劲爆？”

“可是这样会不会对沈俊言有影响？”白岚有些担心。

“你怕什么？”徐婉儿瞪了白岚一眼，“难道你想看着舒情纠缠沈俊言吗？”

“当然不想。”秦兰愤愤地说。

徐婉儿勾唇笑了笑：“那就是了。舒情刚被霍云城甩了，就立刻勾搭上沈俊言。到时候媒体肯定还会再添油加醋，说不定还能挖掘出她和其他男人有染。到时候所有人都会指责舒情，她成了过街老鼠，你说沈俊言还会要她吗？只要把她从沈俊言身边赶走，你的机会不就来了吗？”

徐婉儿的一番话，让白岚心动了。她若有所思地点了点头：“婉儿，你说得对。”

舒情跟在沈俊言的身后，走进了他的公寓。

“舒情，你看这里可以吗？”沈俊言帮舒情把行李提到了卧室，温柔地问道。

“嗯，可以，谢谢。”舒情环顾了一下公寓，这是一套一居室，虽然面积比较小，但设施齐全，装修很别致，也很符合她的审美。

“你看看有什么缺的东西，尽管和我说，我立刻让人送来。”沈俊言很贴心道。

“不缺什么了，我有点累，想休息一下。”舒情笑了笑。

见舒情隐晦地下了逐客令，沈俊言的目光暗了暗：“那我不打扰你了，你好好休息，有什么事记得立刻打电话给我。”

“谢谢。”面对沈俊言的关心，舒情的脸上毫无波澜。

沈俊言转身离去，在走到门口的时候，突然顿住脚步回过头问：“舒情，接下来你有什么打算吗？要不要回来星辰娱乐，公布你的身份？”

现在网络上面各种攻击舒情的言论，什么难听的话都有。如果舒情公布了身份的话，那些谣言自然不攻而破。

舒情微微蹙了蹙眉，摇了摇头：“不用。”

“为什么？网上的那些流言蜚语，你一点都不在意吗？”沈俊言不解。

舒情扬了扬嘴角，一脸风轻云淡地笑了笑：“你都说了是流言蜚语，我为什么要在意？”顿了顿，她又说，“更何况我现在只想把心思放在如何治好霍爷爷的病这件事上。至于其他的，我根本就不想理会。”

沈俊言若有所思地点了点头，沉声说：“那行，那你好好休息。”他深深地看了舒情一眼，然后转身离开。

沈俊言走后，舒情便从皮箱里面拿出了手提电脑，迅速打开。熟练地敲下几行代码，成功进入了医院的网络系统。十分钟之后，舒情便找到了关于霍老爷子病情的所有资料。

根据资料上面所记录的，其实霍老爷子的手术还是很成功的，但不知道什么原因，一直没有醒来。

舒情揉了揉眉心，盯着电脑屏幕陷入了沉思。

既然西医暂时没有更好的治疗办法，那可以试一试中医。但是，她的医术并没有高超到那种地步，也没有多少把握。如果可以请齐叔叔出山的话，那一定可以治好霍老爷子。

只是，舒情也不知道，教她中医的那位齐叔叔现在在哪里。

一时之间，舒情的心情又有点低落。

不管怎么说，她还是要亲眼见一见霍老爷子，确认一下他的病情，是否真的适合中医治疗。既然霍云城不让她见霍老爷子，或许她可以找林岩峰帮忙。

舒情一夜辗转无眠，第二天一早，便来到了霍氏。

看着面前高耸云霄的霍氏大楼，舒情有些晃神。

走进霍氏的大门，就有员工对她指指点点，窃窃私语，语气不屑又嘲讽。

“这不是舒情吗？她还有脸来上班呢。”

“要不是她，我们的董事长怎么会躺在医院里面？”

“真是不识好歹，像霍总这么优秀的男人上哪找？她居然还当众退婚！”

“那你就不知道了。你以为总裁真的喜欢这个土包子吗？其实是总裁大人把她给甩了，她只不过故作清高而已。”

“难怪呢，我看她八成是不甘心，这会儿又来纠缠总裁了。”

诸如此类刺耳的话语，不停地传入舒情的耳中。

舒情置若罔闻，径直往林岩峰的办公室走去。

“舒小姐。”林岩峰在见到舒情的时候，微微有些惊讶。

舒情的嘴角扬起一抹浅浅的弧度，向他打了声招呼：“林特助。”

最近林岩峰正安排人满世界寻找齐大师，所得到的回复都是毫无头绪，寻找不到，这让他很是发愁，他没想到舒情会突然来找他。

“舒小姐，你是来找总裁的吗？他这会儿应该在办公室。”林岩峰收起满脸的愁容，很客气地说道。

之前在订婚典礼上发生的变故，让林岩峰实在很惊讶。他不明白为什么舒情会突然取消订婚典礼，而自家总裁因此所遭受的打击，林岩峰也是看在眼里的，他总觉得这其中有什么误会。

“我是来找你的。”舒情往前走了几步，神色淡淡地说道。

“找我？”林岩峰有点惊讶。

舒情点点头：“林特助，我想请你帮我一个忙。”

“舒小姐，你不用这么客气，只要我能做得到的，你尽管吩咐。”林岩峰笑了笑，很客气地说道。

“是这样的，你能不能想办法让我去医院见见霍爷爷？”舒情的语气微不可见地带上了一分期待。

“这……”林岩峰闻言有些为难，迟疑了一下说道，“其实霍老先生现在一直都躺在病床上昏迷不醒，就算你去见他，也没有多大的意义。”

见舒情的目光难掩失望之色，林岩峰又赶紧说道：“不如等我们找到齐大师来医治好霍老先生，等他醒来了，我再想办法安排你去见他。”

“齐大师？”舒情有些疑惑地开口。

林岩峰点头：“据心内科的倪医生说，齐大师是一位医术高明的中医大师，很有希望能使霍老醒来。只可惜齐大师已经失踪二十多年了，总裁派了很多人去找，暂时都还没有消息。”

“这样啊。”舒情若有所思。

如果她没有猜错的话，林岩峰口中的齐大师，应该就是教她医术的齐叔叔吧。

看来她的推测果然是正确的。倪医生是心内科方面的权威专家，既然连倪医生也推荐齐叔叔，那如果把齐叔叔请来的话，中西疗法合璧，一定很有希望治好霍爷爷。

想到这里，舒情的心头一松：“那不麻烦你了，我先走了。”说完便转身离开。

“舒小姐——”林岩峰的声音突然在舒情身后响起。

舒情脚步一顿，回头问道：“怎么了？”

“有些话，我不知道该不该讲。”林岩峰欲言又止。

舒情笑了笑：“林特助，有什么话就直说吧。”

“舒小姐，你别怪我多管闲事。那天你取消了订婚典礼，总裁很伤心。你是不是有什么难言之隐？”林岩峰的话语中带着几分关心。

难言之隐？舒情怔了片刻。

见舒情沉默不语，林岩峰又说：“如果你有什么难言之隐的话，和总裁好好谈一谈。恕我直言，你们两个人彼此相爱，有什么事情解决不了呢？”

彼此相爱吗？

舒情的嘴角微微扬起：“林特助，你不是不知道，你家总裁的糖糖回来了吧？”

“所以，只是为了糖糖吗？我总觉得总裁……”

林岩峰话未说完，舒情便打断了他：“行了，我不想再继续讨论这件事情。谢谢你的关心。”舒情神色淡淡地说道，而后转身离开。

回到了秘书部她的座位，忽略其他人投来的各种各样的目光，舒情快速打了一份辞职信。

手中拿着辞职信，舒情来到了总裁办公室。一想到马上要见霍云城，她莫名有些紧张。

舒情深呼吸几下，抬手敲了敲门。

“进来！”霍云城低沉清冷的声音从里面传来。

舒情推开门，迈步走了进去。

霍云城正坐在椅子上，一脸冷漠地盯着电脑屏幕。

他穿着一件黑色西服外套，剑眉紧锁，眉宇之间含着一抹淡淡的愁绪，给人一种闲人勿扰的感觉。

听见声音，霍云城抬眸，在看清来人是舒情之后，微微眯了眯眼眸，目光变得深邃复杂。

两个人目光交汇，谁也没有开口。总裁办公室，在这一刻显得格外的寂静。

看着面前那熟悉的俊脸，棱角分明的五官线条，如大理石雕刻一般，俊美无匹，此刻带上了几分冷漠疏离。

舒情很想问问他，为什么要在他们订婚的这一天，完全不顾她的感受，失踪一整天和糖糖在一起？为什么对她如此冷漠绝情，甚至都不让她见见霍爷爷？

但是，舒情忍住了。她深吸一口气，压下心头的百转千回，嘴角稍稍扬起，一步一步走到霍云城面前。

她把辞职信放在了他的办公桌上，语气淡漠地开口：“这是我的辞职信，请你批准。”

辞职信？霍云城的脸色瞬间阴沉下来。她从水月新城搬走还不算，现在还要辞职？真的这么急着和他撇清关系吗？就为了沈俊言？

薄唇紧紧抿成一线，骨节分明的大手拿起桌上的辞职信，霍云城看也不看，直接把它撕个粉碎，重重扔进了一旁的垃圾桶。

舒情目瞪口呆地看着霍云城这一系列动作，几秒钟之后才回过神，嗤笑着问道：“霍云城，你这是什么意思？”

霍云城蓦地站起身，居高临下看着面前的女人，嘴角噙着一抹嗜血的冷笑：“我不同意你辞职。”

强大的压迫感扑面而来，舒情拧了拧眉心："理由？"

她不明白霍云城为什么不同意她辞职。既然他这么厌恶她，不是应该巴不得她从他视线范围内消失吗？

舒情沉默片刻，抬眸对视上霍云城吃人的目光，冷声道："如果是因为'冰与火'项目，你不同意我辞职，大可不必。这个项目现在已经步入正轨了，随时可以交接给其他人。"

霍云城绕过宽大的总裁办公桌，一步步逼近舒情，冰冷的话砸了过来："你就这么迫不及待要和我划清界限？为了沈俊言？！"

他那墨黑的眼眸如海一般深不可测，翻腾着汹涌而又冰冷的浪潮，仿佛要把舒情溺毙其中。

面对霍云城骇人的目光，舒情情不自禁地往后退了退。和他划清界限是为了沈俊言？霍云城是疯了吧？简直莫名其妙！

舒情扬起一抹冷笑，嘲讽道："你简直不可理喻！"说完这句话后，她转身离开。腰间忽然一股巨大的力量袭来，带着森冷的寒意。

她还没反应过来，整个人就被霍云城压到了总裁桌边。

"霍云城，你干什么？让开！"

霍云城一手把舒情抱到桌上，一手松开自己的领带："没有我的允许，你永远不能辞职！"

他低头狠狠吻住了她的唇瓣。

他的吻带着汹涌的怒意，来势汹汹。舒情挣扎着，可是双手却被他紧紧扣住。

霍云城的力道那样大，恨不得将她纤细的手腕捏碎一般。他的舌用力撬开了她的贝齿，探了进去……

本来霍云城只是想惩罚一下面前这个绝情狠心的女人，可她唇舌间美妙的滋味，是那样的熟悉，一如既往让他情难自禁。

往日和舒情在一起的甜蜜景象，猝不及防在霍云城的脑海中跳了出来，霍云城的吻在不知不觉中渐渐变得温柔了起来。恍惚间，他觉得他们似乎还在热恋之中，他觉得她从来都没有离开过。

良久，霍云城才意犹未尽地结束了这个缠绵悱恻的吻，他的额头抵着舒情的额头，哑声呢喃着："舒情……"

话还未说出口，一道女人的声音忽然在背后传来，打断了他："城哥哥……"

霍云城回头，出现在他面前的是唐若颖。

他惊讶地挑了挑眉："糖糖？怎么是你？"

糖糖？听见这两个字，舒情的心猛地跳了跳。她用力推开霍云城，胸口剧烈起伏着："霍云城，你够了！"

他把她当成什么了？他已经有了糖糖了，还对她这样，是要羞辱她吗？

唐若颖的目光中带着一抹受伤，不可置信地看着面前的一幕，霍云城竟然在吻舒情？舒情还在和霍云城纠缠不清！

唐若颖垂了垂头，很好地藏起了自己的情绪，咬着唇瓣小声说："城哥哥，对不起，我刚才忘记敲门了。我是不是打扰到你们了？"

霍云城松开了舒情，慢条斯理地整理了一下刚才在激吻中弄乱的衣服，淡淡地开口："没有。你怎么过来了？"

"城哥哥，我是过来向你道谢的。"唐若颖眼角的余光看着脸上带着几分绯红的舒情，强压下心头的嫉妒，笑靥如花地对霍云城说道。

"嗯？"霍云城勾了勾薄唇。

唐若颖上前一步："谢谢你把奶奶转到了最好的医院，让最好的医生医治她。奶奶现在已经好多了，她还让我问你什么时候有空，等她病好了一定要来亲自感谢你。"

霍云城的嘴角弯了弯，神色淡淡地说道："举手之劳。"

不想再看这刺眼的一幕，舒情深吸几口气，平复了一下心绪，嘴角勾起一抹冷笑，转身离开。

"舒情……"霍云城把唐若颖推开，跨步追上去。

唐若颖一把拉住了霍云城，垂下眼眸，一副楚楚可怜的模样："城哥哥，舒小姐是不是生气了？对不起，我不知道她也在。不如我去向她道歉，给她解释清楚。"

霍云城蹙眉，还没来得及开口，唐若颖便追了出去。

舒情坐着电梯到一楼，正要走出大门，身后传来一道冷冷的声音："舒情——"

舒情闻言，回头看去，正是刚才在总裁办公室柔柔弱弱的唐若颖。

"怎么？"舒情面无表情地开口。

唐若颖踩着高跟鞋，一步一步走到舒情面前，上下打量了她一番——果然是美人儿，清丽脱俗，气质高雅，难怪能够迷住霍云城。不过，那又怎么样？只要有她在，任何人都抢不走霍云城！

唐若颖掩饰住目光中的嫉妒，扬起了一抹胜利者的笑容：“舒情，你应该知道，我和霍云城是什么关系吧？”

舒情冷冷一笑：“你和他是什么关系，与我何干？”

舒情毫不在意的样子，让唐若颖有些意外。舒情不应该对她羡慕嫉妒恨吗？怎么这样一副风轻云淡的样子？她好像一拳打在棉花上，一点也不过瘾。

唐若颖眼珠转了转，又说道：“舒情，别以为我不知道你刚才去找城哥哥是想做什么。我警告你，以后离城哥哥远一点！城哥哥的心上人一直是我！你应该知道，这么多年来，城哥哥一直都在找我。现在他终于找到了我，他亲口对我说过，他要娶我。要不然，城哥哥也不会在你们订婚的那天和我在一起，更不会爱屋及乌请最好的医生来治我奶奶。”

“是吗？”舒情面无波澜地勾唇。尽管她表面上毫不在意，可心中已是剧痛无比。糖糖在她面前趾高气扬的优越感，是霍云城纵容的吧？

“当然！”唐若颖用余光看到了那个正在向着她们走来的挺拔的身影，微不可见地扬了扬嘴角，又往舒情面前靠了靠。

她几乎紧挨着舒情，用只有她们两个人能听见的声音说道：“再告诉你一件事，城哥哥说，我不在的日子里，你就是我的替代品。”

舒情的脸色冷了冷，霍云城是不是这么说过，她不知道，但是此刻的唐若颖倒是真叫她觉得恶心。

“离我远点！”看着不停往她身上靠的唐若颖，舒情想绕开她往前走。

“啊——”舒情还没碰到她，唐若颖便夸张地惨叫一声，整个人往地上摔去，又痛苦地喊道，“舒小姐，你真的误会我了。”

霍云城坐着电梯下楼，看到的便是这么一幕。

“糖糖，你没事吧？”霍云城一个箭步上前，伸手拉起了唐若颖。

唐若颖顺势依偎在霍云城的怀中，眼眶一红，哭得梨花带雨：“城哥哥，对不起，不管我怎么向舒小姐解释，她都不相信，是我不好，是我没用……”

舒情双手环臂，冷眼看着唐若颖的表演，嘴角情不自禁扬起了一抹讽刺的弧度。

说实话，舒情有些意外。霍云城一直以来心心念念的糖糖，竟然是一朵“盛世大白莲”？他曾经的眼光还真差劲。

之前霍云城还说她像糖糖，敢问她哪里像这朵“盛世大白莲了”？

唐若颖还在不遗余力地在霍云城面前卖惨，抹着眼泪道："城哥哥，我摔得好疼啊！"

霍云城剑眉蹙了蹙，冰冷地看向舒情："你为什么推糖糖？"

她推糖糖？她什么时候推这朵"盛世大白莲"了？霍云城不分青红皂白，就认定了是她推的？

呵呵……脑子有病吧！

看着面前这张脸，舒情只觉得这个男人在这一刻变得如此陌生。

舒情上前一步，冷冰冰的目光落在唐若颖的脸上："唐小姐，我有没有推你，你心里面很清楚。"

唐若颖故作害怕地往霍云城怀里缩了缩，又吸了吸鼻子，一脸委屈："舒小姐，对不起，都怪我不好，我刚才不知道你在城哥哥的办公室，我不是故意打扰你们的。"

"糖糖，不关你的事。"霍云城淡淡地开口，"你有没有受伤？我送你去医院。"

舒情冷笑一声，不想再看这朵"大白莲"表演，头也不回地离开了。

在路上，舒情脑海中不停闪过刚才那一幕，心有点刺痛。霍云城就喜欢这种女人？之前她还觉得自己是糖糖的替身，现在想想，拿自己和唐若颖那样的女人比简直太掉价了。但是，又觉得有些不对劲。

按照霍云城所说的，当年糖糖和他一起被绑架，糖糖是多么坚强，多么善良，甚至为了救他，不惜牺牲自己。这样一个小女孩，品行应该是挺不错的，怎么可能会像现在这样，当面一套背后一套，一副恶心人的嘴脸？

舒情相信，一个人的性格是天生的，就算是后天受到环境的影响，也不可能会有这么大的变化。这中间，一定有什么不对的地方。不过，这事先不急，她得赶紧去找到齐叔叔，毕竟，霍爷爷的病不能再拖了。

舒情想了想，拨通了舒老爷子的电话。既然齐叔叔当年是爷爷找来为她治病的，也许爷爷知道齐叔叔的行踪。

舒老爷子接到舒情电话的时候，刚刚回到海滩上。

"情情，今天怎么有时间想到给爷爷打电话了？"突然接到自家宝贝孙女的电话，舒老爷子轻快的声音从电话那头传来。

"爷爷，有一件事情我想请您帮忙。"舒情清了清嗓子说道。

“什么事？”舒老爷子踩着沙子问道。

“您还记不记得，我小时候有一次生病，昏迷了很久。在医院住了一个月，怎么都不见好。后来您请来了一位中医给我看病，就是齐叔叔。他药到病除，很快把我给救了回来。后来他还在我们家住了很长一段时间，觉得我有天赋，就教了我很多关于中医方面的知识，还想收我为徒。”舒情问道。

“我记得。”舒老爷子若有所思地开口。

“齐叔叔现在在哪里？”舒情迫不及待地问道。

“不知道。”

舒老爷子的回答，让舒情一阵失望：“爷爷，你真的不知道齐叔叔去了哪里吗？”

“怎么啦？这么急着找他？”舒老爷子蹙了蹙眉。

舒情解释道：“霍爷爷的病，想请齐叔叔帮忙治疗，所以我要尽快找到他。”

“原来又是为了霍云城那小子啊。”舒老爷子摸了摸胡子。

关于霍老爷子突发心脏病昏迷不醒的事情，他是知道的，但他认为霍云城能够搞得定。

“爷爷，有没有什么办法可以找到齐叔叔？你知道他家在哪里吗？”舒情的语气带上了几分急切。霍爷爷的病，得及早治疗，所以她必须尽快找到齐叔叔。

“他现在应该在东北吧。”舒老爷子想了想说道，“当年他走的时候曾经说过，要去东北山林定居，但是我也不确定，你试着让人去找找。”

“好的，爷爷，我知道了，谢谢爷爷。”舒情甜甜地笑道，挂了电话。

听了舒老爷子的话，舒情忽然间有了头绪。她隐隐约约记得，在她生病的那段日子，齐叔叔曾经给她讲过很多关于长白山的奇闻轶事，似乎很向往那里的生活。

舒情有一种预感，齐叔叔会在长白山那一带。

她决定亲自去一趟长白山。

舒情回到城东花园，于娜正在等着她。

“舒情，你还好吧？”于娜见到舒情从车上下来，“我听沈俊言说你搬来他这边了。”

舒情笑了笑："是啊，找我有事吗？"

于娜开玩笑道："怎么，没事就不能找你了？"

舒情笑着打开门："怎么会，进来再说。"

"是这样的，关于下一季的主打礼服，我这儿有两个方案，你看看哪个比较好？"于娜打开手提电脑，想点开资料给舒情看。

舒情却打断了她："这个先不急。我现在要赶去长白山，等我回来再说。"

"长白山？"于娜惊讶地抬头，"去那干什么？"

舒情抿了抿唇："去找我师父，现在只有他才能救霍爷爷。"

舒情把齐叔叔的情况简单和于娜说了一下。

于娜感慨道："舒情，其实你亲自跑长白山去找齐大师，是为了霍云城吧？"

为了霍云城？舒情怔了怔回道："当然不是。霍爷爷如今搞成这样，我也有责任，我只是期望他可以醒过来，这样我心里也好受一点儿，这和霍云城有什么关系？"

"好吧……那我陪你一起去。"于娜不放心舒情一个人跑深山老林里去。

舒情摇摇头："不用了，你回法国去吧。Leo工作室的事情离不开你。"

"工作室的事情，让下面几个人看着就行了。"于娜坚持，"你一个人去那种地方，很危险的，有我也有个照应。"

"那行吧。"舒情想了想没再拒绝，"你现在就订两张机票，越快越好。"

"好。"于娜一口答应，打开手机正准备订机票，忽然几条推送跳了出来。

"舒情，你看……"于娜抬头看了一眼舒情，有些担忧地开口。

"怎么？"舒情不解。

"你看看，网上又在黑你了，这次是诬陷你和沈俊言。"于娜把手机递给舒情，语气带着几分愤然，"这些狗仔真是太无德了，什么都写得出来。"

舒情低头，看了一眼于娜手机页面上的内容，入眼的就是一幅照片：沈俊言一手提着她的皮箱，一手扶着她从车上下来。

是那天沈俊言带她过来的时候被拍的。从照片的角度看，两个人的姿势很是暧昧。

沈俊言新欢曝光，为霍氏总裁前未婚妻舒情，两个人共度一晚，疑似同居。

同居？这些狗仔队还真有想象力，为了流量，什么都敢乱写。

“舒情，要不我去找人把这些胡编乱造的新闻给撤了吧，实在太过分了！”于娜为舒情打抱不平。

舒情此刻却一心想着尽快去长白山，只是淡淡地说道：“先别管这么多了，我们赶紧走吧，这些事情让沈俊言去处理吧。”

于娜点点头，和舒情一起往机场的方向去。

霍氏大楼门口。

看着舒情带着几分冷漠疏离的背影消失在视线之中，霍云城狭长的眼眸微微眯着，薄唇紧紧抿成一线。

“城哥哥，你不是说要送我去医院的吗？”

唐若颖的话拉回了霍云城的思绪。他侧头看了唐若颖一眼：“走吧。”然后迈步往停车场方向走去。

唐若颖一瘸一拐地跟在霍云城身后，娇声喊道：“城哥哥，你别走那么快，等等我呀。”

霍云城脚步一顿，见唐若颖一脸痛苦的样子，伸手扶住了她：“没事吧？”

“没事，就是膝盖好痛。”唐若颖顺势靠着霍云城，舔了舔唇瓣，胸前的柔软若有若无地蹭着霍云城的胳膊，动作充满了魅惑，霍云城却毫无反应。

唐若颖有些失望，咬着唇瓣，可怜巴巴地开口：“城哥哥，舒小姐是不是很讨厌我？我已经诚恳地请求她原谅了，可是她不但不肯原谅我，还用力推我……”

一提到舒情，霍云城的目光变得有些复杂。他有些不耐烦地松了松领带，侧头看了唐若颖一眼：“糖糖，上车吧。”

唐若颖坐上车子，却见霍云城并没有上车的意思：“城哥哥，你不上来吗？”她狐疑地问道。

霍云城勾了勾嘴角，解释道：“我让司机送你去，我公司有个重要的会议走不开。”说完，他便拿出手机打了一个电话，让司机过来。

唐若颖闻言，紧紧握住自己的手指，脸上却扬起了一抹乖巧的笑容：“那城哥哥，你先忙。”

“嗯。”霍云城淡淡应了一声，转身离开。

看着他那高大却带着几分淡漠的背影，唐若颖紧紧咬着唇瓣，目光黯淡了几分。

为什么霍云城对她这么冷漠？刚才她在总裁办公室推门而入的那一刻，明明看见霍云城看着舒情的目光有多么的狂热！舒情就是狐狸精！她不会再让舒情有机会去勾引霍云城！

唐若颖去医院简单包扎了一下，又让司机把她送回了霍氏。

霍氏的员工认得唐若颖是最近网上传得沸沸扬扬的总裁大人的初恋情人，因此唐若颖很轻松地就进入了霍氏大楼。

总裁办公室。

霍云城端坐在座位上，冷漠的目光紧紧盯着手机屏幕，一张俊脸紧绷。手机屏幕上，是舒情和沈俊言在一起的照片，两个人暧昧的姿势，无比刺眼。

下面是各式评论——

没想到沈俊言金屋藏娇的对象竟然是霍男神刚甩了的前未婚妻舒情，沈俊言也太没眼光了，喜欢穿破鞋吗？

这你就不知道了，说不定舒情和沈俊言早就勾搭在一起了，谁穿谁的破鞋还不一定呢。

竟然好有道理，舒情就是一个脚踏几条船、水性杨花的女人，亏得之前我还喜欢她，呸呸呸！

为我霍男神喊冤，竟然戴了这么久的绿帽！

霍云城骨节分明的大手握住了桌上的水杯，目光再次移到那张刺眼的照片上，而后狠狠地将水杯摔了出去。

“哐啷”一声，水杯落在地上，碎了一地。

唐若颖推门而入的时候，看到的就是这么一个情景。这一声巨响吓得她脸色惨白，而且她差点被水杯给砸到。

几秒之后，唐若颖缓过神来，忙走到霍云城身旁：“城哥哥，你怎么了？”

霍云城意识到自己的失态，扫了唐若颖一眼：“你怎么过来了？我不是让人送你去医院了吗？”

“哦，我已经去过医院啦，医生说我的膝盖只是擦破了皮，没什么大碍。”唐若颖嘴角扬起一抹妩媚的笑容，“我怕城哥哥会担心，特意过来和你说一声。”

霍云城心不在焉地开口：“没事就好。”

“对了，城哥哥，你刚才为什么发这么大脾气？出什么事了吗？”唐若颖好奇地问道。

“没什么。”霍云城收起了手机，放入西服口袋。

可唐若颖还是看见了：“城哥哥，你那么生气，是因为舒情？”

她此刻的心情有些复杂。开心的是，网上那么多关于舒情的黑料，尤其是那些她和沈俊言在一起的爆料，正常男人都受不了，更何况是霍云城这么高高在上、自尊心强的男人？担忧的是，霍云城为舒情发这么大的火，说明他心里面还是在意她的。

想到这里，唐若颖低垂的眼中闪过一抹嫉妒，她小心翼翼地看了霍云城一眼，说道：“舒情好过分呀，才和你分手没几天，就这么堂而皇之地和沈俊言同居了。”

霍云城的脸色，一下子沉了下去。

唐若颖又继续添油加醋：“我看网上说，舒情之前就和沈俊言不清不楚的，还同时和其他几个男人有染。城哥哥，要是这些传闻都是真的，那我可真是替你不值呀。”

“行了。”霍云城冷声打断了唐若颖，“别提她了。”

“城哥哥你不喜欢听，那我就不提。”唐若颖讪讪地噤了声。她垂眸看了一眼地上的玻璃碴，很贴心地说：“城哥哥，我帮你收拾一下。”

“不用，一会儿让保洁来收拾就行。”霍云城神色淡淡的。

“还是让我来吧，要是城哥哥一会儿不小心踩到了可就不好了，我会心疼的。”唐若颖坚持道。她一边说，一边蹲下身子，开始清理地上的玻璃碴。

霍云城蹙了蹙眉，身子往后靠了靠，不管她。想到网上那些舆论，他有些心烦意乱，又拿出手机下意识地点开了通讯录，修长的指尖一划，精准地找到了舒情的号码。

看着上面“舒情”两个字，霍云城的神情越发地冷冽。他的手指悬空点在“舒情”这两个字上，迟疑了一下，又松开。反复几次，终于怀着复杂的心情，按了下去。

然而，电话那头，却传来了关机的提示音。

“Shit！”霍云城暗骂了一声，浑身散发着冷凝的气息，让办公室的温度仿佛一下子降到了冰点，就连在打扫卫生的唐若颖都感受到了这股寒意。

“城哥哥，你没事吧？”唐若颖抬眸。

霍云城回过神，清冷地道：“没事。”

“嗯，我收拾好啦。”唐若颖站起了身，把玻璃碎片都扔进了垃圾桶。

她正要再说什么，手机忽然响了。

“城哥哥，不好意思，我接个电话。”唐若颖有些抱歉地对霍云城说道。

霍云城轻轻点了点头。

唐若颖接起电话：“老板，我今晚能不能请假？”

“不行！”酒吧老板严厉的声音通过听筒传了过来。

唐若颖抿了抿唇，小心翼翼地说：“可是我今天受伤了，膝盖上绑了纱布，没办法登台演唱。”

“那就扣除双倍工资！”酒吧老板很不近人情。

唐若颖可怜兮兮地说：“老板，您就通融一下吧，我真的受伤了，我还急着用钱，您别扣我钱了，行吗？”

“Angel，你以为我是慈善家吗？要是其他人都像你这样说请假就请假，我这酒吧还用不用开了？”酒吧老板愤怒的声音从听筒中传来，“你要是不能接受，就给我滚！”

“我知道了，老板，晚上我会准时去的。”唐若颖红着眼眶。

唐若颖挂断了电话，泪眼蒙眬地看向霍云城：“城哥哥，我该走了，晚上还要去酒吧上班。”

霍云城蹙眉：“你不是受伤了吗？”

“没关系的，我可以穿长裙，这样客人就看不见我膝盖受伤了。”唐若颖抿了抿唇，声音颤抖着带上了几分哭腔，却又故作坚强地说道。

“不用去了，糖糖，辞职吧。”霍云城沉声道。

“那怎么行？这份工作对我很重要的。我还要努力赚钱还你呢。”唐若颖摇了摇头，一副坚强独立的模样。

霍云城轻叹一声：“糖糖，我不是说过吗，我不需要你还钱。”

"可我不喜欢欠你的。"唐若颖低下了头，"城哥哥，我怕你会瞧不起我。"

"怎么会？"霍云城思忖片刻道，"糖糖，不如这样，你来霍氏工作吧。"

"我可以吗？"唐若颖猛地抬眸，目光中闪烁着欣喜的光彩。

霍云城笑了笑，语气肯定："当然。"

机场。

于娜和舒情登上了最快飞去长白山的飞机。舒情正要关机，忽然接到了沈俊言的电话。

"怎么了？"舒情挑了挑眉。

沈俊言富有磁性的声音从电话那头传来："舒情，我刚才去城东花园，你不在？"

"嗯，我现在在机场，和于娜一起。"舒情说道。

沈俊言诧异："机场？你们要去哪里？"

"我有些重要的事情要办。"舒情想了想说道，"对了，网上有很多关于你和我的八卦黑料，你想办法去撤了吧。"

"我会的。"沈俊言闷声道，"舒情，你真的不考虑考虑我的建议？公开你的真实身份，或许是眼下最好的解决办法。"

舒情揉了揉眉心："等我回来再说吧。"

飞机起飞，冲入云霄。

舒情看向窗外，思绪有些飘远。其实她不喜欢坐飞机，因为她恐高。上一次坐飞机是和霍云城一起，还遇上了飞机故障，一路惊险，霍云城拥着她。也是在那个时候，舒情真真正正明白了自己对霍云城的感情。

现在想起来，恍如隔世。

也挺讽刺的，她为霍云城付出了全部的真心，可他一心一意爱着另外一个女人。

"舒情，你在想什么？"于娜的声音打断了她的思绪。

舒情回过神，侧头看了看于娜，淡淡地道："没什么。"

"还在想霍云城对吗？"于娜一针见血，"其实，你根本放不下。"

舒情的心事被说中，愣怔了一下："为什么这么说？"

"直觉。"于娜轻呷了一口果汁，笑了笑说道。与其说是直觉，倒不如说是基于她对舒情的了解而得出的结论。

她和舒情认识这么多年，两个人之间的默契是旁人所没有的。

舒情沉默了片刻，才轻轻道："我也不知道。"

她的心有些乱。虽然她很决绝地取消了和霍云城的订婚典礼，但是很多时候，她还是会情不自禁地想到他。

"你别自欺欺人了。"于娜拍了拍舒情的肩膀，"我看得出来，你对霍云城还是有感情的，而他也一样。"

他也一样？怎么可能呢？

舒情有些闷闷地开口："于娜，你别开玩笑了。你不会不知道，霍云城一直喜欢的人是糖糖吧？"

"我知道，你正是介意这个，所以才毫不犹豫地取消了和霍云城的婚约嘛。"于娜放下果汁，侧头看着舒情，很认真地说道，"因为你追求完美，尤其是对待感情方面，容不得一点瑕疵。但是，你有没有想过，这一切太过巧合了？"

## 第九章
## 舒情有危险

“巧合？”舒情皱了皱眉心。

“对。”于娜点头，抿了抿唇问道，“我问你，糖糖是什么时候出现的？”

“我和霍云城订婚的那天。”舒情若有所思地回答。

“那在这之前糖糖不存在吗？”于娜扬了扬嘴角又说，“我看娱乐八卦上扒出的信息，那个糖糖是魅色酒吧的驻唱，艺名叫什么Angel。”

“对，之前林楠过生日，我曾经在魅色见过她。”舒情点头，她已经明白了于娜的意思。

“那就很奇怪了。我听你说，霍云城之前一直在找糖糖，他手下的人找了好几年，但是都杳无音信。你前一阵子也让Anthony查过糖糖，可也是什么都没有查到。那个糖糖不过是一个酒吧驻唱而已，至于连Anthony都查不到吗？别人查不到也就算了，Anthony可是全世界数一数二的黑客，他的实力你是知道的。”

舒情眯了眯眼，很是赞同：“你说得对，有些事情我以前确实是疏忽了。”

“你是当局者迷，一时冲动取消了订婚典礼，让那个糖糖有机可乘。”于娜冷哼一声道，“我甚至都怀疑，那个糖糖说不定是假的。”

“假的？”舒情秀眉蹙了蹙。不知道怎的，她想起了早上在霍氏的那一幕。

那个糖糖把“盛世白莲花”演得淋漓尽致，根本就不像霍云城口中那个善良可爱的女孩，这里面真的太有问题了。

舒情揉了揉太阳穴："可是，霍云城应该不会认错人。"既然霍云城那么肯定唐若颖就是糖糖，应该有确认对方身份的方法，应该不会有错。这中间是哪里出了问题了吗？

于娜倒是不以为然："为什么不会？你以前不是说过，霍云城也曾经把你认成糖糖吗，那他就不能错认别人了？而且，这个糖糖早不出现，晚不出现，偏偏在你们订婚的那天出现。一出现就搅黄了你们的订婚典礼，这也过于巧合了吧！"

确实很巧合。

舒情想了想说道："等我回来好好查查吧。于娜，我们先不谈这个了，我现在最大的心愿，就是尽快找到齐叔叔，医好霍爷爷。"

"回来后你一定要好好查查。你好不容易遇到一个自己喜欢的人，别这么轻易放弃了。"于娜悠悠地说道。

一路长途跋涉，舒情和于娜终于来到了长白山。这是一片被冰雪覆盖的连绵山林，目之所及苍茫一片。

"舒情，你确定齐叔叔在这里？"于娜冷得直哆嗦。

"如果我的直觉没有错的话……"舒情搓了搓双手，用嘴哈着热气，"我记得他曾经说过，以后最想去的地方就是长白山。"

"好吧，直觉……"于娜都有些无奈了。

舒情看了看快冻僵了的于娜："不如我们先找人问问吧。"

"嗯。"于娜点点头，四处望了望。

在山脚下，有个小村庄，零零星星的坐落着几户农家小院。

舒情和于娜敲响了其中一户人家的大门："有人吗？"

开门的是一个头发花白的中年妇女，好奇地打量着她们："你们找谁？"

"请问这附近有个名叫玉笔峰的地方吗？"舒情问道。

她还记得齐叔叔曾经说过，如果有一天他真的在长白山定居，他会选择住在玉笔峰，因为那里有他最爱的人。

中年妇女点头，指了指远处："就在那边的山峰上。"

真的有玉笔峰这么一个地方，舒情心头一喜："我们现在过去的话，什么时候可以到那儿？"

中年妇女狐疑地打量着她们："这冰天雪地的，你们去玉笔峰干什么？"

“我们是去找人的。”舒情笑着道。

“找人？你们是去找齐神医的？”中年妇女恍然大悟。

齐神医！舒情的心一阵狂跳，姓齐，又是神医，那肯定是齐叔叔没错了！

“对对对。”舒情连连点头，“阿姨，麻烦你能告诉我，怎么才能找到这位齐神医吗？”

“两位姑娘，进来再说吧。”中年妇女看了看快冻僵的两个人，把她们迎进了屋子里面。

“阿姨，你能跟我们说说齐神医吗？”于娜看舒情一副迫不及待的样子，笑了笑问道。

中年妇女端了两杯热水给她们：“说起齐神医，他这个人很古怪，好端端的非要住到玉笔峰。不过人倒是很好，天气好的时候，经常会下山，村里有谁得了病，找他他都会帮忙治好，他的医术很高明的。”

舒情和于娜对视了一眼，一定是他没错了。

中年妇女又有些疑惑地问：“你们是怎么知道齐神医的？他脾气怪得很，从来不让人对外说他。”

“我爷爷和他是朋友。”舒情如实说道。

“原来是这样。”中年妇女点点头，“这几天山里下雪，他不会下山，不如你们先在村里住几天，等天气转晴了，你们再去找他。”

“我想立刻就去。”既然有了齐叔叔的消息，舒情一刻都等不及了。就算她能等，霍爷爷的病也不能等。早一天找到齐叔叔，霍爷爷就有机会早一天苏醒。

“下雪天进山很危险的。”中年妇女不停地劝说着舒情和于娜，“更何况你们两个从南方来的小姑娘，人生地不熟的，不行不行。”

“这样，于娜，你留下吧。”舒情想了想说道，“你在这等我。”

“你要一个人进山？那怎么行？”于娜忙拉住了舒情，“不如我们看看情况再说，说不定明天雪就停了。”

“霍爷爷等不起。”舒情语气坚决，“于娜，你知道我的性格。”

“可是……”于娜还想说什么，舒情打断了她：“就按我说的，你留在这里，万一我出了什么事没回来，你还得找人去救我。”

见舒情态度坚决，于娜知道自己再多说什么也没用，只能向中年妇女仔仔细细询问了进山的注意事项，再三叮嘱舒情要小心。

“我会的。”舒情穿上了厚厚的羽绒服，围上红围巾，戴上棉手套，笑了笑，“等我的好消息！”

“舒小姐，你小心一些，如果顺利的话，天黑前应该可以到达玉笔峰。”中年妇女很热心地给舒情装了一些干粮。

“谢谢。”舒情感受到素昧平生的山村百姓的淳朴和热情，心头不由得一暖。

“舒情，一定要小心！”于娜还是很担心。

舒情给了她一个安心的笑容：“别担心，不出意外的话我明天就能带着齐叔叔过来了。”

舒情装备都带齐了，背着背包，深一脚浅一脚地往山林深处走去。

刚开始天空只是飘着零零星星的小雪，舒情一心想着尽快到达玉笔峰找到齐叔叔，快速往前走去。走到半山腰的时候，忽然刮起了大风，天空黑压压的，好像要下大雪了。

舒情飞速往前走去，她必须赶在天黑之前到达，否则可能会有危险。

不一会儿，天空飘起了鹅毛大雪。

大雪纷飞，舒情眼前白茫茫一片，要不是带着指南针，恐怕得迷路了。

这是什么破天气！舒情心中暗骂了一声，不由自主地又加快了脚步。风势越来越大，卷着一片片雪花在空中飞舞，吹得眼睛都快睁不开了。

不远处，山峰上厚厚的积雪仿佛随时都会坠下。

这样不行。舒情有些后悔没有听当地村民的话了，眼看着天都快黑了，暴风雪却肆虐，她现在已经是寸步难行了。

舒情停下了脚步，想了想，她还是应该先回去，明天再想办法，毕竟这场暴风雪还不知道什么时候才能停。

打定了主意，正准备往回走，忽然一阵轰鸣声从远处传来。有点像打雷的声音，但又不是。舒情循着声音望去，只见对面的山顶上厚厚的积雪正汹涌地往她所在的方向倾泻而来！

糟了，雪崩！

舒情心头一惊，来不及多想什么，迅速看了看四周的地形。

幸运的是，她旁边有个山洞，或许可以进去躲一躲。

但是，如果大雪封住了洞口，将山洞淹没，那她岂不是很危险？

不行，她必须留下求救信号。

脑海中飞速思考着，舒情在看见身旁大树的时候，灵光一现，迅速解下了围在脖子上的围巾，以极快的速度艰难地绑到了树梢上。

然后，她快步躲进了山洞。

几秒钟之后，从山上汹涌而来的大雪封住了洞口。

舒情有些后怕地揉了揉太阳穴，在大自然面前，人类的力量实在是太渺小了。

她从口袋里拿出手机看了看，毫不意外的，没有信号。又打开手电筒，照了照四周。这山洞里面还挺大，挡住了寒风很温暖，比起刚才在暴风雪之中要好多了。

舒情把背包拿下来，里面带的食物足够她生存好几天。她深吸几口气，让自己冷静下来。于娜应该很快就会知道这里发生雪崩，她一定会想办法来救她的。

舒情此刻很庆幸，坚持把于娜留在了小山村。

她现在心中唯一担心的是霍爷爷的病情还能不能等这么久。

舒情吃了一点东西，整个人舒服多了，便在山洞中找了一处干净的地方坐下。

莫名地，她又想到了霍云城。

在荒岛上，她和霍云城两个人相偎相依，他对她说："舒情，不管发生什么事，我都会保护你。"

那个时候真的很美好。而现在，只有她一个人，孤独地面对这场突如其来的灾难。

霍云城此刻一定和糖糖在一起吧？舒情心中生出一抹苦涩，忽然发现，自己此时此刻疯狂地想念霍云城。

也许于娜说得对，她根本就放不下，也不应该轻易放弃。如果糖糖真的是一个值得爱的好女孩，那她认命，她退出，她成全他们。可如果这个糖糖是假的，或者说糖糖根本就不值得霍云城爱，那她为什么要放弃？

夜色渐深。

霍氏大楼，总裁办公室，霍云城一直伏案工作到深夜。

不知道为什么，此刻他的心情很烦躁，有一种从未有过的不安的感觉。

霍云城打电话给黎管家："黎叔，爷爷怎么样了？"

黎管家恭敬的声音从电话那头传来："少爷，霍老没事。倪医生刚来查过房，说一切都正常。”

“嗯。”霍云城淡淡地应了一声，“辛苦你了。”

爷爷没事。那这种不安的感觉从何而来呢？在和黎管家通完电话后，这种感觉非但没有消失，反而越来越强烈了。

霍云城松了松领带，靠在沙发上闭目养神。

一闭眼，舒情那倩丽的身影便猝不及防地跳了出来。再一想到舒情从水月新城搬到了沈俊言的房子里，霍云城的脸就紧绷着。

霍云城剑眉轻蹙，拿出手机，上面关于舒情和沈俊言的八卦新闻已经少了很多。看得出来，是星辰娱乐找人撤了那些新闻。霍云城微微眯了眯眼睛，如果不是心虚，她找人撤新闻干什么？要知道，当初她被冤枉推夏星星下水，被黑成那样，她都一副风轻云淡、毫不在意的样子，也没找人撤黑稿。难道她真的和沈俊言在一起了？

霍云城心烦意乱地站起身，准备回家，经过秘书部办公室的时候，情不自禁地走了过去。

偌大的办公室，一片漆黑，只有角落的位置有一抹昏暗的灯光还亮着。

霍云城的心猛地一跳。

那昏暗灯光所在的位置……是舒情的座位！

舒情交给他辞职信之后就离开了，这两天霍云城几次忍不住“经过”秘书部，舒情的座位上一直都是空空的，难道此刻她又回来了？

嘴角情不自禁地微微勾起，他迈步向着那一抹灯光走过去。

座位上，坐着一个身穿红衣的女孩，低着头。

霍云城居高临下地看过去，只能看见她的头顶。

是舒情吗？她愿意回来了吗？

霍云城心中一阵莫名的悸动，不由得地唤出声：“舒情……”

坐在座位上的女孩抬起头，柔声开口：“城哥哥？”

原来是糖糖，并不是舒情。

霍云城目光难掩失望：“糖糖，怎么是你？这么晚了你在干什么？”

唐若颖站起身，眉眼弯弯地道：“城哥哥，我刚进霍氏，什么也不懂，当然要努力学习了，我不想被人说闲话，不想给你丢脸。”

“很晚了，早点回去休息吧。”霍云城看了唐若颖一眼，神色淡淡地说道。

唐若颖垂下眼眸：“那你呢？你怎么还不回去？刚才你把我错认成

舒小姐了，是不是还想着她？”

“没有，只不过这是舒情的座位，我还以为是她。”霍云城俊脸无波无澜地说道。

“原来是这样。”唐若颖端起水杯，轻抿一口，“我看网上都说舒情和沈俊言同居了。城哥哥，你别再想着她了。”

霍云城剑眉蹙了蹙：“好了糖糖，我送你回去。”

见霍云城避而不谈这个话题，唐若颖很识相地闭了嘴。她现在要做的，就是不遗余力地在霍云城面前抹黑舒情，让他讨厌舒情。总有一天，霍云城会爱上她。毕竟，她可是霍云城一直放在心底的糖糖。她有这个自信，她唐若颖想要的东西，还从来没有得不到的！

霍云城开着车，一路无话。

唐若颖偷偷看了他一眼，只见霍云城双手紧握方向盘，面部线条紧绷，剑眉微蹙，薄唇紧抿，整个人带着淡淡的疏离，不知道在想着什么。

唐若颖的心沉了沉。为什么在她的面前，霍云城总是刻意保持着距离呢？明明她才应该是他心尖尖上的那个人啊！

“城哥哥，就在前面。”唐若颖指了指她租住的地方。

这是一个很老的小区，周边的环境也很破旧。

“糖糖，明天我让人给你重新租一套房子吧。”霍云城停下车，蹙眉说道。

唐若颖闻言心中顿时一喜。看来霍云城心里面还是有她的，至少他很关心她。

按捺下复杂的情绪，唐若颖乖巧地开口：“不用了，城哥哥，我住这里挺好的。”

霍云城没再说什么，只是打开车门下车。路灯的光晕照在他的身上，仿佛给他周身都镀上了一层金色，矜贵，优雅，让人怦然心动。

看着面前这个优秀的男人，唐若颖的目光微不可见地带上了几分痴迷。

“城哥哥，上去坐会儿吧。”唐若颖抿了抿唇，发出了邀请。

“不了，很晚了，你早点休息。”霍云城面无表情地说道。

被霍云城拒绝了，唐若颖垂在身侧的手指暗中拽紧，脸上却依然带着灿烂的笑容：“嗯，城哥哥你也早点回去休息。谢谢你送我回家，晚安。”

目送唐若颖走上楼梯，霍云城回到车里，调转车头离开。

他并没有回水月新城，而是去了城东花园。

娱乐八卦杂志拍到的照片是在城东花园。霍云城知道，沈俊言曾经在这里买过一套公寓，在十八楼。

他把车停在了楼下，抬头看向十八楼的窗户。

公寓亮着灯，舒情此刻应该就在里面吧？

霍云城坐在车里，心烦意乱地点燃了一支香烟，俊脸在烟雾缭绕之中显得格外冷冽。

十分钟之后，他狠狠掐灭了烟头，打开车门，长腿一迈下车，坐上电梯直奔十八楼。摁响门铃，开门的，却是沈俊言。

在见到沈俊言的那一瞬间，霍云城的脸立马沉了下去。所以，舒情果然和沈俊言同居了？

“霍云城，你来干什么？”沈俊言蹙眉看着面前的不速之客。

霍云城面色铁青地开口：“网上的报道是不是真的？你和舒情住一起？”

“这和你没关系。”沈俊言冷哼一声。

霍云城一把抓住沈俊言的衣领：“舒情人呢？让她来见我！”他要她亲口告诉他答案！

气氛变得剑拔弩张。

沈俊言对上霍云城翻腾着怒意的目光，冷冷地开口：“霍云城，你有什么资格见她？你已经有了糖糖，还来纠缠她做什么？你可别忘了，你和她的婚约已经取消了，就算网上所说的都是真的，那又怎么样？你管得着吗？”

回答他的，是霍云城直接一拳。

沈俊言晃了晃，霍云城趁机推开他，跨了进去。

“舒情，你给我出来！”霍云城沉着脸找了一圈，却没有看见舒情的身影。

沈俊言擦了擦嘴角的血迹，抬眸看向霍云城：“堂堂霍大总裁，擅闯私人住宅，你是不是想让我报警？”

霍云城脸色冷如寒冰，再一次问道：“舒情呢？！”

“她不在。”沈俊言不客气地下了逐客令，“霍云城，请你出去！”

霍云城没找到舒情，气结离开。可他转念一想，舒情不在，是不是说明他俩其实并没有同居？

第二天，于娜担心舒情，天还没亮就起床了。

"于小姐，这么早。"中年妇女刘姐打着哈欠，往厨房方向走去，"我去做早餐，你可以再多睡一会儿，现在还很早。"

"我不睡了。"于娜摇摇头，打开大门，漫天的大雪飞了进来。

"昨晚下了好大的雪。"于娜往山林的方向望了望，有些担忧地开口，"不知道舒情找到齐大师没有。"

如果一切顺利的话，舒情今天应该能回来，可是现在下了这么大的雪……于娜很是担心。

刘姐正要开口，忽然有几个男人匆匆跑了过来，神色紧张："不好了，山里发生雪崩了！"

"什么？！"于娜下意识地问道，"雪崩？"

"是啊！刘姐，你家没人进山吧？"其中一个男人问道，他们正在挨家挨户地通知。

"我朋友昨天下午进山了！"于娜紧张得带上了几分颤音，身子不由自主地上前，"她是往玉笔峰方向去的。"

"这下糟糕了。"几个男人面面相觑，发生雪崩的地方，就在那一带。

谁都知道，在山林里遇到雪崩，凶多吉少。

于娜眼前一花，脚下一软，差点晕过去。

舒情遇到危险了！

"报警！赶快报警！"反应过来后，于娜心急如焚，深吸了几口气，试图让自己冷静下来。

她颤抖着手指，拨打了报警电话。

一旁几个男人摇着头，语气惋惜地感叹道："报警也没用，这遇到了雪崩，人八成已经没了……"

于娜吼道："不会的，你们别乱说！舒情不会有事的！"

在场所有人都被于娜这个样子吓了一跳。

刘姐走上前，拍了拍于娜的肩膀，安慰道："于小姐，你冷静一点，说不定会有奇迹。"

于娜点点头，联系上了搜救队，说明了情况："你们快点过来，我朋友被困在山里遇到雪崩了！"

搜救队的人很快就赶了过来，但是，风雪实在太大了。

队长看了看肆虐的风雪，面色沉重地对于娜开口："抱歉，于小姐，现在这样恶劣的天气，实在不利于开展搜救工作。"

“可是，我朋友还在山里，我必须尽快找到她，请你们想想办法！”于娜焦急地说道。

“于小姐，我理解你的心情，但是我必须保证队员的安全。”队长沉声道，“暴风雪还没停，随时有可能发生二次雪崩。”

道理于娜都懂，可是她怎么能够眼睁睁地看着舒情遇到危险却置之不理呢？甚至……她都不知道舒情此刻究竟是生是死。

于娜心急如焚，想了想，拨打了霍云城的电话。

虽然舒情曾经说过，不想让霍云城知道这件事情，不想让霍云城觉得他亏欠她什么。但是，现在危急关头，于娜顾不上这么多了。

霍氏大楼，总裁办公室。

霍云城正在专心工作，唐若颖敲了敲门：“城哥哥。”

“进来。”霍云城的声音有点冷。

唐若颖推门而入。

“糖糖，有事吗？”霍云城抬眸，淡淡地问道。

唐若颖抱着一份文件走到霍云城面前，声音软绵绵地说：“城哥哥，这里有些地方我看不懂，你可以教教我吗？”

霍云城觑了一眼唐若颖手中的文件：“糖糖，这份文件太专业了，你刚来，可以先看一些简单的资料。”

唐若颖咬了咬唇：“我想尽快多学一点东西。”

“这样吧，我让林岩峰安排一个资深老员工带带你，以后有什么不明白的都可以问她。”霍云城想了想说道，声音里是一如既往的淡漠。

“哦。”唐若颖有些失望，她本来是想借机和霍云城亲近的，可没想到他三言两语就打发了她。

见霍云城一副忙碌的样子，唐若颖轻声说：“那没什么事我先回去了，不打扰城哥哥了。”

“嗯。”霍云城淡淡地应着。

唐若颖转身离开，刚走到大门，忽然听见霍云城富有磁性的声音响起：“糖糖。”

唐若颖心头一喜，顿住了脚步。她回头，看着霍云城那张帅得人神共愤的俊脸，怦然心动。

唐若颖难掩爱慕：“城哥哥，还有什么事吗？”

霍云城站起身，勾唇说道：“我让人帮你重新租了一套房子，等下下班了，我让人送你过去，你看看满不满意。”

欣喜悄无声息地蔓延在唐若颖的每一个细胞。事实摆在眼前，霍云城并非对她没有感情。至少，他关心她，惦记着她。

想到这里，唐若颖走上前拉住了霍云城的胳膊，语气含着几分娇羞：“城哥哥，你对我真好……”

她话音未落，霍云城的手机就大煞风景地响了起来。

霍云城抽回手臂，拿出手机看了看。是一个陌生的号码，他以为是什么广告骚扰电话，没有接。可对方又打了过来，大有他不接就不罢休的意思。

响了几次之后，霍云城蹙了蹙眉，修长的手指终于按下了接听键。

电话里的声音有些耳熟，带着几分惊慌：“是霍云城吗？”

“我是。”霍云城沉声道。

电话那头带着哭腔的声音传来：“霍云城，我是于娜。舒情出事了！”

“什么？！”霍云城的心猛地跳了跳，“舒情怎么了？”

“舒情……遇到了雪崩！”于娜大声说道。一想到舒情现在生死不明，救援队又无法进去搜救，于娜就有点崩溃。

雪崩？听懂这个词后，霍云城的墨眸翻腾起紧张和担忧，一连串的问题脱口而出：“雪崩？怎么回事？你在哪里？舒情又在哪里？”

舒情究竟去哪儿了？好端端的，怎么会遇到雪崩？

于娜深吸几口气，稍稍平复了一下心绪说：“是这样的，舒情为了找齐大师给霍老治病，和我一起到了长白山。她只身进深山去寻找齐大师，但是……”

“但是什么？”霍云城迫不及待地追问。

“但是，这边的天气很恶劣，在舒情进山不久就下起了暴风雪，今天早上我听人说山里发生了雪崩。我联系不上舒情，而发生雪崩的地方，正是舒情去找齐大师的必经之路。她一定出事了，要不然不会杳无音信。”

霍云城握着手机的手指一点点收紧，为了给爷爷寻找齐大师，舒情跑到长白山那么远的地方，只身进入深山遇到雪崩，她为什么这么傻？

一想到之前舒情去医院看望爷爷，却被他无情地赶走，霍云城的心好像被一双大手拼命撕扯一样，难受得厉害。

“我马上带人过来。”霍云城思考了几秒钟，冷声说道，“于娜，你听我说，我会立刻联系当地的搜救队，你先和搜救队一起进山去找舒情，我到了之后再和你汇合。”

“我已经找了搜救队了，可是现在暴风雪还没停，天气太恶劣了，搜救队也没办法进去搜救。”于娜很无奈地说道。

“让他们尽量想想办法，我会带人尽快赶过来！”霍云城俊脸一沉，语气不容人反抗。

于娜：“好。”顿了顿，又拔高了几分声音，“霍云城，你要救舒情，你一定要救她！”

“当然！不用你说。”霍云城毫不犹豫地说道。

挂断了电话，霍云城脸色紧绷，眼神泄露出一丝担心和紧张。他甚至有些不敢相信，舒情遇到了雪崩这么危险的事情。怎么可能呢，她不是应该和沈俊言在一起吗？她怎么突然就跑到长白山去，就算齐大师真的在那里，她为什么不告诉他，他派人过去不就行了？

“糖糖，你先回去，我有事要离开几天。”霍云城收回思绪，看了一眼还站在他身旁的糖糖，冷声开口。

霍云城这紧张的样子……又是为了舒情？！

唐若颖脸上的笑容顿时僵了下来。

霍云城和于娜的通话，她在一旁听得很清楚。本来，她在听到舒情遇到了危险的时候，心情不禁大好。听刚才电话里的意思，舒情一个人去什么长白山找人医治霍老爷子，遇到了雪崩。雪崩，开玩笑，那可是非常危险的。搞不好现在舒情已经被雪埋了，变成了一具冷冰冰的尸体。但是一看见霍云城紧张舒情的样子，她的心情就再也好不起来了。

舒情一定是想去找什么齐大师医好霍老爷子，在霍云城面前邀功，想再夺回霍云城的心！还好苍天有眼，让舒情遇到雪崩！

想到这里，唐若颖忙拉住了霍云城，故作担心地问道：“城哥哥，出什么事了吗？”

“舒情遇到危险，我要去救她。”霍云城坚定地道。说完，转身出门。

“我和你一起去！”唐若颖跟在霍云城的身后说。

虽然她认为此刻舒情已经被雪埋了，可万一霍云城真的救出了舒情呢？她怎么可能会给舒情这个机会。

霍云城脚步一顿，蹙眉道：“糖糖，那里很危险，你留下。”

“可是我担心你。”唐若颖不依不饶，打起了感情牌，“城哥哥，你忘记了？当年我们一起被绑架，说好了要同生共死的，现在你一个人去那么危险的地方，你让我怎么放心？”

一提到当年的事情，霍云城心中就涌起一股莫名的情绪。

他深深地看了唐若颖一眼：“那你和我一起去吧，只是那里真的很危险，你一定要小心。”

唐若颖笑靥如花地挽住了霍云城的胳膊：“有城哥哥你保护我，我什么都不怕！”

霍云城通知林岩峰把霍家所有的私人保镖都集合在一起随他进长白山去寻找舒情。

“城哥哥，你等等我！”唐若颖眸中一暗，快步追了上去。她还从来没有见过霍云城这么紧张过谁，他一直都是高高在上、从容优雅的，可一遇到舒情的事情，他就失去了方寸。

唐若颖垂在身体两侧的手暗自握了握拳。除非舒情现在已经被大雪埋藏，再也回不来了，否则的话，她一定不会让对方好过的！任何人都别想抢走霍云城！

一路匆匆，霍云城带着一行人以最快的速度赶到了长白山下的小村庄。

“霍总，你终于来了！”于娜一见到霍云城，立刻飞快迎了过去。

霍云城声音清冷，却带着几分从未有过的紧张和急迫：“现在情况怎么样了？找到舒情没有？”

于娜神色黯然地摇了摇头：“没有。我们已经找过一遍了，没有找到舒情。”

在霍云城来之前，见风雪减小许多，搜救队想办法协调到了一架直升机，于娜和几个搜救队员坐着直升机在山林里已经找了一圈，但是一无所获。

离舒情失联已经过去整整三十六个小时了，于娜的心一直紧紧绷着。她真的不敢想象，舒情现在的状况究竟如何了。

“再找一遍！”霍云城脸色铁青，声音冷冽，语气完全不容人反抗。

他不相信舒情会出事！之前他们遇到了那么多惊险的情况，仓库爆炸，飞机失事……舒情都没事。这一次，舒情也一定会逢凶化吉的！

“城哥哥，你别太担心了。”唐若颖轻轻拉了拉霍云城的胳膊，柔声开口，“舒小姐一定会没事的。”

霍云城侧头看了一眼一脸疲倦的唐若颖：“糖糖，你累了吧？你先休息一会儿，在这等我。”

“城哥哥，你去哪里？”唐若颖见霍云城大有要把她扔下的意思，忙问道。

霍云城面色紧绷，语气坚定：“我进山去找舒情。”

“我和你一起去！”唐若颖用恳求的目光看向霍云城。

她现在最害怕的，就是霍云城找到舒情。最好舒情已经是一具冷冰冰的尸体，如果舒情还活着，就霍云城现在这么紧张她的样子，难保他们两个人不会旧情复燃。

她好不容易才成功搅局，使得舒情和霍云城取消婚约，怎么可能就这么功亏一篑！

所以，她必须时刻跟在霍云城身边，一来显得她关心他，二来如果有什么情况她也能随机应变，总之绝对不能让舒情再勾走霍云城的心！

想到这里，唐若颖弯了弯嘴角，语气真切地说道：“城哥哥，我知道你担心舒小姐，我也同样担心她。看着你现在这个样子，我怎么安心留下来休息呢？你就让我一起去吧，人多力量大，说不定我还能帮上忙。”

于娜这才注意到跟在霍云城身后的唐若颖。见唐若颖一脸真诚，似乎真的很关心舒情的样子，于娜在心中冷笑了一声。

如果不是之前听舒情说过唐若颖的种种，她还真要被唐若颖这副“白莲花”的样子给蒙骗了。看来这个唐若颖不好对付，也难怪霍云城会被她蒙蔽住双眼，在订婚典礼那天不顾舒情的感受，和她整天在一起。舒情那么好，他看不见，非选这朵“盛世大白莲”，真可笑！

不过，现在不是计较这些的时候，当务之急是要赶紧找到舒情。只要找到舒情，她自然会出手整治这朵“盛世大白莲”。

“快走吧！”霍云城有些焦急地催促。他一刻也等不及了，迫不及待想要去找到舒情。

“霍总，走吧。”林岩峰已经准备好了一切，恭敬地开口，“我们随时都可以出发。”

# 第十章
# 你还会再保护我吗?

众人陆续登上了直升机。

直升机进入长白山区后在低空盘旋飞行，霍云城拿着望远镜低头往下看，到处是一片苍茫。白茫茫的大雪掩盖了一切，什么都看不清。

“飞慢一点。”霍云城冷声吩咐，他不能错过任何蛛丝马迹！

直升机来来回回绕了一圈又一圈，能看见的，除了白雪，还是白雪。

“城哥哥，我们已经找过好几遍了，不过好像什么都没找到。”唐若颖坐在霍云城的身旁，也装模作样地拿着个望远镜往下看。

唐若颖心中暗喜，山上所有一切都被大雪盖住了，连个小动物都看不见，更别提舒情这么大一个人了。舒情，一定是被大雪给埋葬了！

“继续找！”霍云城冷厉的声音响起。

怎么可能什么都找不到！舒情一定在，她一定在哪个地方等他去救她！

眼看着时间一分一秒地过去，他们却一无所获，霍云城剑眉紧锁。

这样不行，什么也找不到，只是白白浪费时间。或许是在空中太高了看得不清楚，才看不见舒情的踪迹。如果可以进去山上地毯式搜索，说不定可以发现什么线索。

“林岩峰，把降落伞拿来。”霍云城忽然面无表情道。

林岩峰怔了怔：“总裁……”

唐若颖心猛地跳了跳，急忙打断了林岩峰说道：“城哥哥，你要降落伞干什么？”

“我下去找舒情。”霍云城眼眸微眯，语气坚定。

“不行，太危险了！”唐若颖眸中闪过担忧，伸手紧紧地抓住了霍云城的手，“城哥哥，你别去。”

“我必须去。”霍云城淡定地说道，“糖糖，我知道你担心我，但是我决定的事情，任何人都不能改变。”他神色凝重地推开了唐若颖。

见唐若颖的目光黯淡了下去，霍云城又补充道：“放心，糖糖，我答应你，我不会有事的。”

“霍总，你真的要跳伞下去找舒情？”见霍云城动作利索地解开降落伞，于娜心中有所动容。

“是。”霍云城毫不犹豫地回答道。

“我和你一起去。”于娜上前一步，对林岩峰说道，“林特助，请也给我拿个降落伞。”

“这……”林岩峰迟疑地看了霍云城一眼。

霍云城蹙眉：“于小姐，这很危险。”

“我不怕危险，只要能找到舒情。况且我也受过专业跳伞训练。”于娜神色坚定，“霍总，我和你一样担心舒情的安危，你应该能明白我的心情。”

霍云城有那么一瞬间的愣怔。

于娜是谁？她可是大名鼎鼎Leo工作室的负责人，她为什么这么关心舒情？毫无疑问，于娜和舒情的关系匪浅，但是于娜可以为舒情深入险境，这一份友谊绝非寻常。

舒情……究竟还有什么是他不知道的？

现在不是想这些的时候，霍云城思忖几秒，点头道：“那你小心。”

又看向林岩峰吩咐道：“给于小姐也拿个降落伞。”

“是，总裁。”林岩峰一口答应。

唐若颖透过窗口往下看了看：“城哥哥，你们真的要跳伞下去？”

“对。”霍云城神色微沉。

此刻，风势渐渐小了，暴风雪也有要停下来的趋势。

林岩峰把降落伞递给于娜，又对霍云城说道：“总裁，风雪马上就要停了，到时候我们就可以直接降落下去。而且，只要风雪一停，搜救队和我们带来的人都可以进入山林进行地毯式搜索了。”

“我先下去，你们等风雪一停就立刻过来！”霍云城一刻也等不及了，舒情也等不起了！他早一刻下去寻找舒情，舒情就多一分生存的机会。

霍云城说完，转身直接从机舱往下跳去，开伞，一气呵成。

于娜紧跟着霍云城一起跳了下去。

“城哥哥，你一定要小心啊！”唐若颖紧握双手喊道。

她看着霍云城那坚定的背影，心一点点往下沉。舒情在霍云城的心中就有这么重要的地位吗？霍云城可以为了她，以身犯险，进入被暴风雪肆虐覆盖的山林。她有心想要跟过去，可从这么高的地方跳下去，她真的没这个勇气……

山洞。

舒情坐在一块大石头上面，情绪低落，焦躁不安。她低头看了看手机，已经被困在这里整整三十六个小时了，试着打于娜的电话，不出所料，依然没有信号。

之前爷爷送给她用于求救的项链，也这次出门匆忙没有带上，要不然她可以用项链向爷爷求救。可是现在，她除了在暗无天日的山洞里面干等着，什么都做不了。

舒情有些担心，她留下的求救信号，于娜会不会发现。那么大的风雪，要是那条红围巾被风吹跑了，或者被大雪覆盖了，那就糟糕了。如果没有人发现她留下的求救信号……

舒情揉了揉眉心，从背包里拿出一袋饼干吃了几片。剩下的食物已经不多了，支撑不了多久，如果再没有人过来救她……只怕她要交代在这里了。

舒情决定不能坐以待毙，吃完了饼干补充了一些能量，她往洞口走去。

大雪封住了洞口，她用力推了推，没有用！在低气温下，大雪早已经凝结成冰，凭她一己之力根本就推不动。

舒情苦笑了一下，这么厚的积雪，如果想等它融化，只怕得等到明年春天。那个时候，估计她早就不在人世了。

想到这里，舒情的心情无比沉重，只能又返回到山洞里面，到处看了看，希望能够找到其他出口。可惜事与愿违，她找遍了山洞每一寸角落，都没有发现其他出口。

现在，她只能等，希望于娜能尽快发现她留下的求救信号。

不到最后一刻，她绝对不会放弃，脑海中莫名地又浮现出霍云城那张冷硬却帅气的脸庞。

“舒情，别担心，我会保护你。”

“舒情，有我在，你不会有事。”

……

那些他曾经对她说过的话，回响在脑海中，久久挥之不去。

她闭上眼眸，心里闷闷的。霍云城，我现在遇到危险了，你知道吗？你在哪里？你还会再保护我吗？

霍云城毫不犹豫地从直升机上纵身一跃跳下，担忧、紧张、恐慌……各种负面情绪交织在他全身的每一个细胞。

他害怕，怕舒情会出事，怕自己再也见不到舒情。

霍云城眯了眯眼眸，低头，幽深的目光紧紧看向底下那一片苍茫。

舒情，你究竟在哪儿？

舒情，我来了！

舒情，你一定要坚持下去！

几分钟之后，霍云城缓缓地降落到山林中。他收起降落伞，放在一旁。

于娜紧跟其后，也降落了下来。她一个没站稳，脚下一滑，重重地摔倒在地上。

霍云城忙走了过去，扶住了于娜："于小姐，你没事吧？"

于娜站起身，拍了拍身上的积雪，摇摇头说道："我没事，我们赶紧去找舒情。"

"嗯。"霍云城应了一声，四处看了看，观察地形。

他们现在所在的位置，是从小山村到玉笔峰的必经之路。按照当日舒情进山的时间计算，她应该是从这里走过。可惜大雪覆盖了一切，什么痕迹都没留下。

"我们从这里往玉笔峰的方向搜索，舒情应该就在这一带。"霍云城思忖片刻，沉声说道。

"好。"于娜点头。

"现在风雪已经基本停了，相信用不了多久，林岩峰和搜救队的人都会过来。"霍云城又说道，语气沉冷而坚定，"只要我们不放过每一处，一定会找到舒情。"

霍云城的话，让于娜精神一振。他说得对，人多力量大，等风雪一停，所有人都会进来搜救，只要他们找遍这条路，就一定可以找到舒情！

因为雪崩，路上厚厚的积雪直没到于娜的大腿部，每走一步都异常艰难。她咬牙坚持着，跟在霍云城的身后。

霍云城回头，见于娜那艰难的样子，蹙眉说道：“于小姐，你踩着我的脚印，这样你会走得轻松一些。”

于娜点头，一步步踩着霍云城的脚印，果然轻松了很多。

看霍云城这个样子，他还是很关心紧张舒情的。真不知道为什么，他们两个人要搞成现在这样。

“于小姐，你还好吗？”霍云城见于娜慢了下来，停住了脚步。

“我还好，我们快走。”于娜回过神，怕自己拖了后腿，加快了脚步。

两个人一路往前，一直走了很久，直到天快黑了，都没有找到舒情的踪影。

“霍总，你说舒情她……不会出事了吧？”于娜的声音带上了几分哭腔。她真的很害怕，如果说之前在直升机上面看得不清楚，那现在他们已经仔仔细细地寻找了舒情最可能走过的道路，却依然一无所获。

除非舒情走的不是这条路，否则的话……就是被大雪给埋起来了，不然不可能找不到的。

于娜不敢再往下想。

“不会的！舒情一定不会有事！”霍云城面色铁青，语气坚定。

他的脸色，是前所未有的冷沉。有一种从来没有的无力感，在霍云城全身蔓延开来，他已经竭尽全力，可是舒情依然毫无音信。但是无论如何，即使再艰难，他也不会放弃！因为他坚信，舒情还活着！她一定还在某个地方，等着他去救她。

“我们再往回走，也许舒情走的并不是这条路。”霍云城蹙了蹙剑眉。

“可是，这是到玉笔峰的必经之路。”于娜有些崩溃地说道，“舒情去找齐大师，肯定会走这条路。”

“说不定她迷路了，走了其他方向。”霍云城的眉心突突跳了几下。

“不会的。舒情是一个做事很有条理的人，她带着指南针，不会迷路，更不会走到其他路上去。”于娜摇了摇头。

他们现在找遍了这条路，都不见舒情任何踪影，那舒情……

纵然霍云城知道于娜所说的全部都是事实，可他就是不愿意相信，舒情会被大雪埋葬。

“我们再找一遍！”霍云城冷声道，今天无论如何他都要找到舒情！

于娜点头，跟在了霍云城的身后。

两个人又返回去的时候，遇到了林岩峰带着大批人过来。

霍云城快步走过去："怎么样，有没有舒情的消息？"

林岩峰神色黯然地回答道："没有。"

"就算把整座山都翻过来，我也要找到舒情！"霍云城深邃的目光闪烁着无比的坚定。

"城哥哥，天快黑了，不如我们先回去休息一下，明天再来找舒小姐。"唐若颖跟着林岩峰一起走了过来，她颤抖着开口。

这是什么破地方，条件如此恶劣，冷得她都快变成冰棍了。要不是为了霍云城，她一刻都不想再待下去。

"糖糖，你怎么也来了？"霍云城见到唐若颖，微微有些惊讶。

唐若颖走到霍云城面前，瑟瑟发抖地靠在霍云城身旁，带着几分羞涩开口："城哥哥，我担心你，也……担心舒小姐。"

于娜不想看唐若颖那惺惺作态的样子，催促道："霍总，现在有这么多人了，我们赶紧去再找找吧！"

唐若颖瞪了于娜一眼："于小姐，我很明白你现在的心情。我们当然会去找舒小姐，但是你有没有听过欲速则不达？现在大家都这么累了，不如先休息一下，吃点东西，才有精力更好地去找舒小姐，城哥哥你说对不对？"

霍云城却脸色一沉："我们继续找。"他不能等，因为舒情等不了。多浪费一分钟，舒情就会多一分危险！

所以，尽管他已经很疲惫了，可一想到舒情现在还生死不明，他就一刻都不想停下来。

"这样，我们分成四组，往四个不同的方向去搜救。"霍云城对林岩峰道。

这片山林的面积不小，他必须保证不漏掉每一寸地方。

"城哥哥，我和你一起。"唐若颖拉着霍云城，像牛皮糖一样紧紧黏着他。她心中期盼着永远不要找到舒情才好。

霍云城点头："糖糖，这里很危险，你要小心跟着我。"

唐若颖心中一暖，扬了扬嘴角，露出一抹她自认为最迷人的笑容："城哥哥，你对我真好。"

四组分别往不同的方向去搜寻，霍云城带着于娜他们在这条舒情最有可能走过的路上，又一次搜寻了起来。

有了林岩峰等人的加入，他们搜寻得更加仔细。

天色渐暗，依然毫无进展。

“城哥哥，我怕。”唐若颖抬眸望了望四周，一片漆黑，不由得打了一个寒战，往霍云城怀中靠，“会不会有什么野兽？”

霍云城的心里咯噔一下。

野兽……他之前从来没有想过，舒情会不会遇到野兽？霍云城原本就难看的脸色，一下子黑了下来。

“你们放心，这边没有猛兽。”队伍中当地一个村民是一起跟着林岩峰过来搜救的，听了这话连忙说道，“只有一些小动物，对人不会构成威胁。”

霍云城微微松了一口气。

“不过现在天这么黑，搜救的效率也不高，不如我们先回村子去，明天一早再过来？”村民试探着问道。

“这位大哥说得对。”唐若颖忙赞同道，“黑灯瞎火的，什么也看不见，怎么找人呀，还不如今晚好好休息一下，养精蓄锐，明天才会有更好的精力来搜救。”

“继续搜救，不要停！”霍云城脸色一沉，语气不容人反抗。此时此刻，他心中只有一个信念支撑着：他要找到舒情，要尽快找她！

霍云城发了话，其余人都噤了声。唐若颖再不愿意，也只能跟在霍云城身后，一脚深一脚浅地往前走。

一夜搜寻，毫无所获。

东方渐渐泛起鱼肚白，久违的太阳终于探出了脑袋。

“天晴了！”林岩峰兴奋地喊了一声。

“太好了，太阳出来了，冰雪就会融化，我们找到舒情的机会就大很多。”于娜也露出了一丝笑容。

霍云城的脸色却依然冷凝。

虽然天气放晴了，可温度依然很低，冰雪要融化得好几天，舒情所带的食物并不多，她支撑不了这么久。

经过连夜搜救，所有人都累得筋疲力尽，可霍云城却依然坚持着。

“城哥哥，我……我不行了……好累……”唐若颖拽着霍云城的胳膊，楚楚可怜道。

霍云城侧头看她一眼：“糖糖，你先回去。”

“不，我要和你在一起。”唐若颖摇摇头拒绝了。

就在这时，另外三组人员也都搜寻了一遍，返回来了。

“怎么样？”霍云城眸色一闪，急切地开口。

那三组的领队都摇摇头：“对不起，霍总，没找到。”

霍云城剑眉紧蹙：“没找到，你们为什么不继续找？”

搜救队队长小心翼翼地开口：“霍总，我们已经把整座山都找遍了，但是……你最好做好最坏的打算，舒小姐可能……”

队长的话还未说完，霍云城就冷冷地打断了他：“不可能！”

舒情不可能出事！

舒情一定还活着！

霍云城双眸遍布红血丝，有些失去理智地吼道：“我重申一遍，舒情没事！她一定还活着，在某个地方等着我们去救她！任何人都不准放弃！！”

“总裁，我们不会放弃的。”林岩峰忙上前一步说道。他从来没有见过自家总裁这么崩溃的样子。如果舒小姐真的遭遇什么不测……林岩峰不敢再往下想。

又到了下午时分，午后的阳光格外刺眼。风吹过树叶，大雪窸窸窣窣地往下掉。

舒情，你到底在哪里？你此刻是否寒冷？是否害怕？霍云城内心一阵阵恐惧和担忧。

……

等一下，远处树上飘扬的那一抹红色是什么？

霍云城脚步一顿，微微眯起了眼眸，用手挡住了阳光，远眺望去。

“城哥哥，怎么了？”见霍云城突然停住了脚步，一直跟在他身旁的唐若颖不由得问道。

霍云城的心猛地跳得快了起来，他修长的手指指着远处树梢上那若隐若现的红色：“你们看，那是什么？”

顺着霍云城所指的方向望去，于娜看见大树上似乎绑着一条红色的东西，有些眼熟。

“那好像是舒情的！”于娜声音异常激动，飞快地向着大树飞奔而去。如果她没有认错的话，那好像是舒情进山当天戴的围巾！

霍云城神色一凛，迈开长腿，一路飞奔。

到了树底下，他看清楚了，那是一条红色的围巾，被高高地绑在了树梢。

“是舒情的！这是舒情的围巾！”于娜记得很清楚，那天舒情进山的时候，脖子上围的就是这条红围巾！

她兴奋地说道：“一定是舒情留给我们的求救信号！”

“对，是舒情留下的！”心头升腾起喜悦和希望，霍云城沉声道，“既然舒情给我们留下了求救信号，她肯定就在这附近。我们到处找找！”

“可是，这里不像有人的样子啊。”唐若颖咬了咬唇瓣，给霍云城泼冷水，“这儿一眼都能望到头，哪里有什么人呢？除非……是在大雪下面。”

“不会，舒情一定就在离我们不远的地方！”霍云城的语气肯定。

他有预感，他马上就能见到舒情，并且救出她！抬头又看了一眼那条在风中飘舞的红围巾，心中有些懊恼。舒情已经留下了这么明显的求救信号了，为什么他没有早点发现？

当时舒情遭遇到的情况一定很危急，她留下了求救信号，一定是希望他们赶来救她的。可是，他竟然过了这么长时间才找到，离舒情失联已经整整四十八个小时了。

他一刻也不能再等了！

“我们怎么才发现舒情的求救信号呢？”于娜也是无限懊恼。

“之前这条围巾肯定是被大雪覆盖了，所以我们看不见。”林岩峰分析道，“今天早上太阳出来，雪开始慢慢融化，再加上刚才刮了一阵大风，所以这条围巾才露出来。”

“你说得有道理。”霍云城赞同地点头。

但是，舒情究竟在哪里呢？

霍云城剑眉紧锁，深邃的目光看向那几个一起过来帮忙搜救的村民，问道：“请你们想一下，这附近有没有什么地方是可以藏身的？”

“啊，我想起来了！”其中一个村民有些兴奋地说，“就在这条路旁边，有一个山洞。去年夏天我进山采草药的时候，曾经进去看过。”

山洞！太好了！舒情一定是躲进了山洞里！

霍云城急切地追问：“山洞在哪里？”

“应该就在这附近。”村民挠了挠脑袋，“具体在哪里……我也不记得了。”

“Shit！”霍云城暗骂一声，要不要在关键时刻这么掉链子。不过，现在总算是有眉目了。舒情有很大的可能，是在雪崩之前留下了求救信号，然后躲进了山洞。

村民侧着脑袋仔细回忆了几秒钟，然后指了指右边：“大概的方向，应该就在那里。”

村民话音未落，霍云城便迫不及待地往他所指的方向艰难地走去。

“舒情，舒情，你在这里吗？！”霍云城喊道，他顿了顿，又回头吩咐林岩峰：“你们快过来，把这里的雪挖开！”

山洞中，舒情正依靠在洞壁上，闭目养神，保存体力。

隐隐约约地，她似乎听见了一个熟悉的声音。那声音很缥缈，很虚无，她听得很不真切，但是，却那样的熟悉。

仿佛是……霍云城的声音！

舒情一下子惊醒过来，她快步走到洞口，竖起耳朵仔细听了听。

“舒情，舒情！”

真的是霍云城！不是她幻听，霍云城来救她了！

无边的喜悦在舒情心头蔓延开来，她颤抖着声音：“霍云城，是你吗？”在山洞中被困了整整两天，她的嗓子有些沙哑。

“霍云城，我在这里！”舒情努力想要提高声音让对方听见，却有点力不从心。

怎么办？她必须尽快通知霍云城，她在这里。

舒情深吸一口气让自己冷静下来。她垂眸看向手中的手机，幸好她带了备用电源。换上电池打开手机，把音量调大，播放音乐，希望霍云城可以听见。

正在四处寻找山洞的霍云城，忽然听见了隔着雪堆传来的音乐声。虽然声音很小，但是他听见了。

*Big Big World*，那是舒情最喜欢的歌曲！

“舒情，是舒情！”霍云城眼中翻腾着无限的欣喜，回头道，“你们都过来，舒情在这里！快把雪堆挖开！”

霍云城此刻浑身仿佛有使不完的劲似的，双手不停地刨着积雪，一双手被冻得通红，却浑然不觉。他只知道，此时此刻，舒情就在积雪的另一头，她被雪堆堵在了山洞中。

他和她之间很近，只有一步之遥。

其他人都拥上来，用工具和霍云城一起把积雪一点点挖开。

手机中传来的歌声，越来越清晰。

“舒情，我来了！你坚持住，一定要坚持住！”霍云城向着歌声传来的方向，激动地说道。

山洞内，舒情很清楚地听见了霍云城的声音，她的心跳猛地漏了半拍。这两天来一直紧绷着的心弦，稍稍松弛了下来，她得救了，霍云城来救她了！

“快一点，你们动作再快一点！注意观察，要确保舒情的安全！”霍云城迫不及待地想要见到舒情。

“城哥哥，你先休息一下吧，有救援队在呢。”唐若颖的眸中闪过一抹阴鸷。舒情竟然没有死！遇到雪崩她都死不了，真是命大！看着霍云城为了舒情不顾一切的样子，唐若颖的双手紧紧握成拳，她不会让舒情把霍云城抢走的！

“糖糖，你先去休息。”霍云城的语气带上了几分不耐烦。此时此刻，他心中唯一想的就是要尽快救出舒情！

大概一小时后，终于被清理出了一个洞口。

强烈的阳光透过洞口照射进来，晃得舒情一阵刺眼。她眯着眼眸，好一会儿才适应了外面的光线。再睁眼，映入眼帘的，是霍云城那高大挺拔的身影，那样的熟悉。

是霍云城，真的是霍云城！

尽管刚才在山洞中，舒情已经知道霍云城就在外面正在努力地救她。可此时此刻，真真切切地看见霍云城就站在自己的面前，她还是不可置信地揉了揉眼睛。眼眶一红，眼前氤氲起一片水雾，她抿了抿唇，颤抖着道：“霍云城……真的是你？”

“舒情，是我！”霍云城勾了勾唇，沙哑的声音响起。他挑眉，深邃的目光，紧紧盯着面前的女人。

几天不见，清瘦了很多。她那白皙的面庞，因为在山洞中好几天不见阳光，此刻显得苍白无比。漂亮的眼眸微微泛红，盈盈的泪花在眸中微闪，却又坚强地不让它掉落。

舒情那单薄的身体好像随时都会被风吹走似的。霍云城长腿一迈，站到了舒情的面前，毫不犹豫地伸出修长的手臂，将她紧紧地拥入怀中。

再一次和霍云城紧紧相拥，他的怀抱依然那样温暖、宽阔，依然让舒情感到莫名的安心。

心，怦怦跳得快了起来，犹如小鹿乱撞。心中有千言万语，却不知道应该如何开口。

霍云城怎么会突然出现在这里？

他为什么会来救她？

他愿意过来救她，是不是霍爷爷病倒的事情……他已经原谅她了？

心头百转千回，舒情张了张口："我……不是在做梦吧？"

"当然不是。"霍云城双手紧紧拥住舒情，在她耳畔低沉地说，"舒情，我终于找到你了。你知不知道，我有多担心你？"

感受到来自面前男人呼吸间那灼热的温度，舒情原本苍白的脸庞泛起了一抹红晕。

他的温度，那样的熟悉，那样的真实。

真的是霍云城！他救了她！

在她几乎绝望的时候，他如神般出现在她面前，救了她。

"霍云城，你怎么知道我在这里？"舒情抿了抿唇，抬眸看向他，"我以为，我再也见不到你了……"

"不会。"霍云城挑眉，深邃的目光落在她的脸庞。

两个人目光交织，千言万语，尽在不言中。

霍云城的双手捧起她的脸庞，微微低头，缓缓地凑近她的双唇。

看着那张熟悉的脸不停在她眼前放大，再放大……舒情的脸一下子烫了起来。

"城哥哥——"就在霍云城即将吻上舒情的时候，唐若颖那大煞风景的声音传了过来。

城哥哥？

是唐若颖的声音！为什么唐若颖会在这里？

舒情的心，一点点地收紧。

她轻轻推开了霍云城，回头望去，只见唐若颖面无表情地向她走来。

唐若颖刚刚看着眼前这刺眼的一幕，费了好大劲，才强压住心头的妒火，快步走到霍云城的身旁。

她拉了拉霍云城的衣袖，硬生生站到了霍云城和舒情的中间："城哥哥，舒小姐没事就好了。这下你不用担心了，只要舒小姐找到齐大师，霍老先生就有救了。”

唐若颖的话里暗示着霍云城是因为齐大师，这才迫不得已来救舒情。

霍云城回过神，轻轻点了点头：“糖糖，这一路辛苦你了。”

“城哥哥，只要能帮到你，我辛苦一点算什么？我愿意为你付出所有。”唐若颖含情脉脉的目光落在霍云城的身上，“我知道你也一样，你曾经说过的，愿意为我做任何事情。”

霍云城蹙了蹙眉：“糖糖，先别说这些了。”他又看向舒情，语气带着关心，“你被困了这么久，一定很累了，不如我们先回去休息……”

他的话还没说完，一旁的唐若颖忽然整个人往他身上倒下去：“城哥哥，我好难受……”

“糖糖？糖糖，你怎么了？”霍云城心头一惊，下意识地扶住唐若颖。

只见唐若颖浑身冰凉，面色苍白，双眉紧闭，晕了过去。

“糖糖！”霍云城抱住了唐若颖，眸中闪过担忧。

“霍总，唐小姐估计是因为太过劳累，加上不习惯低温天气，才会晕倒的。”林岩峰道。

“这里最近的医院在哪儿？”霍云城问道。

一个村民上前一步：“村子里没有医院，最近的也是在县城。现在大雪封路，恐怕救护车也过不来。”

看着昏迷的唐若颖，不知怎的，霍云城忽然想起当年他和糖糖被关在小黑屋里面的情景。当年他没能力救糖糖，现在他一定不可以再让糖糖出事了。

霍云城沉吟道：“林岩峰，去联系直升机，尽快送糖糖去医院。”

“是，总裁。”林岩峰恭敬回答。

看着霍云城抱着唐若颖那紧张的样子，这一瞬间，舒情的心情仿佛从天堂跌入了地狱——霍云城最关心的，始终是糖糖。

“舒情。”于娜走到舒情面前，拍了拍她的肩膀。

舒情回过神，苦涩地笑了笑：“我没事。”

于娜向着唐若颖的方向努了努嘴，压低了声音在舒情耳畔问道：“她真晕了吗？”

舒情嘴角扬起一抹讽刺的弧度，几步走到了霍云城面前，垂眸看向他怀中的唐若颖，淡淡道：“霍云城，你让开，让我看看她。”

霍云城抬眸看了舒情一眼，点头应允：“嗯，你快看看糖糖。”他差点忘记了，舒情是懂一点医术的。

舒情蹲下身，伸手搭上了唐若颖的脉搏。她的脉象平和舒缓，没有任何不妥——果然是装的。

“怎么样？”霍云城见舒情半天没出声，忍不住问道。

舒情冷冷地笑了笑，没理会霍云城，只是喊住了正急匆匆往山村赶的林岩峰：“林特助，不用这么麻烦了，唐小姐这病，我可以治。”

林岩峰脚步一顿，用请示的目光看向霍云城。

霍云城问道：“她究竟怎么了？”

“她没事。”舒情神色淡淡地开口。

下一秒，舒情眸色一冷，双手抄起地上一把雪，往唐若颖的脸上砸去。

这一下来得太突然，所有人都没有反应过来，包括霍云城。

唐若颖被冰冷的雪激得浑身颤了颤，忍不住叫出了声。

“这不醒了吗？”舒情拍了拍手上的残雪，站起身。

唐若颖脸上青一阵白一阵，狠狠地瞪着舒情：“舒情，你干什么？”

舒情居高临下地看着唐若颖，讥讽地说道：“唐若颖，你不是晕了吗？怎么还知道我拿雪砸你？”

见霍云城看向她的目光带上了几分审视，唐若颖忙委屈巴巴地开口：“城哥哥，我刚才晕了吗？我突然之间就没了知觉，什么都不知道，然后一醒来就被舒小姐给砸了！舒小姐为什么要这么对我？我为了救她，和你一起找了这么久，天寒地冻，忍饥挨饿，我……我都快不行了。好不容易才把她救了出来，她就是这样对待我的吗？”

霍云城一时语塞，唐若颖的确一直都跟在他身边，和他一起寻找舒情。他也没有想到，舒情所谓的医治，就是给唐若颖砸这么一下。

见唐若颖一副“白莲花”的模样，舒情忍不住反唇相讥：“唐小姐，你这么说就不对了，我什么时候砸你了？我只是在帮你治病，你看你现在不是醒过来了吗？你跟着霍云城救我，现在我也救了你一次，扯平了。”说完，不再理会唐若颖，拉着于娜的手，“于娜，我们去找齐叔叔吧。”

于娜惊讶：“你不先回去休息一下吗？”毕竟舒情才刚刚得救，被困在山洞整整两天，眼下的她，一脸憔悴。

舒情却摇摇头：“我想尽快找到齐叔叔。”被困又耽误了两天，她有点担心霍爷爷的病情，想尽快找到齐叔叔，请他去医治霍爷爷。

“舒情，我和你一起。”霍云城忽然沉声开口。

舒情还没来得及开口，唐若颖却一把拉住了霍云城，捂着胸口：“城哥哥，你别走，我好痛，我的旧伤可能复发了。”

霍云城蹙眉：“糖糖，我让林岩峰先送你回去。等我找到齐大师，就去找你。”

见霍云城坚持要和舒情一起去找齐大师，唐若颖的目光闪过一抹阴郁。她死死地拉着霍云城，泪如泉涌，楚楚可怜：“城哥哥，你曾经说过会一辈子保护我，你说过你会永远爱我，现在你别扔下我不管……”

这些话尽数落入舒情的耳中，扎着她的心疼。

霍云城曾经也和她说过——

“舒情，别怕，有我在，我会保护你。”

“舒情，我爱你，我会让你成为这个世界上最幸福的女人。”

原来这样的话，他同样也和糖糖说过。

舒情深吸一口气，赶走心头所有的不快，侧头看了于娜一眼：“于娜，我们走吧！”她拉着于娜转身离开。

霍云城紧紧盯着舒情离开的背影，有些心不在焉地对唐若颖说道：“糖糖，你听话，跟林特助先回去。”

“城哥哥！”唐若颖双手紧紧握拳。

舒情，又是因为舒情！为什么？霍云城为什么那样在意舒情？

在唐若颖嫉恨的目光中，霍云城追上了舒情：“舒情，我和你一起去找齐大师。”

舒情脚步一顿，回头看着他：“不用了。齐叔叔不喜欢见陌生人，你还是去陪你的糖糖吧。”

“舒情，我和糖糖……”霍云城刚要解释，远处忽然传来一道急切的男声。

“舒情——”

舒情循着声音望去，只见沈俊言急急忙忙向她走来。

“沈俊言，你怎么来了？”舒情惊讶道。

沈俊言快速走过来回道：“我看到新闻，才知道你出事了。你怎么这么傻，为什么不告诉我？”

之前舒情突然和于娜离开，沈俊言并不知道她们去哪里了，后来他看见新闻，才知道舒情出事了。他第一时间就赶了过来。没想到还是晚了一步，让霍云城先救出了舒情。

舒情想了想，笑道："我不想让你担心，所以才没告诉你。"她顿了顿，又说道，"我没事，现在我们去找齐大师，你先回去吧。"

沈俊言的目光紧紧落在舒情的脸庞："我和你一起去。"

舒情思忖片刻，点点头："走吧！"

霍云城的脸色一下子沉了下来。刚才舒情以齐大师不喜欢见陌生人为理由，拒绝了他同去，但是现在，却让沈俊言陪她一起去，言下之意，他是陌生人，而沈俊言不是？

舒情、于娜和沈俊言三人一起往玉笔峰的方向走去。

"舒情，你一个人跑来这里为什么不告诉我，不让我陪你？"一想到舒情遇到雪崩，差点就没命，沈俊言就心有余悸。

舒情还没开口，于娜就皱眉道："沈俊言，我不是人？何况舒情现在刚刚脱险，你能不能让她安静一点？"

"对不起，舒情。"沈俊言怔了怔，便安静了下来。

于娜还想着刚才的事情："舒情，其实你应该让霍云城一起去。"

"为什么？"舒情抿了抿唇。

于娜轻叹一声："难道你看不出来，他很关心你吗？还有，那个唐若颖对他的心思人尽皆知，你这不是把霍云城往她怀里推吗？"

这个道理舒情心里明白，可是，只要一想到唐若颖说的那些话，一想到刚才霍云城紧张唐若颖的样子，她心里面就堵得慌。

"你呀，别为了一时之气，把霍云城拒之千里，最后白白便宜了别人。"于娜有些恨铁不成钢。

沈俊言在一旁不淡定了："于娜，你说什么呢？霍云城喜欢的人是糖糖，你别瞎掺和。"

于娜知道，沈俊言喜欢舒情，可舒情喜欢霍云城，现在还加上一个唐若颖……

对于这复杂的四角恋关系，于娜只能无奈地摇摇头。

## 第十一章
## 你见过我父母吗？

三个人一路往前，此刻冰雪还是很厚，一路磕磕绊绊，舒情走得尤为艰难。

“早知道这样，就应该让霍云城用直升机送我们。”于娜有些耿耿于怀。与其让唐若颖缠着霍云城，还不如让霍云城送他们过来找齐大师呢。毕竟，找齐大师的目的也是为了救霍老爷子，霍云城有责任送他们过来。

舒情脸色僵了僵，皱眉四处看了看：“应该就在这附近了。”

“你确定吗？”于娜疑惑地开口，“这里到处都是积雪，荒芜一片，怎么看都不像有人烟的样子。”

“按之前刘姐说的，就在这儿错不了。”舒情顿了顿脚步。

一阵风吹过，一直在旁默不作声的沈俊言忽然沉声开口，指着前面：“舒情，是那里吗？”

顺着沈俊言所指方向，在不远处的树林后面，有一座小木屋若隐若现。

三个人看清后都有些激动，他们穿过树林，发现在树林的这一边别有一番洞天。

“应该就是这里没错了！”舒情的语气带上了几分兴奋。走到小木屋门口，她上前，敲了敲门，“请问有人吗？”

没有反应。

“会不会弄错了，不是这里？”于娜担心地问道。

舒情脸色沉了沉，不死心地继续敲门，又提高了声音：“有人吗？齐叔叔，你在里面吗？”

半晌，木门“嘎吱”一声打开，一个头发花白的老年男子出现在他们的视线之中。

老人剑眉星目，满脸的络腮胡子，依稀和记忆中的齐叔叔模样很相似，只是苍老了不少。

是他！真的是齐叔叔！霍爷爷有救了！

舒情有些激动地开口："齐叔叔，您还认识我吗？"

"你是阿雪？"齐玉初震惊地眯了眯眼眸，紧紧盯着站在大门口的舒情，神情激动地喃喃自语，"阿雪，阿雪……"

阿雪？那是谁？

舒情一怔："齐叔叔，你不认识我了吗？我是舒情。"

"舒情？"齐玉初回过神，目光闪过失望之色，淡淡地说道，"原来是你。"

"嗯，齐叔叔，您还记得我吧？我小时候生了重病，是您救了我，后来您还教我医术。"舒情急切开口，她生怕齐玉初已经把她给忘记了。

齐玉初点头，上下打量着舒情，语气带上了几分感慨："你长这么大了，进来说吧。"

见齐玉初还认识自己，舒情心头一松，转身对于娜和沈俊言说："你们在外面等我。"她了解齐叔叔的脾气，不喜欢见陌生人。

舒情走进小木屋，齐玉初把门给关上。

"坐吧。"齐玉初指了指屋子里的木凳，"你怎么知道我在这儿？"

舒情依言坐下，直截了当道，"齐叔叔，其实这次我来找您，是有事想请您帮忙。"

"请我去治病？"齐玉初猜到了舒情的来意，却一口拒绝了，"你回去吧，我不会离开这里的。"

舒情急切地恳求道："齐叔叔，我知道我的请求很唐突，可是霍爷爷生命垂危，只有您能救他，您帮帮我可以吗？"

"霍爷爷？你所说的是霍氏的霍老吗？"齐玉初眉头轻蹙。

"嗯，霍爷爷和我爷爷是生死之交。齐叔叔，您就当看在我爷爷的面子上，救救霍爷爷，可以吗？"舒情拉住了齐玉初的胳膊，言辞意切地央求着他。

毕竟霍老爷子的病，她也有责任，如果齐叔叔不肯答应她……那她会一辈子内疚的。

感受到舒情手上的温度，齐玉初的思绪有些飘远。

"玉初，你救救他，求求你救救他……"

当年的阿雪，也是这样拉着他的胳膊，哀求他救她的心上人。

看着面前那张和阿雪极其相似的脸庞，齐玉初轻叹一口气，思忖片刻，终于点了点头。

“齐叔叔，您答应了？”舒情心中一喜。

“嗯。”齐玉初淡淡地应了一声。

“谢谢您，齐叔叔。”舒情心中的一块大石总算是落下了，她嘴角扬起了一抹笑容，“我们可以尽快赶去 A 市吗？”

现在已经找到齐叔叔了，早一点赶到 A 市，霍爷爷就能早一点苏醒。

“我收拾一下。”齐玉初站起身，到房间里面拿了一个木箱子，背在身上。

舒情认识，那是齐玉初的医药箱。

“舒情，以前的事情，你想起来了吗？”齐玉初忽然开口。

以前的事情……是那次重病之前的事情吗？

舒情目光暗了暗：“齐叔叔，小时候的很多事情，我都不记得了。爷爷说是那次生病留下的后遗症，是这样吗？”

“嗯。”齐玉初有些敷衍地点头，“我们走吧！”

“齐叔叔，您见过我父母吗？他们长什么样？”舒情迟疑了一下问道。

这个问题，她曾经也问过爷爷，可是每次爷爷不是岔开话题就是生气，所以舒情不敢再问，怕引得爷爷伤心。或许，齐叔叔知道点什么？

“没有。我去你家的时候，就只有你和你爷爷两个人。”齐玉初的目光闪烁了一下。

他的回答让舒情有些失望。直觉告诉舒情，齐叔叔有事情瞒着她，可究竟是什么事情呢？

舒情了解齐叔叔的脾气，如果他不想说，她再怎么问也没用。算了，当务之急是赶紧回到 A 市，让齐叔叔救霍老爷子。

舒情和齐玉初并肩走出木屋，于娜和沈俊言忙迎了过来。

“这位就是齐叔叔。”舒情面带笑容地介绍道，“齐叔叔，他们是我的朋友，于娜和沈俊言。”

“齐大师，久闻大名。”于娜和沈俊言对齐玉初的医术都很崇拜。

可是齐玉初只是瞄了他们一眼，一副爱搭不理的样子。

于娜和沈俊言也听舒情说过齐玉初的脾气有些古怪，他们对视了一眼，便默默地跟在了舒情的身后。

回到村庄，刚到路口，一个高大挺拔的身影突然出现在舒情的面前，拦住了她。

舒情秀眉蹙了蹙：“霍云城，你干什么？”

“我在等你。”霍云城语气沉沉地开口。

“你放心，我已经找到齐叔叔了，他答应跟我回A市救霍爷爷。”舒情神色淡淡地说道。

霍云城幽深的目光闪过了一抹惊喜，落在了舒情身后那个头发花白的男子身上。如果没有猜错的话，这个男人应该就是齐大师了。

霍云城上前一步，语气带上了几分敬意：“齐大师，谢谢。”

齐玉初冷冷地哼了一声：“你要谢就谢舒情。”

一向高高在上的霍云城吃了瘪，有些尴尬地勾了勾唇。

神医的脾气，似乎都有些古怪。要不然的话，齐玉初一身起死回生的医术，也不会无缘无故躲到这冰天雪地的山林里。这么一想，霍云城也就释然了，他心中牵挂着霍老爷子的病情，便道：“舒情，事不宜迟，我们尽快出发吧。”

舒情轻轻点头：“走吧！”

霍云城拿出手机，正想给林岩峰打电话，唐若颖忽然气喘吁吁地跑了过来，径直跑到霍云城的身边，拉住了他的胳膊，声音软软的：“城哥哥……”

她披头散发，脚上还穿着棉拖鞋，样子看起来有些狼狈。

“糖糖，你怎么了？”霍云城怔了怔，薄唇微动。

唐若颖警惕地看了一眼舒情，拉着霍云城胳膊的小手力道紧了几分：“我一觉醒来没看见你，就到处找你，原来你在这里。”

霍云城趁着唐若颖睡着了才出来的，现在看她一副不安的模样，大手拍了拍她的肩膀：“糖糖，舒情已经找到齐大师了，现在我们要立刻赶回A市，你身体还没康复，先在这里休息几天，过几天我让林岩峰来接你。”

“不要，城哥哥，我不要一个人留下，我要和你一起回去。”唐若颖的脑袋摇得像个拨浪鼓，她怎么可以让霍云城和舒情一起走，她不会给舒情任何接近霍云城的机会！

“可是你的身体……”霍云城迟疑道。

唐若颖泪眼蒙眬地看着他，可怜兮兮地开口：“我身体没事的，我不要一个人留下，我会害怕……”

见唐若颖在霍云城面前一副惺惺作态的模样，舒情的脸色冷了冷，不耐烦地催促：“霍云城，你到底还走不走？！”

“走。”霍云城神色一凛。

一行人坐着霍云城的私人飞机，往 A 市的方向飞去。

“霍云城，你这飞机没事吧？”于娜坐在舒情旁边的座位，不放心地四处看了看，“不会又被人动了手脚发生意外吧？”

之前飞机故障他们迫降在荒岛上毫无音讯，可把于娜吓得不轻。

现在坐在霍云城的私人飞机上，于娜都快有心理阴影了。

霍云城坐在舒情和于娜前面的座位，他回头，深邃的目光落在舒情的脸庞。

四目相对，舒情别开了目光。

霍云城脸色沉了沉，有些郁结地开口：“怎么，于小姐认为我是同一个错误会犯两遍的人？”

林岩峰忙在一旁补充道：“于小姐，你放心，我已经让人仔细检查过了，飞机很安全，不会有问题的。”

“那就最好了。”于娜耸了耸肩。

“城哥哥，真的不会有问题吧？”唐若颖自然是坐在了霍云城的身边，一路上都紧紧挨着他，像块牛皮糖一样黏着他。

“嗯，没事。”霍云城神色淡淡的。

唐若颖笑得眉眼弯弯，看了一眼身边的男人，将脑袋靠在他的肩头：“城哥哥，你知不知道，那次我摔下悬崖，从此以后我就最怕站在高的地方，也害怕坐飞机。”

霍云城的心突突跳了两下。害怕高处，害怕坐飞机……舒情也是恐高——糖糖和舒情，真的有很多地方很像。

没有感觉到身边男人的异样，唐若颖又继续说道：“但是，现在有你在我身边，我就什么也不怕了。”

“嗯。”霍云城应了一声，有些心不在焉地开口，“还有两小时才能到 A 市，你先好好休息一下。”

唐若颖的身体抖了一下，忽然往霍云城的怀中钻去：“城哥哥，我觉得好冷……”

唐若颖紧紧贴着他，这样的感觉让霍云城觉得有些不舒服。他轻轻推开了唐若颖，脱下西服外套给她披上，语气淡淡的："这样暖和一些。"

唐若颖感受到霍云城对她的疏离，脸色微微一变，眼角的余光看了看后座面无表情的舒情，扬起一抹乖巧满足的笑："城哥哥，你对我真好。"

这一幕幕落在舒情的眼中，让她觉得很腻味，干脆闭上眼睛躺着，来一个眼不见心不烦。可她的脑海中，情不自禁地又浮现出当日和霍云城从法国回来飞机事故的情景。

其实也不过才过去半个多月而已，现在想起来，却恍如隔世。

那个时候，霍云城情真意切地对她说的那些话，究竟有几分真心？

舒情秀眉紧蹙，深吸几口气，赶走心头这些莫名的情绪。

不知道霍云城有没有查出那次坠机的幕后凶手，到底是不是林家栋？如果是，为什么她没有听到任何关于林家栋的消息？如果不是，那又会是谁？

默默想着心事，她的眼皮越来越沉，终于支撑不住进入了梦乡。

她睡得很不踏实。在睡梦中，她仿佛被关在了一个暗无天日的黑屋子里，很多人威吓她，殴打她，她想要挣扎，却根本无力挣扎。画面忽然一转，她在山林中跌跌撞撞地跑着，后面有很多凶神恶煞的人在追着，眼看着那些人快要追上她了，她加快速度拼了命地往前跑，但是——前面是悬崖！

她低头望去，悬崖下面深不可测。

前有悬崖，后有追兵，她已经无路可走了！

就在她束手无策之际，一个身材高挑的女人，踩着高跟鞋，冷笑着向她走来。

是唐若颖！

她一步步走向舒情，精致的面庞扭曲着，红唇像毒蛇吐着信子一般开口："城哥哥是我的，任何人都抢不走！舒情，包括你在内！"

说完，唐若颖伸手，将舒情狠狠地往悬崖下推去！

"啊！不要——"那种带着恐惧的坠落感传遍了全身，舒情惊呼一声，陡然惊醒。

猛地张开眼，入眼的是机舱顶上的灯光，飞机还在平稳地飞行着。她长长地舒了一口气，原来是一个噩梦啊……

“舒情，你怎么了？”几道关心的声音同时传来。

舒情捂着胸口，心有余悸地摇摇头说:“没什么，只是做了一个噩梦。”

刚才的梦境，那样真实，仿佛真的发生过一样。

她为什么会做这么一个奇怪的梦？难道是因为这几天被唐若颖给恶心到了吗？

沈俊言侧头看了看舒情，只见她脸色苍白，额头上泛着冷汗，心疼地开口：“舒情，你脸色很难看，真的没事吗？”

舒情扬了扬嘴角：“没事。”

“我看一下。”齐玉初站起身，走到舒情面前。他微微弯下身，右手食指搭在舒情的脉搏上。两分钟后，齐玉初说：“没什么，可能因为这几天你太累了，精神高度紧张，休息一下就好。”

“嗯。”舒情缓过来神来道，“谢谢您，齐叔叔。”

她这几天确实太累了，被雪崩困在山洞，提心吊胆地过了两天，刚被救又马不停蹄地找到齐玉初，赶回 A 市。就算她的身体素质再好，也有些受不了。

“给我一杯柠檬水。”霍云城忽然开口，沉声对空姐说道。

“霍总，请稍等。”空姐面带笑容，恭敬地说道。

很快，空姐把柠檬水递给霍云城：“霍总，您要的柠檬水。”

霍云城接过杯子，转身递给了舒情：“你喜欢喝的柠檬水，喝一点，会感觉舒服一些。”

舒情下意识地接过了杯子，当指尖触碰到霍云城掌心的温度时，她的心跳慢了半拍。那种熟悉的感觉，让舒情有一瞬间的晃神。霍云城还记得她喜欢喝柠檬水吗？

“城哥哥，我也想喝柠檬水。”唐若颖拽紧手指，眸中的嫉恨一闪而过，晃了晃霍云城的胳膊。

霍云城面无表情地对空姐道：“再拿一杯柠檬水过来。”

“谢谢你，城哥哥。”唐若颖凑近了霍云城的耳畔，在他看不见的地方，对着舒情扬起一抹带着几分挑衅的笑。

舒情气结，把柠檬水放在了一旁。她怎么看，唐若颖都不像霍云城口中那个温柔善良、善解人意的小姑娘糖糖。看来，她真得好好查查这个唐若颖。

经过几个小时的飞行，飞机终于缓缓降落在了A市的机场。

“齐叔叔，我们现在就去医院看看霍爷爷吧。”一下飞机，舒情就迫不及待地想赶往医院。

齐玉初点了点头：“走吧。”

霍云城在后面大步走过来说：“等等，爷爷不在医院，在霍家老宅。”

众人疑惑，但也没追问。倪医生对霍老爷子的病情进行了诊断评估，建议在家庭医疗条件充足的情况下，可以出院，回家养护。霍云城再三思量，也认为把爷爷接回霍家能得到更好的养护和照料，虽然这家私立医院是霍氏集团投资的，但把爷爷接回霍家，有倪医生作为私家医生以及护理人员二十四小时看护，也有足够的医疗设备，最重要的是，他能天天看到爷爷，才能放心。也许爷爷回到熟悉的家中，更利于他的病情和早日苏醒呢。

林岩峰和倪医生在霍家老宅布置好一间医疗设备齐全的房间，把霍老爷子给顺利转移到了霍宅中。

林岩峰早就安排了车子，一行人赶往霍宅。

病人房间里，接到消息的倪医生正在等着他们。还有霍母和霍倩，也都在房间里，守在霍老爷子的身旁。

“倪医生，我爷爷怎么样？”霍云城一进房间，便急切地问道。

“还是老样子。”倪医生的目光落在霍云城身后齐玉初的身上，“一直昏迷不醒，不过各项指标还算正常。齐大师，您过来看看。”

齐玉初上前一步，冷声开口：“你们都出去，到外面等我。”

霍云城的剑眉蹙了蹙。虽然大家都说齐玉初的医术精湛高明，可这毕竟只是传闻，他没有亲眼见过，如果房间里只留下齐大师和爷爷，万一出点什么事……

这时，霍母忽然冷声开口：“我们都出去？那怎么行？”她上上下下打量着齐玉初，“你就是那个齐大师？”

齐玉初面无表情，并没理会她。

“云城，这人真是齐大师吗？他真能治好你爷爷？”霍母拔高了几分声音，语气犀利，“听说这人是舒情找来的？你可别忘记了，是舒情害得你爷爷这样的，她能这么好心找人来医治你爷爷？”

“霍夫人，你说话别太过分了，你可以质疑我，但是绝对不能质疑齐叔叔！”舒情没想到霍母会来这么一出，不由得和她针锋相对。她历经千辛万苦好不容易请来齐叔叔，可不想让霍母给搅黄了。

“妈，少说几句。”霍云城见齐玉初的脸色有些难看，冷声开口，“我们都出去吧。”

不管怎样，齐大师是治好爷爷的希望。他愿意相信舒情，相信齐玉初可以治好爷爷。

霍母脸色变了变，霍倩也说道：“表哥，姨妈说得对。爷爷是富贵之躯，怎么能让这样的人来治呢？”

“闭嘴！爷爷的事情，什么时候轮到你说话了？”霍云城俊脸紧绷，直接把霍母和霍倩给请了出去。

“齐大师，我爷爷就拜托您了。”霍云城深深地看了齐玉初一眼，沉声说道，而后便和众人一起转身走出房间。

齐玉初忽然道：“舒情留下。”

舒情脚步一顿：“好的，齐叔叔。”

“不行！舒情你不能进去。”霍母拦住了舒情，“你这个害人精，你还嫌害得我们不够吗？”

霍云城冷着脸把霍母拉开：“妈，您能不能安静一点！”

“云城，你忘记你爷爷是怎么病倒的吗？你现在是想让舒情再多害他一次？”霍母狠狠地瞪了舒情一眼，想要再去拦住她，却被霍云城给拉出去了。

舒情不再理会霍母，走进房间，关上门。

“怎么样，齐叔叔，霍爷爷真的能醒过来吗？”舒情带着期盼的眼神，紧紧盯着忙碌的齐玉初。

齐玉初把脉完毕，沉吟片刻道：“可以。”

舒情心头一松。她相信齐叔叔的医术，既然齐叔叔说可以，那就一定可以。

齐玉初打开医药箱，里面放着大大小小的一排银针。

“齐叔叔，您是打算用针灸吗？”舒情问道。之前她也想过可以用针灸来治霍爷爷，但是一来她没有把握，二来她也没有机会。现在，由齐叔叔亲自出马给霍爷爷针灸，一定可以药到病除。

“对。”齐玉初点头，挑选了几根最细的银针，用酒精消毒后，便向着霍老爷子胸口的穴位开始下针。

齐玉初起针、落针、捻针的动作干脆利索，像做过千百遍般显得游刃有余，舒情看得全神贯注紧张不已。

“舒情，看清楚了吗？”齐玉初这针刻意放缓了动作，抬眸看了舒情一眼。

“嗯。”舒情点头，在心中暗自记下了刚刚齐玉初的手法和所扎针的穴位。

大概过了半个小时，齐玉初将霍老爷子胸前的银针一一拔出，收回医药箱里。

“齐叔叔，可以了吗？”她问。

“对。”齐玉初轻轻点头，转身把房间的门打开。

一直守候在门外的霍云城长腿一迈，随着齐大师迫不及待地走到床前，关心地问道：“我爷爷怎么样了？”

“霍老的情况，可以好转醒过来。”齐玉初不紧不慢地说道，“刚才我已经给他针灸过一次了。”

“那他怎么还是一点反应也没有？你这庸医是不是故意来讹钱的？”霍母低头看了依然躺在床上昏迷不醒的霍老爷子。

齐玉初在一旁冷冷地开口：“他还没这么快醒来，霍老的病情至少需要针灸三次才有效果，而我才刚刚给他施了一次针而已。”

“那就请齐大师尽快帮我爷爷针灸。”霍云城急切地开口。

齐玉初眉梢一挑：“这事急不来。每次针灸需要间隔三天，否则的话病人的身体会承受不住。”

“这样啊……”霍云城微微有些失望。也就是说，爷爷至少还得需要一段日子才能醒来。不过，比起之前的束手无策，现在总算有希望了。

想到这里，霍云城的语气带上了几分难得的恭敬：“齐大师，那就要麻烦您在这里多住几天，等爷爷醒来……”

霍云城话还未说完，就被齐玉初打断了：“我马上就走。”

“什么？”霍云城一怔，“那我爷爷他……”

“剩下几次针灸，交给舒情就行了，我相信舒情的领悟力。”齐玉初的目光落在了舒情的身上。

“舒情？她行不行啊？！”霍母又跳了出来。

舒情冷冷一笑：“我不行，难道你行吗？”

霍母脸色变了变。

舒情又继续说道："齐叔叔医术高明，我相信他可以治好霍爷爷。"

"他可以，不代表你可以！"霍倩上前一步，白了舒情一眼，"你懂医术吗？我看你是想故意在表哥面前邀功吧？"

齐玉初蹙眉："舒情，我先走了。"霍家这些人乱糟糟的，他可不想再待在这儿受气。随后转身快步走下了二楼。

"齐叔叔，我送您。"舒情忙跟了上前。

齐玉初脚步一顿，意味深长地看了舒情一眼："不用送了，你自己多保重。"说完，便头也不回地走了。

舒情知道齐叔叔的个性，说一不二，她望着齐叔叔的背影，不由得轻叹了一声。如果不是因为霍爷爷的病，她也不会让齐叔叔来蹚霍家这趟浑水，被霍母莫名其妙地质疑。

舒情正在愣神，身后忽然传来了霍云城沙哑的声音："舒情，齐大师真的走了？"

舒情回头，脸上毫无波澜："对，齐叔叔走了。不过你放心，我会尽力治好霍爷爷。"毕竟霍爷爷的病是因她而起，她一定会竭尽全力。

"三天后，我会准时过来给霍爷爷针灸。"舒情看了一眼紧紧跟在霍云城身后的唐若颖，冷冷道，"现在我累了，我先回去了。"

"我送你。"霍云城不假思索地脱口而出。

"不用了。"舒情皱着眉心，说完转身就往门口方向走去。

霍云城想追上去，却被唐若颖拉住："城哥哥，我也想回去了，你送我行吗？"

舒情走到霍宅门口，一辆黑色的宾利不偏不倚地停在她的面前。

是沈俊言的车。

车门打开，沈俊言很绅士地下车，微微挥手做了一个邀请的动作："舒情，上车吧，我送你回去。"

连日来的奔波，让舒情此刻疲倦到了极点："谢谢。"她笑了笑，坐上了副驾驶的座位。

"于娜呢？"舒情侧头问道。

沈俊言伸手帮舒情系上安全带："她先回酒店了。"

"嗯。"舒情应了一声。

沈俊言一脚油门，车子向着城东花园方向开去。

霍云城走到门口的时候，看见的就是舒情面带笑容坐上沈俊言车子的一幕，他的脸色一下子就沉下来。

唐若颖追了过来：“城哥哥，你在看什么？”

“没什么。”霍云城收回了目光，薄唇紧紧抿成一线，彰显着他此刻极度不悦的心情。

“那不是沈俊言和舒情吗？”唐若颖见霍云城的脸色难看，添油加醋地说，“看来网上说的八卦新闻不是捕风捉影呢，舒情是和沈俊言同居了吧？”

“糖糖，你不是累了要回家吗？”霍云城有些不耐烦地打断了唐若颖。

“嗯。”唐若颖目光含情地看向霍云城，“城哥哥，你送我好吗？”

“我还有事，让司机送你。”霍云城冷声道。

唐若颖的心咯噔一下：“城哥哥，你有什么事？我陪你……”

“不用，糖糖，你先回去。”霍云城不由分说，让司机把唐若颖送回去。而他则开着车，一路往城东花园的方向开去。

沈俊言开着车，把舒情送到了城东花园。舒情很累，一路靠在座位上闭目养神，不知不觉中渐渐进入了梦乡。

沈俊言停好了车，侧头静静注视着熟睡中的舒情。昏暗的灯光照在她的脸上，映得她肌肤格外白皙，长长的睫毛在脸颊投下一片扇形的阴影。尽管带着几分疲惫和倦意，可依然那样明媚动人，牵动着他的心弦。

沈俊言痴痴地盯着舒情看了几分钟，心跳快了几分。他忍不住俯身下去，向着她靠近，再靠近……

就在沈俊言的唇即将落在舒情脸颊的时候，她忽然醒了过来，入眼的就是沈俊言那俊朗的脸庞，放大在她眼前。

“沈俊言，你干什么？”舒情被吓了一跳，皱着眉，一脸警惕地往后靠了靠。

沈俊言回过神，忙坐正了身体，有些尴尬地咳嗽一声说：“没什么，到了。”

舒情看了看窗外，点了点头：“嗯，谢谢你送我。”

舒情打开车门下车，正准备往家的方向走去，忽然身后传来的沈俊言低沉的声音：“舒情……”

舒情脚步一顿，回头问道：“还有事吗？”

沈俊言迈步走到舒情面前，微微颔首看着她，目光渐渐深沉：“舒情，可以给我一个机会，让我做你男朋友吗？”

男朋友？

面对沈俊言的再一次表白，舒情有些意外。她之前不是已经和他说清楚了吗？她还以为沈俊言已经放下了对她的感情。

舒情想了想，斟酌着开口：“沈俊言，我们之前不是说好了吗，如果我找到真爱的话，你会祝福我，我和你是朋友。”

“对，我是这么说过。可霍云城他不配，你和他在一起，被伤害得这么深，他根本不能给你幸福。”

沈俊言情绪忽然有些激动，他上前一步，双手按住了舒情的肩膀。目光危险深邃，带着几分固执：“舒情，你给我一个机会，让我照顾你，我一定会做得比霍云城好千倍万倍！”

“沈俊言，你别这样。”舒情秀眉轻蹙，面无波澜地说道。

“舒情，之前你说你找到了真爱，我也以为霍云城真的会好好爱你，给你幸福，可事实并不是这样。”沈俊言执着地说道，“霍云城心里有别的女人，他之前之所以答应和你订婚，也是因为他以为糖糖已经不在了。但是现在，他已经找到了糖糖，他对糖糖怎么样，我们有目共睹。舒情，你别再欺骗自己了，霍云城根本就不适合你。”

听了沈俊言这番话，舒情的脸色一点点冷了下去。

见舒情的脸色变得很难看，沈俊言的心微微有些刺痛：“我知道，今天我不应该说这些，但是……”

“知道不应该说就别说了，我很累。”舒情抬眸对上沈俊言的目光，冷冷地说道，“你应该明白，我们之间是不可能的。”

“是因为你还爱着霍云城吗？”沈俊言的目光黯淡了几分。

舒情摇头：“和他无关。”说完便不再理会暗自伤神的沈俊言，转身往前走去。

舒情搭电梯到了家门口，从提包里拿出钥匙，打开了门。她推门而入，正要关上，忽然从一旁昏暗的楼梯口闪过一个高大挺拔的黑影。

对方大手一伸，按住了正要关上的门，迈步走了进去。

舒情一惊，大声呵斥：“什么人？”

男人冷哼了一声。

这声音……借着窗外朦胧的月光，她看清楚了面前男人的模样。

男人浑身散发着寒冷的气息，一身黑色的手工高定西服几乎与夜色融为一体。立体深邃的五官犹如上帝鬼斧神工般精雕细琢的完美杰作，看起来高贵优雅。那双深不可测的眼眸微微眯着，深邃的目光带着寒意，落在她的脸庞。

霍云城？！他为什么会在这里？

舒情一愣，冷声问道："霍云城，怎么是你？"

"怎么，不想看见我？"霍云城勾唇，语气隐隐带着几分怒意。他大手一伸，"砰"的一声，关上了门。

"如果你是为了霍爷爷而来，那你大可不必担心，三天后我会准时去霍宅给霍爷爷针灸。"舒情面无表情地看着霍云城，下了逐客令，"现在我很累，要休息，你请回吧。"

她实在想不出有什么理由，会让霍云城突然出现在这里。他不是应该送糖糖回去了吗？

霍云城脸一沉，双手蓦地扣住舒情的手腕，用力把她压在了门板上。

"你放开我……"手腕上一阵疼痛传来，舒情挣扎了一下。

她的话音未落，却全部被面前的男人封在了口中。霍云城的吻毫不犹豫地落下，强势、霸道、粗暴，毫不怜香惜玉。他眼中欲火和怒火交织在一起，滚滚翻腾着。来自面前女人那种久违的柔软和美好，是那样的熟悉，让霍云城欲罢不能。

他想她！疯狂地想她！

自从舒情取消了婚约，从水月新城搬走后，她的一颦一笑时时刻刻萦绕在他的脑海中，没有一个晚上，他能安稳入睡。当他看到网上那些关于她和沈俊言的消息时，他愤怒、害怕，他怕自己真的永远失去了她。在知道她在长白山遇险后，他更是发疯一般，不顾一切地赶去找她。现在，他顾不上爷爷，顾不上糖糖，一路飞车到了这儿，就是想见她。

可是，他看见的是什么？

沈俊言抓着她的肩膀，两个人站在路边卿卿我我。他们靠得那么近，动作那样亲昵。而舒情对他，就是这副爱理不理的样子。难道舒情真的喜欢沈俊言吗？网上的那些传闻，都是真的吗？

霍云城心头怒火熊熊燃烧着，霸道地加深了这个吻，他的舌用力撬开她的唇齿，毫不犹豫探进去……

## 第十二章
## 你肯定她是糖糖吗?

这个突如其来的吻，让舒情始料不及，她僵着身子，脑袋中忽然一旁空白。几秒钟之后，她才反应过来。

霍云城在干什么？！

他们已经取消婚约了，她和霍云城之间没有任何关系了，他凭什么这样侵犯她？

心一横，舒情的贝齿狠狠地向着霍云城的唇咬了下去。伴随着腥咸的味道，唇瓣传来一阵钻心的痛，霍云城下意识地松开了舒情。

舒情胸口剧烈起伏着，带着羞耻和愤怒，喘息着开口：“霍云城，你够了！”

霍云城面色铁青，浑身散发着寒意，让人不寒而栗，空气仿佛在这一刻凝固了一般。脸上线条紧绷，剑眉紧蹙，眼角微眯，目光不明地紧紧盯着舒情。她就这么讨厌他的触碰吗？明明以前他们在一起的时候，她很喜欢他这样吻她的。

也不知道过了多久，他才冷着脸，沉声开口：“舒情，你真的和沈俊言在一起了？”

舒情皱了皱眉心。

“你绝情地取消婚约，也是因为沈俊言？”见舒情沉默不语，霍云城的脸色又冷了几分。

因为沈俊言？呵，霍云城这是恶人先告状吗？明明是因为糖糖！

舒情猛地抬眸，对上他的目光：“霍云城，请你不要污蔑我和沈俊言。我为什么取消婚约，你心里面难道不明白吗？”

霍云城眼中幽深不见底，隐隐翻滚着怒意：“你告诉我，究竟为什么？”

舒情冷笑一声："既然你揣着明白装糊涂，好，那我就和你说清楚。"她深吸一口气，盯着霍云城的眼眸，继续说道，"很久之前，我就告诉过你，我对感情有洁癖。我未来的老公，必须全心全意地爱着我，他心里面必须只爱我一个人。而你，很明显，你心里面一直爱的是糖糖。霍云城，我舒情不屑于做别人的替身！"

"所以，你取消婚约，是因为糖糖？"霍云城挑了挑眉，心情忽然好了起来。不是因为沈俊言而是因为糖糖，是不是说明，其实舒情还是在意他的？她取消婚约，是因为误会和吃醋而已。

"对。"舒情点头。

霍云城的目光软和了几分："如果我说，我和糖糖之间并不是你想的那样，我和她没什么，你是不是会回到我身边？"

"你觉得我会信吗？"舒情的嘴角勾出一抹讽刺的弧度。

霍云城深深地看着她："为什么不信我？"

"在我们订婚典礼那么重要的日子，你全然不顾我的感受，突然失踪，我怎么也联系不上你。我还以为你出了什么意外，发疯似的到处找你。可你呢？你和糖糖在一起。很明显，在你心目中，糖糖比我重要多了。或者应该这么说，从头到尾，你爱的人根本就是糖糖。既然这样，这个原本就不应该存在的婚约，就更没有理由继续了。"

霍云城眯了眯眼眸："我并没有不顾你的感受，那天我不是给你发了短信，告诉你我会晚点去接你吗？"

短信？舒情一怔，他什么时候给她发过短信？

"我没有见过什么短信。"舒情讥讽道。

霍云城蹙了蹙眉，那天他的手机没电了，是糖糖发的短信。为什么舒情没收到？这中间是哪里出了问题？

见霍云城沉默不语，舒情冷冷地问道："霍云城，你敢说，你不是爱了糖糖这么多年？在你心目中，心心念念的人不是糖糖？"

"舒情，我不否认，我对糖糖有一种特殊的感情，但这并不是你想的那样。"霍云城字斟句酌地说道，他不知道如何才能向舒情解释——糖糖确实在他心目中有很重的分量，他也曾经以为，自己一直在寻找的糖糖，是他心中所爱。但后来他遇到了舒情，被她吸引，心被她一点点填满，感情的天平也倾向了舒情的这一边。再见到唐若颖的时候，他发现，他对糖糖并没有那种心动的感觉，他心里面想要相守一生的人，依然是舒情。

只是，糖糖对他有救命之恩，他不是那种知恩不报的人。所以，当糖糖对他提出各种要求的时候，他会毫不犹豫地答应。

舒情咬着唇瓣，沉默不语，心却微微有些震动。霍云城的话，究竟有几分可信？

“糖糖的事情，我已经向你解释了，现在你应该和我解释解释你和沈俊言究竟是什么关系。”霍云城一想到刚才在楼下见到的那一幕，心依旧堵得慌。

舒情却答非所问：“霍云城，你能肯定，唐若颖就是糖糖吗？”

“当然。”霍云城不假思索地回答。

“为什么这么肯定？”舒情追问。

霍云城的目光带上了几分探究：“舒情，你在怀疑什么？”

舒情抿了抿唇，正要开口，霍云城的手机忽然响了。霍云城低头看去，是唐若颖打来的。

看着屏幕上不停闪烁着“糖糖”两个字，舒情的脸色沉了沉。

霍云城修长的手指点下了接听键：“糖糖？”

电话那头，传来唐若颖惊慌失措的声音：“城哥哥，救我！快救救我！”

“你怎么了？”霍云城的语气不由得带上了几分关切。

“你们别过来，啊……城哥哥，救命啊！”电话里唐若颖的声音带着紧张、恐惧的哭腔，仿佛遇到了什么可怕的事情。

“糖糖？糖糖？究竟发生什么事了？”霍云城紧张地追问。

可是，电话被挂断。霍云城打过去，没人接听。

“舒情，糖糖可能遇到危险了，我得去看看。”霍云城面色凝重地看了舒情一眼。不等舒情开口，便径直往门口大步走了出去。

看着霍云城匆匆忙忙离去的背影，舒情的心一点一点往下沉。

他刚刚还说，对唐若颖的感情并不是她想的那样，可一接到唐若颖的电话，就紧张地赶了过去，这叫没有感情吗？

事实摆在眼前了，在霍云城的心目中，唐若颖比她重要多了……

霍云城开着车一路飞驰，赶到了唐若颖住的地方。

“糖糖，糖糖！”他敲着门，沉声喊道，语气带上了几分焦急。

唐若颖哭喊的声音从里面传了出来：“放开我，你这个流氓，快放开我！”

紧接着传来了一个男人的声音：“臭婊子，老子看上你是你的福气，还跑？看你往哪儿跑！”

霍云城脸色一沉，一脚踹开大门。只见屋子里面乱七八糟的，唐若颖披头散发、衣冠不整地从房里冲了出来，身后跟着一个染着黄头发的男人。

“城哥哥，救我。”在见到霍云城的一刹那，唐若颖飞快地扑进了他的怀中。

“臭婊子，老子在你身上花了这么多钱，天天去酒吧捧你的场，现在你说不干就不干？”黄毛口中骂骂咧咧。

唐若颖哭着说：“我说过了，我已经辞职了，不在酒吧上班了。我不会再回去唱歌了！”

“不唱歌也行，陪我一晚上，把我伺候爽了，一切都好说。”黄毛一边说着，一边想要伸手去拉唐若颖。

唐若颖躲在霍云城的身后，浑身瑟瑟发抖：“你别过来，城哥哥，我好害怕。”

霍云城冷眼扫了黄毛一眼，胳膊挡住了他的手，把他往地上一推。

“你小子敢多管闲事？”黄毛摔在地上，骂骂咧咧地想要爬起来。

霍云城直接一脚踹在了他的胸口：“滚！”

他强大的气场扑面而来，黄毛这才仔细打量了霍云城一番，越看越觉得眼熟，惊恐道：“你，你是霍总？！”

“你现在知道城哥哥是谁了？城哥哥是不会让你欺负我的！”唐若颖挽住了霍云城的胳膊，狠狠瞪了黄毛一眼。

“霍总，我不知道 Angel 是你的女人。我有眼不识泰山，您大人不记小人过，别和我一般见识。”黄毛从地上爬起来，忙不迭地给霍云城道歉。

霍云城蹙眉，冷声道：“还不滚？！”

“是，是，这就滚。”黄毛点头哈腰，飞快地跑了出去。

“糖糖，没事了，别怕。”霍云城侧头看了一眼唐若颖，安慰她道。

唐若颖紧紧抓住霍云城的胳膊，靠在他的胸前，低声哭泣着：“城哥哥，今天幸亏有你，要不然只怕我已经……”

“刚才那是什么人？”霍云城沉声问道。

唐若颖抽泣着说：“是我以前在酒吧的一个客户，一直纠缠我，没想到今天直接来我家里想非礼我……城哥哥，要不是你，我可能已经被他给玷污了。”

霍云城拍了拍唐若颖的肩膀，声音温柔了几分：“糖糖，别哭，没事了。”

唐若颖擦了擦眼泪：“城哥哥，今晚你留下来陪我好不好？”

看着面前哭成泪人的唐若颖，拒绝的话堵在喉咙口，霍云城轻轻点了点头。

“城哥哥，谢谢你！”见霍云城答应留下，唐若颖伸出双手环住了他的脖子，在他耳畔气若幽兰地说道。

霍云城不动声色地推开了唐若颖：“糖糖，你累了，早点休息吧。”

“我先去洗澡。”唐若颖眼角含了几分笑意，深深看了霍云城一眼。说完，她便转身往浴室的方向走去。

霍云城坐在沙发上，脑海中不由得浮现出舒情的样子。刚才他走得那么急，舒情恐怕又误会了吧？

霍云城拿出手机正想打电话给舒情，浴室中忽然传来了唐若颖惊恐的尖叫声：“啊——”

“糖糖，怎么了？”霍云城站起身问道。

“城哥哥，你快过来！”唐若颖慌张的声音传了出来。

霍云城走到浴室门口，顿住了脚步：“糖糖，你还好吧？”他敲了敲门，沉声问道。

“有蟑螂！”唐若颖看了一眼地上的蟑螂，故意夸张地喊道，“城哥哥，你快进来，我最怕蟑螂了。”

原来是蟑螂，霍云城松了一口气，神色淡淡地开口：“糖糖，你别怕，直接把它踩死就行了。或者等你洗完澡，我再进去看看。”

见霍云城只是站在门外，并不进来，唐若颖的目光暗了暗——今晚，她要得到他！对于霍云城，她势在必得！

唐若颖匆匆洗完澡，穿了一件轻薄的睡衣，又喷了她最喜欢的香水。她看着镜子中那个性感明艳的自己，弯了弯嘴角，打开浴室门，婀娜地走了出去。

“糖糖，你还好吧？”见唐若颖走出来，霍云城关心道。

“城哥哥，刚才那只蟑螂好大啊！我真的很害怕……”唐若颖胸口起伏着，故意脚下一滑，整个人往霍云城的怀中倒去。

“你没事吧？”霍云城怔了怔，下意识地扶住了她。

唐若颖穿了一件乳白色深V领的丝绸睡衣，曼妙的身材若隐若现，说不出的妩媚。她柔软的身体故意往霍云城健硕的手臂上蹭了蹭，含情脉脉地看着他：“城哥哥，我没事。”

刺鼻的香水味传来，霍云城剑眉微蹙，伸手把唐若颖的身体扶正：“很晚了，你该去休息了。”

“你送我去房间好吗？”唐若颖揉了揉太阳穴，一副绵软无力的样子，“我觉得有点头晕。”

她整个人贴在了霍云城的身上，霍云城无奈，只能扶着她往房间走。刚走进房间，唐若颖忽然一用力，拉着霍云城往床上倒去。霍云城始料未及，两个人双双倒在了大床上。

“城哥哥……”唐若颖伸出双手，抱住了霍云城的肩膀，目光含着娇羞，望着面前那张让她心动不已的脸，幽幽地说道，“你还记不记得，你曾经说过，你会娶我。你说我救了你，你要照顾我一辈子。”

唐若颖柔若无骨的双手如水草一般，紧紧缠住霍云城的脖子，双眸痴痴地看着他。她可以想象，在眼前黑色的西服下，是多么强健有力的身体，让人痴迷沉醉。唐若颖舔了舔有些燥热的唇瓣，只觉得心跳加速。今晚，她一定会和霍云城度过一个难忘的夜晚。她会成为他的女人，成为他唯一所爱的女人，成为霍家的女主人！

这么想着她抑制不住心中的悸动，整个人往他身上贴，恨不得和他融为一体。

霍云城被唐若颖紧紧搂住，她柔软的身体与他贴得这么近，他甚至可以听见她那微微急促的呼吸声。不知道为什么，霍云城觉得这种感觉非常陌生，甚至有些排斥。

明明之前他们被关在小黑屋中，那些人放狗吓他，糖糖抱着他的时候，他感到的是温暖和心动，而不是现在这样的……抵触。

为什么？

“你肯定唐若颖就是糖糖吗？”舒情的话忽然在霍云城的耳畔回响。

霍云城心头一惊。

“城哥哥，你还记不记得，我们一起被关在小黑屋时的情景？那个时候你害怕大狗，每次都要我抱着你，就像现在这样。”唐若颖一边说一边似不经意地拉了拉睡衣，露出了胸前的风光，也露出了肩头那块红色梅花形胎记。

目光落在唐若颖的肩头，霍云城回过神，他怎么可以怀疑糖糖？

唐若颖就是糖糖。

但是，他对糖糖的感觉，和八年前已经完全不同了。毕竟已经过去了八年，他们都长大了，那种感觉有了变化，也是很正常的。

“糖糖，别这样。”霍云城被唐若颖抱得有些难受，便伸手推开了她，站起了身，动作优雅地整理了一下衣服。

“城哥哥，你不喜欢我？”唐若颖没想到霍云城会忽然推开她，脸色微微一变，“你难道忘记了，你说过你喜欢我，你说你要娶我的？”

霍云城手上的动作一顿，蹙眉道：“糖糖，那些都是儿时的戏言。”

“戏言？可是我是认真的。”唐若颖站起了身，抬眸认真地看着霍云城，语气有些激动。为什么霍云城对她这么淡漠？明明她已经暗示得那么明显了，他一个身强体壮的成熟男人，竟然对她无动于衷？

唐若颖一双漂亮的眼眸含着泪水，小手抓住了霍云城的胳膊，喃喃地说：“城哥哥，我真的很喜欢你。当年我摔下悬崖，浑身受了重伤，就是因为想到你，我才能活下来。这些年，我无时无刻不在想你。你说过会娶我，你现在不会食言吧？”

一提到当年的事情，霍云城的心头猝不及防地涌过一阵内疚。是的，他当年是说过这些话，而糖糖也是因为救他才摔下山崖。是他亏欠了糖糖。

“糖糖，这些事情以后再说行吗？”霍云城轻轻拍了拍唐若颖的小手，有些敷衍地开口，“现在你先上床休息，好好睡一觉，别想这么多了。”

“是因为舒情吗？”唐若颖咬着唇瓣，眸中满是不甘。

今晚这么好的机会，她使出浑身解数，霍云城竟然对她一点感觉也没有！听到“舒情”两个字，霍云城的目光柔和了几分，沉默不语。

果然是因为舒情！

唐若颖眸中闪过一丝微不可见的嫉恨：“城哥哥，你别忘了，舒情已经和你取消婚约了，她现在和沈俊言在一起，她根本就不值得你……”

唐若颖的话未说完，就被霍云城沉声打断：“糖糖，已经很晚了，你该睡了。”

见霍云城的语气已然带上了几分不耐，唐若颖知道，此刻如果再死缠烂打下去，只会适得其反，让霍云城讨厌她。她深吸一口气，指甲紧紧掐进手心，挤出了一分乖巧的笑容：“嗯，城哥哥，那我先睡了。你呢？”

“我坐这儿陪你。”霍云城长腿一迈，坐在了一旁的沙发上。

唐若颖默默躺下，关了灯。

朦胧的月光下，霍云城高大的身躯坐在沙发上，脸色冷沉，紧锁的剑眉带着几分愁绪。

看着近在咫尺却对她无动于衷的霍云城，唐若颖紧紧地握了握拳。

霍云城之所以对她这么冷漠，都是因为舒情！她一定不会放过舒情的！霍云城，迟早都是她唐若颖的！

霍云城一夜未眠，第二天一早开着车，带唐若颖一起到了霍氏。

在唐若颖和霍云城走进霍氏大楼的时候，舒情正好也来了。

唐若颖余光见到身后舒情那高挑纤细的身影，立刻伸手挽住了霍云城的胳膊，柔弱地说道："城哥哥，我突然觉得有点头晕，你让我靠一靠。"

霍云城淡淡地"嗯"了一声，唐若颖侧头，将脑袋靠在了他的肩膀上，动作格外亲昵。

看着面前刺眼的一幕，舒情的心一点点地往下沉。昨晚，霍云城接到唐若颖的电话，就什么也顾不上地冲了出去。今天一早，他们两个人又一起来上班。所以……昨晚整整一个晚上，霍云城都是和唐若颖在一起？他们两个人做了什么？

舒情嘲讽地弯了弯嘴角。孤男寡女，共处一室，还能做什么？更何况，那个女人是霍云城一直心心念念的糖糖。

亏她昨晚还觉得霍云城对她说的那番话有几分真心。真是讽刺！从头到尾，霍云城心里面爱的，只是糖糖。那他昨晚为什么还要对她说那一番话？他把她当成什么了？

舒情冷着脸，默默走在他们身后，一直走进秘书处办公室。见唐若颖坐在了她的座位上，她径直走了过去，居高临下地看了唐若颖一眼，冷声开口："唐若颖，这是我的座位，请你让开！"

"舒情？你不是辞职了吗？"唐若颖听见声音，抬起头，故意瞪大了眼睛，脸上充满了诧异。

"我是辞职了，可霍云城他不批准啊。"舒情冷冷地看了霍云城一眼，嘴角扬起一抹笑，"我也没办法。"

"城哥哥，是这样吗？"唐若颖委屈巴巴的目光落在霍云城的身上。

霍云城点了点头："糖糖，这座位的确是舒情的，我重新给你安排一个位子。"

唐若颖闻言站起身，一脸体贴地说：“城哥哥，我还以为舒情辞职了，才会坐她的座位，你别怪我。”说着顿了顿，咬了咬唇瓣，垂眸道，“城哥哥，你放心，我不会让你为难的，我这就搬走。”她说着，收拾了东西，坐到了旁边的一个空位上，“城哥哥，我就坐这里可以吗？”

“嗯。”霍云城淡淡道，让人帮着唐若颖收拾了一下座位，便回了总裁办公室。

舒情直接坐回了她的座位，打开电脑，开始专注地工作。

之前因为去长白山寻找齐大师，被大雪困在山洞，折腾了几天耽误了时间，现在积攒了很多工作，需要抓紧时间处理了。她快速翻看了几份关于“冰与火”最近销售的资料，目光渐渐冷了下来——因为她很快发现了不对劲的地方。

按说之前经过一系列的宣传，再加上“爱 & 恋”抄袭事件的反转，为霍氏大大地打了一波广告，“冰与火”的销售应该如日中天才对，但是，近期的销售非但没有上涨，反而还下降了百分之五。

这是怎么回事？舒情迅速浏览了一下手头的资料，立刻召集相关人员开会，询问情况。

会议厅中，舒情打开资料，投影到大屏幕上，然后沉声问负责“冰与火”销售的市场部经理：“王经理，关于近期‘冰与火’的销售额，你有什么看法？”

王经理被舒情凌厉的眼神看得浑身一抖，迟疑了一下说道：“舒小姐，近期‘冰与火’的销售额比起上个月来，确实有所下降。”

“理由呢？”舒情冷声问道，“这个月的销售额比起上个月下降了百分之五，为什么？”

“是这样的。近期市场出现了很多仿‘冰与火’的低端产品，很受普通百姓的欢迎。我们‘冰与火’定位的是高消费人群，你也知道，她们的要求是很高的，现在出现了那么多仿品，等于变相拉低了我们产品的档次。”王经理擦了擦额头的冷汗，解释道。

“是哪家公司推出的？”舒情追问道。

王经理如实回答道：“根据我们的调查，推出这些仿品的应该是‘爱 & 恋’珠宝集团。”

“‘爱 & 恋’？”舒情闻言微微有些惊讶。之前“爱 & 恋”出了抄袭那档子事，名声早已在业界一落千丈了，现在居然死性不改，还来抄袭？

舒情脸色更冷了几分：“既然是仿品，为什么不去追究责任？不去要求‘爱&恋’公开道歉，下架所有产品并赔偿我们霍氏的损失？”

“舒小姐，是这样的。‘爱&恋’的那些仿品，仿得很巧妙，它避开了‘冰与火’独有的那些元素，不能构成抄袭。但是却让人一看就觉得很相似。”王经理轻叹了一口气，有些无奈地说道。

“行，我知道了，这事你盯着点。”舒情眯了眯眼眸，“你先回去工作吧。”没想到她只不过去了长白山几天就发生了这么多事情。

“爱&恋”死灰复燃，暗中小动作不断，竟然用了这样的阴招，对霍氏的珠宝业务造成了不小的冲击。现在出现了这种情况，她得向霍云城汇报一下，商量一下对策。

舒情回到了办公位上，整理好刚才了解的情况，一手拿着关于“冰与火”的资料，一手拿着水杯往茶水间走去。她昨晚睡得不好，担心一会儿汇报时提不起精神。正弯腰接水时，一阵高跟鞋的声音从外面传了进来。

“舒情。”唐若颖的声音从背后传来。

舒情抬头，看见唐若颖正气势汹汹地向她走来，不由得皱眉问道：“有什么事？”

唐若颖“砰”的一声关上了茶水间的门，踩着高跟鞋一步步走到舒情面前，语气带着几分挑衅：“舒情，既然你已经选择了和城哥哥解除婚约，选择了辞职，为什么还要回来？”

“这和你有关系吗？”舒情像看白痴一样看了唐若颖一眼，面无表情地反问。

舒情的眼神让唐若颖感觉很不爽。她扬了扬嘴角，往前走了几步，靠近舒情，故意说：“告诉你一件事。昨晚城哥哥在我那里过夜了，我们一起过了一晚上。”她一边说着，一边故意拉了拉领口，露出了脖子上的痕迹。其实这些吻痕是昨天那个黄毛留下的，但是此刻在舒情看来，却以为是霍云城留下的。

“城哥哥说我才是他最爱的女人，他会娶我。”唐若颖挑衅地一笑，“舒情，你识相的话，赶紧辞职，永远都不要再出现在城哥哥的面前。城哥哥只爱我一个，你别想勾引他，别想把他抢走！”

“既然霍云城只爱你一个，你又何必这么害怕他被人抢走呢？”舒情云淡风轻地笑了笑，拍了拍手中的资料，“我现在要去向霍云城汇报工作，麻烦唐小姐让一让！”

“你！”唐若颖被舒情呛得一口气提不上来，怒气冲冲地瞪着她。

舒情不再理会唐若颖，直接从她身旁绕过，走出了茶水间。

看着舒情优雅淡然的背影，唐若颖的目光毫不掩饰地闪过一抹嫉恨。

舒情，我不会放过你的！很快就有你好看的！

舒情不再理会唐若颖，迈着沉稳的步伐，一步步向着总裁办公室走去。

心，此刻却微微有些刺痛。

唐若颖一而再再而三地来挑衅她，究竟想干什么？她不是已经和霍云城在一起了吗？为什么还这么害怕失去霍云城？如果唐若颖真的是糖糖，她应该很自信可以牢牢抓住霍云城的心，而不是现在这个样子。唐若颖究竟在害怕什么？

舒情想了想，给 Anthony 发了一个信息：“Anthony，帮我查个人。”

Anthony 很快回复道：“查谁？别又是那个 N 年前的糖糖就行。”

糖糖……舒情自嘲地勾了勾唇，还真是要查糖糖。不过，现在要从唐若颖身上查起。

至于唐若颖是不是糖糖……拭目以待吧。

舒情勾了勾嘴角，又发了一条信息给 Anthony：“给我查查唐若颖，艺名 Angel，曾经是魅色酒吧的驻唱。我要她的所有资料。

信息发出后，舒情又补充了一条：“尤其是上个月十八号前后，关于唐若颖，有没有什么特别的事情。”

上个月十八号，是舒情和霍云城订婚典礼的那一天。唐若颖就是在那一天出现在霍云城面前，破坏了她和霍云城的订婚典礼。就像于娜说的那样，这过于巧合。

太过巧合的事情，背后往往有不为人知的刻意，舒情直觉唐若颖的出现也是如此，应该是有人刻意为之。

Anthony 很快回复道：“Ada 姐，我尽快帮你查。”

舒情回复：“好，我等你的好消息。”

她放好手机，来到了总裁办公室门口。一想到即将见到霍云城，舒情的呼吸莫名一窒。

她深吸几口气，平复了一下心绪，然后伸手敲响了大门。

“进来。”霍云城清冷的声音传来。

舒情推门而入。

“舒情？”霍云城抬眸，见到出现在自己视线之中的俏丽身影，原本冷凝的目光微不可见的柔和了几分。他站起身，深邃的目光落在舒情的脸庞，薄唇微动：“你找我？”

“对。”舒情点了点头，走到霍云城的办公桌前面，把手中的资料递给他，“关于‘冰与火’项目，有些事情我需要向你汇报。”

霍云城的目光落在了舒情手中的资料上。

舒情继续说道：“根据我刚才了解到的情况，‘爱 & 恋’珠宝最近推出了很多仿品，对‘冰与火’的销售造成了不小的冲击，我们的销量在这个月下降了两成。”

“这事我知道了，我已经让林岩峰去查了。”霍云城微微眯了眯狭长的眸子。

舒情点头：“行，那我先回去工作了。”

见面前的女人一副淡漠的样子，霍云城的脸色沉了沉，他绕过办公桌，大手一伸，揽住了舒情的纤腰。

舒情一个站立不稳，整个人倒在了他的怀中。霍云城顺势一带，把她压在了一旁的沙发上，欺身而上，双手撑在舒情身体的两侧，挺拔的身子紧紧地环住了她。

“你找我，只是为了公事？”霍云城幽冷的目光紧紧盯着身下的女人。

舒情挣扎了一下未果，反问道：“不然呢？”

霍云城的薄唇紧紧抿成一线，脸上线条紧绷，彰显着他此刻极度的不悦。

总裁办公室的气氛，在这一刻微微有些凝固。

霍云城沉默片刻，又沉声问道：“舒情，你就没有其他什么话要和我说吗？”

“没有。”舒情淡淡道。

“你就不问问我，昨晚去哪儿了？”看着舒情一副毫不在意的样子，霍云城主动提及昨晚的事。

他昨晚去了唐若颖那儿，她不应该吃醋，不应该来质问他吗？为什么是这样不闻不问的样子？她真的一点都不在意？

“你的糖糖已经和我说过了。”舒情冷冷一笑。

“她和你说什么了？”霍云城怔了怔。

舒情冷哼一声，别开了眼光不再去看他。他究竟是什么意思？他给她的羞辱还不够吗？

就在这时，一阵敲门声响起，随后传来的是林岩峰那不合时宜的声音：“总裁。”

舒情趁机推开了霍云城：“有人来了，你快放开我。”

霍云城眉心紧蹙，松开了舒情，整理了一下有些凌乱的衣服，沉声道：“进来。”

林岩峰推门而入，看见舒情也在，而自家总裁大人的脸色很难看。

呃，他好像来得不是时候啊……

“什么事？”霍云城不耐烦地松了松领带，坐回了座椅上，冷眼斜睨了一眼林岩峰问道。

林岩峰神色一凛，忙走到他面前，恭敬地开口：“总裁，我查到了一些关于‘爱＆恋’的消息。”

“说。”霍云城神色淡淡地开口。

林岩峰打开了手中的资料，递给霍云城，并解释道：“自从上次的抄袭事件后，‘爱＆恋’不管是从名誉还是公司的运转，各方面都受到了重创，资金链断裂，一度岌岌可危。”

舒情闻言，疑惑地开口：“既然‘爱＆恋’的情况这么糟糕，现在怎么会对我们造成那么大的冲击？”

“因为有人收购了‘爱＆恋’。”林岩峰看了舒情一眼，回答道。

“收购？”霍云城勾唇问道，语气带着几分讶异。

舒情也很疑惑，谁会收购一家黑料满满，几乎要倒闭的公司？

“对。”林岩峰很肯定地点头。

霍云城：“收购‘爱＆恋’的是哪家公司？”

林岩峰指着桌子上的资料：“是一家澳大利亚的公司，全名叫做 Baxter Pty Ltd，简称为BPL。”

澳大利亚？？

舒情的心咯噔一下，敏锐地嗅到了一丝不寻常的气息。

如果她没有记错的话，之前她差点被吊灯给砸到，而那个给吊灯做手脚的，是一名叫王义气的维修工人，而且她恰好就是在澳大利亚出事的。现在，这个收购“爱＆恋”的BPL公司也是在澳大利亚，事情会这么巧合吗？

## 第十三章
## 越来越扑朔迷离

“BPL？”霍云城满脸冷沉，手指关节一下下地敲击着桌子，声音清冷地问道，“有这家公司的资料吗？”

感受到来自总裁的压迫感，林岩峰翻动着手中的资料，向霍云城汇报道：“根据网上查到的资料，BPL是最近几年成立的公司，经营范围很广，涉及房地产、珠宝、化妆品、服装等多个行业。自从公司成立后发展迅猛，短短几年就做得很大，实力不容小觑。”

林岩峰顿了顿，又继续说道：“有小道消息传闻，BPL背后是靠做偏门生意发家的。”

“是吗？”霍云城勾了勾嘴角。靠偏门生意发家？难怪他以前从来没有听说过这家公司。

霍云城又问道：“这公司是什么人成立的？有什么背景？”

林岩峰恭敬回答：“关于BPL总裁，很低调很神秘，只知道他是一个澳大利亚华人，其他就没有关于他的资料了。”

澳大利亚华人？低调神秘？靠做偏门生意发家？舒情在脑海中搜索了一圈，没有一个人能和这个BPL总裁对得上号。

做偏门生意，又低调神秘的人不少见，但这位BPL总裁收购了“爱&恋”珠宝，又迅速推出“冰与火”的仿品，抢夺霍氏的市场，这一系列的动作，究竟是无心之举，还是故意针对霍氏？事情倒是越来越扑朔迷离了。

“你继续去查。”霍云城扫了林岩峰一眼，直觉告诉他，这事并不简单。

“是，总裁。”林岩峰恭敬地回答道，然后转身出去。

舒情也跟着走出去，她刚迈步，身后便传来霍云城低沉的声音：“舒情，你等一下。”

舒情脚步一顿，回头道：“还有什么事？”

霍云城长腿一迈，一步步向舒情走来，目光微转，落在了她的脸庞。这女人就如此迫不及待地想走？她真的一点都不想他？

想到刚才霍云城把她压到沙发上的情景，舒情脸色冷了几分，说道：“现在是工作时间，我只谈公事。”

公事吗？见面前的女人对他一脸警惕而淡漠的样子，霍云城的脸色沉了沉：“我要和你说的就是公事。”

“‘冰与火’项目的问题，刚才已经说得很清楚了。”舒情后退了一步，一副拒人于千里之外的模样。

“是另外一个项目。”霍云城沉声开口。

舒情一怔：“什么项目？”

霍云城从抽屉里拿出了一份文件：“这是北海湾项目，你拿去看一下。”

舒情垂眸看向桌子上那一沓厚厚的资料。北海湾项目？霍云城这是又给她新项目了？

“过两天鹤瑞集团会公开招标北海湾附近的这块地。”见舒情一脸蒙，霍云城挑眉介绍道，“那块地政府规划是住宅用地。”

就在这时，唐若颖端着一杯咖啡走进了总裁办公室，语气带着几分暧昧：“城哥哥，昨晚你一晚没睡，累坏了吧？喝杯咖啡提提神。”

舒情没说话。

“城哥哥，你尝尝，这是我亲手冲的咖啡。”唐若颖走到霍云城面前，把咖啡递给他。

舒情一刻也不想待不下去了，拿起桌子上关于北海湾项目的资料，冷声对霍云城说道：“我先回去工作了，关于北海湾项目，我会仔细看资料。”

舒情正要走，唐若颖忽然开口：“舒情，你等一下。”

舒情却置若罔闻，根本不想理会唐若颖，直接走出了总裁办公室。

她刚走出总裁办公室大门，就接到了Anthony给她发来的信息：“Ada姐，关于唐若颖，我查到了一些她的基本资料。”

舒情精神一振，立刻回复道：“发来我看看。”

几秒钟后，舒情就收到了Anthony的邮件。

点开来看，里面是唐若颖的基本信息。

唐若颖，女，21岁，身高1.65米，体重不详。父亲唐力华，出租车司机，两年前出过车祸，腿脚走路不便。母亲李娟娟，无业，在家务农。有一个哥哥，8岁那年夭折。唐家重男轻女，唐若颖大概4岁的时候走失，之后的资料空白，大概十几岁的时候，唐若颖被一澳大利亚人收养，定居于澳大利亚。半年前唐若颖回国，认回亲生父母，在魅色酒吧担任驻唱。

澳大利亚？又是澳大利亚？怎么会这么巧？

舒情漂亮的眼眸微微眯了眯，紧紧盯着手机屏幕。Anthony发来的关于唐若颖的资料就只有这么多。

舒情想了想，给Anthony发信息问道："可以查到收养唐若颖的是谁吗？还有，我要关于她在澳大利亚的生活轨迹。"

Anthony回复："暂时还没有查到。Ada姐，请多给我一点时间。"

舒情给Anthony发了两个字："尽快。"

她有一种直觉，这个唐若颖没有想得那么简单。

唐若颖4岁走失后，去了哪里？为什么那一段时间的资料是空缺的，就连Anthony都查不到？唐若颖究竟是不是糖糖？她的背后，又隐藏着什么？

舒情凝思片刻，忽然又想起了什么，给Anthony发了一条信息："再帮我查查Baxter Pty Ltd这个公司。"

"收到！"Anthony很快回复道。

Baxter Pty Ltd的总裁是澳大利亚华人，唐若颖也是被澳大利亚人收养，两者之间会有什么联系吗？也有可能只是巧合而已，毕竟澳大利亚这么大。舒情揉了揉太阳穴，希望事情很快就能水落石出。

唐若颖看着舒情漠然离去的背影，目光中闪过一抹阴鸷。

舒情竟然装听不见！她一口气，收起嫉恨的情绪，眉眼弯弯地看向霍云城："城哥哥，刚才舒小姐说的北海湾项目是什么呀？"

"是霍氏近期的一个地产项目。"霍云城有些心不在焉地回答道。

本来这个项目他是没打算交给舒情的，毕竟她手头还有"冰与火"的事情要忙。但是看着舒情对他那副爱答不理只谈公事的样子，他也只能拿公事去压她了。

唐若颖目光微转："那我可以一起参与吗？"

"糖糖，你现在刚进公司，我建议你从简单的项目开始学习。"霍云城斜睨了唐若颖一眼，淡淡地说道。

对于唐若颖的工作能力，霍云城并没有多少期望。当初让她进霍氏，也只是想给她一份安稳的工作，不想她再去酒吧那种鱼龙混杂的地方上班，被人欺负而已。没想到现在唐若颖对这份工作倒是很上心，一直都在很认真地学习各种资料。

“城哥哥，我现在整天就是学习看资料，不如让我实际参与项目中去，这样可以更好地领会资料上说的东西。”唐若颖拉着霍云城的胳膊，撒娇道，“好不好嘛？”

禁不住唐若颖的软磨硬泡，霍云城沉吟片刻点头道：“那行吧，你就一起参与吧。”

“城哥哥，你真好！”唐若颖眉开眼笑，忽然踮起脚在霍云城的脸颊亲了一下。

唐若颖的这个动作很突然，霍云城猝不及防。等他反应过来，唐若颖已经松开了他：“城哥哥，那我先回去工作了，你记得喝咖啡。”

看着唐若颖转身离去的身影，霍云城蹙眉，用手擦了擦唐若颖刚才亲过的地方。

唐若颖回到秘书处办公室，踩着高跟鞋走到舒情面前。

舒情正在翻看刚才霍云城给的北海湾项目的资料，忽然一道阴影投在了办公桌上，挡住了她的视线。

舒情抬头，只见唐若颖正居高临下地看着她。

“舒情，城哥哥说了，这个北海湾项目，我会一起参与，你给我讲讲具体情况吧。”唐若颖一副高高在上的样子。

舒情有些无语：“是吗？”

“那当然。”唐若颖扬了扬嘴角。

“对不起，霍云城没跟我说。”舒情根本就不想理会唐若颖，继续埋头工作。

这种被漠视的感觉，让唐若颖很不爽。她眼珠转了转，拿出手机给霍云城打了电话，一副受了委屈的样子：“城哥哥，刚才你不是让我一起参与北海湾项目吗，可是舒情说我没资格，你跟她说说吧。”

“行，我知道了。”霍云城清冷的声音从电话那头传来。

唐若颖刚挂断电话，舒情办公桌上的电话就响了。内线“888”，是霍云城打来的。

舒情微微皱眉，接起了电话：“什么事？”

“北海湾项目让唐若颖一起参与，你可以安排一些简单的事情给她。”霍云城淡淡地说道。

“我知道了。”舒情冷声回答，挂断了电话。

霍云城让唐若颖和她做同一个项目是什么意思？他是要故意膈应她吗？！

“怎么样，我没骗你吧？”唐若颖得意洋洋地开口，“现在你可以给我讲解了吧？”

“唐小姐，你这么聪明，就不需要我给你讲解什么了吧。”舒情拍了拍桌子上的资料，直接塞进了唐若颖的怀中，“自己拿去看吧！”

“你！”唐若颖脸色一沉。

“怎么，别告诉我，你看不懂。”舒情冷冷一笑。

“谁说我看不懂？”唐若颖狠狠瞪了舒情一眼，回到了自己的座位上。

舒情刚才已经把那些资料浏览了一遍，对北海湾项目已经有了一个大致的了解。她正打算在网上多查一些关于北海湾项目的资料，手机突然响了。低头看了看，是于娜打来的。

“于娜，找我有事？”舒情接听了电话。

于娜轻柔的声音从电话那头传来：“姐们儿，我打算今晚回巴黎去。”

“怎么走得这么突然？Leo工作室出了什么事吗？”舒情揉了揉眉心。

“那倒没有。”于娜笑了笑，“我出来很久了，有点不放心，想早点回去帮你盯着。”

于娜本来是来参加舒情和霍云城的订婚典礼的，没想到中间发生了这么多的事情。现在一切都恢复了正常，只是舒情和霍云城之间依然隔了一个糖糖。但感情这种事情，她也帮不了什么忙。她惦记着Leo工作室的事情，便想早点回法国。

舒情点了点头：“嗯，几点的飞机？晚上我送你去机场。”

“晚上十一点。”于娜看了看机票说。

“行，等我下班后去酒店接你。”

到了下班时间，舒情卡点离开办公室开着车去了于娜住的酒店。

“这里。”于娜在酒店门口看见了舒情，向她挥了挥手。

舒情把车停在于娜面前：“上来吧！”

于娜坐上了副驾驶的座位，四处看了看：“这车不错，沈俊言的？”

“嗯，他借我的。”舒情点了点头。本来她是想自己买一辆车，毕竟她还得在A市待上一阵子，可沈俊言非要把他的车给她开。

“是吗？我看是他特意买给你的吧。”于娜揶揄道，“是你喜欢的风格，看来沈俊言很了解你。”

于娜话音刚落，舒情的手机便响起了悦耳的铃声。

看着屏幕上不停闪烁着的“沈俊言”三个字，于娜吐了吐舌头：“说曹操，曹操到。”

舒情接通了电话，挂上耳机：“沈俊言，什么事？”

“舒情，下班了吗？”沈俊言富有磁性的声音从电话那头传来。

“嗯。我现在送于娜去机场。”舒情淡淡道，“你找我有事吗？”

“再过两天是我的生日，你还记得吗？”沈俊言问道，“我打算开个生日聚会，你会来参加的吧？”

这么快就是沈俊言的生日了？舒情侧头想了一下，还真是。

她不由得有些头疼，因为每年沈俊言的生日，他都会向她表白。尽管每次舒情都婉拒，也和他说得很清楚了，可他依然锲而不舍。

“舒情？”见电话那头沉默了，沈俊言有些紧张地追问道，“你怎么了？你还在听吗？”

“我在听，我会去参加。”

“到时候，我会告诉你一个好消息。”一想到过两天就能见到舒情，沈俊言的嘴角不由自主地微微上扬，脸色柔和了不少。

“好的，到时候见。”舒情挂断电话，皱了皱眉心，不知道沈俊言所谓的好消息指的是什么，只要不是再向她表白就行。

车子一路飞驰，到了机场，她停好车，送于娜进了航站楼。

“舒情，其实吧，我感觉霍云城还是很在意你的。”于娜和舒情并肩往候机厅的方向走去，忍不住说道。

舒情轻轻一笑，不置可否。

“真的。”于娜继续说，“你不知道，当日我告诉霍云城你遇到雪崩失踪了，他有多紧张。他拼了命地去山林找你，好几次都不肯停歇。如果不是他，后果真的不堪设想。”

“他救了我，我很感谢他。”舒情有些闷闷地说。只是，霍云城那么紧张地找她，真的是因为关心她，而不是因为霍爷爷的病情吗？毕竟只有她才能找到齐叔叔，而只有齐叔叔才能治好霍爷爷。

“舒情，你别自欺欺人了，我看得出来，其实你还爱着霍云城。”于娜轻叹一口气，“要不然，你不会这么在意糖糖。”

一提到糖糖，舒情的脸色就有些复杂，不可否认，她的确对霍云城还有感情。但是，霍云城已经有了糖糖。那个唐若颖，还不停地在她面前和霍云城秀恩爱，她说不难受，那是假的。要是她能证明唐若颖并不是糖糖，那一切事情就会迎刃而解。

舒情想着心事，有些晃神，侧头看了看于娜，正想开口说什么，忽然撞到了一个硬邦邦的东西。

脑门传来一阵疼痛，舒情抬眸，原来是她不小心撞到了一个男人。

男人看起来大约三十岁出头，戴着墨镜，一身烟灰色的西服，身材高大挺拔，麦色的肌肤显得他更加健硕。他推着行李箱往外走，应该是刚下飞机。

“对不起，对不起。”舒情连声道歉，“先生，是我不小心撞到了你，你没事吧？”

男人拿下墨镜，幽深锐利的目光落在舒情的脸庞，停顿了几秒钟，才缓缓吐出了两个字：“没事。”说完他又深深地看了舒情一眼，才推着行李箱转身离开。

舒情舒了一口气，她这是怎么了，走路都能撞到人。

“舒情，你认识他？”于娜在一旁问道。

舒情摇摇头：“不认识。”

“怎么感觉那个人看你的眼神很奇怪？”于娜回头又看了看那个男人的背影，总觉得这人有些不对。

舒情耸了耸肩膀：“谁知道呢，别管他了。”

于娜点头，又继续刚才的话题：“其实霍云城真是万里挑一的好男人了，你千万不要放弃。如果你爱他，就要给他付出的机会。”

“我什么时候说过要放弃？”舒情伸手拨弄了一下刘海儿，目光冷了几分。

其实她的心里面是有些矛盾的。在她看来，霍云城找到了糖糖，而他又一直爱着糖糖，高傲的自尊心让她低不下头来委曲求全，去和唐若颖争什么。但是，如果就此放弃这份感情，她似乎也做不到。所以，现在她能做的就是好好查查唐若颖，早日让霍云城看清楚唐若颖的真面目。

“这样就对了，这才是我认识的舒情。”于娜比划了一个加油的手势，“时间差不多了，我要登机了。

“一路平安。”舒情向着于娜挥了挥手。

于娜回头：“希望很快就能听见你的好消息。”

目送于娜上了飞机，舒情有些依依不舍地离开机场。能有于娜这么一个好闺密，她是幸运的。

返回时已经是深夜了，高速公路上车辆很少。

忽然，她看见前面那辆玛莎拉蒂冲出了高速公路。“砰”的一声巨响，车子撞到了路边的护栏。

出车祸了！舒情神色一凛，连忙踩下刹车，下车上前去查看。

一个男人趴在方向盘上，隐隐有些眼熟。

“先生，你没事吧？”舒情拍了拍车窗，里面的男人却没有任何回应。

她立刻打电话给120和110。没过多久，救护车赶来，急救医生把男人拉了出来。在看见男人面容的时候，舒情微微一怔——竟然是刚才在机场不小心撞到的那个男人。

这么巧……

男人的额头流着血，需要尽快去医院检查处理。急救医生把男人抬上了车，舒情想了想，也跟着上了车，然后一路飞驰，往医院方向开去。

到了医院，医生给男人做了详细的检查：“他的头部受到了撞击，不过没有什么大碍，先留院观察一下，应该很快就会苏醒。”医生顿了顿，又看了舒情一眼，“你是病人家属吧？”

“我不认识他。”舒情笑了笑，“也不知道怎么联系他的家人。”

“这样啊……”医生推了推眼镜，有些为难。

舒情赶紧说道：“刚才我已经报警了，警方应该会联系他的家人。”

她刚才在急救车上已经看过了，男人身上也没什么可以证明身份的东西，看来只能等他醒来，或是等警方找到他的家属了。

“那就好。”医生点点头，转身走出了病房。

舒情看了看时间，已经是凌晨了，既然这男人没什么大碍，她也没必要再留下。转身正要走出病房，身后忽然传来了一道冰冷锐利的男子声音：“站住！你是什么人？”

舒情停住了脚步。她回头，只见病床上的男人已经醒了，浓眉紧蹙，嘴唇微抿，一双锐利幽深的眼眸，正紧紧地盯着她。

舒情解释道："先生，刚才你出了车祸，是我把你送到医院的。"

男人闻言微微眯了眯眼眸，问道："是吗？"

舒情点头："你放心，医生已经给你做了详细的检查，没什么大碍，你可以通知你的家人过来陪你。现在已经很晚了，我先走了，你好好休息。"说完这番话她便转身离开。

男人幽深的目光紧紧盯着舒情的背影，性感的薄唇勾出了一个意味深长的弧度。

舒情是吗？相信我们很快就会再见面的。

第二天，恰逢周末，舒情起了一个大早。再过两天，她就该去霍宅给霍老爷子针灸了。

心情还是有些忐忑的，所以她决定最近都要抽时间练练手，找回当年跟齐叔叔学针灸时的手感。因此她拿出了齐叔叔留给她的医药箱，回忆着当日齐叔叔给霍老爷子针灸的手法，在自己身上试验了几次，很快就能精准落针了。她舒了一口气，应该没什么问题了。

她又练习了几遍，然后把东西收拾好，看了看时间还早，决定上街逛逛，去给沈俊言买一份生日礼物。

来到HN精品店。

"小姐，看看有什么需要的？"服务员很热情地迎了上来。

"我随便看看。"舒情笑了笑。

服务员很有礼貌地点点头："有什么需要请随时喊我。"

舒情笑了笑："好，谢谢！"

没过多久，精品店的大门又推开，走进来一个身穿白色礼服的年轻女人，步态优雅，美丽高贵。在经过舒情身边的时候，目光在舒情身上停留了几秒钟，带着几分不善。

舒情抬眸看了她一眼，觉得有些眼熟。过了一会儿想起来了，好像是最近很火的知名钢琴家，吴清冉。

"吴小姐，请问有什么需要帮助的？"服务员也认出了吴清冉，殷勤地走到她面前招呼着。

吴清冉收回了目光，淡淡地应了一声："拿那条丝巾给我。"

见吴清冉不再盯着她看了，舒情也没放在心上，继续给沈俊言挑选礼物。

最终，她看上了一条领带：“服务员，请帮我拿这条领带看一下。”

就在这时，精品店的门口，徐婉儿和白岚经过。

“婉儿，那不是舒情吗？”白岚忽然看见舒情的身影，立刻顿住了脚步。

徐婉儿往里面看了看，还真是舒情。

“她在里面干什么？”徐婉儿眯了眯眼眸，冷冷地问道。

白岚道：“应该是买东西吧。”

“我们进去看看。”徐婉儿冷哼一声。

以前，舒情顶着霍云城未婚妻的身份，仗着有霍云城撑腰，几次不把她放在眼里，现在，舒情被霍云城给甩了，什么都不是了，看她还有什么得意的！

想到这里，徐婉儿踩着高跟鞋，带着白岚，趾高气扬地走到舒情面前，指着她手中拿着的那条领带：“这领带我要了！”

听见这声音舒情抬头，只见徐婉儿和白岚正站在她面前，一脸高傲的样子。

服务员有些为难地看着徐婉儿，小心翼翼道：“徐小姐，这条领带这位小姐已经要了。”

“我出双倍的价格！”徐婉儿狠狠剜了舒情一眼。

之前，她对在RD精品店看上的那条艾莎礼服没能抢得过舒情一直都耿耿于怀。现在没有了霍云城撑腰，舒情还有什么资格来和她争！今天，她一定要出这口气！

“这……”服务员用恳求的眼神看向了舒情，“这位小姐，不如你再看看其他的？”那是徐家大小姐，她一个小小服务员可得罪不起。

舒情扫了徐婉儿一眼：“既然你要，那就拿去吧，反正我也没看上。”说完，不再理会徐婉儿，又指着另外一条领带，对服务员说，“拿那条给我看看。”

徐婉儿立刻挑衅地开口：“那条我也要了，给我包起来！”

舒情蹙了蹙秀眉，徐婉儿这是又和她杠上了？她本来没心情搭理徐婉儿，既然现在徐婉儿都自己送上门来了，那她就不客气了，就让徐婉儿出点血吧！

她又指了指最贵的那条领带，笑着对服务员说道：“麻烦给我拿这条吧。”

“只要是她看上的，我统统都要！”徐婉儿挑衅地看着舒情，嘴角扬起一抹得意的弧度。

舒情风轻云淡地一笑，随手乱指了一通：“这个，这个，还有这个……这店里所有的东西，我都看上了。”

“给我统统包起来！”徐婉儿挑了挑眉，豪气地开口。

白岚拉了拉徐婉儿的手，轻声说道：“婉儿，舒情是故意激你呢，你别上当。”

“怎么，我买不起吗？”徐婉儿不满地瞪了白岚一眼。徐家有的是钱，她徐婉儿不差钱，只要能让舒情买不成，空手而归，花这点钱算什么，她高兴！

舒情就像看白痴一样看了徐婉儿一眼，不想再和这两个人浪费时间，转身往门口走去。

“舒情，你这就走了？”白岚上前一步，拦住了舒情的去路。

舒情蹙眉，冷声道：“怎么，还想让我再给你们放点血。让开！”

“我警告你，别再缠着沈俊言！”白岚的眼中忍不住流露出嫉妒的眼神。

最近，娱乐八卦经常爆出舒情和沈俊言的绯闻。尤其是在看见舒情住进了沈俊言在城东花园的公寓后，白岚更是嫉恨不已。

舒情不过是一个土包子，又是被霍云城甩了的残花败柳，她凭什么！

在听见“沈俊言”三个字的时候，一直在一旁默默听壁角的吴清冉猛地抬头，紧紧盯着舒情，漂亮的眼眸迸发出和白岚一模一样的嫉恨。

“你让开！”见白岚仍旧拦住路，舒情有些不耐烦了，直接推了白岚一把，然后径直走出了大门。

今天出门没看黄历真是失算，逛街遇到这么两个人，真是扫兴。

舒情没走几步，徐婉儿和白岚就追了上来：“舒情，你给我站住！”

“什么事？”舒情不耐烦地停住了脚步。

这两个人还有完没完了？

白岚气势汹汹地走到舒情面前，指了指自己的肩膀部位：“刚才你打我，还故意把我的礼服给弄坏了！”

打她？弄坏她的礼服？

舒情冷冷的目光落在白岚的肩膀处，带着几分嘲讽。

只见白岚身上礼服的肩膀处果然被扯破了，皱巴巴的，还有一个碍眼的洞，奇丑无比。

她刚才只是轻轻推了白岚一下而已，怎么可能弄坏礼服？这两个人又想故伎重施来栽赃嫁祸她了？真是无聊！

见舒情默不吭声，徐婉儿悄悄向白岚使了一个眼色。

白岚心领神会，上前一步，一脸轻蔑地看着舒情："舒情，你知不知道，我这件礼服是特意从巴黎定制的，价值五百万，现在被你弄坏了，你说怎么赔吧？"

舒情讥讽一笑："怎么，还讹上我了？我怎么弄坏你的礼服了？"

"舒情，你别想抵赖！刚才在店里，你不满意东西都被婉儿买走了，故意推我，弄坏我的礼服出气，婉儿也看见了！"白岚大声说道，让周围的人都听见。

"舒情，马上向白岚道歉！"徐婉儿也在一旁冷声说道。

周围的路人纷纷停住脚步，对着舒情指指点点。

"这不是那个舒情吗？"路人甲指着舒情道。

"对对对，就是被霍总甩了的那个舒情。"路人乙点头，"我家亲戚就在霍氏工作，听说她还不肯离开霍氏，死皮赖脸地缠着霍总呢。"

"是吗？可我看网上说，舒情好像和沈俊言在一起啊？听说两个人还同居了呢！"路人甲不解。

"这就叫吃着碗里瞧着锅里，脚踏几条船呗。"路人丙一脸不屑。

"呸，真不要脸啊！"路人甲恍然大悟，一副极其鄙视的样子。

刺耳的话传到舒情的耳中，她不由得皱了皱眉心。这都谁传的，越来越离谱了，想来八成和徐婉儿脱不了干系。

收到了徐婉儿消息的记娱记们，也都风风火火地赶了过来。

一见到舒情，几个娱记围了上来，长枪短炮对准了她："舒小姐，请问刚才发生了什么？你是故意弄坏白小姐的礼服的吗？你们有什么私人恩怨吗？"

舒情的语气带上了几分不耐烦："我重申一遍，我没有弄坏她的礼服，就这样。"说完，舒情不想再纠缠下去，转身欲走。

"想走，没这么容易！"白岚和徐婉儿堵住了舒情的去路。

"你弄坏了我的礼服，就想这么一走了之？哪有这种好事！"白岚狠狠瞪着舒情，目光中满是嫉恨和鄙视。

“我有没有弄坏你的礼服，你心中有数。”舒情眯起了眼眸，神色淡淡地开口，“你到底想怎么样？”

“当然是赔钱了！”白岚的音量大了几个分贝，“五百万，一分也不能少！哦，对了，我差点忘记了，你现在已经被霍云城给甩了，不再是霍云城的未婚妻了，看你这样子也拿不出五百万吧。”白岚嘴角扬起一抹得意的笑容，蔑视地看了舒情一眼，“不如这样吧，要是你跪下向我道歉的话，我可以考虑不要你赔偿。”

五百万，舒情怎么拿得出来？那她就只能乖乖地跪下，像狗那样摇尾乞怜地向自己道歉。娱记就在旁边，舒情的丑态明天必定会成为头版头条，到时候，沈俊言怎么可能再看得上舒情！

见白岚越说越过分，舒情的脸色冷了几分。她本来不想在这两个无关紧要的人身上浪费时间，可偏偏这两个人不识好歹，非要缠上她。

既然这样，那她就不客气了！

徐婉儿和白岚想让她当众出丑，那她就以其人之道还治其人之身，让她们两人自食其果！想到这里，舒情目光一冷：“白岚，既然你一口咬定是我弄坏了你的礼服，就请拿出证据，要不然我可以告你寻衅滋事。”

“证据啊……”白岚眼珠子一转，“很简单啊，你弄坏了我的礼服，肯定在上面留下了指纹，只要报警验一下指纹，就知道真相了。再说婉儿刚才也在旁边，她也看见了。”

白岚的语气充满了笃定，反正刚才舒情的确推了她的肩膀，那她的衣服上应该留下了舒情的指纹，就算真的闹上警局，她也不怕。

“不用这么麻烦。”舒情冷笑了一声，“刚才那家店里应该有监控吧，我们去看看，就知道真相究竟是什么了。”

“好啊。”白岚一口答应。

白岚答应得这么爽快，舒情倒是有些意外，她就不怕真相败露吗？

监控应该会拍得很清楚，她只是轻轻推了一下白岚，根本没有弄坏她的礼服，而白岚的礼服很有可能是她自己或者徐婉儿故意弄坏来栽赃嫁祸给她的。只要一调取监控，一切就会真相大白。可为什么白岚一点都不怕事情败露？这似乎有些不太对劲。

见舒情不出声，白岚一脸挑衅地看着她：“到时候，你可别忘了跪下向我道歉！”

白岚的表哥就在这家店上班，负责安保。白岚早已暗中给她表哥发了信息，因此她根本不怕调什么监控。

舒情，你等着吧！今天一定要你跪在地上求我！

林岩峰和朋友约了吃午饭，经过商业街的时候，看见在HN精品店的门口围了一群人。

他不经意看了几眼，赫然发现被人群包围着的，好像是舒情。

林岩峰顿住脚步，往前走了走，终于看清楚了，原来，是徐婉儿和白岚在找舒情的麻烦。

他自然不相信舒情会去弄坏白岚的礼服，正想上前为舒情解围，想了想，又停住了脚步。

英雄救美这种事情，还是留给自家总裁吧。

虽然现在很多八卦新闻都说总裁甩了舒情，是为了和唐若颖在一起，可按照林岩峰对自家总裁大人的了解，总裁爱的人肯定还是舒情。

至于唐若颖……那大概是出于一种责任吧。

林岩峰这么想着，拿出手机，拨打了霍云城的电话。

霍云城一早就起床了，本来打算去公司加班，但是在路上却情不自禁地往城东花园的方向开去。他在舒情所住的公寓楼下默默徘徊了很久才迈步上楼，然而，按了半天门铃却没有人开门。

舒情不在家。给她打电话，电话也关机了。他只好有些郁闷地调转车头，往霍氏集团的方向开去。刚到总裁办公室，就接到了林岩峰的电话。

“什么事？”霍云城接起电话，沉声问道。

林岩峰：“我刚才经过商业街，看见舒小姐了。”

“舒情？”霍云城问道。

林岩峰：“对，她似乎遇到了麻烦……我也不知道……不过看上去麻烦似乎不小。”故意卖了一个关子，“总裁，要不你自己来看一下？”

“在哪里？”霍云城追问。

林岩峰：“就在HN精品店门口。”

“好，我马上过去。”霍云城语气中带上了几分急切。

刚挂断电话准备赶去商业街，却见唐若颖拎着一个保温瓶走了过来。

“城哥哥，这是我特意给你做的早餐，你尝尝。”唐若颖走到霍云城面前柔声开口。

她知道霍云城是个工作狂，周末必定会来加班，特意做了早餐想在霍云城面前博好感。

然而，霍云城看都没看一眼，只是淡淡说道："糖糖，我有事先走了。"

"城哥哥，你去哪儿？我和你一起去！"唐若颖忙跟了上去。

刚才她在门口隐隐约约听见霍云城打电话，似乎和舒情有关。见霍云城如此在意舒情的样子，唐若颖的眼中抑制不住闪过嫉恨。

舒情，又是你！

"你先回去吧。"霍云城有些不耐烦地开口。

刚才林岩峰在电话里说得不明不白的，他一心想尽快赶到商业街去看看舒情究竟遇到什么麻烦了，不想跟她在这无谓地拉扯。

"城哥哥，你就让我和你一起去嘛……"唐若颖紧紧拉着霍云城，直接跟到了他车上。

霍云城和唐若颖到达商业街的时候，看见的就是舒情被徐婉儿和白岚为难的情景。

"怎么样，舒情，只要你向我跪下道歉，我就不再追究你弄坏我衣服的事情。"白岚趾高气扬地开口。

见白岚一脸挑衅的表情，舒情冷冷地看了她一眼："如果事实证明，你的衣服并不是我弄破的，而是你刻意来冤枉我，那你是不是也应该跪下向我道歉？"

白岚迟疑了一下，还没有开口，徐婉儿抢先说道："当然没问题！白岚，你还怕她不成？"

"白岚，那你就是答应了？"舒情双手环在胸前，冷冷地看着白岚。

白岚一咬牙："好！"反正她已经做足了准备，绝对不会露出什么破绽。到时候舒情一定百口莫辩，她一定要让舒情向她跪地求饶。

舒情跟在白岚和徐婉儿的身后，三个人一起回到了精品店。

娱记们扛着长枪短炮，忙跟了过去。

徐婉儿对服务员说："去把你们店长喊来。"

见徐婉儿这个架势，服务员不敢怠慢，给店长打了一个电话。

十分钟之后，店长匆匆忙忙地赶到了。

"徐小姐，请问有什么需要帮忙的？"店长很恭敬地问道。毕竟徐婉儿是徐家大小姐，也是他们店的 VIP 客户，而且刚才又买了他们家很多东西。

“是这样。”徐婉儿有些傲慢地开口，“刚才我跟我朋友在你们家店购物的时候，我朋友被人恶意殴打，还弄坏了衣服。希望你能给我一个证明。”

“有这种事情？”店长看向服务员。

服务员低下了头，咬着嘴唇说：“当时我忙着招呼客人，没有注意。”

徐婉儿指着白岚衣服上的破洞，冷哼一声说道：“看见没有？这就是被舒情弄坏的。”

“不用说这么多了，直接调监控吧。”舒情不想再和她们费口舌。

店长喊来了安保队长：“去把监控调出来。”

不一会儿，安保队长从监控室回来，有些抱歉地说：“对不起，店长，监控没有拍到。”

没拍到？舒情闻言疑惑起来。

她抬头仔细地看了看大门口装着的摄像头，明明是在正常工作的。而摄像头所在的位置应该能够很清楚地拍到刚才白岚挡住她的去路，而她只是轻轻推了白岚一下的情景。

为什么会没有拍到呢？

白岚的嘴角扬起了一抹得意的笑容，她走到舒情面前，清了清嗓子，说道：“舒情，虽然监控没有拍到，但是我跟徐婉儿都看见是你把我的衣服弄坏的，这是人证。还有我的衣服，上面有你的指纹，是物证。我劝你不要再做什么无谓的挣扎了，赶紧跪下向我道歉吧！”

舒情冷冷地看了白岚一眼：“既然监控什么也没有拍到，那根本就不能证明是我弄坏你的衣服。你们两个的关系，也不足以作为人证。”

“我可以证明。”就在这时，一道声音突兀地响起。

## 第十四章
## 曾经的未婚妻

舒情顺着声音的方向望去，只见一直站在旁边的吴清冉突然走了过来。

吴清冉？她能证明什么？舒情有些讶异。

“是吴清冉，国际钢琴家吴清冉！”有娱记认出了吴清冉，有些激动地喊道。

“请问吴清冉小姐，你的意思是可以证明舒情弄坏了白岚小姐的礼服吗？”一个娱记把话筒对准了吴清冉。

吴清冉面带微笑，点了点头：“对。”

“可以给我们详细说说当时的情景吗？”娱记们都纷纷围了过去。

“当时我在这里买丝巾，看见徐小姐和舒情两个人发生争执，然后舒情就推了白岚一下，并把她的礼服故意给扯坏了。”吴清冉始终面带笑容，气质高雅。

舒情狐疑的目光落在了吴清冉的身上，她根本就不认识吴清冉，吴清冉为什么要做伪证，帮着徐婉儿把脏水往她身上泼呢？

霍云城就是在这个时候走进HN精品店的，唐若颖紧紧跟在他身后。

“霍总，霍总来了！”

霍云城一出现，就像自带光环一样，吸引了所有人的目光。

娱记们蜂拥而上：“霍总，请问你和舒情真的已经分手了吗？为什么她还在霍氏工作？有传闻舒情和沈俊言同居了，请问是真的吗？”

“霍总，请问你对今天的事情有什么看法？舒情故意弄坏白小姐的礼服，她们两个人之间是有什么恩怨吗？”

霍云城紧紧抿着唇，唐若颖上前一步，笑意盈盈地对娱记说：“不好意思，霍总不接受采访。我和霍总出来逛街，恰好经过这里，这么热闹就进来看看。”

“霍总，请问这位小姐就是你一直在寻找的糖糖吗？你们现在在一起了吗？她现在是你的女朋友吗？”

“滚——”霍云城冰冷的目光扫了娱记一眼，他的气场强大到让人窒息，娱记立刻噤声。

见霍云城突然过来，徐婉儿的目光就一直没离开过他。

那个紧紧跟着他的女孩就是糖糖？看来也不过如此！徐婉儿的目光闪着嫉火。

今天先收拾舒情，糖糖她也不会放过！霍云城是她徐婉儿的！她今天就要让舒情在霍云城面前丑态百出！

想到这里，徐婉儿向白岚使了一个眼色。

“舒情，现在你还有什么话可说的？”白岚的语气里是抑制不住的得意，提高了几分声音又开口，“现在就连吴小姐都出来证明了，是你弄坏了我的衣服！”

就连白岚自己都没有想到，会突然冒出一个证人来，而且，这个人还是国际知名钢琴师吴清冉。虽然白岚不知道吴清冉为什么会突然帮她对付舒晴，但此刻舒情可真是百口莫辩了。

“没什么好说的。”舒情依然一脸的云淡风轻。

在看见霍云城和唐若颖走进来的时候，舒情的心被狠狠地刺痛了。现在，她被这么多人围攻、诬陷，霍云城是带着唐若颖来看她笑话的吗？

但是，她绝对不会妥协。徐婉儿她们想要把她踩在脚下，等会儿她一定会加倍奉还！

想到这里，舒情收回思绪，带着几分探究的目光落在了吴清冉的身上。她可以确定，她没有得罪过吴清冉。那么，吴清冉是徐婉儿一伙的吗？故意来陷害她？

“吴清冉小姐，你真的亲眼看见我弄坏了白岚的礼服吗？”舒情打量了吴清冉一番，神色淡淡地开口。

“当然。”吴清冉微眯了一下眼眸，目光带着几分明显的敌意。

“那就奇怪了。如果我没有记错的话，刚才你是站在角落那边的位置。而白岚拦住我是在门口，在你那个角度根本就看不清楚门口发生了什么事情。”舒情的嘴角扬起了一抹讥讽的弧度。

“总之，我确实看见了。”吴清冉脸色微微变了变，却依然一口咬定。

“舒情，你还不赶紧跪下向白岚道歉。”徐婉儿已经迫不及待地想要看到舒情跪地求饶的样子了。

“我没做过，为什么要道歉？”舒情扬了扬嘴角，从容而优雅。

“你还敢狡辩！人证物证俱全，现在就连吴清冉都看见是你弄坏我的礼服，就算你不承认也没用，现在事实已经摆在面前了，你赶紧给我跪下道歉！”白岚上前一步站在了舒情的面前，用命令的口吻说。

“该跪下道歉的人是你吧？”舒情环顾了一下四周，脸色冷了几分，一针见血地指出，“其实你的礼服是你自己故意弄坏的，目的是想嫁祸给我，对吗？”

“你别含血喷人！”白岚狠狠瞪了舒情一眼，“现在事情已经很清楚了，你别想着拖延时间，赶紧跪下道歉吧！”

舒情轻笑了一声：“白岚，你有没有听说过，要想人不知除非己莫为，你以为自己弄坏了衣服，再找几个人来诬陷我，就能颠倒是非吗？”

“你什么意思？”白岚拧了拧眉心。

舒情抬头看了一眼摄像头，冷冷地说道：“我的意思是，无论你如何歪曲事实，真相都只有一个，我相信这个摄像头一定拍下了当时的情景。”

白岚一怔：“刚才不是已经问过监控结果了吗？什么都没拍到。”

“真的什么都没拍到吗？我看不见得吧。”舒情冷厉的目光落在了安保队长的身上。

“确实没有。”安保队长——也就是白岚的远房表哥白天擎故作镇定地回答道。他在接到白岚的信息后，就暗中把那一段监控给删除了。

“可以把那段时间的监控拿来我看看吗？”舒情冷声问道。

“没这个必要了吧！”徐婉儿瞪了舒情一眼，“舒情，你还想要什么花招？”

“恐怕要花招的人并不是我吧。”舒情从容不迫地开口，“我只想还原当时的真相而已。”

“去把监控拿来！”就在这时，一直站在一旁默不作声的霍云城忽然沉声道。

霍云城的气场实在太强大，既然他发了话，白天擎只能恭恭敬敬地答应道：“是，霍总。”

白天擎回到监控室，仔仔细细检查了几遍，确保万无一失之后，才拿着U盘出去回到了店内。

“霍总，这就是那段时间的监控。”白天擎走到霍云城面前，把U盘递给他。

霍云城强大的气场让白天擎大气也不敢喘，本来白岚说只是让他帮个小忙，没想到现在竟然都惊动了霍云城，千万不要节外生枝才好。

霍云城冷声道：“放出来看看。”

“是。”白天擎把U盘插进了电脑，播放了起来。

果然，电脑屏幕上的画面，并没有舒情和白岚的身影。

“可能当时她们站的位置正好是监控盲区，所以并没有被拍下来。”白天擎小心翼翼地看了霍云城一眼，解释道。

“这不可能。”舒情冷声开口。

当时她和白岚就站在离大门不远的地方，绝对在摄像头的拍摄范围之内，不可能没拍到，唯一的可能就是……监控被人动了手脚。

“你把视频再播放一遍。”舒情的双眸紧紧盯着电脑屏幕，沉声道。

“舒小姐，你刚才都已经看过了，确实没拍到，何必浪费时间再放一遍呢？”白天擎皮笑肉不笑地对舒情说。

“让你放你就照做！”舒情冷眼扫过白天擎。她散发出的那种让人不寒而栗的气场，让白天擎的心莫名颤了一下。他只好点了重播按钮。

这一次，舒情果然看出问题了。

“这段视频被剪辑过。”舒情走上前，指着电脑屏幕说道。

“怎么可能呢？”白岚脸色微微一变，“舒情，你别胡说八道。”

“怎么不可能？”舒情好看的嘴角勾起一抹弧度，又把视频停在了某个点，“很明显，这里的画面有跳跃，大概被人删除了两分钟的内容，而这段时间，刚好就是你拦住我的时候。”

虽然说白天擎已经删除得很小心了，几乎没有留下破绽，但舒情可是黑客Ada，这点小伎俩在她面前无所遁形。

白天擎脸色有些难看，忙矢口否认：“没有的事。我一直都在监控室，没有人动过手脚，监控视频根本不可能被删除。”

“那如果是你亲自动的手脚呢？”舒情嗤笑了一声。

白天擎现在这个做贼心虚的样子，一看就和这件事情脱不了干系。

“你别胡说！”白天擎擦了擦额头上的冷汗。

“我是不是胡说，很快就能知道。”舒情在电脑面前坐了下来，盯着屏幕看了一会儿。

徐婉儿有些不淡定了，本来她想诬陷舒情，让舒情当众出丑，没想到现在事情的发展偏离了她的预期。她走到舒情面前，居高临下看着舒情质问道：“舒情，你想干什么？”

“当然是还原那段被删除的视频。”舒情眼皮子都懒得抬一下。

徐婉儿和白岚对视一眼，脸色不由得怔了怔。

还原被删除的视频？怎么可能！舒情那个土包子，她懂什么？她一定是在故弄玄虚。

徐婉儿这么一想，放下心来，狠狠瞪了舒情一眼：“舒情，你别垂死挣扎了，我劝你还是赶紧向白岚道歉吧！你以为你故弄玄虚，就能拖延时间，就能逃过惩罚了？”

“是不是故弄玄虚，那就请徐小姐拭目以待了。”舒情像看白痴一眼看了徐婉儿一眼。

她不再理会徐婉儿，白皙细嫩的手指，在键盘上熟练地敲下几行代码，动作娴熟，从容而自信。

电脑屏幕上闪过一连串复杂的代码，看得人眼花缭乱。五分钟之后，舒情按下了回车键，风轻云淡地开口：“搞定！”

在众人惊讶的目光中，舒情再次重播了那段视频。

这一次，视频里出现了舒情和白岚的身影。舒情往大门口走去，白岚忽然冲了上来，拦住了她的去路。两个人说话的声音听不清，但是从神态、动作可以看出，白岚不停地挑衅着舒情，并拦着她不让她走。舒情显得有些不耐烦，便伸手推了白岚一下，趁着白岚愣怔之际，快步走出了 HN 精品店的大门。而那个时候，白岚身上的礼服还是完好无损的。

“不，这不可能！”在见到完整经过的视频后，白岚的脸色一下变得苍白，她失声喊道。

她用惊慌疑惑的目光看向了白天擎，明明白天擎都已经把那段视频删除了，为什么舒情能够恢复！

白天擎更是冷汗连连。他明明做得万无一失，为什么舒情只用了短短五分钟就能恢复那段视频？而且，舒情敲下的那些代码，他根本都看不懂！

他不可置信地看着舒情，心中充满了恐慌——她究竟是什么人？

“好了。大家都看清楚了，当时的情况究竟是怎样的。”舒情指着电脑屏幕，淡然说道，“在我走出 HN 精品店大门的时候，白岚身上的衣服还是完好的，所以，根本就不可能是我弄坏的！”

众人纷纷点头——

“没想到事情真相竟然是这样。”

“这么说，真是白岚故意陷害舒情了？”

“看来我们都冤枉舒情了。”

没想到事情竟然会败露，面对众人的职责，白岚的脸上青一阵红一阵。徐婉儿的脸色更是不佳。竟然又让舒情给轻轻松松地反转了！明明是天衣无缝的计划，为什么？！

看着白岚和徐婉儿两个人脸上精彩的表情，舒情冷冷一笑：“现在事情已经很清楚了，很明显，是白岚自己把衣服弄破了，然后栽赃嫁祸给我。”她顿了顿，凌厉的目光落在了白岚的脸庞，冷声道，“按照刚才说的，白岚，你现在是不是应该向我跪下道歉了？”

“不，不是这样的！”白岚眼珠子转了转，强行狡辩道，“我这衣服不知道什么时候弄破了，而刚才又只有你和我发生过争执，我当然会认为是你弄破的，我不是故意来栽赃嫁祸给你的。”她不能输！让她向舒情跪下道歉，怎么可能！

“是吗？”舒情笑了笑，站起身来，直接走到了白岚的面前。

“当然。你有什么证据，是我自己弄坏的？！”白岚有些气急败坏。

舒情指着她的衣服说道：“很明显，你衣服上的这个洞，是被人用力拉扯后造成的。从我出门，到你和徐婉儿追上我，也不过短短几分钟的时间。这么短的时间，除了你自己，还会有别人吗？”

白岚的身体蓦地一僵：“这只是你的胡乱揣测而已，你别冤枉我！”

“舒情没有冤枉你，确实是你自己弄破的。”一直冷着脸沉默不语的霍云城忽然沉声说道。

“霍总？”白岚被霍云城那冷厉的目光一扫，忍不住浑身一哆嗦。她不敢质问霍云城为什么突然这么说，只能紧紧咬着唇瓣，委屈地开口：“我没有。”

“云城，你什么意思？为什么到了现在还偏袒舒情？你还喜欢她？”徐婉儿气急。

她和白岚想让舒情出丑，却被舒情轻轻松松地反转了，已经够丢脸了。他这个时候还帮舒情说话，难道他还和舒情藕断丝连吗？谁都知道白岚是她徐婉儿的跟班，要是白岚真的向舒情跪下求饶，那简直就是在明晃晃打她徐婉儿的脸！

徐婉儿的脸色极其难看，狠狠瞪着舒情。要是眼神可以杀人的话，只怕徐婉儿早就把舒情给千刀万剐了。

霍云城却只是勾了勾嘴角："我不会偏袒任何人，只说事实。"他拿出手机，长腿一迈，往舒情身边走去。

"城哥哥……"唐若颖紧紧拉着霍云城的胳膊，眸中微不可见地闪过嫉恨。霍云城这是要为舒情出头？明明霍云城早已经和舒情取消了婚约，他现在爱的人是她唐若颖！可现在，当着这么多人的面，霍云城毫不犹豫地要为舒情出头，这让她的脸往哪搁！

霍云城蹙眉，不动声色地抽出胳膊，直接走到舒情面前，打开手机，在电脑上操作了几下，几张照片赫然出现在电脑屏幕上。其实刚才他已经吩咐过林岩峰找黑客调取HN精品店的视频信息。而林岩峰找的黑客也已经调取了完整的视频，恢复了被删除的数据，截取了重要图片。

"你们自己看吧。"霍云城站起身，声音冰冷。

只见照片上，很清楚地拍到了白岚站在HN精品店大门口旁边的一个角落里，在徐婉儿的遮掩下，用力在拉扯着自己礼服的肩膀部位。

霍云城怎么会有这张照片？舒情的心中微微有些动容，抬眸看了面前的男人一眼。霍云城却挑了挑眉，一双幽深的眼眸正似笑非笑地看着她。

四目相对，舒情别开了目光。她不知道霍云城为什么会突然出现来帮她，但是此刻，她看见了唐若颖充满敌意的目光。舒情的心沉了沉。

白岚失声喊道："怎么会这样？！"她的目光中满是不可置信。她们怎么会被人拍下来了？而且，照片还落到霍云城的手中，被他当众放了出来。完了，这下全完了！

"白岚，你还有什么好说的？"舒情直视白岚，一字一字说道，"快跪下道歉吧！"

白岚紧紧咬着牙，精致的面庞扭曲着，眸中一片血红："舒情，让我向你跪下道歉，你休想！"就算现在一败涂地，她也不会向舒情下跪，更不会向舒情道歉！

"怎么，说话不算话？"舒情嗤笑一声，一步一步走向白岚。

舒情冰冷而强大的气场，让白岚步步后退，惊慌失措地开口："舒情，你……你想干什么？"

"当然是让你实现自己的诺言。"说完，舒情眼神一冷，快速绕到白岚身后对着她的膝盖窝一踢。

白岚没有防备，膝盖一软，直接跪坐在了地上。

舒情厉声道："还不道歉？！"

周围的人对着她指指点点，各种不屑，白岚觉得万分羞耻。

"道不道歉？"舒情冷声道。

白岚用求助的目光看向徐婉儿，却见徐婉儿一脸厌恶地瞪了她一眼。

白岚的心理防线在这一瞬间完全崩溃，哭着道："对不起……"

"早道歉不就行了？"舒情冷冷一笑，说，"我警告你，以后再敢来诬陷我，可就不是跪下道歉这么简单了！"今天，她就要白岚和徐婉儿长点记性，她绝不是好惹的！

白岚战战兢兢瘫软在地上，半天爬不起来，只能爬向徐婉儿求助道："婉儿，婉儿，扶我一下……"

徐婉儿却踢了她一脚："没用的东西！"

舒情双手环胸，冷眼看着这一幕，其实，她还挺为白岚感到悲哀的——她竭尽全力讨好徐婉儿，却被徐婉儿当枪使，现在闹成这样，只怕很快就会上热搜，成为众人的笑柄。

唐若颖看了看无比狼狈的白岚，忽然伸手把她给扶了起来，又故作害怕地躲在了霍云城的身后："舒情也太过分了吧……"

舒情面无表情地看了看唐若颖，这朵"白莲花"又开始表演了吗？不仅在霍云城面前故作良善，还不忘抹黑她？

舒情正想着，眼角的余光忽然看见吴清冉往门口走去。

"吴清冉，站住！"舒情提高了几分声音，几步走到吴清冉面前。

吴清冉脚步一顿："干什么？"

舒情勾了勾嘴角："如果我没有记错的话，刚才你指证我弄坏了白岚的衣服。事实证明你在撒谎，你是不是也欠我一个道歉？"

"道歉？呵呵，舒情，你配吗？"吴清冉一脸鄙视地看向了舒情，目光毫不掩饰浓浓的敌意。

舒情微微蹙了蹙眉。她在脑海中搜索了一圈，确认自己以前和吴清冉没有交集，可以说完全不认识，更加不可能得罪她。那为什么吴清冉对她有这么大的敌意？

见吴清冉这么说，看热闹不嫌事大的娱记纷纷围了上去，把话筒对准了吴清冉。

“请问吴小姐，你这么说是什么意思？你和舒情之间是有什么恩怨吗？”

“吴小姐，刚才你说你看见舒情弄坏了白岚的礼服，但现在事实已经证明舒情并没有，那请问你是看错了，还是出于什么原因故意做伪证？请问对此你有什么要解释的吗？”

“对，我就是故意的。”吴清冉倒是很爽快地承认了。

这下娱记们一个个都兴奋了起来，不停地追问道——

“吴小姐，请问你为什么要故意这么做？”

“吴小姐，你故意诬陷舒情，不觉得不道德吗？”

“不道德？”吴清冉冷哼了一声，义愤填膺地说道，“到底是谁不道德？舒情就是个不要脸的小三！她不知廉耻地勾引我的未婚夫！对于这种女人，人人得而诛之，需要给她留什么情面吗？”吴清冉越说越激动，语气之中满满都是对舒情的鄙视和痛恨。

小三？舒情狐疑地看着神情激动的吴清冉，一头雾水。她都不认识吴清冉，怎么就勾引她未婚夫了？吴清冉认错人了？不像啊！这女人莫不是疯了吧，国际知名钢琴家吴清冉是个疯子？也不可能啊！

就连一旁的徐婉儿都是一脸的好奇，见吴清冉一口咬定舒情是小三，徐婉儿的嘴角情不自禁地扬了扬，莫非今天的事情还有反转吗？抢人家未婚夫，做不要脸的小三，那可比弄坏礼服严重多了。只要现在舒情被证实确实做了不要脸的事，那舆论肯定会反转，之前她和白岚诬陷舒情的事情就会轻轻松松揭过。看来，今天有好戏看了。

就在舒情疑惑之际，又有记者追问道：“吴小姐，既然你说舒情勾引你未婚夫，请问你的未婚夫是谁呢？”

吴清冉口出惊人：“沈俊言！”

舒情闻言怔了怔。沈俊言？吴清冉是沈俊言的未婚妻？她认识沈俊言这么久了，怎么从来没有听他提起过有吴清冉这么一个未婚妻。

舒情了解沈俊言的为人，如果他真的有未婚妻，不可能向她隐瞒，更不可能在有未婚妻的情况下还来追求她，沈俊言不是那种人。既然沈俊言从来没提过，那吴清冉算哪门子的未婚妻？

“吴小姐，请问你的未婚夫是当红演员沈俊言吗？”娱记又追问道。之前就有很多消息说舒情和沈俊言两个人关系不同寻常，还同居了。如果吴清冉真的是沈俊言的未婚妻，那这可是一场年度大戏啊！这么劲爆的新闻，怎么可以错过？

“对，就是他。”吴清冉肯定地点头。

“请问吴小姐，为什么之前从来没有你和沈俊言订婚的消息传出来呢？是因为沈俊言的特殊身份吗？”

“你现在为什么突然公开你和沈俊言的关系？不怕对他的演艺生涯有影响吗？”

这样一个爆炸性新闻，娱记们犹如嗅到了血腥味的鲨鱼，紧紧围住吴清冉不停地问道。

“是这样的，我们吴家和沈家是世交，我和沈俊言的婚事也是从小就定下的。”吴清冉清了清嗓子解释道，“而这些年，我和俊言各自忙于事业，再加上俊言的身份，就没有公开我们的关系。”

吴清冉顿了顿，话锋一转，嫉恨的目光直视舒情：“至于我现在为什么要公开，那是因为有人不要脸地纠缠我未婚夫！而这个人，就是舒情！”

被吴清冉直接点名，舒情皱了皱眉心，还没开口，娱记们便向着她冲了过来。

“舒小姐，请问你对吴小姐的话有什么回应？你是不是如她所说，和沈俊言同居了？”

“舒小姐，请问你知道沈俊言有未婚妻吗？你知道他未婚妻是国际知名钢琴家吴清冉小姐吗？你是心甘情愿做小三的吗？”

“舒小姐，请问你明知道沈俊言有未婚妻，还和他同居，是在向吴小姐宣战吗？请问沈俊言会不会为了你和吴小姐分手？”

“舒小姐……”

一个接一个问题炮轰着舒情，她有些头疼，然后直接推开了娱记，走到吴清冉面前，冷声道：“吴清冉，你知不知道诽谤是犯法的？”

“诽谤？”吴清冉充满嫉恨的目光紧紧盯着舒情，“你敢说你没有缠着俊言？你敢说你现在住的公寓，不是俊言的？”

“没错，我是住在沈俊言的公寓，但这和你说的根本就是两回事！”舒情淡淡道。

“很好，你这是承认和俊言同居了！舒情，你可真是不要脸！”吴清冉故意歪曲了舒情的话，并伸手扣住了她的手腕。

“吴清冉，你别太过分了！”舒情吓道。

她正想挣开吴清冉，忽然一只骨节分明的大手紧紧地抓住了吴清冉的胳膊。

是霍云城！

舒情有些讶异地看了看一脸冰冷的霍云城。只见他脸色黑得犹如乌云，浑身散发出冰凉的气息，让人不寒而栗。

在吴清冉说舒情和沈俊言是那种关系的时候，霍云城的脸色一下子就沉了下去。

吴家和沈家的关系，霍云城是有所耳闻的，他也曾经隐约听说过沈俊言和吴清冉是有婚约的，但是后来不知道为什么，沈家和吴家再没提过这门婚事。现在，吴清冉突然冒出来，炮轰舒情介入她和沈俊言的婚事，说舒情和沈俊言同居，这就让霍云城非常不爽了。可无风不起浪，如果舒情和沈俊言清清白白，吴清冉何至于这么吃醋？但是，见舒情被吴清冉抓住手腕，他又情不自禁地想保护她。

就在这时，忽然有人喊了一声："沈俊言过来了！"

之前早有好事之徒把舒情被诬陷扯破礼服的事情传到了网上。沈俊言后匆匆赶了过来。没想到一进门，就听见吴清冉对娱记说的那番话。

在看见吴清冉的时候，沈俊言的脸色不由得冷了下来。

娱记们在见到沈俊言的身影后，一拥而上，开始追问他——

"沈俊言，请问国际知名钢琴大师吴清冉小姐真的是你的未婚妻吗？"

"请问你和吴清冉小姐的婚约，是家族联姻吗？为什么之前从来没有消息传出？"

"你和舒情小姐真的同居了吗？你对她是认真的吗？你会不会为了她和吴小姐分手？"

"……"

"请你们让开！"沈俊言俊脸紧绷，眉头紧蹙，拨开了人群，直接走到了舒情的面前，"舒情，你没事吧？"

舒情摇摇头："沈俊言，你来得正好。这里有个自称是你未婚妻的女人，你是不是应该向你的影迷解释一下到底怎么回事？"

不管怎么样，沈俊言现在的身份是当红演员，经过今天沈清冉这么一闹，指不定媒体会怎么写。无论是对沈俊言的演艺生涯，还是对星辰娱乐，都会有不小的影响，所以，舒情要沈俊言尽快澄清这件事情。

看到沈俊言脸上的关心，吴清冉漂亮的眼眸黯淡了几分，她深吸一口气，保持着优雅得体的笑容，看向沈俊言："俊言，好久不见。"

沈俊言冷冷地看了吴清冉一眼，语气凉薄：“向舒情道歉！”

吴清冉脸色变了变：“我为什么要向她道歉？她不要脸地勾引你，还要我向她道歉？笑话！”

“我什么时候成你未婚夫了？”沈俊言不满。

吴清冉俏脸一沉：“沈俊言，你敢指天发誓我们两个人之间没有婚约？”

“吴清冉，我们的婚约早已经解除了，你别无理取闹。”沈俊言蹙眉道。

的确，他和吴清冉曾经有过婚约。沈家和吴家是世交，在他们儿时，两家就给他们定下了婚约。但是，在沈家落魄的时候，在沈俊言最失意的时候，吴清冉跟着另外一个男人去了国外。

虽然说沈俊言对吴清冉并没有多少感情，但是自己未婚妻一声不吭和别人跑了，这对任何一个男人来说，都是奇耻大辱。

从那以后，沈俊言再也没有和任何人提起过吴清冉这个人。

后来，沈俊言遇到了舒情，是舒情鼓励他，给了他希望，让他从至暗时刻走了出来，让他重振沈氏。所以，对沈俊言来说，吴清冉只不过是一个无关紧要的人，甚至连普通朋友都算不上。

在听了沈俊言的话之后，立刻有娱记问道：“沈俊言，你说你和吴小姐之间的婚约解除了，那是不是你们之间曾经确实有婚约的？”

不等沈俊言开口，吴清冉抢先道：“那当然了。而且，我和沈俊言也没有解除婚约。”

“吴清冉，我再重申一遍，我和你没有任何关系了。”沈俊言抿了抿薄唇，一字一句地说道，“请你以后不要再以我未婚妻的名义自居。”

“俊言，你为什么这么绝情，是因为舒情吗？”吴清冉走到沈俊言面前，伸手拉住他的胳膊，“我知道，你对我有些误会，其实当年……”

吴清冉话音未落，沈俊言就不动声色地抽出了胳膊，冷冷地打断她：“当年的事情，我不想再提，请你也不要再提。以后请你好自为之，不要再污蔑、伤害舒情。就这样。”

说完这番话，沈俊言又侧头看了舒情一眼，刚才还冰冷的目光瞬间变得无限柔和：“舒情，我们走吧！”

舒情也不想再在这里和这些人纠缠下去了，轻轻点了点头。

两人一前一后往门口方向走去。

在看见舒情跟着沈俊言一起离开的时候，霍云城原本就冰冷的脸色更是犹如三九天一样，几乎能把人给冰冻。

他迈步上前，冷声开口：“舒情——”

舒情脚步一顿，转身看了看霍云城：“今天，谢谢你。”

谢谢？霍云城面无表情地看着舒情，她对他只有这么淡漠的一声谢谢吗？他要的不是这声谢谢。他要的是她和以前那样依赖他，享受他对她的保护，而不是如此淡漠，如此疏离。

“城哥哥……”唐若颖边一脸警惕地看着舒情，边挽住了霍云城的胳膊，将脑袋靠在他的肩膀上，“城哥哥，你不是说给我找了新房子吗？不如我们现在去看看。”

舒情的脸色冷了冷，不再去看他们，转身直接跟上了沈俊言的步伐，离开 HN 精品店。

“舒情，你去哪儿？我送你。”沈俊言开着车，双手紧紧握着方向盘，侧头等待着舒情的回答。

难得周末，舒情本来是想逛街的，但是经过了这么一场闹剧，她也没了兴致：“送我回城东花园吧。”

“好。”沈俊言调转方向，往城东花园开去。

“沈俊言，你和吴清冉究竟怎么回事？”车上，舒情靠在座位里忍不住问道。

沈俊言斟酌了一番，解释道：“只是儿时两家家长定下的婚约，当年在沈家遇到经济危机时，吴清冉就和别的男人去了国外，我和她没有任何关系了，这么多年也没有联系过。”

“这样啊……”舒情若有所思。

按照沈俊言所说，吴清冉还真是他未婚妻。虽然说吴清冉背信弃义在先，可两个人也没有正式解除婚约。

“这件事情，如果处理不好，会对你有不小的影响。”舒情有些头疼地抚额说道。

就连她和沈俊言没有任何关系，都被媒体写成了同居，几次三番被推上热搜。而现在，吴清冉和沈俊言确实有过婚约，按照某些无良媒体的一向作风，还不是怎么夸张、怎么吸引眼球就怎么写？

“不过是些捕风捉影的事情，我不在乎。”沈俊言神色淡淡的。他和吴清冉根本就没什么，身正不怕影子斜，他怕什么？

“你这两年好不容易经营起来的人气，我不想你受到影响，你明白吗？”舒情眼眸微微眯了眯。

“你现在是星辰的总裁，也是代表着公司形象的超人气偶像，如果媒体拿这件事情大做文章，刻意抹黑，不管是对你个人，还是对公司，都有负面影响。”

沈俊言的唇缓缓地勾起：“舒情，你是关心我，还是关心公司？”

“都关心。”舒情怔了怔，回答道。

“你放心，我会处理好这件事情。”沈俊言脸色沉了沉。他可以不顾自己的形象，但是他不能不顾公司的利益，更何况这件事情还牵扯到舒情，他不能让舒情被人骂作小三。

舒情点头：“那就好。”

沈俊言忽然转移话题：“舒情，明晚我的生日聚会，你会来参加的吧？”

“嗯。”舒情淡淡地应了一声。

沈俊言深深地看了她一眼：“我等你。”

## 第十五章
## 她绝对不简单

半小时后，沈俊言把舒情送到了城东花园：“到了，我送你上去。”

舒情下车，回头说：“不用了。”忽然又想起了什么，“对了，你帮我重新找个房子吧。”

“为什么？在这儿住得不习惯？”沈俊言怔了一下。

舒情扬了扬嘴角：“我不想再被媒体抹黑。”

沈俊言有些烦躁地开口：“你在意别人的流言蜚语？”

“对。”舒情语气肯定。

沈俊眉眼一沉，他了解舒情，她并不是一个在意流言蜚语的人，她和他一样，只要自己没做过的事情，总感觉清者自清，根本不用在意别人的看法。但是此刻，舒情却不愿意继续住在他的公寓，她是要刻意和他保持距离吗？

沈俊言沉默片刻，语气沉沉地开口：“你是不是在意……霍云城？”

霍云城？

舒情在听见这三个字的时候，心跳猛地慢了半拍。的确，她不想让霍云城误会什么。可是，一想到唐若颖缠着霍云城的样子，她的心就像被一团棉花堵住了似的。

“和任何人无关。”说完，舒情便转身离开。

刚进家门，舒情便收到了 Anthony 的信息：“Ada 姐，我查到了一点资料，关于唐若颖的。”

舒情立刻回复道：“发给我看看。”

Anthony 故意卖了一个关子：“Ada 姐，你不是让我重点查十月十八日前后几天，唐若颖有什么特别的事情发生吗，我还真查到了一点不寻常的东西，你猜猜是什么？”

舒情的心跳猛然加快，直觉告诉她，Anthony所说的事情一定非同寻常。

舒情催促道：“别卖关子，快发我！”

很快，Anthony便给她发来了一张照片。

照片上，唐若颖和一个男人在一起，这个男人看起来有些眼熟。舒情想了想，终于想起来了。

她和霍云城订婚典礼的那一天，唐若颖就是被这个男人追债，于是撞到了霍云城的车，这些之前有被狗仔队拍到过。从这张照片上看，唐若颖似乎和那个男人关系非同寻常，并不像是在被追债的样子。但是光凭这么一张照片，也说明不了什么问题。

正在皱眉思索着，Anthony的信息又发了过来：“Ada姐，我查到唐若颖在十月初，曾给这个男人二十万，具体做什么不得而知，很有可能是见不得人的交易。”

唐若颖给这个男人二十万？竟然有这种事情？唐若颖不是为奶奶治病借了高利贷吗，怎么还能一下拿出二十万给那个男人？唐若颖给那个男人那么多钱，是让他们配合在霍云城面前演戏吗？

想到这里，舒情给Anthony发信息道：“Anthony，麻烦帮我继续查查唐若颖和这个男人是什么关系，给他钱又是干什么。唐若颖的背后，还有什么不可告人的秘密。”

“行，Ada姐，你等我的消息！”Anthony很快回复道。

几秒钟之后，Anthony又发来了一条信息：“唐若颖这个人绝对不简单，Ada姐，你一定要小心！”

“我知道。”舒情回复道。

放下手机，斜躺在沙发上，她脑海中不由自主地又浮现出唐若颖对着她趾高气扬，一转身又在霍云城面前弱不禁风的模样。

舒情眯了眯眼眸，按照唐若颖紧张霍云城的样子，唐若颖一定会想方设法把她从霍氏赶走，那她就静观其变。

她得等，等着唐若颖出手。

她倒要看看，唐若颖下一步，又会用什么招数来对付她。

周末一晃而过，很快就是新的一周。

舒情一大早就去了霍氏。她来得太早，办公室里还空无一人，打开电脑正想研究一下北海湾项目的相关资料，忽然一阵高跟鞋的声音由远及近，一直到她面前停下。

抬眸看去，唐若颖正一脸敌意地站在她的面前。

舒情淡漠地看了她一眼，又埋头工作。

“舒情，今天我坐城哥哥的车来的公司。”唐若颖的语气中带上了几分得意之色。

“是吗？”舒情漫不经心地说，“这和我有关系吗？”

唐若颖最看不惯舒情这副不在意的样子，她嘴角扬起一抹挑衅的弧度：“昨天城哥哥帮你解围，你别以为自己在他心中还有些分量。其实他这么做，完全都是为了霍老先生，毕竟，你马上要去给霍老先生针灸了，城哥哥是不想你心情不好，一个不小心扎错了针。还有，之前城哥哥去救你，不过是因为想找齐大师而已。毕竟只有你才知道齐大师在哪里，你可千万别自作多情，以为城哥哥对你有什么。他心里面，只有我一个！”

舒情眯起了漂亮的眼眸，带着探究的目光落在了唐若颖的身上。

这么一个女人，实在是不像霍云城口中那个为了救他而不惜牺牲自己的糖糖。再加上 Anthony 昨天查到的那些信息，舒情更有理由相信，唐若颖的背后肯定隐藏着惊天秘密，只要她能够揭开这个秘密，那么，霍云城应该不会再被她这副“白莲花”的模样给迷惑了。

见舒情沉默不语，只是用意味不明的目光打量着她，唐若颖脸色一沉，正要再说什么，舒情办公桌上的电话突然响了。

号码是内线“888”，霍云城打来的！唐若颖的心猛地一沉，一脸警惕地看着舒情。

舒情接起了电话，平静地问道：“霍云城，什么事？”

“舒情，来我办公室一下。”霍云城富有磁性的声音，通过电波传了过来。

舒情一口答应：“好。”

挂断电话，看了一眼脸上乌云密布的唐若颖，她扬了扬嘴角，说道：“你的城哥哥找我，请你让开！”

“舒情，你……”

唐若颖狠狠瞪了舒情一眼，想跟过去，舒情转身，冷声说道：“你的城哥哥只喊我一个人过去。”

在唐若颖嫉妒的目光中，舒情来到总裁办公室的门口，却莫名有些紧张。

这一大早的，霍云城找她有什么重要的事？她深吸一口气，伸手敲了敲门。

“进来。”霍云城清冷的声音响起。

舒情推门而入，只见霍云城端坐在座椅上，他穿着一件棉麻质地的白衬衫，袖口往上卷了卷，胸口的两颗纽扣解开，若隐若现地露出了胸膛结实的肌肉。这个人，桀骜冷漠却依然那么耀眼夺目，让人心动。

林岩峰正恭敬地站在他的身旁。

霍云城听见声音，抬头，目光若有似无地扫过舒情的脸庞。

舒情收回思绪，走到霍云城面前：“找我有事吗？”

霍云城缓缓开口：“查到了一些关于 BPL 的资料，你一起看一下。”他侧头看了林岩峰一眼，林岩峰立刻恭敬地把手中的 U 盘插到了一旁的电脑上。

“根据我这几天查到的资料，BPL 总裁名叫李承阳，今年三十一岁，在五年前成立了 BPL。”林岩峰一边说着，一边点开了一张照片。

照片上，是一个身穿烟灰色西服的男人，舒情的目光落在电脑屏幕上，倒吸了一口冷气。

竟然是他？！那个她在机场不小心撞到，后来又碰上他出车祸，被她送去医院的男人！

这个男人竟然就是 BPL 的总裁？也正是他收购了“爱 & 恋”珠宝集团，高仿了“冰与火”，给霍氏造成不小的麻烦。

那么，那天她和他在机场的偶遇，会是巧合吗？

“舒情，你怎么了？”霍云城看出了舒情在走神，蹙眉问道。

舒情回过神：“没什么。”

“你认识他？”霍云城勾起了嘴角。

舒情摇头：“不认识。”

林岩峰又继续道：“有消息称，李承阳近期已经回国了，并且，BPL 会参与北海湾项目的竞标。”

舒情愣了一瞬。

霍云城曾经说过，北海湾项目他是志在必得。只要霍云城想要的，在 A 市还没有人有胆量和他抢。

但是现在，BPL 要参与北海湾项目的竞标，公然和霍云城竞争。再加上他之前收购“爱 & 恋”搞出的那一系列事情，很难让人相信，他们不是故意针对霍氏。

“总裁，关于这个李承阳的资料，面前只能查到这么多。”林岩峰把资料翻到了最后一页。

霍云城脸色冷凝了几分：“继续盯着 BPL。”

“是，总裁！”林岩峰神色一凛，“如果没有其他事情的话，那我先回去工作了。”

林岩峰很有眼力见儿地走了出去，还顺手把门关上了。他刚走没几步，就看见唐若颖迎面走来。

林岩峰拦住了唐若颖：“唐小姐。”

“城哥哥在总裁办公室吗？我有点事找他。”唐若颖在林岩峰面前也是一副柔弱的模样。

林岩峰笑了笑：“他正在忙。对了，关于北海湾项目，总裁让我给你一些资料，不如你跟我去我办公室拿吧。”

唐若颖点头：“行，麻烦你了。”

林岩峰带着唐若颖往他办公室走去，不由得腹诽，为了自家总裁大人的终身幸福，他也真是够拼的了。

总裁办公室里，林岩峰走后，就只剩下了舒情和霍云城两个人。

“霍云城——”

“舒情——”

两个人同时开口。

气氛在这一瞬间微微有些尴尬。

霍云城幽深的目光落在舒情身上，薄唇微动：“你先说。”

“嗯。”舒情点头，清了清嗓子开口，“关于‘爱 & 恋’高仿‘冰与火’产品的事情，这几天我仔细想了想对策。”

霍云城有些心不在焉：“你说。”

“既然一时半会儿没有办法证实他们抄袭，那我们就只能完善我们自己的产品，寻求突破。”舒情抿了抿唇说道。

这几天她想过了，这是目前唯一可行的办法。只要霍氏把“冰与火”的外形增加亮点，设计出更加精致高雅的产品，相信一定可以挽回那些流失的客户。并且，他们必须在第一时间申请设计专利，这样“爱＆恋”就不能再进行高仿。

“我会考虑。”霍云城有些烦躁地松了松领带。

舒情继续说道：“这应该是目前最好的办法了，你尽快决策。如果没有其他事的话，我先回去工作了。”说完便转身往门口走去。

身后却传来霍云城清冷的声音：“我让你走了吗？”说完，他蓦地站起身，长腿一迈，挡住了舒情的去路，微微眯了眯眼眸，面无表情地开口：“你要和我说的，就只有公事吗？”

霍云城那强大的气场扑面而来，舒情不由得愣了一下。

“现在是上班时间，不谈公事难道还谈私事吗？再说我们之间也没什么私事好谈。”舒情冷淡地说道。

“你确定，真的没有什么好谈的了吗？”霍云城幽深的目光落在了舒情的脸庞，带着几分探究。

四目相对，来自面前男人那种熟悉的气息，让舒情微微有些晃神。

她抿了抿唇，说道：“如果非要谈私事的话，今天下午我应该去给霍爷爷进行针灸了，到时候你跟我一起去吗？”

“嗯。”霍云城点了点头。一想到霍老爷子的病情，霍云城的心情就有些沉重，希望一切顺利，舒情可以治好爷爷。

“没有其他事情的话，那我先出去了。”舒情惦记着北海湾项目的事情。

她没有想到，BPL的总裁竟然是那天她在机场遇到的那个男人。直觉告诉她，事情没有这么简单。她想让Anthony去查一下李承阳的底细，知己知彼，方能百战百胜。

正想转身出去，一双强劲有力的双臂，环住了她的肩膀，把她禁锢住。

“霍云城，你干什么？”舒情的呼吸一滞。

“你和沈俊言之间，究竟是怎么回事？”霍云城在她耳边低沉地问道。

舒情皱了皱眉，她和霍云城没有取消婚约的时候，他就一直很在意她和沈俊言的关系，虽然那个时候她会觉得霍云城无中生有，蛮不讲理，但心里面还是有那么一点点欣喜。但是现在，他们两个人已经取消了婚约，霍云城在意她跟沈俊言的关系有什么意义呢？

见身前的女人沉默不语，霍云城脸上的线条紧绷，蹙眉问道：“你和沈俊言真的在一起了吗？他可是有未婚妻的人。”

舒情揉了揉眉心："你说吴清冉吗？"

"对。"霍云城点头，"沈俊言和吴清冉，他们两个人从小就有婚约。"

"那又怎样呢？在沈俊言最失意的时候，吴清冉跟其他男人去了国外，无情地把沈俊言给抛弃了。"舒情的嘴角勾起了一抹讽刺的弧度。

"只要他们没有正式解除婚约，那吴清冉就是沈俊言的未婚妻。"话音刚落，霍云城用力把舒情的身体掰过来面对着自己，猛地捏住了她的下巴。稍稍一用力，让她抬头，直视自己的眼睛："舒情，你不是曾经说过，你未来的老公，必须对你全心全意，心里面没有其他任何女人吗？沈俊言现在不仅有未婚妻，还曾经追求过他的老板追求了整整两年。你难道看得上他？"

对视上霍云城不屑的眼神，舒情轻轻嗤笑了一声："你在意我和沈俊言之间的关系吗？"

"对，很在意。"霍云城的目光幽深了几分，好像波涛汹涌的大海一样，能让人溺毙其中。

舒情深深吸了一口气，对上他的目光，问道："为什么？"

"因为我在乎你。"霍云城语气沉沉的。

舒情的心猛地跳了跳，他这么说是什么意思？

霍云城俯下身子，在她耳畔喑哑地说道："被我霍云城在意的人，你以为你逃得掉吗？"

他温热的气息几乎都喷洒在了舒情的脖颈之中，她觉得麻麻痒痒的。

两个人的姿势，此刻是如此暧昧，舒情的脸不由得红了一分。

"那糖糖呢？你最在意的人，难道不是糖糖吗？"舒情的眉眼冷了几分。

见她这个样子，霍云城轻笑了一声："舒情，你在吃醋吗？"

"我和你之间已经没有关系了，我犯得着吃醋吗？"舒情勾起了嘴角反问道。

没有关系了……

霍云城的脸色冷了几分，盯着舒情看了几秒钟，挑了挑眉，意味深长地开口："那如果我现在重新追求你……"

话未说完，忽然传来了一阵敲门声："城哥哥，你在吗？"是唐若颖。

还没等霍云城开口，唐若颖就迫不及待地推门而入。入眼的，就是舒情和霍云城两个人暧昧地靠在一起。

“城哥哥，你们在干什么？”唐若颖眸中闪过嫉妒，快步走过去。

“糖糖，你有事？”霍云城眯了眯眼眸。

唐若颖一脸警惕地看了看舒情，又拉着霍云城的胳膊：“城哥哥，昨天你带我看的房子我很喜欢，晚上我亲自下厨，你尝尝我的手艺，好吗？”

不想看唐若颖在她面前“表演节目”，舒情用力挣脱霍云城的手，毫不犹豫地转身出去。

“糖糖，我晚上要加班，恐怕不能去尝你的手艺了。”霍云城的目光紧紧盯着舒情远离的背影，有些心不在焉地开口。

唐若颖不甘心，有些委屈地开口：“城哥哥，就算要加班，也是要吃晚饭的嘛。不如我先做好晚饭等你来，你吃完了再回公司加班好了。”

见唐若颖这个样子，霍云城有些无奈地点头：“嗯。”

“城哥哥，你一定要来哟。”唐若颖转忧为喜，再三叮嘱道。

舒情回到秘书处办公室，赶走心头那些纷乱的情绪，给 Anthony 发了一个信息：“帮我查一下 BPL 的总裁李承阳。”

“收到。”Anthony 很快回复道。

“看看他是不是如小道消息所传的那样，是靠做偏门生意发家的。”舒情又补充道。

如果李承阳真的是靠做那些见不得光的生意发家，那现在很有可能仍然保留着那些生意。如果能够抓住这一点，霍氏便会不战而胜。

一晃便到了下午时分，舒情忙完了手头的工作，看了看时间，快两点半了，她得尽快去霍宅给霍老爷子针灸了。

舒情把东西收拾了一下，走出了霍氏大楼，正准备往地下车库走去，一辆熟悉的劳斯莱斯不偏不倚地停在了她面前。

车门打开，霍云城下车，长腿一迈，走到舒情面前：“上车吧！”不等她开口，霍云城就伸出大手，直接把她拉到了副驾驶的位置。

舒情有些无语地扯了扯嘴角，正想开口，霍云城忽然侧头，深沉地看着她，很认真地说：“舒情，我爷爷的病，就拜托你了。”

“你放心，我一定竭尽全力治好霍爷爷。”舒情神色一凛，抿了抿唇道。

想到霍老爷子的病情，舒情的心中还是非常内疚。

在去霍宅的路上，两个人的心情都有些沉重，一路无话。车子狭小的空间里，气氛微微有些冷凝。舒情靠在座位上看向窗外，思绪却有些飘远。以前，她几乎每天都坐霍云城的车子上下班。但是现在，这个座位是不是成为唐若颖的专属了？

唐若颖……背后究竟有什么秘密？

Anthony 那边还没有关于唐若颖的进一步资料，她现在只能静观其变，等唐若颖出手，然后进行反击。

如果她没有猜错的话，唐若颖应该忍不了多久，很快就会出手了。只要唐若颖按捺不住，就会露出破绽。到时候，她一定会让唐若颖原形毕露！

“舒情，到了。”霍云城富有磁性的声音打断了舒情的思绪。

舒情回过神，和霍云城一起走到霍老爷子的房间门前。

两人正要进去，忽然传来了一阵“蹬蹬蹬”的脚步声。

“舒情，你站住！”霍母严厉的声音响起。

舒情淡漠地看了霍母一眼：“什么事？”

霍母踩着高跟鞋走了过来，看向霍云城：“云城，你真的要让舒情给你爷爷针灸？”

霍云城蹙眉：“对。”

“表哥，你就不怕舒情暗中对爷爷不利吗？”霍倩上前一步，狠狠瞪了舒情一眼，“舒情，你又想耍什么花招？”

舒情还未开口，霍云城脸色一沉：“霍倩，你闭嘴！”

“姨妈……”霍倩委屈地拉着霍母的胳膊。

“倩倩说得对，你别忘了你爷爷是怎么病发的，都是因为舒情！”霍母提高了音量，“现在又让舒情去治，开玩笑吗？”

“就是啊！舒情根本就没有上过医科大学，就连行医资格都没有，我们怎么能让爷爷冒这个险？”霍倩在一旁附和道。

“那又怎么样？”舒情嘲讽地看了一眼不停阻拦她的霍母和霍倩冷言道，“就凭我是齐玉初指定的人，我就有这个资格！”这两个人对她百般阻拦，舒情感觉她们根本就不想霍爷爷醒来，也不知道两人安的什么心。

“云城，你真的相信舒情能治好你爷爷？”霍母拧着眉心，看了看霍云城。

霍云城俊脸紧绷，沉声道：“对，我相信舒情。”

“好，既然你这么说，万一你爷爷出了什么事，你负责吗？”霍母冷哼一声问道。

霍云城勾了勾嘴角，掷地有声：“我负责！”

霍母和霍倩都噤了声，跟在霍云城和舒情的身后进了房间。

“黎叔，我爷爷怎么样？”霍云城走到床前，看了一眼坐在一旁的黎管家问道。

黎管家站起身，恭敬回答：“倪医生说，经过了齐大师上次的针灸调理，老爷这几天情况有所改善，检查后发现身体也有了些许反应。”

霍云城神色一松：“那就好。”

舒情走上前：“我看看。”她伸手给霍老爷子把了把脉，比起刚开始的时候，霍老爷子的脉象确实平和有力了不少，这说明他在慢慢地恢复。

“怎么样？”霍云城关切地问道。

舒情笑了笑：“霍爷爷的身体情况在好转，按照齐叔叔所说的，只要再经过几次针灸，霍爷爷就会醒来的。”

“那请你给爷爷针灸吧。”霍云城抬起手腕看了看时间，距离上一次齐大师针灸的时间，不多不少，刚好三天整。

“嗯。”舒情点头，从齐大师留给她的医药箱里拿出银针盒，摆好打开。

边仔细寻找着霍老爷子身上的穴位位置，并用手指轻轻触碰确定，边回忆着当时齐玉初针灸的手法。

准备工作就绪后，在众人的目光下，舒情胸有成竹、有条不紊地在霍老爷子身上的穴位上一一下针，下针动作干脆利索，一点也不拖泥带水。

“舒情她行不行？”见舒情一副全神贯注的样子，霍倩小声开口，却被霍云城一记冷眼扫了过来，立刻乖乖闭了嘴。

在如此紧张的气氛下，所有人都大气也不敢喘，生怕打扰了舒情施针。

半小时后，舒情终于完成了整个针灸的过程，她一边将银针收起来，一边长吁一口气：“可以了！”

“情况怎么样了？”霍云城迫不及待地问道。

“很顺利。”舒情看了一眼床上的霍老爷子，笑了笑说道，“等三天后我再给他进行下一次针灸。”

“谢谢你，舒情。”霍云城双眸深邃地盯着舒情，沉声说道。

舒情轻轻一笑：“这是我应该做的。”毕竟霍老爷子的病，她也是有责任的，所以治好霍爷爷，也是她的职责所在。

就在这时，一阵微弱的咳嗽声从床上传来。

随后，霍倩忽然惊呼：“不好了！爷爷他吐血了！”

“什么？”霍云城听了霍倩的话，心头猛地一惊，低头往床上看去。

只见霍老爷子的胸口剧烈起伏着，一口暗红色的血从他嘴角溢出。

“爷爷，你怎么样？”霍云城眸中尽是焦急和紧张。

为什么会这样？舒情刚才明明说针灸很顺利，爷爷怎么突然吐血了？

“舒情，你对爷爷做了什么？！”霍倩指着舒情，大声呵斥，“刚才爷爷还好好的，经过你的针灸，爷爷就吐血了！你是不是想要害死爷爷？”

舒情看了一眼躺在床上的霍老爷子，脸色一凝：“让我看一下。”

“你没资格再碰爷爷！”霍倩拦住了舒情，呵斥道，“一定是你不安好心，你害得爷爷病倒，怕爷爷醒来会责怪你，所以想害死爷爷！”

“你胡说八道什么？”舒情秀眉轻蹙，“霍爷爷好好的，你在咒他吗？”

“倩倩没有胡说！”霍母也围了过来，指着舒情的鼻子，不分青红皂白地骂道，“在我们进房间的时候，人还是好端端的，现在你一针灸，人就吐血了，难道不是被你害的？！”

舒情有些无语，这两个人还能不能讲点道理了？

“别吵了！”霍云城蓦地站起身，冷厉的目光扫了霍母和霍倩一眼，“能不能让爷爷安静一点！”说着，他又看向舒情，目光柔和了几分，“舒情，你来看看，怎么回事？”

舒情心中微微一动，这个时候，霍云城还让她看霍老爷子，他还是信任她的。

她走上前，俯下身子，给霍老爷子把了把脉。

“怎么样？”霍云城的语气带着几分紧张。

舒情笑了笑：“没事，这是霍爷爷在好转的征兆。”

她给霍老爷子把了脉，脉象并没有什么不妥，再加上齐叔叔走之前给她说过，针灸后若出现吐血的现象，那是在排毒，是康复的迹象。现在，霍爷爷的情况应该就是在好转。

“怎么可能？！”霍母提高了几分音量，“明明是你把老爷子弄得吐血了，现在一句轻飘飘的‘没事’就打算蒙混过关？要是他老人家有什么事，你承担得起吗？！”

“霍夫人，请你别以小人之心度君子之腹。如果你们不信的话，可以请倪医生过来看看。”舒情冷声道。

霍母对黎管家吩咐道：“还不快去请倪医生过来！”

很快，倪医生就来到了房间。

“倪医生，舒情把爷爷弄得吐血了，你快帮忙看看。”霍倩抢先道。

“吐血？”倪医生推了推金丝眼镜，用询问的目光看向霍云城。

霍云城点头：“麻烦你看一下爷爷。”毕竟刚才霍老爷子的确是吐血了，多一个医生确认，多一份安心。

见霍云城发了话，倪医生走上前，仔仔细细给霍老爷子检查了起来。

他的神色从凝重渐渐变得舒展起来。检查完毕后，倪医生站起身，语气恭敬地对霍云城说道：“霍总，霍老的情况比起今天早上我给他做检查的时候，又有了好转，相信是刚才舒小姐针灸的效果。”

霍云城心中紧绷的弦一松。

“倪医生，这怎么可能？”霍倩失声道，“刚才爷爷他明明吐血了，病情应该是更严重了才对……”

“怎么，你不希望爷爷的病情好转？”霍云城冷厉出声，不耐烦地打断了霍倩。

“表哥，我不是这个意思，只是……”霍倩委屈地咬着唇瓣，心中万分不甘。舒情明明不是专业的医生，怎么可能真的治好霍老爷子？现在，霍云城对舒情更加另眼相看了。舒情到底凭什么！

“好了，现在证明了我的针灸是有效的，霍爷爷也没事，我可以走了吧？”舒情扫了霍倩和霍母一眼，收拾好了东西，转身走出房间。

霍云城长腿一迈：“我送你。”

“不用了。”舒情拒绝道。看了看时间，已经快下午五点了，她还要赶去沈俊言的生日聚会。

“你去哪里？”霍云城坚持要送舒情。

舒情蹙了蹙眉心，正想再拒绝，手机忽然响了，是沈俊言打来的。

在霍云城冷若冰霜的目光下，舒情接通了电话：“沈俊言，怎么了？”

“舒情，你还记得今晚你答应我……”沈俊言低沉的声音从电话那头传来。

舒情点头：“我记得，今天是你生日，放心，我马上就去你家。”

“我在霍宅门口等你。”沈俊言说道。

舒情一怔："你怎么知道我在霍宅？"

沈俊言轻笑："你不是说过，要为霍老爷子针灸吗？"

舒情有些无奈："好吧……我马上出来。"她只不过随口跟沈俊言提了一嘴，没想到他记得这么清楚。

挂断电话，舒情才发现身旁的霍云城薄唇紧紧抿成一线，脸色极其不佳。

"我约了沈俊言，先走了。"刻意忽略面前男人冰冷的眼神，她直接转身走进电梯。

她按下按钮，电梯大门缓缓关上。

就在大门即将关闭时，一只骨节分明的大手伸了进来，挡住了电梯门。而后，霍云城迈步进来。舒情看着眼前人有些惊讶，霍云城为什么还要跟着她？

这个时候，电梯里面只有他们两个人。

霍云城幽深的目光落在了舒情的脸庞，舒情别开了脸，不去看他。气氛微微有些尴尬。

见面前的女人对他一副避之不及的模样，霍云城的俊脸沉了沉，上前一步，薄唇微动："你和沈俊言究竟是什么关系？"

舒情后退一步，冷声道："反正不是你想的那种关系。"

"那是什么关系？"霍云城步步逼近，沉声追问道。

舒情连连后退，却发现自己已经退到了角落里，无路可退了。

"回答我！"霍云城语气冰冷，再次逼近舒情，蓦地伸出双手，虚搭在她身体两侧，将她禁锢住。

两个人此刻紧贴在一起，姿势是如此的暧昧，舒情不由得心跳加速。

她皱眉，正想让霍云城离她远点，电梯忽然一阵剧烈晃动，顶上的电灯闪烁了几下之后，整个空间便彻底陷入了一片漆黑。

"啊——"突如其来的黑暗，仿佛使舒情落入一个无边无际的黑洞，让她陷入了没由来的恐惧，忍不住尖叫了一声。

霍云城伸手，将她紧紧拥入怀中，声音柔和了几分："舒情，别怕。"

熟悉的声音，多么熟悉的感觉，此时此刻，在巨大恐惧感的驱使下，舒情情不自禁地靠在了霍云城的胸口，一颗紧张的心才感到稍稍安定。

她想起来了，之前那次她和霍云城被困电梯，他也是这样抱着她，安慰她。

但是如今，时过境迁，一切都不同了。

“电梯发生故障了。”霍云城一手抱着舒情，一手拿出手机照了照。

舒情的身体有些僵硬：“现在怎么办？”

霍云城知道她怕黑，手臂收紧了几分，让她紧贴着自己：“没事的，有我在。”

舒情此刻紧紧靠在霍云城胸口，甚至可以听见他心跳的声音，还是生出了一丝莫名的安心。而霍云城微微俯身，轻轻嗅了嗅舒情的秀发，还是那样熟悉的味道，依旧让他心动不已。

霍云城身体一阵燥热，低下头，在黑暗中慢慢靠近舒情：“舒情，可以回到我身边吗？”

他的唇紧紧贴在她的耳畔，呼出的和说话的气息尽数喷洒在她的脸颊，麻麻酥酥的。

舒情的心猛地一跳，霍云城是什么意思？他一边和糖糖恩爱甜蜜，一边又来要求她回到他身边，是想脚踏两条船吗？

舒情的脸色沉了沉，还没等她开口，电梯顶上的灯忽然间就亮了，电梯也恢复了正常运转。

突如其来的灯光，照得舒情有些晃眼。她抬头，只见霍云城紧紧地盯着她。

刚才在黑暗中的一幕，萦绕在舒情的脑海之中。她深吸一口气，赶走心头那些百转千回的情绪，挣脱他的怀抱，往旁边站了站。

见刚才在黑暗中还很依赖他的女人，在恢复光明后就立刻和他保持距离，霍云城的脸色有些难看。

他勾唇，声音清冷地开口：“刚才的问题，你还没有回答我。”

舒情扯了扯嘴角：“刚才你有问过我什么吗？”

“舒情，回到我身边吧。”霍云城幽深的目光落在舒情脸庞，很认真地看着她，再次开口道。

还未等舒情想好借口，电梯到达了一楼，大门打开。

“霍云城，到了。”舒情用力推开霍云城，快步走出电梯。

看着舒情毫不犹豫离去的身影，霍云城脸上线条紧绷。他迈步走出电梯，正想追上她，却见她径直走向一辆黑色的宾利。霍云城认识，那是沈俊言的车。

“舒情，你没事吧？”沈俊言打开车门下车，见舒情的脸色有些不对劲，不由关切地问道。

舒情回过神，笑了笑：“没事。”

“走吧！”沈俊言很绅士地做了一个邀请的动作。

舒情保持着微笑，坐上了副驾驶的座位。

不远处，霍云城看着这一幕，在大门口默默站了几分钟，随后转身去了停车场，发动车子，跟上了沈俊言的车。

房间内，霍倩嫉恨地看着霍云城追着舒情出去，跺了跺脚，一脸委屈地向霍母道：“姨妈，你看表哥又跟着舒情那个狐狸精走了！”

霍母蹙了蹙眉心，轻叹一声：“不是说云城最近找到了那个什么糖糖吗，怎么又和舒情搅和在一起了？”

唐若颖和舒情，霍母一个都不喜欢，但是相比较之下，舒情更让她讨厌。

“哼，我看表哥还是喜欢舒情。”霍倩的语气抑制不住的嫉妒，“一定是舒情缠着表哥！”霍倩觉得舒情才是她的头号情敌，至于那个糖糖，霍倩倒是觉得霍云城对她的感情并没有传闻中的那么特别。而且，唐若颖看起来就是一副柔柔弱弱的样子，应该不难对付。所以，霍倩现在依然把所有的火力都集中在舒情的身上。

“姨妈，你一定要想想办法，把舒情赶走！”霍倩脸色一沉，咬牙切齿地说。

霍母点头：“你放心，我不会让舒情再缠着云城。”

“嗯。”霍倩乖巧地开口，“姨妈，那我先回学校了。”

霍倩走出大门，正要往学校方向去，忽然，一个人影拦住了她的去路。

霍倩抬头，看清出现在她面前的人，竟然是林家栋。

她惊讶地开口：“林叔？”

自从林家栋被霍老爷子赶走之后，就好像销声匿迹了一般。霍倩有些诧异，为什么林家栋会突然来找她。

林家栋摘下墨镜，往霍宅方向看了看：“倩倩，有空聊一聊吗？”

“嗯……”霍倩点头。她不知道林家栋为什么突然会来找她，但是一想到霍母和林家栋的关系，便答应了下来。

林家栋带着霍倩来到了一家高级咖啡厅。两个人坐下，霍倩有些好奇地问：“林叔，你找我有事吗？”

"倩倩，你想对付舒情，对吗？"林家栋轻呷一口咖啡，开门见山地问道。

霍倩抿了抿唇，不置可否。

林家栋笑了笑："倩倩，我有办法可以帮你。"

"真的？"霍倩目光一亮。

林家栋点头："当然。不过需要你配合才行。"

霍倩咬了咬牙："只要能让舒情不再出现在表哥面前，让我做什么都行！"

第十六章
# 两个人的聚会

沈俊言开着车一直到了他在郊外的半山腰别墅。

“舒情，到了。”沈俊言把车停下，打开了车门。

舒情跟在沈俊言的身后，走进了别墅。

别墅里面很安静，除了他们两个人之外，再也没有其他人。

舒情四处看了看，有些疑惑：“沈俊言，你今晚不是开生日聚会吗？怎么这么安静？其他人呢？”

“没有其他人，只有我们两个人的聚会。”沈俊言侧头深深地看了舒情一眼。他二十五岁生日这么重要的日子，只想和自己最爱的女人一起度过。

沈俊言深邃的目光让舒情有些不自在，她别开了脸：“怎么不多请些朋友热闹热闹？”

“我不喜欢热闹。”沈俊言语气沉沉地说道。

别墅的花园里，布置得很浪漫。月光照在泳池上，波光粼粼。泳池的旁边放了一张双人餐桌，精巧而别致。沈俊言点燃了蜡烛，烛光摇曳之下，盯着舒情问：“舒情，我准备的烛光晚餐，喜欢吗？”

舒情笑了笑：“今天是你的生日，你喜欢就好。”

“我很喜欢。”沈俊言勾了勾嘴角。

能够和自己心爱的女人一起庆祝生日，那种幸福的感觉，在沈俊言的心头萦绕着。

“这是我特意为你准备的你最爱吃的牛排，尝尝看。”沈俊言把桌子上的牛排往舒情面前推了推。

“谢谢。”拿起桌子上的刀和叉，舒情开始小口吃了起来。

“多吃一点。”

见沈俊言紧紧地盯着她看，舒情不由得停下了动作：“你别光看我，你也吃吧。”

沈俊言的嘴角扬起了一抹柔和的弧度，可以这样静静地看着舒情，对他来说已经是世界上最幸福的事情了。

如果时间可以永远停留在这一刻，该有多好。

“对了，你不是说有好消息要告诉我吗？”舒情忽然想了起来。

沈俊言点了点头：“其实也没什么，我今年蝉联了百华奖。”

“恭喜你。”舒情很开心地笑了。

其实这也在她意料之中。这几年沈俊言的人气高涨，演技耐打，每年一部作品质量也很高，蝉联百华奖也是实至名归。

“下周的颁奖典礼，你会参加吧？”沈俊言的语气带着几分期盼和紧张。

“当然。”舒情低头切了一块牛排放入口中，给了沈俊言一个肯定的答复。

沈俊言能够取得今天的成功，舒情也为他感到高兴。她是星辰娱乐的幕后老板，这么好的事情，她自然是要去捧场的。

沈俊言勾了勾嘴角，语气幽深地开口：“能够和你一起分享我的成功，我很高兴，到时候我会给你一个惊喜。”

“又有惊喜吗？”舒情挑了挑眉。

“嗯。”沈俊言很认真地点头。

他打算在颁奖典礼上，在他人生中的高光时刻，当着所有人的面，向舒情求婚。

“这牛排的味道不错，你也吃一点。”见沈俊言盯着他，舒情有些不自然。

沈俊言闻言拿起刀叉，低头吃起了牛排。

吃完牛排，舒情又吃了一些桌子上的其他菜。这些都是沈俊言让人按照舒情的口味特意准备的。

“味道很不错。”舒情称赞道。

“你喜欢就好。”见舒情赞不绝口，沈俊言觉得很满足。

“沈俊言，生日快乐。”舒情从提包里面拿出生日礼物，递给沈俊言。

她后来又去买了一条领带。

“谢谢。”沈俊言伸手接过。

霍云城开着车，不远不近地跟在沈俊言车子的后面，一直跟到了他家附近，看着舒情和沈俊言走进了别墅。

霍云城正要下车，却接到了唐若颖的电话。

“糖糖，有事吗？”霍云城有些心不在焉地说。

“城哥哥，你还没下班吗？我已经做好晚饭了，就等你过来。”唐若颖甜甜的声音从电话那头传来。

霍云城想起来了，唐若颖约了他晚上去她家吃饭。

“糖糖，我还有事，下次吧。”霍云城蹙了蹙眉说道。

唐若颖的心“咯噔”一下：“城哥哥，你是公司有事走不开吗？不如我给你送去公司，好吗？”

“我不在公司。”霍云城沉声道。

唐若颖追问：“那你在哪儿？我送去给你。”

“不用了。”霍云城有些不耐烦地抚额。

“城哥哥……”唐若颖还想再说什么，霍云城透过车窗看见突然有很多人聚集了过来，一窝蜂地往沈俊言的别墅冲去……

“糖糖，我还有事，先挂了。”霍云城紧紧盯着那群人，挂断了电话。

别墅中。

“舒情，可以请你跳支舞吗？”沈俊言忽然说道。

舒情迟疑了一下，点点头：“好。”

沈俊言调好音乐，站起身走到舒情的面前，弯下身子，做了一个请的姿势。

悠扬的音乐响起，舒情伸手，跟着沈俊言，在花园的草坪上面跳起了华尔兹。

花园的灯光忽然亮起，霓虹灯变幻着色彩，照在两个人的身上。

不知道为什么，舒情的脑海中忽然浮现出了霍云城请她跳开场舞的那一次。当时她和霍云城两个人配合得那么默契，现在想起来还真有点讽刺。

一曲终，舒情说：“我有点累了，你送我回去吧。”

沈俊言有些失落，但还是点头答应：“也好。你最近太辛苦了，多休息会儿。今天……我很开心。”

两人刚走出别墅大门，赫然发现门口堵着一群人。有身穿黑衣的保镖，还有扛着长枪短炮的娱记。而为首的女人踩着高跟鞋，气势汹汹地走过来——正是吴清冉。

舒情眯了眯眼眸，这女人又想干什么？

“舒情，你还想抵赖吗？”吴清冉径直走到舒情的面前，扬起巴掌就往她脸上招呼过去。

“吴清冉，你干什么？”沈俊言眼疾手快地挡在了舒情的前面，一把抓住了吴清冉的手。

“今天我就是来找她算账的！”吴清冉狠狠地瞪着舒情。

吴清冉带来的娱记们纷纷围了过来，长枪短炮对准了沈俊言和舒情。

“你们都看见了，”吴清冉提高声音，对着记者说道，“她明明知道我和沈俊言有婚约，还非要插一脚进来，现在你们这么多双眼睛都看见了！”

吴清冉精致的面庞此刻显得有些狰狞，一双美目迸发着嫉恨，恨不得把舒情瞪出个大窟窿来。

吴清冉爱沈俊言。年少时，她第一眼见到他，就爱上了这个俊朗不凡又带着忧郁气质的男人。但是，沈俊言只是把她当成联姻对象而已，一直以来都对她冷冷淡淡的。

当年，沈家遇到经济危机差点破产，沈俊言一蹶不振，整天酗酒，消沉不已。吴家想和沈家解除婚约，但是吴清冉不同意，因为她是真心喜欢沈俊言的。吴清冉的大哥吴子俊强势地把她送出了国，不让她再见沈俊言，并让人散布消息，说她和其他男人在一起了。在国外的这些年，吴清冉自暴自弃，交了很多男朋友，其中不乏有权有势的异国人和各行业年轻有为的青年才俊，却没有一个是她真心喜欢的，她依然忘不掉沈俊言。

而在这几年中，沈俊言一跃成为国民男神、当红演员，沈家比起当年更加辉煌了。

这个时候，吴子俊旧事重提，把吴清冉喊了回来。

可吴清冉没想到，甫一回国，所看到的是舒情和沈俊言铺天盖地的绯闻。

她曾经找过沈俊言，试图解释当年她离开其实是另有内情，可沈俊言根本见都不想见她。吴清冉心中憋着一股气，发誓要抢回沈俊言。今天，她特意带了娱记前来“捉奸”，一定要让舒情身败名裂！

沈俊言这个男人她要定了，任何人都抢不走，包括舒情！

娱记们纷纷围住了舒情和沈俊言，刚才两个人进入沈俊言私家别墅许久，出来时又显得很亲密，他们都看见了。

“沈俊言，请问你和舒小姐究竟是什么关系？”

“沈俊言，今天是你的生日，你和舒小姐两个人一起度过，是不是说明你们的关系的确非比寻常？”

“舒小姐，对于吴小姐指认你为小三，请问你有什么看法？”

“舒小姐……”

面对娱记们的围攻，沈俊言面色铁青，挡在了舒情的面前，清了清嗓子沉声道：“这件事情完全是无中生有，稍后我会公开向大家说明。”

娱记追问：“请问沈俊言，你所说的公开声明，指的是什么？”

“到时候你们就知道了。”沈俊言将舒情护在了身后，沉声道。

他将在下周的颁奖仪式上正式宣布解除和吴家的婚约，再向舒情求婚。那个时候，所有人都会见证他和舒情关系的转变，现在他不想让舒情受到一点委屈。

沈俊言维护舒情的样子，让吴清冉觉得异常刺眼。

她上前一步，对保镖命令道：“你们还愣着干什么，给我上前把这两个拉开！”

“是，吴小姐！”保镖们应声。

“你们别乱来！”沈俊言用身躯护住了舒情。他有些后悔，今晚为了和舒情独处，他把家里的保镖都遣走了。沈俊言拉着舒情转身往别墅里走去，然而身后的吴清冉、娱记、保镖们也跟了上来，导致沈俊言都来不及关上别墅大门。

“沈俊言，这里没你的事！”吴清冉上前去，伸手用力把沈俊言拉开。

与此同时，保镖纷纷围住了舒情，想要去拉她。

看着向自己逼近的保镖，舒情皱了皱眉，往后退了几步。

保镖们步步紧逼，眼看着舒情就退到了泳池的边缘，吴清冉忽然从一旁冲了过来，狠狠将舒情往前一推，喊道：“舒情，你就不该出现在这里！”

舒情没想到吴清冉会突然来这么一下，一个没防备，脚下一滑，落入水中。

沈俊言焦急地喊着：“舒情，舒情！”想要跳下去救舒情，却被保镖给缠住了。

眼看着舒情沉了下去，吴清冉身边的保镖有些迟疑地开口：“吴小姐，要不要下去救她？我们只是负责把她‘请’出别墅，要是搞出人命就不好了，毕竟还有这么多记者在……”

“先不用，她不会那么容易死，我们先看看！”吴清冉就是想要看舒情狼狈不堪的样子。

“舒情，舒情！你们让开！”沈俊言用力挣脱了保镖，冲着泳池跑过去。

就在这时，一道高大挺拔的身影，快了沈俊言一步，毫不犹豫地跳入了水池中。

“是霍总裁！”人群中有娱记喊道。

所有人的目光，都集中到了水中霍云城的身上。

吴清冉怔了怔，怎么连霍云城也来了？

霍云城跳入池中，直接一把抓住了舒情，把她抱入怀中。

“霍云城，你干什么？”舒情非常无语地瞪了霍云城一眼。她会游泳啊，霍云城又不是不知道，谁要他救了？

“你这个女人，真是太不让人省心了！”霍云城紧紧抱住舒情，语气带着关切和紧张。

他见一群人冲进别墅，担心舒情，就下车走了进来。谁知道一进来就看见舒情落水的那一幕。尽管知道舒情会游泳，可关心则乱，霍云城还是毫不犹豫地跳进了泳池。

“我没事……你不知道我会游泳吗，能有什么事？”

“没事就好。”霍云城舒了一口气，直接将舒情抱起。

在众人惊讶的目光中，霍云城抱着舒情，往别墅的大门口走去。

霍云城周身冷厉强大的气场，让人群不由得自动让出了一条道，就连吴清冉也不敢再让保镖上前去。

“霍云城，你把舒情放下！”沈俊言上前一步，想要拦住霍云城。

“让开！”霍云城沉声说道。他的气场实在太强大，沈俊言不由得怔了一下。

霍云城从沈俊言的身前绕过，迈着沉稳的步伐，一步一步走出了别墅的门口。

舒情就这样被霍云城抱在怀中，他那温暖宽广的怀抱，带着熟悉的气息，让她的脸上微微有些发烫，干脆闭上了眼睛。

这个时候，她还是装死吧……

霍云城直接把舒情抱上了车子，见她浑身湿透，白色的裙子紧紧贴在身上，勾勒出曼妙的身材。

“冷不冷？”霍云城滚了滚喉结，拿过车上刚刚在等候时脱下的外套，把舒情给裹住。

“我没事。你怎么会在这里？”舒情抿了抿唇。

“……我路过。”霍云城神色淡淡的，性感的薄唇勾了勾。

路过？怎么可能呢？舒情扯了扯嘴角，心头有些疑惑。侧头看了霍云城一眼，突然不想再问。

折腾了这么一回，她觉得有些累，便闭上了双眼，打算小憩片刻。

霍云城发动了车子，往水月新城的方向开去。半小时后，到了水月新城。他停下车，侧头看着身旁的舒情。

她美眸紧闭，呼吸均匀，似乎已经睡着了。路灯暖黄的光晕笼罩在她脸庞，给她蒙上了一层朦胧的美感，还有一些湿漉漉的碎发，紧紧贴在前额。

霍云城心中一动，伸手拨了一下舒情的碎发。

舒情睁开眼，看见面前放大的脸，有些茫然。

“下车吧，到了。”霍云城沉声说道。

舒情往车窗外望了望，惊觉这不是城东花园，而是水月新城。

“霍云城，送我回家。”舒情皱了皱眉心。

霍云城却挑了挑眉：“北海湾项目有个紧急情况，需要现在和你讨论一下。”

“什么紧急情况？”舒情追问。

“下车再说。”霍云城勾唇道。

既然他已经这么说了，舒情也不好再拒绝，毕竟他还是她的老板。

舒情跟在霍云城的身后，走进了他的公寓。再次回到这里，一切还是这样熟悉，舒情有些恍惚。

“霍总，舒小姐。”王妈见到舒情，很是惊喜。

舒情搬走的这些日子，霍云城每天都一脸低气压，王妈看在眼里。

霍云城双眸眯了眯道："王妈，这里没你的事了，你可以回去了。"

"好的，我这就走。"王妈笑眯眯地看了舒情一眼，"舒小姐，你回来就好了。你不知道，你走了这么久，霍总有多想你。"

舒情：……

王妈转身离开。舒情回过神问道："北海湾项目有什么紧急情况？"

霍云城却答非所问："你先去洗个澡吧，会舒服一些。"

他这么一说，舒情也感觉浑身黏腻腻的，确实有些难受。

但是——她摇摇头："不用了，我没带换洗衣服。"当时她搬走的时候，把所有的东西都带走了。

霍云城似笑非笑地看了她一眼，转身迈步上楼。

舒情有些莫名。两分钟后，霍云城拎着一袋衣服下来，递给舒情："给。"

舒情诧异地低头："这是？"

"我让人帮你买的。"霍云城神色淡淡的。

舒情的目光落在那一袋子衣服上，嘴角抽了抽，他什么时候买的这些衣服？他是料定了她还会再来这里住吗？他这是……早有预谋？

"赶紧去，别感冒了。"见舒情站在原地不动，霍云城催促道。

在霍云城的注视下，舒情伸手接过袋子，往浴室方向走去。

洗了一个热水澡，果然觉得舒服多了。她从袋子里的衣服中挑了一件红色的睡衣穿上，竟然无比合身。一想到是霍云城给她买的，舒情的心绪微微有些乱。她深吸一口气，推门走了出去。

霍云城正坐在客厅的沙发上，头发清爽，身穿休闲居家服，显然也已经洗过澡了。手中拿着一份财经杂志，双腿随意交叠着，姿势优雅。听见声音，霍云城抬起头，在看见舒情的那一瞬间，双眸闪过了一抹惊艳。

面前的女人刚洗完澡，披肩的长发还滴着水，肌肤白皙细腻。那条他亲自挑选的红色睡裙，完美地展示了她高挑、凹凸有致的身材，让她看起来有一种说不出的魅惑风情。

霍云城情不自禁地滚动了一下喉结，蓦地站起身，长腿一迈，走到舒情面前，俯下脸看着她，声音带着几分沙哑："舒情……"

对上霍云城那带着几分灼热的目光，舒情微微有些尴尬。她下意识地后退一步，霍云城蓦地伸手，骨节分明的大手搂在她的腰间，强劲而有力，然后往前稍稍用力一带，她整个人就落入了他的怀中。

“舒情，你好美，让我欲罢不能……”面前女人诱人的体香让他情难自禁。

霍云城紧紧盯着怀中的女人，双眸中翻腾起一团熊熊的火焰，一低头，毫不犹豫地吻上了那张水润的红唇。

她的唇瓣，柔软又香甜，那熟悉而诱人的感觉，让霍云城一下失去了理智。

他想她！疯狂地想她！自从她搬走后，他无时无刻不在想她！

霍云城霸道疯狂的吻，让舒情有些招架不住。她只觉得，自己的呼吸仿佛都要被霍云城给夺去了，快要窒息了。

这样亲密的动作，尽管之前他们也曾经有过很多次，但从来没有一次像现在这样，让舒情觉得既疯狂又难堪。

心，犹如小鹿乱撞一样，怦怦跳着。

不，不能这样！

舒情用力推开了霍云城，蹙了蹙秀眉，质问道：“霍云城，你干什么呢？”

被忽然推开，霍云城停了下来，双眸幽深地紧盯着她。

舒情转移话题：“你不是说北海湾项目有紧急情况吗？”

“对……”霍云城终于收回了目光，沉声道，“你跟我过来。”说完他便往书房方向走去。

舒情迟疑了一下，跟了过去。

霍云城打开电脑，点开了一封电子邮件，修长的手指指着电脑屏幕说道：“明天早上十点，鹤瑞集团会提前召开北海湾项目招标会议，你和我一起去。”

“就这个？”舒情低头看了一眼电脑屏幕，只是去开会而已，算什么紧急情况呢？

霍云城勾了勾嘴角，冷声道：“明天的会议很重要，BPL 的总裁李承阳也会参加。”他已经迫不及待地想去会一会这个传闻中神秘低调又厉害的 BPL 总裁了。

李承阳？脑海中闪过那个身穿烟灰色西服，麦色肌肤的男人，舒情微微眯了眯眼眸。

“行，我知道了。”舒情点了点头，“明天我会准时参加会议的，如果没有其他事情，我先回去了。”说完，转身往书房门的方向走去。

“舒情！”霍云城蓦地站起身，长腿一迈，挡住了舒情的去路。

舒情抿了抿唇：“还有什么事？”

“现在已经很晚了，今晚你就住这儿吧。”霍云城看着舒情道。

舒情摇头拒绝：“我还是回去比较好。”刚才的那个吻，让她还有些心有余悸。

见面前女人一脸警惕的模样，霍云城的脸沉了沉：“你放心，我答应你，不会再对你做什么。”

“那……好吧！”舒情不再坚持，她也觉得有些累，想早点休息了。

回到客房，躺在熟悉的大床上，舒情的思绪有些恍惚。

这里的一切依旧，但是她的心境完全不同了。霍云城今晚的所作所为，让舒情觉得他们似乎又回到了从前。

但是，唐若颖始终是横在他们之间不可逾越的鸿沟。

舒情揉了揉眉心，脑海中浮现出唐若颖的样子。或许，她可以激怒唐若颖，让唐若颖按捺不住。只要唐若颖出手，舒情相信自己可以找出她的破绽，让她的伪装无所遁形！

这一夜，舒情想着心事，睡得并不安稳。

第二天，她顶着两个黑眼圈起床，匆匆洗漱了一番，便下楼了。

楼下飘来了香味。舒情往厨房望了望，见霍云城正在厨房忙活。

曾经何时，霍云城对她说过：“舒情，只要你喜欢，我愿意天天为你做早餐，给你做一辈子。哦，不对，这辈子，下辈子……生生世世。”承诺言犹在耳，舒情的心微微一动。

“你起来了？”霍云城听见脚步声，回头看了舒情一眼，眼中是只在舒情面前才会有的柔和光芒。

“嗯。”舒情回过神，轻轻点了点头。

“稍等一下，早餐马上好。”霍云城勾了勾嘴角。

几分钟之后，霍云城把早餐端上了餐桌，每一样都夹了一些放在舒情面前的餐盘里，沉声道：“你尝尝。”

“谢谢。”舒情低头，餐盘中，全部都是她爱吃的食物。

她突然有了食欲，拿起筷子大快朵颐，味道很合她的口味。

舒情正埋头吃着煎蛋，霍云城的大手忽然往她的唇瓣伸了过去。舒情一愣，停了下来。

“别动。”霍云城轻笑一声，“你嘴角沾了酱汁，我帮你擦掉。”

原来是这样啊……舒情微微有些尴尬。

霍云城指尖的温热从嘴角传来，舒情忽然有种触电一般的感觉，麻麻酥酥地穿过全身每一个细胞。这种久违的感觉令她心情很好。

就在这时，一阵门铃声打破了此刻温馨的气氛。

“城哥哥，你在吗？”唐若颖的声音传来。

霍云城剑眉蹙了蹙。这一大早的，唐若颖怎么突然过来了？

门铃声响个不停，霍云城烦躁地站起身，往大门口走去。

打开门只见唐若颖手中提着一个保温瓶，笑靥如花地说：“城哥哥，你在家就好了，我做了早餐，特意给你送过来……”

话未说完，忽然看见坐在餐厅里的舒情，脸上的笑容顿时一僵：“她……怎么会在这里？”

感受到唐若颖的敌意，舒情心中一动，站起身，走到霍云城身旁，挑了挑眉问道：“我为什么不能在这里？”

唐若颖看看霍云城，又看看舒情，咬着唇瓣：“你们……你们……”

舒情挽住了霍云城的胳膊，嘴角勾起一抹淡笑的弧度：“昨晚我们住一起。”

“什么……”唐若颖闻言，满眼的受伤。舒情整整一晚上都住在这里？和霍云城在一起？！

霍云城昨天明明答应了她，晚上要去她家，尝尝她亲手做的晚餐。她做好了满满一桌子菜，等了霍云城很久，可是，霍云城爽约了。

她给霍云城打电话，他说公司有事要加班。可他和舒情在一起！原来他所谓的加班就是和舒情共度一夜！

唐若颖上上下下地打量着舒情，恨不得用眼神把舒情给戳一个大窟窿出来。心中的妒火熊熊燃烧着，但是，当着霍云城的面，她不能发作。

唐若颖上前一步，不动声色地拉开舒情，委屈巴巴地开口：“城哥哥，你不是说昨晚有公事要加班吗？为什么会和舒情在一起呢？”

“对，昨晚我确实和舒情在谈公事。”霍云城面无表情地看了唐若颖一眼。

唐若颖垂下眼帘，无比委屈：“城哥哥，我昨晚等了你一晚上。”

“昨晚你打电话给我，我不是和你说了吗？”霍云城的语气中隐约有几分不耐烦。

见霍云城面色不佳，唐若颖咬了咬唇瓣，将手中的保温瓶递给了他："城哥哥，昨晚你有事没来吃饭，没关系，这是我亲手为你做的早餐，你趁热尝尝。"

不等霍云城开口，舒情抢先一步说道："不用了，我们已经吃完早餐了。霍云城亲自下厨做的，他的手艺很不错，你要不要也进来尝尝？"

霍云城亲自下厨？高高在上的霍大总裁会屈尊降贵亲自给舒情做早餐？唐若颖的脸色变了变。

舒情不再理会唐若颖，看向身旁的男人，催促道："霍云城，时间差不多了，我们该去公司了。今天北海湾项目的会议，我们得先去公司准备一下资料。"

霍云城抬手看了看时间，淡淡地应了一声："嗯。"

两人返身回屋去拿各自的东西。

"城哥哥，北海湾项目什么会议呀？"唐若颖紧紧跟在霍云城身后。

"招标会议。"霍云城眯了眯眼眸。

唐若颖神色一动，拉着霍云城的胳膊："既然是北海湾项目的会议，那我和你一起去，我也可以学习学习。"

经不住唐若颖的死缠烂打，霍云城蹙眉："行。"

唐若颖嘴角扬起一抹笑容，不忘挑衅地看了一旁的舒情一眼。

舒情没理她。

三个人走到车库，霍云城打开车门，舒情正要坐上副驾驶的座位，唐若颖一把把她给拉开："舒小姐，我坐这里。我坐后面会晕车的。"

"那可真是巧了，我坐后座也会晕车。"舒情揉了揉太阳穴，淡淡地看向唐若颖，又继续说道："对了，一会儿的会议，我好像是霍氏的发言人吧？要是我晕车不舒服了，唐小姐，到时候你替我去发言吗？"

"你——"唐若颖被呛得说不出话来。

霍云城清冷的声音响起，语气不容人反抗："糖糖，你坐后面去。"

"好吧，公事最重要。"唐若颖深吸几口气，强行把心中的那团怒火压下去，故作乖巧地对霍云城说道。

唐若颖极度不甘心地坐到了后座，霍云城正要发动车子，舒情忽然侧头，暧昧地看向他："霍云城，你今天怎么不帮我系安全带了？"

"嗯？"霍云城闻言，有些意外地挑了挑眉。

这女人今天怎么如此反常？

自从舒情当众宣布和他取消订婚典礼后，一直对他避之不及，现在竟然主动让他给她系安全带？是因为唐若颖来给他送早餐，她吃醋了吗？

想到这里，霍云城轻笑一声，侧过身，骨节分明的大手绕过了舒情的胸前，给她扣上了安全带。

舒情向着霍云城靠了靠，薄唇在他耳畔吐气如兰："谢谢。"

不就是装恩爱吗，她也会啊。以前，她是不屑。但是现在，为了刺激唐若颖，逼她出手，舒情决定走"绿茶"的路，让"绿茶"无路可走！

"城哥哥，你不是要尽快赶去公司准备资料吗，快走吧！"唐若颖终于忍不住开口。

一想到刚才霍云城和舒情那么亲密暧昧，唐若颖就恨得差点咬碎了一口银牙。明明副驾驶应该是她的位置，明明应该是她坐在霍云城的旁边，现在却被舒情抢走了！

唐若颖恨恨地盯着舒情的背影，暗暗发誓，一定要把舒情从霍云城身边赶走！

二十分钟后，霍云城开车到了霍氏。

舒情下车："我先去忙我的。"

"嗯。"霍云城深深地看着她，"等会我喊你一起走。"

唐若颖忙开口叮嘱道："城哥哥，你记得走的时候也要喊我啊！"

霍云城神色淡淡地点头。

舒情把一会儿需要讲解的计划书又整理了一遍，确定万无一失了，才长舒一口气。

她刚把资料都装进文件袋中，霍云城就站在了她的面前："都准备好了吗？"

"嗯。"舒情抬头，"可以出发了。"

"走吧！"霍云城勾了勾嘴角，往门口走去。

唐若颖忙跟了上去："城哥哥，等等我！"

到了会议厅，里面已经有好几家公司的代表到了。

见霍云城走进来，所有人都站起了身，恭敬地向他打招呼："霍总。"

霍云城点了点头，舒情跟在霍云城的身后，在靠门的座位坐下。

她环顾了一周，并没有看到李承阳的身影。又看了看时间，还有十分钟会议就要开始了，BPL 公司的代表还没有到，难不成他们要放弃了？

## 第十七章
## 和舒小姐交个朋友

就在舒情疑惑不解时，会议厅的大门再次被打开，一个身姿挺拔、身穿长款黑色风衣的男人迈步进门。

舒情一抬眸，就撞上了一双深不可测的眼眸。

是他，那个她在机场偶遇的男人，也就是BPL的总裁李承阳。

而在李承阳身后跟着的那个中年男人，竟然是林家栋！

舒情微微眯了眯眼眸，林家栋什么时候和李承阳扯上关系了？

自从上次霍爷爷赶走林家栋，已经很久没有他动作的消息了。没想到现在，林家栋投靠了李承阳，调转枪口指向了霍氏。林家栋都在霍氏工作了二十多年，对于霍氏的运作了如指掌，现在他进了BPL，这对霍氏很不利。

主持人走上台，清了清嗓子道：“欢迎各位莅临北海湾项目招标会议。首先……”

回到霍氏，霍云城把舒情喊到了总裁办公室。

“尽快把标底计算出来，然后尽早把方案投递过去。”霍云城语气淡淡的。

舒情点头：“行。”

舒情回到座位，埋头专心致志地工作，初步把标底给计算了出来。

到了下班时间，舒情走出霍氏大楼，正准备回城东花园。

忽然，一辆车停在了她的面前。

两个身穿黑衣的保镖走下车，一左一右走到了舒情的身旁：“舒小姐，我家少爷有请。”

舒情漫不经心地看了他们一眼："你家少爷是谁？"

"是我。"车窗缓缓摇下，一张麦色肌肤的俊脸出现在舒情的视线之中，带着几分桀骜和冷漠。

"李承阳？"看着面前这个坐在车子后座的男人，舒情微微有些惊讶，怎么会是他？

"舒小姐，请上车！"两个保镖弯腰做了一个请的动作。

舒情思忖了两秒，迈步坐上车，她倒想看看，李承阳葫芦里卖的什么药。

"找我什么事？"舒情秀眉轻挑，侧身看了一眼李承阳。

李承阳微微眯眼打量着舒情："没什么，只是想请舒小姐吃顿晚饭而已，你会赏脸吧？"他的目光就像紧盯着猎物的猎豹，让舒情感到有些不舒服。

舒情直视他的目光，轻轻点头。

半小时后，李承阳带着舒情到了一家别致的高档酒店："舒小姐，请。"

舒情跟在李承阳身后，走进了包厢。

"李总，你找我不会只是请我吃饭这么简单吧？"舒情坐下，直截了当地问道。

李承阳勾了勾唇："舒小姐，你曾经救过我，我请你吃顿饭是应该的。"他顿了顿，拿出一张支票，递给舒情，"这些钱，是答谢舒小姐的。"

"只是举手之劳而已。"舒情不动声色地把支票推了回去。

见舒情一副拒人于千里之外的样子，李承阳蹙了蹙眉："既然舒小姐不肯收，我也不勉强。不过，我希望能和舒小姐交个朋友。"

"你我立场不同，注定不能成为朋友。今天的晚饭，谢谢了。"舒情站起身，往包厢门口走去。

保镖伸手拦住了舒情："舒小姐，请坐回去。"

舒情眸色一沉，冷声道："让开！"

舒情的声音不大，却有着极强的穿透力，两个保镖对视一眼，听见李总清冷的声音传来："让舒小姐走。"

"是，李总！"两个保镖立刻往旁边站了站，让开了道路。

舒情回到城东花园，刚进小区大门，忽然电话铃声响了。她拿出手机，低头看了看，是 Anthony。

“Anthony，关于唐若颖的调查是不是有新进展？”舒情捏紧手机，接通电话就问。

Anthony 却答非所问：“Ada 姐，你猜我现在在哪儿？”

舒情皱眉：“直接说！”

Anthony 哈哈大声一笑：“你抬头往前看。”

舒情下意识抬头，从路边的花坛上跳下了一个中等身材，染着黄发，带着几分痞气的年轻男孩，正似笑非笑地看着她。

“Anthony？你怎么会来 A 市？”舒情微微有些惊讶。

Anthony 挑眉，一副故作委屈的样子：“怎么，Ada 姐你不欢迎我？”

舒情收起手机，不紧不慢地问：“你不是环游世界去了吗？”

“是啊，我环游到 A 市，顺便来看看 Ada 姐你。”Anthony 勾了勾嘴角。

舒情抬了抬眼皮：“说正事吧！”以她对 Anthony 的了解，他的出现，绝对不是顺便这么简单。

果不其然，在走进大门的一瞬间，Anthony 收起了满脸痞笑，语气变得一本正经：“Ada 姐，我查到了一些关于唐若颖的资料，特意来找你的。”

“查到什么了？”舒情眼眸一沉，看了 Anthony 一眼。

Anthony 拿出手提电脑，慢条斯理地打开了一段视频，侧头对舒情说道：“Ada 姐，你看看这个。”

视频中是唐若颖和那个当日向她追债的男人。舒情看完了视频，眉眼里闪过一抹讥讽：“看来，当日霍云城和唐若颖所谓的久别重逢，是唐若颖刻意为之。”

Anthony 点头，又道：“Ada 姐，还有这个。”

他又打开了一张照片。照片上，是唐若颖和一个男人在一起。虽然只拍到了那个男人的背影，但是舒情还是一眼就认出来：是林家栋。

舒情微微眯了眯眼，目光冷厉起来。

唐若颖和林家栋之间，竟然也有不可告人的秘密？

舒情淡淡地开口：“Anthony，还有其他资料吗？”

“暂时就这么多了。”Anthony 把资料都发给了舒情，“Ada 姐，你要小心。”

舒情轻轻笑了笑：“我会的。”

“那我先走了。”Anthony 收起电脑。

舒情眉心微蹙：“Anthony，你再帮我查查，唐若颖和李承阳之间有没有什么关系。”直觉告诉她，今天李承阳忽然请她吃晚饭，并不只是答谢她这么简单。

“行。”Anthony 一口答应了下来。

第二天，舒情一大早便去了霍氏，把北海湾项目的标底又仔细核算了一遍，然后去了总裁办公室。

“霍云城，你看一下，这是我估算的标底。”舒情把资料递给霍云城。

霍云城骨节分明的大手接过了资料，仔细翻看了起来。

“可以吗？”舒情无波无澜地问道。

霍云城指了指资料上的数字，勾唇道：“加到三亿吧。”

“行。”舒情点头，拿起桌上的资料捧在手中，“我去修改一下数据。”

她转身正要走出办公室的大门，身后传来了霍云城的声音：“舒情。”

舒情脚步一顿：“还有事？”

霍云城站起身，走到舒情面前：“明天你是不是该去给爷爷针灸了？”

舒情笑了笑：“我和齐叔叔联系过了，把霍爷爷近期的情况都和他详细说了，齐叔叔说霍爷爷的情况有些特殊，需要延期针灸。”

“延期？”霍云城一怔，“为什么？”霍云城的心紧紧地揪着。按理说，爷爷只需要再进行一次针灸就能醒来了，为什么要延期？

“嗯。”舒情不紧不慢地解释道，“倪医生每天都会把霍爷爷的情况发给我，所以，你不用担心，等过几天齐叔叔说可以进行最后一次针灸，我自然会去霍宅给霍爷爷针灸的。”

“这样啊。”霍云城淡淡道，“爷爷的病，麻烦你了。”

舒情抿了抿唇：“应该的。”

转身走出总裁办公室，舒情回到座位，将标底改成了三亿，然后发送给鹤瑞集团那边。

她想到昨天 Anthony 的那些资料，又快速敲下了几行代码。如果她没有猜错的话，霍氏的这个标底，很快就会被泄露出去。而这次北海湾项目的招标，霍氏也不会中标。

至于这个人会是谁……

舒情眯了眯眼眸，凌厉的目光落在了不远处唐若颖的身上。

晚上，舒情洗完澡，悠闲地躺在床上刷手机。凌晨时分，舒情的手机振动了几下。

在酒店的Anthony给舒情发来了信息：“Ada姐，果然有人在动你的电脑！”

舒情拿起一旁床头柜上的水杯，轻轻喝了一口，嘴角扬起一抹冷厉的弧度。果然，有人按捺不住出手了！

开标日当天，天气阴沉沉的。乌云压顶，感觉有一场暴风雨即将到来。

会议定在两点。舒情和霍云城几个人提前半小时到达了会议厅。他们进会议厅的时候，李承阳和林家栋已经在了。

舒情用余光紧盯着唐若颖，发现她在经过BPL的座位的时候，和林家栋眼神暗中交流了一下。舒情勾了勾嘴角，看来，自己的猜测没有错。

两点整，会议主持人走上台，宣布会议准时开始。

“下面公布各家公司的设计方案和标底。”

会议厅一下子安静了下来。

“白氏，xx馆，两亿三千万元。”

……

“霍氏，xx景苑，三亿元。”

“BPL，xx豪庭，两亿九千九百万元。”

“所以，综合各位投标的设计方案和预算，北海湾项目最后的中标方，是BPL！恭喜BPL！恭喜李总！”

随着会议主持人的话音落下，在场所有人都惊呆了。

霍氏，A市排名第一的豪门，一向在商场上呼风唤雨、所向披靡，竟然以一百万之差，输给了刚从澳大利亚过来的BPL集团。

“这怎么可能？”

“以一百万之差输掉了北海湾项目，霍氏肯定是有人泄露了标底。”

“废话，否则不可能这么巧，霍氏一定是出了内奸。”

有人忍不住开始小声议论了起来，毕竟，霍氏输掉了项目，这还是头一次，更何况，还只差一百万。很明显，霍氏的标底被人泄露了出去。

舒情不以为意地抿了抿唇，这一切都在她的意料之中。

她侧头看了一眼霍云城，发现他面色如常，看不出对这结果有什么反应。

唐若颖拉住了霍云城的手，目光中满是气愤和担忧："城哥哥，怎么会这样？我们的标底被人泄露了……你一定要严惩这个人！"

霍云城却不动声色地抽回了手，面无表情地站起身，直接走出了会议厅大门。舒情不紧不慢地跟了上去。

唐若颖狠狠瞪了舒情一眼，也快步跟上了霍云城的步伐。

刚走到门口，一群守候多时的记者纷纷围了上来。

"霍总，听说霍氏刚刚以一百万之差失去了北海湾项目，请问你有什么看法？"

林岩峰很有眼力见儿地拦住了记者："对不起，霍总现在不接受采访，请大家让让。"

记者又转而去围攻舒情，长枪短炮对准了她——

"舒小姐，身为北海湾项目的负责人，请问你对今天的事情有什么看法？"

"霍氏以一百万之差失去了北海湾项目，你认为是不是别有内情？"

舒情皱了皱眉心，正想开口，唐若颖忽然从一旁快步走过来，对着话筒说道："你们说得对，这次霍氏以一百万之差输掉了北海湾项目，很明显就是公司出了内奸，泄露了标底。而这个内奸，就是舒情！"

记者们闻言，各个兴奋不已。霍氏出了内奸，这可是头号大新闻啊！而且，听说唐若颖和舒情还是情敌，这里面的故事肯定不简单。

"唐小姐，可以具体说说吗？"记者们围住了唐若颖。

"糖糖！"走在前面的霍云城顿住了脚步，回头，冷厉的目光扫过唐若颖的脸庞，"不要乱说话！"

"我没有乱说……"唐若颖咬了咬嘴角，委屈地开口，"本来就是舒情她……"

话音未落，霍云城直接迈步上前，俊脸结满寒冰："闭嘴！"

他那冰冷强大的气息，让唐若颖颤了颤，嫉恨的目光紧紧盯着舒情。

到了这个时候，霍云城竟然还维护舒情？！

舒情感受到了唐若颖强烈的敌意，微微勾了勾嘴角："唐若颖，究竟谁是内奸，你心中有数吧？"

见舒情话中有话，记者们又调转方向，想要采访她："舒小姐，你刚才的话是什么意思？是不是暗指唐小姐才是内奸？"

林岩峰连忙拦住了记者："对不起，无可奉告。"

一行人回到了霍氏，刚走到大厅，舒情正要回座位去，唐若颖大声喊住了她："舒情，你给我站住！"

舒情轻描淡写地问："什么事？"

唐若颖不依不饶："城哥哥，今天我们输掉了北海湾项目，很明显，就是有人泄露了标底。"她顿了顿，一反之前在霍云城面前柔柔弱弱的模样，目光冷厉地直视舒情，大声道，"而这个人，就是舒情！"

她精心策划了这么久，让人从舒情电脑上偷取标底数据，暗中发给林家栋，就是要让舒情背上这口大黑锅！

霍云城对北海湾项目志在必得，而这次却以一百万之差输给了李承阳，他无论如何都会严惩泄露标底的人。

舒情，这次你死定了！

见唐若颖志在必得的样子，舒情冷笑了一声："唐若颖，既然你一口咬定是我泄露的标底，请问你有什么证据吗？"

"当然有！"唐若颖狠狠瞪着舒情，"北海湾项目，我们霍氏的标底只有你和城哥哥知道，城哥哥当然不会泄露标底，所以除了你还会有谁？！"

舒情嘴角勾出一抹讥诮的弧度："所以，你一口咬定是我泄露了标底，理由就这么简单？唐若颖，你知不知道，诽谤他人是犯法的？"

"诽谤？"唐若颖的眼中寒光闪烁，"舒情，你死到临头还死鸭子嘴硬不肯承认？你害得城哥哥丢掉了北海湾项目，你究竟得到 BPL 什么好处，要这么损害霍氏的利益？！"

她又往霍云城身旁靠了靠："我们现在要做的，就是立刻召开记者发布会，向大家澄清这件事情，然后把舒情这个内奸给开除！只有这样才能扳回这一局。"

唐若颖声音很大，在大厅中许多来往的员工都听见了。

网上已经有很多关于霍氏输掉北海湾项目的报道，现在又听见唐若颖的这番话，所有人都用惊诧鄙夷的目光盯着舒情。

但是碍于霍云城在场，一个个都不敢开口说话。

霍云城蹙了蹙剑眉，"去我办公室再说吧。"

"好啊。"舒情跟在霍云城的身后，不紧不慢地开口。

唐若颖果然按捺不住对她出手了。只是，唐若颖也太小瞧她了，就这点伎俩，还想班门弄斧。

一走进总裁办公室的大门，唐若颖便迫不及待地拉着霍云城的胳膊：“城哥哥，这件事情你不会就这么算了吧？你一定要严惩舒情！”

“唐若颖，你就光凭我知道标底，就说是我泄露的，这也太站不住脚了吧！”舒情嘲讽地开口。

“当然不止这个！”唐若颖冷冷看了看舒情，又看向一旁面无表情的霍云城，“城哥哥，前天下班的时候，我正好看见舒情上了李承阳的车。”

“是吗？”舒情抿了抿唇，平静地开口，“唐若颖，如果我没有记错的话，那天李承阳并没有下车吧？你怎么知道那是李承阳的车？你是认识李承阳吗？”

“我不认识他，只不过我在招标会议厅的车库见过他上了那辆车。”唐若颖目光闪烁了一下。

“是吗？”舒情侧头看了看霍云城，“唐若颖不是一直和我们一起的吗？我怎么就没见过李承阳的车，你见过吗？”

不等霍云城开口，唐若颖目光一冷，拿出手机，点开了一张照片……

她把手机递给了霍云城：“城哥哥，你看这个。”

舒情瞥了一眼，照片上是她和李承阳。从这个角度看，李承阳拿了一张支票，递给了舒情。

“舒情，你到底收了李承阳多少钱，要出卖城哥哥，出卖霍氏？”唐若颖厉声质问道。

舒情扬唇笑了笑：“唐若颖，你刚才不是说不认识李承阳吗？怎么会有这张照片？如果我没有记错的话，当时就只有我和他两个人在场吧？”舒情双臂环在胸前，似笑非笑地看着唐若颖。

原来当日李承阳请她吃饭，打的是这个主意。舒情更加可以肯定，李承阳和唐若颖之间，一定有着某种不可告人的关系。

唐若颖目光闪烁了一下，抿了抿唇，看了看一脸冷沉的霍云城，解释道：“城哥哥，是这样的，我有个朋友在那家酒店当服务员。那天正好看见舒情和李承阳在一起，就拍了下来。”

“那可真是巧呢，不知道你朋友叫什么名字？工号多少？”舒情的脸色骤然沉了下去，“可以把她喊来，我们当面对质，我有没有收李承阳的支票！”

唐若颖下意识地握拳：“舒情，你别耍花样了！事实已经摆在眼前了，是你收了李承阳的好处，把霍氏的标底泄露给了 BPL，害得城哥哥丢掉了北海湾项目！”

“所以，你的意思是那天晚上我把标底告诉了李承阳？”舒情嘴角勾起一抹讽刺，“但是，标底是第二天早上我才和霍云城确认的。怎么，我有未卜先知的能力吗？”

舒情抬眸看向坐在座位上，浑身散发着生人勿近气息的霍云城说道：“对吧，霍云城？”

霍云城脸色阴沉，薄唇紧紧抿成一线，淡淡地“嗯”了一声。

唐若颖冷哼一声：“舒情，你是在标底确认之后，才泄露给BPL的！”

“是吗？”舒情淡淡地勾了勾嘴角。

“当然！”唐若颖瞪了舒情一眼，眼中闪过嫉恨。

唐若颖的目光落在霍云城身上的时候，瞬间又变得柔和：“城哥哥，你让人去查查舒情的电脑，就一目了然了！”

“为什么要查我的电脑？”舒情假意阻拦，“我又没有做过，没什么可查的。”

“怎么，舒情，你害怕了吗？”唐若颖嘲讽地开口，急切地要让人查舒情的电脑。她已经做好了天衣无缝的计划，舒情跑不掉了！

舒情泄露霍氏标底，害得霍氏输掉了北海湾项目，给公司的名誉、利益都造成了巨大的损失，霍云城一定不会放过舒情的，轻则开除，重则报警让舒情坐牢！

见唐若颖这迫不及待的模样，舒情扬了扬精巧的下巴。

很好，鱼儿，上钩了。

“我没做过，我怕什么？”舒情抿了抿唇。

唐若颖紧紧盯着舒情，那嫉妒的目光仿佛一把锋利的刀子，恨不得把舒情碎尸万段。

她咄咄逼人：“舒情，你要是真的没做过，为什么不让人去查？”

舒情正要开口，忽然听见霍云城那冷冰冰的声音传来：“林岩峰，让人去把舒情的电脑拿来，找IT专家过来。”

“是，总裁！”林岩峰恭敬地说道，转身出去。

唐若颖心中一喜，霍云城果然还是偏向她的。他让林岩峰去查舒情的电脑，也就是说，霍云城是相信她所说的，舒情就是泄露标底的内奸！

舒情眯了眯美眸，淡淡地开口：“霍云城，你也相信是我泄露了霍氏的标底吗？”

霍云城清冷的目光落在了舒情的身上，缓缓勾起唇："我会彻查清楚事情的真相。"他顿了顿，目光又幽深了几分，"还你一个清白。"

霍云城当然不相信舒情会做泄露标底这种事情。如果是为了钱，舒情直接答应回到他身边，做霍氏的女主人，想要多少钱就有多少钱，何必舍近求远去勾结 BPL？但是，唐若颖一改往日柔柔弱弱的形象，一力指证舒情，实在是让霍云城出乎意料。

他想知道真相。

现在舆论已经发酵，网上很多抹黑舒情的报道和评论，对舒情很不利。只有查清楚真相，才能还舒情一个清白。

"谢谢。"舒情闻言，心中一暖。没想到这个时候，霍云城并没有听信唐若颖的一面之词，而是愿意相信她。

很快，林岩峰带来了 IT 专家，并让人把舒情的电脑搬了过来。

IT 专家打开电脑，噼里啪啦地敲着键盘，十分钟之后，站起身，恭敬地对霍云城说道："霍总，标底确实是从这台电脑发送出去的。"

话音刚落，唐若颖就大声质问道："舒情，你还有什么好说的？！"

舒情依然是一副风轻云淡的样子："唐若颖，就算标底的确是从我电脑上发送出去的，也说明不了我就是泄密的人。"

唐若颖咬牙切齿道："标底是从你电脑泄露出去的，除了你，还会是谁？！"

"怎么就不可能是别人？"舒情挑挑眉，"如果就是有人动了我的电脑，然后刻意嫁祸给我呢？！"

"你能查到标底发送出去的具体时间吗？"唐若颖看向 IT 专家问。

IT 专家点头："请给我一点时间。"

说完，他又坐下，操作了几分钟，然后道："查到了，是昨天上午十点半。"

"城哥哥，我们只需要调一下监控，看看昨天上午十点半是谁在用这台电脑，事情的真相就水落石出了。"唐若颖的话中抑制不住的兴奋。所有的证据都指向了舒情，这次舒情无论如何也跑不掉了！

"不用调监控了，那个时间我确实在座位。"舒情抿了抿唇，淡淡地说道。

"这么说你承认泄露标底了？"唐若颖冷声质问。

"我只承认，我昨天上午十点半在座位而已。你倒挺会偷换概念的。"

舒情扬了扬嘴角。

唐若颖瞪了舒情一眼，直接走到了霍云城的身旁：“城哥哥，现在已经证据确凿了，的确就是舒情干的，不如我们报警吧！”

霍云城面无表情地眯了眯眼眸，正要开口，舒情轻轻一笑，而后直视唐若颖：“唐若颖，你真的确定要报警吗？究竟是谁泄露了标底，你心中有数。”

“舒情，你这么说是什么意思？！”被舒情那森冷的目光扫视着，唐若颖身体一僵。

舒情上前一步，声色俱厉，一字一句说道：“我的意思是，真正泄露霍氏标底的人，是你——唐若颖！”

“你胡说八道什么？”唐若颖闻言脸色一变，大声质问道，“怎么可能是我？你没有证据不要乱说！”

“怎么就不可能呢？”舒情脸上本就冰冷的笑意更冷了几分。

“舒情，你死到临头还嘴硬！”唐若颖双手紧紧握拳，精致的面容在此刻显得有些狰狞，“铁证如山，你做了如此无可挽回的事情，你以为把脏水往我身上泼，就能抵赖吗？”

见唐若颖气急败坏的模样，舒情秀眉轻挑，不急不缓地开口：“铁证如山？唐若颖，你所谓的铁证，根本经不住推敲。”舒情又看向霍云城，“霍云城，我想请一个人过来，到时候就会真相大白。”

“舒情，你又想耍什么花招？！”唐若颖怕夜长梦多，拉住了霍云城的胳膊，“城哥哥，别再听她狡辩了，我们直接报警吧！舒情做出如此恶劣的事情，一定要得到应有的惩罚！”

霍云城不动声色地抽回了胳膊，转头对唐若颖说：“怎么你只允许自己查舒情的电脑，找所谓的‘铁证’，却不允许她请人找你的证据？”说完，讳莫如深的目光落在舒情脸庞，问道：“你要请谁？”

舒情笑了笑：“很快你们就知道了，我现在去接他进来。”她说完转身往大门口走去。

身后传来唐若颖气急败坏的声音：“舒情，你想畏罪潜逃吗？！”

舒情勾了勾嘴角，唐若颖还挺有想象力。让她再得意一会儿吧，很快，她就会让唐若颖无所遁形！

到了霍氏大门口，Anthony 已经在等着舒情了。

一看见舒情，Anthony 就立刻迎了上去，关心地问道：“Ada 姐，情况怎么样？”

舒情笑了笑：“和我们预计的差不多。”

Anthony 点头：“我已经看见网上的报道了。你放心，待会儿我一定帮你揭穿唐若颖的真面目！”

“那就谢了。”舒情耸了耸肩。

Anthony 开玩笑道：“其实，Ada 姐你比我厉害多了，要是你亲自出马，让他们知道你就是大名鼎鼎的神秘黑客 Ada，恐怕他们会惊掉下巴。”

舒情斜睨了他一眼，扯了扯嘴角：“免了，我还不想掉‘马甲’。”

舒情带着 Anthony 到了总裁办公室门口。

唐若颖还在霍云城面前喋喋不休：“城哥哥，舒情一定是找借口跑了，你赶紧派人去追她……”

话音未落，就被一道清亮的声音给打断了：“谁说我跑了？”

舒情迈步走进总裁办公室的大门，脸上挂着从容不迫的笑容。当众人的目光落在舒情身后那个其貌不扬的年轻男孩身上时，都带着几分疑惑。

IT 专家却激动地走上前，崇拜地惊呼：“你是 Anthony？”

要知道，Anthony 可是黑客界排名第二的高手啊！

Anthony 淡淡地勾了勾唇：“对，是我。”

舒情瞥见唐若颖一脸震惊的样子，冷冷地笑了笑，走到霍云城面前：“这位是大名鼎鼎的黑客 Anthony，相信不用我介绍了吧。”

霍云城向着 Anthony 点了点头，目光多了几分意味深长的探究。

舒情竟然请来了 Anthony，她究竟还有什么是他不知道的？

“舒情，你想干什么？就算你请来了 Anthony，也改变不了你泄露霍氏标底的事实！”唐若颖愤然开口。

“是吗？”舒情面上依然波澜不惊，看了霍云城一眼，“Anthony 可以为我证明，霍氏的标底并非是我泄露。”顿了顿，她目光凌厉了几分，直视唐若颖，“他也可以为我证明，真正泄露标底的人，是唐若颖！”

“舒情，你别血口喷人！”唐若颖脸色一变。

“是不是血口喷人，就拭目以待了。”舒情嘴角勾起一抹玩味的笑。

指了指一旁的电脑，她沉声对 Anthony 说道：“Anthony，可以开始了。”

“好的，舒小姐。”在外人面前，Anthony 一副一本正经的样子。

他坐下，打开电脑，双手熟练地敲着键盘。此刻，总裁办公室异常安静，只有敲打键盘的声音。

唐若颖的目光紧紧地盯着 Anthony，心不自觉地揪了起来。

不会真的让这个 Anthony 发现什么吧？不，绝对不可能！！

而舒情，则一脸笃定。这场游戏，早就在她的掌控之中。很快，就要到唐若颖自食其果的时候了！

几分钟后，Anthony 敲下了最后一行代码，他抬头看了看舒情：“搞定！”

“怎么样？”舒情淡淡地问道。

Anthony 指着电脑屏幕，向众人展示着，说道：“我已经查出，标底发出的真正时间，是今天凌晨一点，而并非昨天早上十点半。”

舒情声音冰冷地开口：“为什么刚才霍氏的 IT 专家查到的时间是昨天早上十点半呢？”

Anthony 看了那个 IT 专家一眼，毫不客气地开口：“因为他技术不到家呗。”

IT 专家额头冷汗连连：“对不起，霍总，刚才是我的失误……”

“其实这也不能怪你。”舒情脸色骤然一寒，看向一脸不可置信的唐若颖，冷冷道，“因为有人刻意在我的电脑上动了手脚，想要栽赃嫁祸给我而已。唐若颖，你说对吧？”

唐若颖目光中闪过一抹惊慌。

这怎么可能？明明是 BPL 的顶级电脑高手进行的操作，为什么这么轻而易举就被 Anthony 给破解了？

她深吸一口气，故作平静道：“这只是你单方面的推测而已。”

“当然不是！”舒情冷声开口，“Anthony 已经查出是有人远程操控了我的电脑，把电脑中的资料发给了 BPL，并篡改了操作时间，刻意诬陷我。而这一切的幕后指使人——唐若颖，你心中有数。”

唐若颖垂在身体两侧的双手紧紧握成拳：“舒情，你别胡说八道来冤枉我！”

“冤枉你？”舒情仿佛听见了什么笑话一样，嘴角缓缓勾出嘲讽的弧度。

“啪”的一声，舒情将一沓照片扔在了唐若颖面前：“你自己看吧！”

照片上，是唐若颖和一个身材魁梧的男人。

霍云城的目光，在看见地上照片的时候，立刻变得冰冷了起来。

## 第十八章 满盘皆输

他认出照片上的正是向唐若颖追债的男人。也就是因为这个男人追债，唐若颖才冲出马路，撞到了他的车。

当日和唐若颖相逢的情景，还历历在目。可现在，这照片上……唐若颖和追债的男人早就认识吗？

舒情嘲讽地看了唐若颖一眼："唐若颖，你怎么解释？"

"一张照片而已，能说明什么？"唐若颖的心骤然一紧，而后故作淡定地开口，"我向他借钱，经常被他追债这有什么值得大惊小怪的？城哥哥，你是知道的，我奶奶得了重病，急需要钱动手术，所以我借了高利贷。"唐若颖咬了咬唇瓣，一副委屈的样子。

"借钱？"舒情冷笑一声，语气凌厉，"根据 Anthony 查到的资料，你在十月十三号，给了这个男人二十万，你不是说你奶奶生病，你欠了高利贷，哪来的这二十万？"

唐若颖脸色骤然一僵，为什么 Anthony 连这二十万都查出来了？她深吸一口气，强作镇定地反问道："什么二十万，你别血口喷人！"

舒情缓缓勾起嘴角："很快你就知道了。"

唐若颖呼吸一紧，心中渐渐升腾起一种恐惧的感觉。事情的发展已经完全偏离了她的预想，为什么舒情能够请来 Anthony，竟然查出这么多事情！

舒情侧头看了 Anthony 一眼："Anthony，你查到的东西，可以拿出来了。"

Anthony 打了一个响指："没问题！"说着，打开自带的手提电脑，点开一段视频。

视频是在一个咖啡厅拍的。角落里，唐若颖坐在这个男人的对面。拿出了两个袋子，递给男人："这里是二十万，你数数。"

男人满意地打开袋子看了看，里面都是百元钞票。

"唐小姐，你放心，你要我做什么尽管吩咐。"男人脸上堆满了笑容。

唐若颖笑了笑，压低了声音对男人说了一番话。

男人频频点头："行，唐小姐，我肯定会按照你的要求，包你满意！"

视频就到这里结束了，Anthony 对舒情说道："舒小姐，这个视频是我破解了咖啡厅的监控电脑查到的。"

唐若颖不可置信地紧盯着电脑屏幕，怎么会这样？

"好了，很明显了。"舒情冷眼看向唐若颖，讥讽地开口，"唐若颖，是你收买了这个男人，伪装成被高利贷追债的样子，刻意撞到霍云城的车上。"她顿了顿，语气又冷了几分，"你特意选择在我和霍云城订婚的那天出现，处心积虑想要破坏我和霍云城的订婚典礼！"

"糖糖，是这样吗？"霍云城的眼眸寒冷如冰。

Anthony 提供的视频，已经很明显了。当日她和自己的偶遇，完全是她刻意策划的。也就是那天，舒情当众取消了订婚典礼，害得爷爷心脏病突发，现在还昏迷中。

原来，这一切的始作俑者，都是唐若颖！

"不，不是这样的！"感受到来自面前男人的寒意，唐若颖浑身颤抖了一下，"城哥哥，你听我说。"

"唐若颖，铁证如山，你还有什么好说的？"舒情看着脸色惨白的唐若颖，把她刚才所说的话还给了她。

唐若颖死死瞪着舒情："不，我没有！这些都是你伪造的！"

舒情脸色陡然一沉："伪造？你的意思是，大名鼎鼎的 Anthony 吃饱了撑的来给你伪造视频？如果你怀疑这视频的真实性，大可以把那个男人找来当面对质。"

唐若颖的脸上青一阵，红一阵，张了张口想说什么，却什么也说不出来。

"还有，你故意泄露霍氏标底给 BPL，我这儿也有证据。"说完，舒情直接走到 Anthony 的手提电脑面前，亲自操作了起来。

她点开了几张照片，上面全部都是唐若颖和林家栋。

"唐若颖，你还有什么话要说吗？"舒情站起身，逼视着唐若颖，

"这下可以证明，是你把霍氏的标底给泄露出去的吧！"

唐若颖一脸不可置信。完了，全完了！

满盘皆输！

她在舒情面前，输得彻彻底底！

"糖糖，你太让我失望了。"一直沉默的霍云城蓦地站起身，他冰冷的气场让办公室的温度似乎降到了零点。

"城哥哥，你听我解释！"唐若颖双眸通红，颤抖着声音。

舒情冷笑："解释？你泄露霍氏标底，故意嫁祸给我，我倒想要听听，你有什么解释？"

唐若颖的眼中，满是对舒情的嫉恨。她双手紧紧握拳，咬牙切齿地道："对，这一切都是我做的！是我买通了那个男人，刻意制造和城哥哥久别重逢的场景，也是我把霍氏的标底泄露给了 BPL，嫁祸给你！"

见唐若颖承认了一切，舒情嘴角扬起一抹讽刺的笑。

"你为什么这么做？"霍云城的语气中满是失望。

他怎么也没有想到，对他来说有着特殊感情的糖糖，竟然会是这样的人。

"城哥哥，我这么做，完全都是因为你呀！"唐若颖无力地跌倒在地上，看着霍云城的目光带着几分痴迷和疯狂，"城哥哥，我爱你，你知道吗？"

舒情不由得冷笑道："你爱霍云城——泄露霍氏标底，让他丢掉北海湾项目，这就是你对他的爱？"

"舒情，这一切都怪你！"唐若颖声嘶力竭地喊道，"如果不是你，我又怎么会这么做？"

"疯了，不可理喻！"舒情低头看了一眼近乎疯癫的唐若颖，冷冷一笑。

霍云城凉薄的目光落在唐若颖身上。他一直以为，他和糖糖的重逢，是冥冥之中的巧合，从来没有想过，竟然是唐若颖一手策划的。他更没有想过，唐若颖会和林家栋、李承阳等人勾结在一起，泄露霍氏的标底，陷害舒情。这一桩桩，一件件，让霍云城难以接受。

"对，我是疯了！"唐若颖抬头，双眸通红，"城哥哥，我从知道你要和舒情结婚我就疯了。"

她扑倒了霍云城的脚下，痛哭流涕："城哥哥，我爱你，当年我们一起被绑架，那个时候我就爱上你了！为了救你，我可以牺牲自己。我愿意用自己的生命来换取你生的机会。”唐若颖抱住了霍云城的腿，泪流满面地说道，“可是，当我找了你十几年，好不容易找到你的时候，我看到了什么？我看见的是，你要和舒情订婚！”

“所以，你就处心积虑破坏我和霍云城的订婚典礼？”舒情冷厉的声音陡然响起。

“对！城哥哥是我的！任何人都不能把他抢走，包括你，舒情！我要城哥哥回到我身边，最好的办法莫过于让我和他意外重逢……”

唐若颖的话还未说完，舒情就打断了她：“我和霍云城的婚约已经取消了，你为什么还要诬陷我泄露霍氏标底？”舒情微微眯了眯眼眸，冷声质问道，“唐若颖，你和李承阳之间，究竟是什么关系？”

“没有任何关系！”唐若颖神色一凛，“舒情，我陷害你，是因为我恨你，和其他人没有关系！明明城哥哥爱的人是我，可你还是不死心地缠着他，所以我要把你赶走！如果是你泄露了霍氏的标底，害得城哥哥损失严重，他就会厌恶你，把你赶走，再也不想见到你！”

“哦，原来是这样啊。”舒情冷冷一笑，“现在泄露标底的人好像是你，所以，霍云城要赶走的人，应该是你！”

“不！不会的！城哥哥爱我，他不会厌恶我，更加不会赶我走！不管我做了什么，他都依然爱我！”唐若颖紧紧抱住了霍云城的腿，泪水如决堤一般流下来，“城哥哥，你不会讨厌我，不会赶我走的，对不对？”

“糖糖，我早就和你说过，我对你的感情，只是感激，并无其他。”霍云城有些不耐烦地后退几步，冰冷的话，一字一字砸向唐若颖，“你做出这样的事情，太让我失望了！”

“不，不可能！”唐若颖瘫软在地上，声嘶力竭地喊道，“当年，我们被关在小黑屋，你亲口对我说，我救了你，你要以身相许，将来一定会娶我的！”

霍云城蹙眉，沉声说道：“这些都是过去的事情了，现在我们都已经长大，很多事情都不一样了。”

“不！城哥哥，你不可以说话不算数！”唐若颖忽然伸手，挽起了袖子，“城哥哥，你应该还记得我胳膊上的伤是怎么来的吧？当时他们放狗咬我们，你最怕狗，是我帮你挡住了那条大狗，可是它也咬了我一口！”她一边说，又解开自己的衣服，露出了后背。

唐若颖沙哑着声音："还有，我身上的这些伤，都是当年摔下悬崖的时候留下的！城哥哥，我是为了救你，为了帮你引开那些坏人，才会摔下去的啊！我为你付出了这么多，你真的全都不记得了吗？你真的对我一点感情都没有吗？"

在看见唐若颖身上的疤痕时，霍云城冰冷的目光微微闪烁了一下。往事忽然间浮上了心头。

确实，当年糖糖为了救他，差点丢掉了性命，他亏欠了糖糖很多。

想到这里，霍云城的目光幽深了几分，冷声道："糖糖，当年的事情，我没有忘记，你对我的恩情，我会还。"他停顿了一下，剑眉蹙了蹙，面无表情地继续说道，"所以，今天的事情，我不会再追究。"

"不追究？"舒情闻言，目光一沉，带着几分冷意看向霍云城，"唐若颖出卖霍氏，泄露标底，你就这样算了？"

面对舒情的质问，霍云城眸色冷了几分，沉吟道："舒情，这是我欠糖糖的。"

唐若颖微微松了一口气。果然，只要她一提到当年的往事，霍云城就可以什么都不追究了。这说明，霍云城还是很在意她的。

但，这远远不够，她一定要扳回这一局！

想到这里，唐若颖站起了身，泪眼婆娑地拉住了他的胳膊："城哥哥，我不要你说你亏欠我，我要你说你爱我，我要你说你会娶我……"

霍云城有些不耐烦地打断了唐若颖："糖糖，我已经说过了，我们是不可能的。"

"城哥哥，既然你这么绝情，我……我活着还有什么意思？"唐若颖眼中闪过一抹决绝，忽然抄起了办公桌上的裁纸刀，狠狠地向着自己脖子抹去！

"你干什么？"见唐若颖突然拿刀刺自己，霍云城一惊，上前想要制止她。

但还是晚了一步，只阻止了她更用力一步。唐若颖手中的裁纸刀已经划破了她的皮肤，鲜血瞬间流了出来。

"城哥哥，既然你不爱我，那么我……成全你……"唐若颖顺势倒在了霍云城的怀中，她面色惨白，脖子上的鲜血染红了霍云城白色的衬衫，看起来触目惊心。

舒情没想到唐若颖连这样的苦肉计都用上了，皱了皱眉说道："霍云城，让我看看。”目光却紧紧盯着唐若颖后背的伤痕。

“唐若颖，你身上的伤痕，真是掉下悬崖的时候留下的？”

唐若颖忍着痛，咬牙切齿道：“舒情，你别碰我……城哥哥，你让我去死！”唐若颖挣扎着，还想去捡掉在地上的裁纸刀。

霍云城抓住了唐若颖的手，看了一眼一旁的林岩峰，沉声吩咐道：“快打120，送糖糖去医院！”

林岩峰让人把唐若颖扶了出去，霍云城跟了上去。

“霍云城。”舒情心中一动，忽然喊住了他。

霍云城脚步一顿，回头沉声道：“舒情，你放心，这件事情我会给你一个交代。但是现在，我不能不顾及糖糖的安危。”

舒情冷声问道：“霍云城，你能肯定，唐若颖就是当年的糖糖吗？”

“是的。”霍云城没有迟疑。

“为什么这么肯定？”舒情追问。

霍云城的目光黯淡了几分：“当日我和糖糖被绑架的情形，唐若颖说得一字不差，甚至只有我们两个人知道的事情，她都能说出来。如果她不是糖糖，我想不出有什么理由她会知道那些。”

“你确定？”舒情面无表情地反问。刚才她看唐若颖背上的伤痕并不像是十几年前造成的。但是，匆匆一瞥，她无法进一步验证。

“嗯。”霍云城点头，而后转身离开。

看着霍云城远去的背影，舒情微微眯了眯眼眸，目光有些复杂。

“Ada姐，我们也走吧？”Anthony说道。

舒情侧头看了Anthony一眼，沉声问道：“Anthony，这件事情你有什么看法？”

Anthony皱着眉：“唐若颖不简单啊！”

舒情抿了抿唇，沉吟道：“你猜她是真的还是假的？”

“既然Ada姐你这么问，那她一定是假的。”Anthony笑着回答。

“你倒是挺了解我。”舒情拨弄了一下头发，淡淡地开口。她已经可以肯定，唐若颖是假的，但是，还有些事情她没有弄明白，所以还没办法告诉霍云城。

她要怎么解释，唐若颖对当日霍云城和糖糖被绑架的事情都了解得一清二楚？甚至只有糖糖和霍云城知道的细节，唐若颖都能说得出来呢？这其中，究竟发生了什么？如果唐若颖是假的，那真的糖糖去哪儿了？

是摔下悬崖香消玉殒，还是……

舒情不得而知。

“Anthony，当年糖糖掉下山崖，后来她去哪儿了，你真的查不到吗？”舒情拧眉问道。

“嗯。”Anthony点头，“Ada姐，或许你亲自出马，能够查到些什么。”

舒情眯了眯眼，Anthony的技术与她在伯仲之间。如果连Anthony都查不到，那她也没有十足的把握，这事就很诡异了。

Anthony和舒情走出了霍氏大门。舒情把Anthony送回酒店：“Anthony，今天谢谢你。”

Anthony拍了拍舒情的肩膀，嬉皮笑脸道：“Ada姐，你和我还客气什么？”下一秒，Anthony的神色又严肃了起来，“不过，我有一件事情不明白。”

舒情一怔：“什么事？”

“Ada姐，你一早就知道唐若颖会把霍氏的标底泄露给BPL来陷害你，其实你可以直接告诉霍云城，调整标底。现在你这么做，虽然扳倒了唐若颖，可也让霍氏损失了北海湾项目。”

“怎么，你真的觉得我会让霍氏损失北海湾项目吗？”舒情有些好笑地问。

Anthony兴奋了起来：“Ada姐，你还有后招？”

“当然。”舒情点头。

Anthony好奇：“Ada姐，可以透露透露吗？”

舒情故意卖了一个关子：“过几天你就知道了。”

“我就知道，Ada姐出手，见神杀神，见佛杀佛！”Anthony调侃道。

舒情回到了城东花园，刚进家门准备关门，忽然出现一道熟悉的身影。

“沈俊言？”舒情微微一愣。这个时候，他不是应该在拍戏吗？

“舒情，我看到网上的报道了，你没事吧？”沈俊言的语气中透着关心。

舒情笑了笑：“进来再说。”

沈俊言走进门，紧盯着舒情：“网上都说是你泄露了霍氏的标底，让霍氏输掉了北海湾项目，真是太过分了！”

“你信吗？”舒情扯了扯嘴角。

沈俊言认真开口：“当然不信！”这怎么可能？

他想了想，勾唇问道：“是唐若颖陷害你吗？”

舒情点头：“对。”

“要不要我帮你……”

沈俊言的话还未说完，舒情便打断了他：“不用，这事我自己会处理。”

“对了，你找我什么事？”舒情问。

沈俊言嘴角扬起一抹笑容：“明晚就是颁奖典礼了，你一定会准时参加的吧？”

“你不说，我差点忘了。”舒情揉了揉太阳穴，有些抱歉地说道。

沈俊言的眸色暗了暗，明天的颁奖典礼，各家媒体都会直播，他已经做好了充分的准备。他会当着所有人的面，向舒情求婚，要是舒情这个女主角没出现，可就尴尬了。

想到这里，沈俊言直视舒情的眼眸，语气无比认真：“舒情，明天是我人生中最重要的日子，你一定要去参加，我来接你好吗？”

舒情笑了笑：“我答应过你会去参加，就肯定不会食言。”

“那就好。”沈俊言舒了一口气，他看了看时间，“舒情，一起吃晚饭吧，正好有些关于星辰娱乐的事情，我要和你商量一下。”

舒情点头：“行。”

两个人走出公寓，正要坐上车出发，吴清冉忽然冲了上来，指着舒情大骂道：“舒情，你可真是不要脸！”

看着一脸怒意的吴清冉，舒情微微蹙了蹙眉。她侧头看了沈俊言一眼，语气带上了几分不耐烦：“你去搞定她吧。”说完，便不再理会吴清冉，直接坐上了车，她实在不想在这种无关紧要的人身上浪费时间。

见舒情一脸不屑的样子，吴清冉眸中的怒火更旺了。

沈俊言拦住了吴清冉，冷声道：“吴清冉，你别再无理取闹了！”

“我无理取闹？”吴清冉抿了抿唇，“沈俊言，你为什么不接我电话，为什么不肯见我？”

吴清冉想找沈俊言解释，可沈俊言根本不给她机会。她找不到沈俊言，就只能来找舒情。她要警告舒情，让舒情离沈俊言远一点，没想到，正好看到沈俊言和舒情在一起。

“我已经和你说得很清楚了，我们之间没有任何关系！”沈俊言眯了眯眼，俊脸紧绷，“吴清冉，请你以后别再来纠缠我，也别找舒情麻烦。”沈俊言顿了顿，眸色冷了几分，“不然的话，我不介意把你的那些丑事送上热搜。”

“沈俊言，你听我说……”

吴清冉话还未说完，沈俊言不耐烦地把她推开，径直上了车。

“啪”的一声，车门关上，沈俊言发动了车子。

舒情神色淡淡地问道：“搞定了？”

“嗯。”沈俊言很认真地开口，“舒情，你放心，我不会再让人抹黑你。”

只要在明天的颁奖典礼上，他宣布与吴清冉已经解除婚约，并向舒情求婚，那些谣言就会不攻自破，他很期待那一刻。

舒情靠在座位上，拿出手机刷了一会儿新闻。

关于她泄露霍氏标底的报道，已经看不到了。是霍云城找人撤了吗？这个时候，他应该在医院吧？

舒情揉了揉眉心，旁边沈俊言低沉的声音传来：“到了，下车吧。”

沈俊言把车子停在了一家川菜店门口。

“你喜欢吃辣，这家很不错。”沈俊言脸上挂着浅浅的笑。和以往一样，他已经提前让餐厅清场了。和舒情在一起时，沈俊言不喜欢被人打扰。

两个人坐下，沈俊言把菜单递给了舒情：“你看看想吃什么？”

舒情随意点了几个菜：“就这些。”

很快，菜上桌，舒情吃得津津有味。

“对了，你不是有公事要和我说吗？”舒情忽然想起缓了缓进食的动作问道。

沈俊言点头，清了清嗓子说：“是这样的，下个月公司的重点项目是大型古装剧《后宫风月》，女主角熏染，我考虑用刘小宁或者江雪怡，你给点意见？”

舒情笑了笑：“这些事情你决定就行。”

刘小宁自从代言了霍氏的“冰与火”系列后，人气快速飙升，又接了几个广告，成绩都很不错，成了新晋玉女。而江雪怡则是星辰娱乐旗下的当红女星，也是今年百华奖最佳女演员的获奖者。刘小宁的气质更符合女主角，但是要论经验，江雪怡会更合适一点。

“我再考虑考虑。”沈俊言也有些拿不定主意。

第二天，舒情一早便来到了霍氏，刚进公司大门，就有霍氏员工对她指指点点。

“听说是舒情泄露了北海湾项目的标底，害得我们公司输给了 BPL。”

“是吗？真看不出来，她还有脸来上班？”

舒情视而不见，直接忽略她们，走进了办公室。

看着网上铺天盖地的 BPL 关于北海湾项目的宣传，舒情勾了勾嘴角。

李承阳真的以为他能赢吗？愚蠢、自大！关于北海湾项目，她早就有了全盘计划。

唐若颖故意泄露霍氏标底陷害她，只不过是计划中的一部分而已。

让 BPL 拿到鹤瑞集团北海湾的标，让李承阳得意忘形。据她家舒老爷子的可靠消息，再过几天，政府就会正式出台消息，将在北海湾附近规划化工园，而北海湾项目的用地规划势必也会发生转变。一旦建立化工园区的消息透露出来，还会有谁去买那里的住宅？那个时候，北海湾的那片地，将一文不值。

舒情想把计划给霍云城汇报一下，可霍云城一整天都不在公司，难道是在医院陪唐若颖？

舒情心中有些发闷，找来了林岩峰询问：“霍云城人呢？”

林岩峰摇头：“今天总裁没来公司？”

“他在医院？”舒情皱了皱眉。

林岩峰依然摇了摇头：“没有。”

“那他去哪儿了？”舒情追问。

林岩峰恭敬地答道：“抱歉，舒小姐，我也不清楚。早上总裁和我说，他今天有事会晚点来公司，让我把上午的会议全部取消。”

“好吧。”见林岩峰这副表情，舒情明白，他是真不知道霍云城上哪去了。

直到傍晚时分，霍云城才出现。

舒情正在埋头工作，霍云城不知道什么时候站到了她的面前。

“舒情，走吧。”

霍云城那富有磁性的声音忽然响起，把舒情吓了一跳，抬眸便撞上了他深邃的目光。

“去哪里？”舒情诧异。

霍云城深深地看了她一眼：“跟我走就知道了。”

低头看了看时间，舒情淡淡道：“对不起，霍云城，我晚上有事。一下班我就要走了。”

“有什么事？”霍云城面无表情地问道。

舒情如实回答道：“晚上我要去参加百华奖颁奖典礼。”

霍云城微微眯了眯眼眸：“你对这个感兴趣？”

“那倒不是。”舒情笑了笑，“我答应了沈俊言，要去看他的颁奖仪式。”

霍云城的脸色，一下子沉了下去。

沈俊言！又是沈俊言！在舒情的心目中，沈俊言就这么重要吗？

感受到面前男人的低气压，舒情抿了抿唇，正要开口，手机忽然传来一阵悦耳的铃声。

舒情拿出手机看了看，是沈俊言的电话。

忽略掉霍云城越来越难看的脸色，接起了电话：“沈俊言。”

“舒情，下班了吗？我在现场做准备，走不开身，但是我派了司机在你公司门口接你。”沈俊言的声音从电话那头传了过来。

“马上。”舒情看了看时间，“五分钟。”

“好。”沈俊言一口答应。

舒情挂断电话，收拾了一下东西，卡着下班的时间准备走人。她刚迈步，就被霍云城一把抓住了胳膊。

“你走试试？”霍云城英俊的面庞布满寒冰。

昨天的事情，让霍云城觉得舒情心里面一直都还爱着他。她之所以一再拒绝回到他的身边，是因为糖糖。要不然她为什么提前做那么多事情，又大费周章地在他面前拆穿糖糖？而且舒情也说过，当日她取消婚约，就是因为糖糖。

所以，霍云城更加坚信，舒情心里一直有他。他今天特意让人准备了一天，打算晚上重新向她求婚。而现在，这个女人却告诉他，她要去参加沈俊言的颁奖典礼？

舒情的胳膊被抓得生疼，她挣了挣：“霍云城，你弄疼我了！”

霍云城下意识地一松手，舒情忙趁机抽回了胳膊。

“我先走了。”

在霍云城冰冷的视线中，舒情径直离开。

到了楼下，沈俊言派的车已经停在了霍氏的大门口。

当紧随其后的霍云城下楼出来时，见到的就是舒情坐着沈俊言的车子离开的一幕。霍云城的薄唇紧紧抿成一线，彰显着他的极度不悦。

舒情跟着沈俊言走了！他精心准备的求婚仪式，就这样泡汤了。今晚的颁奖典礼，他也收到了邀请，只是他一向不喜欢凑热闹，已经把请柬扔了。但是现在，他决定去参加。

沈俊言的司机开着车，在一家造型屋前停了下来。

舒情有些诧异："请问，送我来这里干什么？"

司机回答："舒小姐，沈先生说你是今晚的主角，希望你穿得隆重一点。"

舒情蹙了蹙眉想了想，今晚是沈俊言的重要时刻，她作为星辰娱乐的幕后老板，也确实应该更加重视。

半小时后，舒情走了出来。她身穿一袭轻盈飘逸的刺绣款白色晚礼服，行走间露出若隐若现的修长美腿，优雅又妩媚。

颁奖典礼在A市著名的神圣大剧院举行，定于晚上八点开始。

沈俊言在会场接到舒情时，眼中流露出惊艳和深情，两人坐在了前排的嘉宾席上。

出席颁奖典礼的，都是演艺界的著名演员以及社会名流。记者们更是扛着长枪短炮，一早就来到了大剧院，生怕错过了什么爆点。

主持人是名嘴尹枭枫，也是沈俊言的好朋友。

舒情刚坐下，就瞥到了一个熟悉的身影。

霍云城？他怎么也过来了？他刚才说要带她去一个地方，难道就是来颁奖典礼？

"舒情，怎么了？"见舒情频频回头，沈俊言问道。

舒情回过神来，摇摇头："没事。"

沈俊言自然也看见了霍云城，但那又怎么样？霍云城根本配不上舒情，只有他，才能给舒情带来幸福。

晚八点整，颁奖典礼准时开始。

尹枭枫的声音在大剧院中响起："大家晚上好，欢迎各位拨冗前来参加今晚的颁奖典礼。现在我们是在美丽的神圣大剧院，今天晚上……”

掌声响起，尹枭枫先后宣布了最佳编剧奖、最佳导演奖、最佳新人奖、最佳男配角、最佳女配角等各个奖项。

“下面，最激动人心的时刻到了！”尹枭枫慷慨激昂地说道，“本年度最佳男主角究竟花落谁家？他就是——”

尹枭枫顿了顿，又提高了声音：“他就是——沈俊言！让我们用最热烈的掌声，欢迎沈俊言上台！”

在雷鸣般的掌声中，沈俊言站起身，带着迷人的微笑，迈着沉稳的步伐，走上台。

“恭喜恭喜，恭喜俊言。”尹枭枫笑着说道，“俊言已经是连续三年蝉联最佳男主角了，实至名归。”

“谢谢。”沈俊言微笑着开口。

尹枭枫又问：“可以给我们说说此刻有什么感受吗？”

沈俊言点头，深邃的目光落在台下观众的身上，他对着话筒清了清嗓子：“很高兴，今年还能够得到最佳男主角奖项。首先，我要感谢这部剧的编剧、导演、各位演员，大家都非常的敬业、优秀，才能呈现出这么好的一部作品。其次，我要感谢我们公司星辰娱乐，感谢公司的栽培。最后，在这里，我想感谢一个人。”

说到这里，沈俊言停顿了一下，目光聚焦在台下舒情所在的方向。

尹枭枫立刻追问道：“这个人，一定对你特别重要吧。”

“是的。”沈俊言深情款款地道，“在我人生最失落的时候，是她鼓励我，让我重新站起来。是她一直在我身边激励着我，没有她，就没有今天的沈俊言。”

“所以，她是？”尹枭枫问道，“相信大家都和我一样好奇，这个在沈俊言心目中分量这么重的人，究竟是谁呢？”

“她就是……”沈俊言在大家的注视下走下了舞台，一步一步向着舒情的座位走去。

他走到舒情面前，停住了脚步，温润的声音带着无比的悸动，在大剧院回荡着：“舒情！”

看着一步步向自己走来的沈俊言，舒情微微蹙了蹙眉。

沈俊言停在了她的面前，当着所有人的面，沉声说道：“舒情，我最想感谢的那个人，就是你。”

在场所有人的目光，一下子都集中到了舒情的身上。而吴清冉更是一脸嫉恨地瞪着舒情。

舒情弯了弯嘴角，用眼神示意他赶紧停下来。想到沈俊言曾经多次强调，今晚将是他人生中最重要的时刻，舒情心中忽然升起一个不妙的预感——他该不会是又要向她表白吧？

沈俊言却不顾舒情无声的反对，直接牵着她的手，把她拉到了舞台中央。

灯光照在沈俊言的身上，仿佛给他镀上了一层耀眼的光芒。

他看着她道：“舒情，一直以来，都是你鼓励我支持我，是你给了我前进的动力。我今天所拥有的一切，都是你给我的，而我今天的成功，也想和你一起分享。”

“恭喜你，沈俊言。”舒情伸出手，轻轻地和沈俊言握了握，淡淡地微笑道，“你有今天的成功，完全是你自己的努力的结果。”

“不，舒情，我能有今天，都是因为你，你是我努力的动力，因为只有我做到最好，才能成功，才能给你幸福的生活。你是我人生中最重要的人。”沈俊言紧紧握住了舒情的手，深深地看着她，深邃的目光好似要将她的魂魄都吸进去似的。

见沈俊言越说越过分，舒情有些无语，她向沈俊言使了几个眼色，让他赶紧停下来。可沈俊言却全然不理会她的暗示，忽然单膝跪下。

他抬头，深吸一口气，声音低沉如大提琴演奏一般动听，语气无比真挚：“舒情，嫁给我吧！”

说完，舞台的顶端，玫瑰花瓣纷纷洒下，缓缓飘落在沈俊言和舒情的身上，很是浪漫唯美。

舒情不动声色地抽回了手，精致的面孔上没了笑意。

沈俊言在搞什么？他是疯了吗？竟然还不只是表白，直接就求婚了？他当着这么多人的面，向她求婚？关键她并不爱他，也没和他谈恋爱，他是怎么觉得她会答应的？他是认定了她在这样的场合下无法拒绝他的求婚吗？确实，只要她拒绝沈俊言，沈俊言就会成为全世界的笑柄。不管是对沈俊言个人，还是对星辰娱乐，都会产生非常不利的影响。

舒情当然不想看到这样的结果。

但是，如果她不拒绝……

想想就有些头疼。

见舒情沉默不语，沈俊言再度开口：“舒情，答应我好吗？我会让你成为全世界最幸福的女人，相信我。”

舒情忽然间有一瞬间的晃神。

霍云城也曾经对她信誓旦旦地说：“舒情，相信我，我一定会让你成为全世界最幸福的女人。”

当日的情景浮现心头，舒情忍不住往台下看去。

那个矜贵的男人，此刻坐在一个昏暗的角落，有些让人看不清他的面容。

舒情依然沉默着，气氛在这一刻有些尴尬。

见此情景，一旁的尹枭枫走上前：“哇，太浪漫了，沈俊言竟然选择在我们的颁奖典礼上求婚，相信此刻有无数的影迷都要羡慕舒情小姐了。那么舒情小姐，你是怎么想的呢？”

在场的人都被这突如其来的求婚给惊呆了。在听了尹枭枫这番话后，才反应过来。

“来，让我们一起给沈俊言加加油！”尹枭枫身为沈俊言的好朋友，一早便知道了他会在颁奖典礼向舒情求婚。他也帮着沈俊言一起策划了求婚的环节。但没想到的是，作为女主角的舒情，迟迟没有开口。

沈俊言依然单膝跪着，深邃的目光带着无比的期待，也带着一分忐忑。

舒情该不会……不答应吧？

在这么多人面前，拒绝他？舒情不会这么绝情。

“舒情，答应我，好吗？”沈俊言再度问道。

舒情抿了抿唇，脑海中闪过无数种应对方式。但是，没有一种能够完美解决此刻的难题。

除非……

心中打定了主意，舒情正要开口，一个女子的身影忽然冲了上来：“舒情——”

正是吴清冉。

“吴清冉，你干什么？”沈俊言站起了身，蹙眉看向吴清冉。

“我才是沈俊言的未婚妻！”吴清冉一脸怒色，扬起手就往舒情脸上打去。

沈俊言挡在舒情面前，抓住了吴清冉的胳膊：“吴清冉，你够了！”

沈俊言顿了顿，沉声开口：“今天，当着所有人的面，我和你把话说清楚。我，沈俊言和你没有任何关系！”

“沈俊言，你真的对我这么绝情？”吴清冉的双眸一片通红。原本她是高高兴兴来看他的颁奖典礼的，可没想到，沈俊言竟然当众向舒情求婚！

舒情，她凭什么？！沈俊言明明是她吴清冉的未婚夫啊！

吴清冉一时冲动，便冲了上来。

台下的人看着这一幕，议论纷纷。

沈俊言脸色一沉，凌厉地直视吴清冉：“吴清冉，本来你的丑事我不想说，但既然你一再挑战我的底线，那我就不客气了。在沈家遇到危机时，是你背信弃义，跟着别的男人跑去了国外！在你一声不吭和人离开的那一刻，我们的婚约就不复存在了！”

## 第十九章
## 掉“马甲”

“不是的，沈俊言，当年的事情我可以解释。”吴清冉咬着唇，她一直想找沈俊言解释，可他却从来没有给过她机会。

“解释？”舒情冷冷一笑，一步步逼近了吴清冉，“你敢说，在国外的时候，你没有背着沈俊言和其他男人在一起？”

“你胡说！”吴清冉瞪着舒情，一脸怒色，心中却微微忐忑，舒情是不是知道了什么？

“你敢说，你没有背叛沈俊言？”舒情提高了声音，质问道。

吴清冉一再阴魂不散地抹黑她，她早已让人搜集了吴清冉背叛与沈俊言婚约的证据，以备不时之需。只是考虑到沈俊言的颜面，她才没有把那些证据公开而已。但现在，既然沈俊言已经这样说了，那她也不怕再多添几把火。

吴清冉被舒情这样的气势给震住了，她正要开口，舒情走到她面前打开自己的手机，点开一张照片给吴清冉看——照片上，是衣冠不整的吴清冉，而她身旁的男人，却并不是沈俊言。

吴清冉瞪大了眼眸，不可置信地盯着手机屏幕，脸上青一阵、红一阵。

见目的已经达到，舒情抽回了手机：“吴清冉，你好自为之吧！”

“舒情，你诬陷我！”吴清冉扭曲着面容，目光中燃着熊熊怒火。

完了，一切全完了！

舒情勾了勾嘴角：“害你的人，是你自己。”如果不是吴清冉像疯子一样纠缠沈俊言，抹黑她，舒情也不想找人搜集吴清冉的这些丑闻。

“舒情，你敢这样污蔑我，我和你拼了！”吴清冉几近疯狂，整个人往舒情身上撞去。

沈俊言护住了舒情，把吴清冉推在了地上。

“沈俊言，你真的对我这么绝情！”吴清冉跌倒在地，眉眼之中尽是受伤。

尹枭枫喊来了保安，指了指狼狈的吴清冉，沉声道：“把吴小姐请出去吧。”

两个保安上前，把一脸不虞的吴清冉给扶了出去。

“不好意思，各位，刚刚出了一点小小的状况。”尹枭枫清了清嗓子，笑着开口，“我们不要受那些事情的影响，让我们继续……刚才沈俊言别出心裁的求婚，啊，真是太让我感动了。相信大家都和我一样，迫不及待地想知道舒小姐的回答吧。”

舒情有些无语。原以为经过吴清冉这么一闹，求婚的事情就可以揭过了，没想到，尹枭枫居然重提。

此刻，沈俊言再度单膝跪地，一手紧紧拉着她的手，一手捧着戒指，一脸真诚而又期待地等着她的答案。而尹枭枫又在旁边不停起哄，舒情真是进退两难。

忽然间她瞥到霍云城的身影，只见他站起身准备往台上走来，冷如寒霜的目光像一把冰刀一样，直刺向台上。

霍云城浑身散发的低气压，不由得让周围的人纷纷打了一个寒战。

舒情倒吸一口凉气，她可以预料到，如果霍云城上台来，场面将越发无法控制。

所以，此时此刻，她不能再犹豫了！

想到这里，舒情深吸一口气，勾出一抹笑容：“其实，我和沈俊言是同事，是合伙人，是一起奋斗的密友。”

同事？合伙人？密友？台下的人面面相觑，有些摸不着头脑。

在众人狐疑的目光中，舒情缓缓开口：“我是星辰娱乐的投资人，也就是星辰娱乐的老板——沈俊言的合伙人。”

舒情的话，犹如在平静的湖面扔下了一块巨石，激起了滔天巨浪，所有人都震惊地看着她。

当年沈家遇到经济危机，一度濒临破产，有一个神秘的富商投资了沈家，成立了星辰娱乐，这件事大家都早有耳闻。而沈俊言也一跃成为星辰娱乐的红人。经过几年的努力，他当仁不让地成为红遍全国的知名演员，并且一跃成为星辰娱乐的实际掌权人。

只是，那个传闻中星辰娱乐集团的大老板，一直以来都非常低调神秘，没有任何报道，甚至众人都不知道老板是男是女。而现在，舒情竟然当众宣布，她就是那个低调神秘的星辰娱乐大老板，这是真的吗？

星辰娱乐幕后的大老板，竟然是这么年轻的一个女孩？

霍云城顿住了脚步，目光中闪过一抹震惊。

舒情是星辰娱乐的投资人，是沈俊言的老板？也就是说，沈俊言一直在追求的那个富家小姐，其实就是舒情？难怪了，舒情刚来到A市，就和沈俊言那么熟。难怪她一次次扔下他，跟着沈俊言走。

什么从乡下来,什么上不了台面的土包子……舒情的这一切都是假的！

这个女人，究竟还有多少事情，是他不知道的？

霍云城目光幽深，一双清冷的眼眸中，暗流涌动。

在众人极度震惊的目光中，舒情保持着得体的笑容，继续说道："其实，今晚的这个求婚仪式，是我和沈俊言一起策划的，目的是为了给星辰娱乐的新戏做个宣传。"

宣传？这样盛大隆重的求婚，竟然只是为新戏宣传？

台下一片哗然。

舒情秀眉轻挑，又补充道："我们星辰娱乐即将推出大型古装剧《后宫风月》，届时我也会在里面客串演出。《后宫风月》里面将有一场男女主角盛大婚礼的戏，而刚才的求婚，也是为了吸引大家的关注，为《后宫风月》来做宣传。看来效果很不错。"

舒情顿了顿，看着沈俊言淡淡地问道："沈俊言，你说对吗？"

沈俊言眼中的光芒一点一点地黯淡下去，他原以为，在颁奖典礼上可以求婚成功。可没想到，舒情竟然不惜自爆"马甲"，也没有答应他的求婚。

终是他不配。

几秒钟之后，沈俊言站起身，语气中带着几分苦涩地说道："是啊，刚才的求婚，确实是为我们的新戏宣传而已。"

舒情笑了笑："《后宫风月》是我们星辰娱乐下个月即将开拍的重头戏，将由沈俊言饰演男主角，至于女主角人选嘛，我们先卖个关子，大家敬请期待。"

"还请大家多多支持！"沈俊言笑着接过舒情的话。

不愧是最佳男主角，尽管此刻沈俊言心中异常失落，却很好地藏起了自己的情绪。

“原来刚才我们沈俊言和舒小姐演了这么精彩的求婚仪式，是为星辰娱乐推出新戏做宣传啊！哈哈，大家都没看出来吧？”尹枭枫在心中为自己的好友默哀了几秒钟，又笑着说道，“看来这个宣传果然是别出心裁……那我们继续这场颁奖盛宴吧。”

沈俊言拿着奖杯，神色黯然地走下了舞台。

舒情微微舒了一口气，这场突如其来的荒唐求婚，终于让她给解决了。

可是，她也弄掉了“马甲”。

在经过霍云城身旁的时候，舒情忍不住看了他一眼。四目相对，视线交织，舒情感到了霍云城的低气压。她别过脸，直接跟在沈俊言的身后，回到了座位。

颁奖典礼终于结束了。

舒情和沈俊言刚站起身要走的时候，一旁的记者已经按捺不住围了过来。一个个扛着长枪短炮，围住了舒情，迫不及待地提问：“舒小姐，请问你星辰娱乐大老板的身份，为什么会选择在今天公开？”

舒情勾出一抹浅浅的笑：“因为今天是个特别的日子，是我们星辰娱乐旗下艺人获奖最多的一次，作为星辰娱乐的老板，我很开心。”

“舒小姐，那今晚的求婚仪式，真的只是为新戏做的宣传吗？”

舒情点头：“当然。”

“舒小姐和沈俊言之间，真的不是情侣关系吗？毕竟前段时间有很多关于你们的传闻。”记者又追问道。

舒情保持着得体的微笑：“我不是已经说过了吗？我和沈俊言是同事，是关系很好的合伙人，至于之前的那些传闻，则完全是子虚乌有。”

“那请问舒小姐在《后宫风月》饰演的是哪个角色？会和沈俊言演对手戏吗？”另一个记者挤了过来问道。

“先不剧透，到时候大家就知道了。”舒情难得耐下心来，一一回答了记者的问题。毕竟，这是她第一次以星辰娱乐大老板的身份接受采访。

十分钟后——

“好了，现在已经很晚了，谢谢各位记者的关心，今天的采访就到此为止吧。”舒情低头看了看时间道。

话音刚落，沈俊言带来的保镖就隔开意犹未尽的记者们，护送着舒情和沈俊言上了车。

看直播的白岚和徐婉儿。

“婉儿，你说舒情真的是星辰娱乐的幕后老板吗？这怎么可能！”

徐婉儿本以为舒情不过是个土包子，为了钱财才不要脸地缠着霍云城，没想到舒情竟然是星辰娱乐的幕后老板。

难怪之前她每次出手，都被舒情轻轻松松地化解了。

以前，是她轻敌了。

见徐婉儿沉默不语，白岚又愤愤道：“舒情这个乡巴佬……”

“行了，星辰娱乐的大老板，怎么可能是乡巴佬？”徐婉儿有些不耐烦地打断了白岚。

白岚小心翼翼地看了徐婉儿一眼：“那舒情之前为什么要假装土包子？为了在霍云城面前装可怜，博同情？她现在公开她的身份，是想重新回到霍云城身边？”

徐婉儿脸色一沉：“哼，不管舒情是什么身份，我都不可能让她抢走霍云城！”

白岚点头：“没错，婉儿，霍家少奶奶的位置，一定是你的！只是，之前霍夫人反对霍总和舒情在一起，是因为她上不了台面，现在舒情竟然大有来头，你看霍夫人会不会……”

“不会！”徐婉儿一口否定，“舒情早就已经把霍夫人给得罪了，霍夫人把她视为眼中钉，怎么可能让她再回到霍云城身边？”顿了顿，徐婉儿又说道，“更何况，想要把舒情从霍云城身边赶走，根本就不用我们自己动手。”

“婉儿，你有什么好办法？”白岚追问。

徐婉儿冷哼一声：“到时候你就知道了！”

不管舒情是什么身份，她都不会放过舒情！

在保镖的护送下，舒情坐上了沈俊言的车。

“舒情，我送你回去吧。”沈俊言侧头看了舒情一眼，双手紧握方向盘，发动了车子。

“嗯。”舒情点了点头，淡淡地应了一声。

两个人一路无话，气氛微微有些尴尬。

折腾了一晚上，此刻舒情觉得有些累，便靠在座椅上闭上了眼眸，也不知道过了多久，车子忽然停了下来。

“到了吗？”迷迷糊糊中，舒情感到一阵刹车，清醒了过来。

她往窗外看了看，并没到城东花园。

沈俊言把车子停在了路旁，脸上带着几分淡淡的忧郁。他忍了一路，终于忍不住开口：“为什么？”

“什么？”舒情抿了抿唇。

沈俊言有些不甘地问道：“为什么拒绝我？”

“我还想问你为什么呢？”舒情皱眉，“你是打算先斩后奏，直接让我下不来台？”

“不是的，舒情。我是真心希望你能够答应我，我想和你在一起，我会给你幸福的。”沈俊言非常难受，心中闷闷的。这次之后，他知道，舒情永远都不可能答应他。

“沈俊言，我和你说过，我们不可能的。”见沈俊言这个样子，舒情轻叹一声。

“因为霍云城？你忘不了他对吗？”沈俊言追问。

舒情沉默不语。

“你为霍云城做了这么多事，可他呢？他是怎么对你的？”沈俊言突然激动起来，“霍云城根本就配不上你……”

“沈俊言，我不想再提这些，麻烦你送我回家。”舒情打断了沈俊言。

沈俊言不甘地闭上嘴，把舒情送到了城东花园。

舒情打开车门，下了车，沈俊言追了上来，声音低沉地说道：“对不起。今晚是我太冲动了，没有征得你的同意……”

舒情脚步一顿，回头看了沈俊言一眼，打断了他：“别说这个了，集中精力把《后宫风月》拍好吧。顺便帮我看看，什么角色适合我。”说完，她便头也不回地走进公寓。

盯着舒情远去的背影，沈俊言心中满是失落和懊悔。

今晚，他彻彻底底失败了，他究竟怎样做，才能让舒情多看他一眼，才能得到她的青睐……

舒情回到公寓，一眼就看见客厅的沙发上有一个人的身影。

“是谁？”舒情心中一凛，大声质问。

坐在沙发上的男人，缓缓站起了身走了过来。借着朦胧的月光，舒情看清楚了面前的男人——一身黑色西服，几乎与夜色融为一体。高大挺拔的身材，浑身散发着冰冷的气息。

是霍云城。

“霍云城，你怎么会在我家？！”舒情打开了灯，揉了揉眉心说道，“看来明天我得让人多加几道锁。”

“不管加多少锁，只要我想，我就能进来。”霍云城长腿一步，站到了舒情面前。

他幽深的目光，落在舒情的脸庞，薄唇微动：“舒情，你究竟还有多少事情瞒着我？”

“我从来没有瞒过你什么。”舒情淡淡地开口。

话音刚落，霍云城忽然伸手揽住了她的腰。

腰间灼热的温度传来，霍云城一用力，舒情便被他带到了沙发上。

“霍云城，你干什么？”整个人跌落在霍云城的怀中，舒情冷声问道。

霍云城双手按住了舒情的肩膀，语气冷冷的：“为什么你从来没有说过，你是星辰娱乐的老板，也就是沈俊言一直在追求的那个富家小姐。”

“你又不是我什么人，我没必要向你交代这些。”舒情神色淡淡的。

霍云城原本就冷俊的脸，一下子又阴沉了几分。

他双手微微加力，一连串的问题砸向舒情：“我不是你什么人，那沈俊言是你什么人？你和沈俊言究竟是什么关系？”

面对霍云城的质问，舒情更加无语：“这个问题我今天已经和所有人都说得很清楚了，不想再说一遍。”

霍云城脸色越发难看：“你和沈俊言，真的只是合伙人这么简单？”

“如果我和他有什么，今天我为什么不直接答应他的求婚？还要大费周章地找理由？”舒情抿了抿唇，一脸无语地反问道。

听了舒情这番话，霍云城心中忽然释然。是啊，他之前怎么就没有想到这些呢？也就是在舒情面前，他才会这么不理智，失去了判断力。

但是，一想到沈俊言对舒情那样痴情，追了她整整两年，霍云城心中还是有些不舒服。

今晚他原本是准备向舒情再次求婚的。可舒情丢下他，跟着沈俊言去了颁奖典礼。这是不是说明，在舒情的心目中，沈俊言的分量其实还是比他更重一些？

“你跟我来。”霍云城蓦地站起身，拉着舒情的手。

舒情一怔：“去哪儿？”

“跟我来就知道了。”霍云城不由分说，拉着舒情就往门口走去。

舒情挣扎了一下：“霍云城，今晚我已经很累了，哪儿也不想去。”

霍云城顿住了脚步，侧头觑着舒情。

见她的确是一脸倦容，想到她应付了一晚上的记者，也确实是累了，霍云城清冷的眼眸微不可见地柔和了几分：“那，明天再说吧。”

舒情有些不明就里，但选择了默不吭声。

霍云城忽然俯身在她耳畔说道：“回到我身边吧，再给我一次机会。”

他那温热的气息洒在她的脸上，弄得她麻麻痒痒的。

舒情脸颊发烫，推开了霍云城：“很晚了，我要休息了。”她径直走到门口，打开大门，直接下了逐客令，“你请回吧！”

见面前的女人一副拒他于千里之外的模样，霍云城蹙了蹙眉，脸色冷了几分。

下一秒，霍云城突然捂着胸口，神色夸张地开口：“我好难受。”

“你怎么了？”舒情一惊。

霍云城面色苍白，额头都冒出了冷汗，他指着胸口，一脸痛苦地说道：“这里好痛……”

见霍云城这个样子，舒情急忙扶住了他。

“让我看看。”舒情把他扶到沙发上坐下，语气情不自禁地带上了几分关心。

霍云城勾了勾嘴角：“你还是关心我啊……”

舒情没搭理他，伸出右手，给霍云城把了把脉。

霍云城的脉象很平和，并无任何不妥。

难不成，他在装病？

舒情蹙了蹙眉，低头看了霍云城一眼，冷声问道：“你到底哪里不舒服？”

“这里。”霍云城依然指着胸口，做出痛苦的样子。

舒情站起身，拿出手机，作势要打电话：“既然你不舒服，我打120让人送你去医院检查检查。”

“你帮我检查就行。”霍云城一把拉住了舒情的胳膊，“我只要你检查。”

……

他这个样子，像是生病了吗？八成是装的吧！

“行了，我帮你检查过了，没什么问题，你赶紧回去吧！”舒情用力抽出胳膊。

霍云城故作委屈样：“我都病了，你还赶我走？”

“你到底有什么病？”舒情冷哼一声，“我怎么看不出来你有病？”

霍云城蓦地站起身，居高临下地看着舒情，目光幽深，声音如大提琴演奏一般低沉动听：“相思病。”他顿了顿，又补充道，“只有你能治的那种。”

太撩人了……

舒情的脸色，微微有些红。

“懒得理你。”舒情深吸一口气，将霍云城推开。

霍云城又夸张地呻吟起来：“心口好痛！舒情，快帮我看看……”

“你究竟想怎样？”舒情垂眸看着倒在沙发上故作痛苦状的霍云城，简直无语了。

霍云城薄唇动了动，双眸眯了眯：“晚上我要住你这儿。”

“你随意。”舒情不想再理会他的无赖行为。

“你扶我上床。”霍云城得寸进尺。

舒情给了他一个白眼：“别蹬鼻子上脸。”

“医生有责任照顾病人。”霍云城的大手紧紧拉着舒情的胳膊。

“我不是医生……你就睡沙发吧！”舒情把霍云城往沙发上一推，转身就走向浴室。

下一秒，霍云城直接把舒情打横抱了起来。

“霍云城，你干什么？！”舒情猝不及防，整个人腾空而起，落入了霍云城的怀抱。

霍云城不顾舒情的反对，直接把她抱上了床，然后自己压了上去。

“你放开我！”舒情挣扎。

“舒情，别动，让我抱抱。”霍云城紧紧抱住了舒情。

这样熟悉的感觉，他已经多久没拥有过了？

自从唐若颖出现后，舒情和他取消了婚约，就一直和他保持着距离。霍云城强而有力的双臂，紧紧环住了舒情。

两个人现在紧贴在一起，舒情有那么一瞬间的晃神。

那种心动的感觉，猝不及防地又跳了出来，或者说，她从来没有忘记过。

霍云城低头，情不自禁地向着身下的女人吻去。

看着霍云城那熟悉的俊脸，不停地在自己面前放大，舒情的心不禁怦怦直跳。

就在霍云城的唇要落在舒情脸庞上的时候，他的手机大煞风景地响了。

舒情回过神，推开霍云城："你的电话。"

霍云城蹙眉拿起手机看了一眼，就放在了一旁。

舒情眼角的余光，看见手机屏幕上闪烁着的名字：唐若颖。

手机响个不停，霍云城终于不耐烦地接了起来："糖糖，什么事？"

"城哥哥，我现在伤口很痛。"唐若颖的声音传来。

霍云城蹙眉，沉声道："伤口痛，就让医生给你看看。"

"可是人家想你……你能来医院看看我吗？"唐若颖声音带着几分委屈。

舒情扬了扬嘴角，靠近了霍云城的手机，声音带着几分暧昧："霍云城，刚才你不是说要抱我吗？快来呀——"

"我还有事。"不等电话那头说什么，霍云城直接挂断了电话。

他深邃的目光落在了舒情的脸庞："你吃醋了？"

舒情白了他一眼，忽然转移了话题："唐若颖的事，你打算怎么办？"

霍云城勾唇，眉眼清冷："舒情，我知道，你介意糖糖的存在。但是，八年前，糖糖的确救了我，她是我的救命恩人，我不可以置她于不顾。"

"所以，就算她出卖霍氏，嫁祸给我，都可以一笔勾销？"舒情的声音冷了几分。

霍云城清了清嗓子："我会召开记者发布会澄清这件事情，还你一个清白。至于唐若颖，我会负责她今后衣食——仅此而已。"

"你要让她成为你的包袱？还是说……你还喜欢她？"舒情的脸色有些不太好看。

见舒情这个样子，霍云城握住了她的手："舒情，这是我欠糖糖的。当年如果不是糖糖救了我，就不会有今天的霍云城。"

"你就没有怀疑过，唐若颖并不是糖糖？"舒情扯了扯嘴角问道。

霍云城摇摇头："糖糖肩膀上有梅花形的胎记，唐若颖也有。而且当年的事情，唐若颖说得一字不差。”

舒情若有所思，这中间一定有什么不对劲的地方，看来，她得好好查一下了。

不过现在，留着唐若颖也有好处。

“我怀疑，唐若颖和李承阳之间，有些不可告人的秘密。唐若颖出卖霍氏，并不仅仅是要陷害我这么简单。”舒情沉吟道。

霍云城伸手抱住了舒情：“你放心，我会让人查清楚。”

舒情不动声色地推开了霍云城，从床上爬了起来，低头看了他一眼：“你不是病了吗？早点休息吧！”

霍云城脸色一沉，问道：“那你呢？”

“我去沙发睡。”舒情神色淡淡的，抱起一条毯子，直接往客厅走去。

沈俊言的这个房子是一居室，只有一个卧室一张床。现在，霍云城死皮赖脸地要睡在她的床上，那她只能去睡沙发了。

看着舒情的背影，霍云城的目光黯淡了几分，不过他不气馁，他一定会让她尽快回到他的身边！

唐若颖听着电话被挂断的声音，脸色一下子变得很难看。

刚才，她在电话里听见了舒情的声音，也就是说，现在这个点霍云城和舒情在一起！

以前，只要她装病装柔弱，霍云城都是第一时间关心她，过来看她的。可刚才，他竟然直接把她的电话给挂断了。

一定是因为舒情！

本来，她已经设计好了一切，把泄露霍氏标底的罪名安到舒情头上，可她怎么也没有想到，竟然被舒情轻轻松松给揭穿了，还让霍云城对她失望之极。

想到这里，唐若颖的手一点点地攥紧，脸上浮现出了阴狠之色。

舒情躺在沙发上。今晚的颁奖典礼之后，所有人都知道她是星辰娱乐的幕后老板了。她是一个低调随性的人，现在这个“马甲”掉了，以后只怕不能再像以前那样悠然自在了。

默默想着心事，意识渐渐抽离，进入了沉沉的梦乡。

而在房间的霍云城，一直在听着舒情的动静。当听到均匀、浅浅的呼吸声时，他悄悄起身来到了沙发前。

霍云城走上前来，在舒情的身旁坐了下来。朦胧的月光倾洒在舒情精致的面容上，白皙细腻的肌肤，精致小巧的五官，巴掌大的瓜子脸，像睡美人一样，诱惑迷人。

霍云城情不自禁地俯下身子，在舒情的脸上落下轻轻一吻。

舒情“嘤咛”了一声，下意识地把身子蜷缩了起来。

见她在沙发上睡得很不舒服的样子，霍云城长臂一伸，把舒情抱了起来。

他小心翼翼地把舒情抱到房间，放在了大床上面。

刚在舒情的身旁躺下，正要给她把被子盖上，舒情忽然伸出了手，紧紧抱住了他。

“小熊别动，让我抱抱。”面前的女人说着梦话，脑袋还在他的胸口蹭了几下。

“小熊真乖。”舒情在睡梦之中，感觉自己抱着玩具熊，她觉得很舒服，迷迷糊糊地亲了亲小熊。

舒情的唇，触碰到霍云城的胸口，霍云城呼吸一紧，眸色幽深了几分。

他在舒情的耳畔轻声说道：“回到我身边好吗？”

“小熊别吵，让我睡觉。”舒情呓语，秀眉蹙了蹙。

霍云城蜻蜓点水一般在她额头吻了吻，伸手帮她把被子盖好，合眼进入梦乡。

第二天早上，阳光透过玻璃窗户照耀在大床上面。

舒情迷迷糊糊地醒来，一睁眼，不期然就对视上了一双幽深的眼眸。

“霍云城？”看着面前熟悉的俊脸，舒情心头一惊。她四处看了看，才发现自己不知道什么时候躺在了床上。

她昨晚不是睡在沙发上吗？是霍云城把她抱上床的吗？

“霍云城，你昨晚……做了什么？”舒情有点蒙。

霍云城扬了扬性感的嘴角，语气带着几分戏谑：“现在好像是你抱着我吧。”

舒情这才发现，自己的双手正紧紧抱着他的脖子。不由得一阵尴尬，赶紧松开了手。

昨晚她迷迷糊糊之中好像梦见自己抱着儿时的玩具小熊，还亲了几口。

天啊，她昨晚应该没干什么事儿吧？

见舒情一脸尴尬的样子，霍云城勾了勾嘴角：“冰箱里面有食材吗？我去给你做早餐。”

“不用了，不麻烦你，我订个外卖吧。”虽然说霍云城的厨艺很不错，可舒情也不好意思让霍大总裁亲自下厨。

舒情想要站起身，却被霍云城一把按住。

他低头看向舒情，富有磁性的声音响起：“不麻烦。只要你愿意，我可以一辈子都给你做早餐。”说完，他便转身往厨房的方向走去。

看着霍云城那高大挺拔的背影，舒情的思绪有些恍飘远。

他们好像又回到了从前热恋的时候。

她躺在床上，深吸几口气，赶走心头那些莫名的情绪，准备再躺一会儿，便拿出手机刷起了新闻。

果不其然，昨晚的颁奖典礼冲上了热搜第一。

而舒情是星辰娱乐的幕后老板，更是爆炸性新闻，底下的评论全部转了风向。

舒情小姐姐太厉害了！大爱！

原来舒情是沈俊言的老板，以前我们都误会舒情了！

还是很希望舒情和沈俊言在一起啊，可惜昨晚的求婚只是宣传。

舒情和霍总裁更加登对吧，我站舒情和霍云城！

这下之前网上闹得沸沸扬扬的关于她的那些黑料彻底没了。

舒情刷了一会儿新闻，便收起手机，走进洗漱间收拾。收拾好后走到厨房。

霍云城正在忙碌着，他用余光看见舒情站在厨房门口，心中一动，假意把手中的菜刀往手上切去。

“啊，好像切到手了！”霍云城夸张地喊道，用右手按住了左手食指。

舒情一惊，快步走了过去：“流血了吗，没事吧？”

“呲……”霍云城剑眉紧蹙，一脸痛苦状。

“怎么这么不小心，让我看看。”舒情关心地说道。

她伸手握住霍云城的手，想要查看他的伤口。

霍云城反客为主，大手紧紧包裹住了舒情的手：“看来你很紧张我。”

舒情垂眸看去，霍云城的手指好端端的，根本就没有受伤！

他刚才是装的！

舒情简直无语了。

昨晚装病，今天装受伤，高高在上、让人望而生畏的霍大总裁，竟然也有这么幼稚的一面。

“霍云城，你这么幼稚吗？”舒情皱眉，没好气地给了霍云城一个白眼。

话音刚落，唇便被霍云城给封住了。

“呜……”舒情挣扎着，可不是霍云城的对手，根本挣脱不了。

霍云城的吻霸道地落下，舒情只觉得自己快要窒息了。

但霍云城却觉得那软绵的触感，让他情不自禁地想要更多。他用双手禁锢住舒情的脑袋，加深了这个吻。

空气里弥漫着霍云城滚烫的气息，温度逐渐上升。

忽然，舒情闻到了一股煳味。

她使劲吸了几口气，煳味越来越浓烈。

她的目光落在灶台的平底锅上，只见里面的煎蛋已经变得焦黑，平底锅四周冒着烟。

她用力推开霍云城，惊呼道：“烧煳了！”

霍云城背对着灶台，听见舒情的惊叫，便松开了她，回头手疾眼快地关掉了燃气灶的开关。

刚才他一心想引起舒情的注意，一时大意竟然忘记自己在煎蛋了。

舒情无语地瞪了面前的男人一眼：“霍云城，你傻了吧？”

霍云城上前一步，双手按住舒情的肩膀：“我可不就是傻了，才会这样发疯似的想你！”

……

霍云城继续道：“刚才你以为我手受伤了，你关心我紧张我。其实你还是爱我的，对吗？”

突如其来的话，让舒情的心猛地一跳。对视上他那深邃的目光，舒情的脸微微有些发烫。

舒情别开了脸，转移话题：“时间不早了，该上班了！”说完，她便转身往门口走去。

可霍云城大手一伸，环住了她的腰，稍稍一用力，她便又落入了他的怀中。

“回到我身边，好吗？”霍云城微微颔首，眉眼之中是只有在舒情面前才有的温柔。

舒情的呼吸一紧：“你别这样。”

“你究竟要怎样才肯回到我身边？”霍云城深深地看着她，很认真地问道。

舒情抿了抿唇：“看你表现吧。”

看他表现？那就是有希望了？

霍云城的嘴角勾起了一抹意味深长的弧度。

这个嘴硬心软的女人，总有一天，他会让她重新接受他，回到他的身边。而且，霍云城相信，这一天不会很远了。

霍云城开着车，载着舒情一起来到了霍氏。

舒情打开“冰与火”最近的销售数据，认真地看了起来。

在经过了一系列的改良措施后，“冰与火”的销量有了很大的回升。不过，“爱＆恋”的那些仿品依然充斥着市场。舒情揉了揉眉心，看来是时候主动出击，打击“爱＆恋”了。

她正在制定详细计划的时候，办公桌上的座机响了。

内线“888”，是霍云城。

舒情接起电话：“有事吗？”

“来我办公室一下。”霍云城清冷的声音响起。

“好。”舒情答应。

坐着电梯到了十八楼，舒情敲了敲总裁办公室的门。

“进来。”

舒情推门而入，走到霍云城面前：“找我有什么事？”

霍云城抬眸看了她一眼：“下午的新闻发布会，准备好了吗？”

“嗯。”舒情点头。

“到时候我会澄清北海湾项目泄露标底的事情。”霍云城沉声道。

“你打算怎么对外交代处理唐若颖的事？”舒情淡淡地问道。

霍云城脸色冷了几分：“开除吧。”

舒情面无表情地道：“那好……没有其他事的话，我先回去工作了。”说完，便转身离开。

刚走出总裁办公室的门，迎面走来一个身穿白色连衣裙的女人，拦住了她的路。

舒情抬头一看，竟然是唐若颖。她不是应该在医院吗？怎么会突然出现在这里？

舒情蹙了蹙眉："请让一下！"

唐若颖一脸怒意地盯着她："舒情，你以为你赢了我吗？我对城哥哥有救命之恩，他心里爱的人是我！你永远别想赢我！"

"是吗？可是在我眼里，你都不配当我的对手。"舒情无波无澜地开口。

"我是来找城哥哥的！"唐若颖脸色一变，狠狠地瞪了舒情一眼。

就在这时，总裁办公室的门打开，霍云城走了出来。

"怎么回事？"霍云城是听见外面说话的声才出来的。

唐若颖一看见霍云城，便快步走到他的身旁，楚楚可怜地说道："城哥哥，我的伤口好疼。"

霍云城的目光落在唐若颖的脖颈上，声音冷冷的："既然伤口疼，为什么不在医院待着？"

"我想你。"唐若颖拉住了霍云城的胳膊，"城哥哥，我知道你生我的气，我知道我做错了，我是特意来向你道歉的。对不起，城哥哥。"

"你应该道歉的对象不是我，而是舒情。"霍云城不动声色地抽出了胳膊，冷声道。

唐若颖的眼眸中微不可见地闪过了一丝嫉恨。当着霍云城的面，她忽然一下子跪了下去："舒小姐，对不起，是我一时糊涂做了错事，你原谅我好吗？"唐若颖跪在舒情的面前，红着眼眶道。

舒情很是无语："我可受不起。"

"舒小姐，你要是不原谅我，我就长跪不起！"唐若颖一边说着，一边伸手抓住了舒情的胳膊，"舒小姐，你大人有大量，别生我的气了。"

"霍云城，你快把她弄起来！"舒情皱眉看了霍云城一眼，顺手把胳膊抽出。

唐若颖却一下子倒在地上，哭着道："舒小姐，你不肯原谅我就算了，为什么还推我？"

得，又开始表演了。

舒情居高临下地看着唐若颖，冷笑了一声："谁推你了？"

唐若颖捂着伤口，脸色苍白，泪如泉涌，看向霍云城："城哥哥，我的伤口好疼！"

鲜血，顺着唐若颖伤口的绷带渗了出来。

# 第二十章
# 拭目以待

唐若颖捂着伤口，一脸痛苦的样子，楚楚可怜地看向霍云城：“城哥哥，好痛啊！”

不等霍云城开口说什么，舒情向前一步，居高临下地看着唐若颖，冷声说道：“既然你受伤了，就好好在医院待着，到处乱跑什么？之前陷害我泄露标底，现在又想陷害我推你吗？”

“明明就是你推我的。”唐若颖咬着唇瓣，泪水像断了线的珍珠一样。

霍云城低头看了唐若颖一眼，沉声把林岩峰喊来说道：“把糖糖送去医院。”

“是，总裁。”林岩峰喊来了保安，把唐若颖扶了起来。

霍云城转身回了办公室。

看着霍云城那冷漠疏离的背影，唐若颖的目光一点一点黯淡下去。

为什么现在霍云城对她如此冷漠绝情？如果是在以前，霍云城一定会第一时间亲自送她去医院。可是现在，他却只是让林岩峰找人把她送去医院。

这一切都怪舒情！

如果不是舒情的话，霍云城又怎么可能如此对她。

下午的新闻发布会，在霍氏集团的会议厅举行。

舒情一出现在会议厅，就有记者迫不及待地围了上来。

“舒情小姐，请问之前有人指责你泄露了霍氏的标底，你有什么要解释的吗？”

舒情笑了笑：“纯属无稽之谈，我为什么要这么做？”

“有人说你为了钱。”

舒情笑着问道：“可能吗？”

记者赔笑道：“当然不可能，现在我们知道您是星辰娱乐的幕后老板，不可能为了区区一点钱而做出这种事情。”

“那么请问这件事背后是有人陷害你吗？”有记者又追问道。

舒情神色淡淡地开口：“今天的记者招待会，霍总会亲自给大家一个答案。”

两点整的时候，林岩峰宣布新闻发布会准时开始。

“欢迎各位莅临霍氏的新闻发布会。本次新闻发布会主要是就之前北海湾项目的传闻做出一个澄清，下面有请霍总发言！”

在雷鸣般的掌声中，霍云城迈着沉稳的步伐，走到了台上。

他清了清嗓子，声音清冷地说道：“关于日前北海湾项目中有关霍氏的不实新闻，相信大家都有很多疑问。经过我们公司的调查，确实是霍氏内部有人将标底泄露给了其他公司。”

霍云城此言一出，下面众人都面面相觑。

虽然说大家心里面早就已经有了猜测，并且网上也闹得沸沸扬扬，可在此时此刻听到霍云城亲口承认，还是有些震撼。

很多人开始议论——

“没想到霍氏内部真的出了内奸。”

“既然不是舒情，那会是谁呢？”

“难道是唐若颖吗？”

有记者向霍云城提问道：“不知道泄露标底的人是谁呢？有传闻是唐若颖，请问是真的吗？”

霍云城神色淡淡地回道：“这个人，霍氏已经开除了，她受到了应有的惩罚。这件事情我不想再追究，到此为止。”

就在这时候，有记者忽然喊道：“李总！李总过来了！”

李总？舒情皱了皱双眉，向大门口看去，只见李承阳的身影出现在了会议厅门口。

他怎么过来了？

李承阳在这个时候出现在霍氏的发布会上，一定不安好心。

一些记者围了过去：“李总，关于霍总所说的，你们公司中标北海湾项目，是因为有人向你们公司泄露了霍氏的标底，请问是真的吗？”

“当然不是。”李承阳勾了勾嘴角，“我们公司能中标北海湾项目，完全靠的是实力。霍云城只不过是我的手下败将而已。”

见李承阳一副得意洋洋的样子，舒情的嘴角缓缓勾起一抹弧度。

只怕李承阳还不知道政府的规划吧。算算时间，也该差不多公布了。

舒情拿出手机，点开看了看。果不其然，官网上刚刚发布了这个消息。

她走上台去拿起话筒，清了清嗓子，幽深的目光看向了李承阳：“李承阳，你不会真的以为自己赢了北海湾项目吧？”

“怎么？”李承阳脸上的神色浮现出一丝傲慢。就算他用卑鄙的手段得到了霍氏的标底，赢得了北海湾项目，那又怎么样？

只要他是最后的赢家，那就够了。

李承阳吃定了霍云城不能拿唐若颖怎么办，只要霍云城对唐若颖手下留情，那他就不可能追究 BPL。

最终的赢家，就是他李承阳。

舒情语气嘲讽地说道：“只怕你还不知道吧？A 市市政府已经发布了最新的城市规划。即将在北海山的附近规划建造大型的化工区。北海山离北海湾，不过几公里的距离。到时候还有谁还会来买你们的房子？”

听了舒情的这番话，李承阳脸色一变：“你胡说！我怎么没有收到这个消息？”

舒情晃了晃手中的手机：“市政府官网上刚刚发布了，你可以看看。”

底下很多人在听了舒情的话后，都拿出手机查看起来。

“果然是真的。”

“那 BPL 岂不是买了一块废地？”

“难怪霍总这么淡定，原来是这样啊！”

李承阳也不由得拿出了手机，在确认这条信息后，脸色变得更加难看了。

怎么会这样？！

他怎么没有提前收到消息？！

他买了一块废地？

舒情看着李承阳脸上精彩的表情，情不自禁地扬了扬嘴角：“李总，中国有句老话叫作‘搬起石头砸自己的脚’，用来形容你正合适。”

李承阳意味深长的目光落在了舒情的脸上：“舒小姐，现在说这些还言之过早。区区几亿而已，对我来说不过九牛一毛。我们的胜负，根本还没分出来。”

“是吗？”舒情淡淡一笑，“那就请李总拭目以待了。”

记者们纷纷围住了李承阳：“请问李总，北海湾的住宅项目还启动吗？”

更有记者一针见血：“李总，这件事情表面上是你们BPL赢得了北海湾项目，但是实际上，恐怕并非如你所愿……”

李承阳的脸色很难看，他没有理会记者，冷哼一声，转身离开。

看着李承阳远去的背影，霍云城的目光有些深沉。

舒情早就知道了吗？今天的一切，其实都在她的预料之中？甚至说她早就预料到唐若颖会泄露标底给BPL，再嫁祸给她，并且顺水推舟，让事情的发展都在她的掌控之中。

这个女人，很不简单。

李承阳气势汹汹杀来，却铩羽而归。

记者发布会结束了之后，舒情回到座位上，针对“冰与火”珠宝系列，她详细地制订了一套计划。既然李承阳在记者招待会上公然向霍氏宣战了，那她就没有道理坐以待毙。

写完了初步计划书之后，已经到了深夜。周围的同事都下班了，偌大的办公室里就只剩下她一个人。

她收拾了一下东西，正准备去总裁办公室，把计划书草案拿给霍云城看，一道身影忽然出现在她面前，正是霍云城。

“霍云城？我正好要找你。”舒情有些惊讶。

“什么事？”霍云城的嘴角微微往上扬了扬，难得舒情主动要找他。

舒情打开了计划书，指着电脑屏幕道：“这是关于‘冰与火’的下一步计划。”

“你找我就是为了公事吗？”霍云城的目光微微黯淡了几分。

“……不然呢？”舒情抬头看了他一眼，开始向他详细讲解计划书，“我打算先推出几款‘冰与火’系列的首饰，每一款我都会设计隐蔽而独特的标志作为噱头，并申请专利。”

舒情顿了顿，又继续说道，“‘爱&恋’一定会来高仿我们的新品，包括那些独特的标志，到时候我们就可以从法律的层面来打击他们。简单来说，就是设下陷阱，让‘爱&恋’主动上钩，然后一网打尽。你觉得怎么样？”

霍云城眯了眯眼，面色沉冷："可以。"

"没什么问题的话，我就安排人去做了。"舒情笑了笑，关掉电脑。

"关于北海湾项目，你是不是早就知道政府要出台化工园的规划？而且，你也早就知道了，唐若颖会暗中泄露标底嫁祸给你。"霍云城忽然问道。

"对。"舒情并不否认。

"所以，一切都在你的计划之中。"霍云城看向舒情的目光，又幽深了几分。

不得不说，这个女人真的很厉害。聪明通透，做事果断，手段狠厉，一出手就能掐中要害，他很欣赏。

对视上霍云城那深邃中带着几分探究的目光，舒情呼吸一紧。她很快就别开了脸："下班了，我先回去了。"

她刚拿起包准备往外走，整个人却落到了霍云城的怀抱之中。

"你干什么？"舒情蹙眉问道。

"跟我去一个地方。"霍云城沉声道。不等舒情答应，便拉着她的手，不由分说地把她带到了他的车上。

"你要带我去哪里？"舒情看向窗外，疑惑地问道。

霍云城说："到时候你就知道了。"

前几天他准备了隆重的求婚仪式，本来想给舒情一个惊喜的，可谁知道她却去参加了沈俊言的颁奖典礼，连个机会都没有给他。

今天晚上，他要向舒情再度求婚，而且一定要成功！

舒情有些无语地扯了扯嘴角，这个男人又在搞什么？弄得神秘兮兮的。

半个小时之后，霍云城把车子停到了海边。

"到了。"霍云城下车，帮舒情把车门打开。

舒情看了看，不远处，就是浩瀚的大海。

平静的海面上，停着一艘豪华游艇。舒情认得，上一次，霍云城就是在这艘游艇上向她求婚的。现在霍云城又把她带到这儿，他到底想干什么？

"舒情，这边。"霍云城拉着舒情的手，登上游艇。

游艇上，两个保镖一左一右站在门口，见到霍云城和舒情，恭敬地道："霍总，都准备好了。"

霍云城微微点了点头。

“你究竟搞什么呢？”舒情忍不住问道。

霍云城勾唇浅浅一笑：“很快你就知道了。”

他带着舒情走到餐厅，坐到了上次他求婚的餐桌那里。

舒情刚坐下，游艇餐厅中的灯光忽然一下子全部熄灭了。

“啊！”舒情情不自禁地惊呼了一声，她最怕黑了。

“别怕。”霍云城富有磁性的声音在舒情耳畔响起，他伸手，握住了舒情的手，“把眼睛闭上。”

不知怎的，霍云城的声音好像有魔力一样，舒情下意识地闭上眼睛。手心传来霍云城大手灼热的温度，舒情的心安宁了不少。

几分钟之后，霍云城又在她耳畔低声说道：“可以睁眼了。”

舒情狐疑地睁开眼，只见四周点燃了蜡烛，烛火摇曳，带着几分浪漫的情调。餐桌上，摆满了精致的菜肴，每一道都是舒情爱吃的。

原来是烛光晚餐呀。

舒情抬头看向面前的男人：“你搞得这么神神秘秘的，就是带我来吃晚饭？”

“当然不是。”霍云城挑眉，深深地看了她一眼，沉声说道。

“那……”舒情微微蹙了蹙眉头，心中有些不解。

不是烛光晚餐，那是什么呢？难道，霍云城又要……舒情心中隐隐约约有了猜测。

但是，她还不确定。

“舒情，尝尝这个，你最喜欢吃的。”霍云城的声音拉回了舒情的思绪。

“谢谢。”舒情回过神，只见霍云城将一只剥好的大虾，放入了她的碗中。

舒情夹起大虾，细细品尝。

很香，很美味。

见面前女人微眯着眼享受美食的样子，霍云城微微扬了扬嘴角，又剥了一只虾，放到了舒情的碗中：“多吃一点。”

“我自己来就可以。”舒情抿了抿唇。

霍云城紧紧盯着舒情：“我喜欢帮你剥虾，我不介意帮你剥一辈子。”

舒情拿着筷子的手一顿。

这句话似乎有些耳熟，以前，霍云城也曾经说过，现在，他又一次提起，舒情总觉得，今晚的霍云城，太撩人了。

舒情垂眸，假装没有听见，埋头吃东西。

霍云城紧紧盯着面前的女人，今晚，他一定要让舒情再回到他身边。

“我吃饱了，是不是可以走了？”半小时之后，舒情感觉吃得差不多了，便站起身，看向霍云城问道。

霍云城长腿一迈，站到舒情面前，专注地看着她：“别急。”

“我回去还有事。”舒情皱了皱秀眉。

今天李承阳落败而归，一定会再次出手对付霍氏。因此，她需要尽快设计出“冰与火”的新品，推出市场。

舒情打算晚上回去加紧设计“冰与火”新品，抢占先机。

“舒情，跟我来。”霍云城却根本不给舒情离开的机会，拉着她的手，不由分说地带着她走下了游艇。

“霍云城，你到底要干什么？”舒情有些无奈地问。

这个男人，搞得这么神神秘秘的，他究竟想做什么？

霍云城勾了勾嘴角：“跟我来，马上你就知道了。”

舒情白了他一眼：“有什么话，你就直说，我不喜欢打哑谜……”

话还未说完，舒情忽然顿住了。

因为，舒情看见，在她的面前停着一架直升机。

见到霍云城，机长向着他敬礼致敬：“霍总！”

霍云城点了点头，问道：“都准备好了吗？”

“准备好了！”机长回答。

“这是？”舒情更加疑惑了。

霍云城直接把舒情拉上了直升机，让她坐在靠窗的位置，他在舒情的身旁坐下。

直升机缓缓升起，离开了地面。

“喂，你干什么？我恐高啊……”舒情下意识地闭上了眼睛，心中简直无语极了。霍云城明明知道她恐高，大晚上的还带她坐直升机？

见身旁女人难得露出胆小柔弱的一面，霍云城低声笑了笑，伸出骨节分明的大手，将她拥入了怀中。

“有我在，不需要害怕。”霍云城微微俯身，在舒情耳畔低低沉沉地说道。他那温热的气息，尽数喷洒在舒情的耳畔，弄得她麻麻痒痒的。

舒情依偎在霍云城的怀抱中，这种感觉她还是很喜欢的。

可是……

“舒情，睁开眼。”霍云城忽然开口，伸手揉了揉舒情的头发。

舒情依言，睁开了双眸。

只见飞机越飞越高，大晚上的不知道要飞到哪去？

看到舒情美眸中的疑惑，霍云城声音低沉地说道：“舒情，我现在带你去看你的爸爸妈妈，因为我有重要的事情要告诉他们。”

“我爸妈？”舒情一怔。

霍云城搞什么鬼呢？爷爷说，她爸妈早就出了意外去世了。

“嗯。”霍云城淡淡地应了一声。

“你今晚搞这么多事，到底为什么？”舒情清冷的目光落在霍云城的脸庞。

霍云城靠近了她，指着窗外夜空中闪烁的明亮星星，沉声道：“舒情，你还记不记得，我们在法国游乐场的摩天轮上，我曾经说过，你的父母从来都没有离开你，他们只是去了天上，在另外一个地方，默默地注视你、关心你。”

舒情的心微微一动。她当然记得。那一次，霍云城在摩天轮上向她表白，还吻了她。

她记得他曾经说过，摩天轮的最顶端，就是最接近幸福的地方。如果恋人在最顶端接吻的话，将生生世世永不分离。

往日的情景，不停地在舒情脑海中回放。

她还没来得及开口，只见霍云城指着夜空中最闪耀的两颗星星，忽然提高了几分声音：“叔叔，阿姨，我想娶舒情为妻，照顾她一辈子，如果你们同意的话，就别动。要是你们不同意，就躲到云层里去。”

静谧的夜晚，星光璀璨。

霍云城开心地微笑着，眼睛亮晶晶地对舒情说：“舒情，你父母已经同意了，你也没理由再拒绝我了，对吧？”

原来是这样啊！舒情的心跳开始加速。

“什么啊？”舒情别开了目光。

明知道这不过是霍云城的套路而已。那两颗星星，怎么可能是她爸妈呢？这样怎么能算是她爸妈同意了呢？心中却泛起一丝丝甜。

见舒情沉默不语，霍云城忽然像变魔术一般，拿出了那枚戒指：“舒情，嫁给我！”

舒情的目光落在霍云城手中的戒指上，心猛地一跳，微微有些恍惚。

这枚戒指，在她和霍云城取消婚约之后，她就还给了他。

现在，霍云城又拿着它向她求婚……

昨天在颁奖晚会上是沈俊言，今天又是霍云城，接连两天，两个男人都向她求婚，舒情有些无语。

不过，和昨天在颁奖晚会上不同，舒情此刻心中是微微有些欣喜的。毕竟，她还爱着霍云城。

看着面前一脸真诚的男人，舒情有些无措。她不知道，霍云城对她的感情究竟有几分真。霍云城对唐若颖的态度变化，她是看在眼里的。可霍云城也说过，唐若颖对他有恩，他不会扔下对方不管，甚至在今天的新闻发布会上，霍云城也顾忌着唐若颖的颜面，并没有公开提就是唐若颖泄露了霍氏的标底。可见，在霍云城的心目中，糖糖还是不一样的存在。

虽然舒情几乎可以肯定，唐若颖并不是真正的糖糖，在她搜集足够的证据证明这一点后，霍云城一定会严惩唐若颖，可是，如果有一天真正的糖糖回来了，那她……该何去何从？

舒情心中，百转千回。

在经历了上一次订婚事件后，舒情不想再有下一次。

见舒情沉默不语，霍云城看向她的目光又幽深了几分：“舒情，答应我？”

舒情别开了目光，看向窗外。

“舒情，”霍云城的语气带着几分霸道，“我会让你成为全世界最幸福的女人！”

舒情低头看着面前的男人，微微蹙了蹙秀眉。尽管心中有些动容，可她还是没法马上答应。不管有什么理由，舒情都无法接受，霍云城在他们订婚典礼的那一天和唐若颖在一起。

“再不出声的话，我就当你默认了。”见舒情默不作声，霍云城扬了扬嘴角，沉声说道。

霍云城一边说着，一边抓起舒情的手，将戒指往她的无名指上套去。

手指传来灼热的温度，舒情按住了霍云城的大手：“谁说我答应了？”

霍云城手疾眼快地把戒指给舒情戴上，轻轻笑了笑：“戒指都戴上了，你不答应也得答应了。”

舒情给了霍云城一记大白眼，这个男人也太无赖了。

“那又怎样，还可以摘下来。”舒情冷声开口，作势要把手上的戒指拿下来。

“我不允许！”霍云城骨节分明的大手按住了舒情的手。

舒情抬眸，对上他的视线，正想开口，霍云城却猛地低头，封住了她的唇。

“呜……”舒情的话被尽数堵回了喉咙。她倒抽了一口冷气，想要推开他，可霍云城纹丝不动。

强势霸道的吻落下，舒情的心跳情不自禁地开始加速。

她的唇，如樱花花瓣一般柔嫩甜美，让霍云城忍不住想要得更多。

他情难自已地加深了这个吻，如狂风骤雨一般，在她的唇齿之间肆意掠夺着，根本就不给舒情任何喘息的空间。

舒情的脸开始发烫，像火烧似的。

也不知过了多久，霍云城才结束了这个意犹未尽的吻。

“女人，给我你的回答……”他喘息着，在舒情的耳畔轻声说道。

低沉沙哑的声音，带着说不出的诱惑。舒情拍了拍滚烫的脸蛋，深吸了一口气，沉默不语。

见舒情这个样子，霍云城幽深的眼眸中划过一抹挫败感。他还从未对哪个女人花过这么多的心思，舒情是第一个，也是目前唯一的一个。

可是，他为她做了这么多事情，她却不领情。

“舒情，究竟要怎样，你才肯答应我？”霍云城按住舒情的肩膀，沉声问道。

舒情思忖片刻，抿了抿唇，说道：“我们三个月的约定还没到，等到的那一天，我再给你答案。在这期间，看你表现喽。”

“还要等？”霍云城俊脸沉了沉。

这个女人就知道折磨他。明知道他那么爱她，那么想和她在一起，可她却偏偏不答应。

“要看表现是吗？”霍云城忽然低头，在舒情额头轻轻落下一吻，“我会让你满意的。”

这男人能不能不要动不动就吻她，她还没答应他呢！

舒情推开了霍云城，低头看了看窗外：“很晚了，我想早点回去了。”

霍云城伸手拥住她：“好，我的一辈子那么长，等你三个月算什么？”

在霍云城的命令下，直升机缓缓地下降，落在了地上。

舒情终于舒了一口气，还是在地上比较踏实。

“我送你回去。”霍云城牵着舒情的手，往他车子的方向走去。

舒情忽然感觉背后有闪光灯闪过，似乎有人在偷拍。

她回头，只见远处沙滩上很多人在向他们张望，并没有什么特别的。如果不是霍云城事先让保镖清场了这片海滩，恐怕现在他们已经被人给围住了吧。

毕竟，刚才霍云城弄出那么大的声势，只怕有很多人都看见了。

明天的头版头条，会是霍云城求婚失败吗？

舒情侧头看了一眼身旁一脸冷凝的男人，悄悄扬了扬嘴角。

骄傲如霍云城，肯定不会让人把他求婚失败的事情给放出来吧！

正走着，她的手机忽然响了。低头看了看，是沈俊言。

在看见舒情手机屏幕上不停闪烁着“沈俊言”三个字时，霍云城原本就不太好看的脸色，一下子变得更冷了。

“喂，沈俊言？”舒情忽略掉来自身边男人的那股不满之意，坦然地接起了电话。

沈俊言的声音传了过来：“舒情，休息了吗？我有没有打扰到你？”

“没有。找我有事吗？”舒情问道。

“是这样的。关于《后宫风月》，我挑了几个角色比较适合你，不知道你喜欢哪一个。你什么时候有空，我们一起讨论一下？”沈俊言在电话那头问道。

舒情想了想说道：“就明天晚上吧。”

“好，明晚见。”见舒情答应了，沈俊言的语气带着几分轻快。

舒情点头：“明晚见。”

霍云城闻言，俊脸更冷了几分。

明晚见？舒情明晚要和沈俊言约会？还是当着他的面约的？霍云城脸上线条紧绷，薄唇微动，冷冰冰地开口：“你明晚要去见沈俊言？”

“是的。”舒情给了他肯定的答案。

霍云城剑眉紧蹙，语气霸道：“不准去，你给我离他远一点。”

“怎么，你要限制我的自由？”舒情看了霍云城一眼，语气带着几分戏谑，“才第一天就要表现不好吗？”

霍云城：……

这不是表现好不好的问题，是他怎么可能眼睁睁地看着她去和沈俊言约会？

就算舒情对沈俊言没那个意思，可沈俊言对舒情的心思，他非常清楚，也非常介意。

“沈俊言找我讨论《后宫风月》角色的事情，是正事。”见霍云城比煤炭还黑的脸色，舒情解释道。

“你真的要饰演里面的角色？”霍云城蹙眉，薄唇紧紧抿成一线，彰显着他此刻的不悦。

“那当然，我无戏言。”舒情肯定地点了点头。

既然在颁奖晚会上，她都已经说了会饰演其中的角色，怎么可以食言？

霍云城俊脸冷沉，没再说什么。

两个人一路无话，霍云城把舒情送到了城东花园。

舒情下车，向霍云城笑了笑：“谢谢你送我回来。”

她转身准备上楼，却发现霍云城跟在了她的身后。

“你还不回去？”舒情脚步一顿，回头问道。

霍云城一把拉住了舒情的胳膊，沉声道：“舒情，搬回水月新城吧。”

“为什么？”舒情皱了皱眉心。

“你是我的未婚妻，住在别的男人的公寓里算怎么回事？”霍云城一脸不满地开口。

“谁说我是你未婚妻了？我可没答应。”舒情没好气地白了霍云城一眼。

她把霍云城往车上推，却被霍云城一把拉住。

“你干什么呢？”舒情有些无语，这男人还有完没完了？

霍云城把舒情拉到了他的怀中，低头在她耳畔低沉地说道：“我等你的答案，别让我等太久。”

霍云城那温热的气息，尽数洒在舒情的脖颈处，好像一片轻柔的羽毛，轻轻挠过她的脖子一样，弄得她痒痒麻麻的。

“不是说了看你表现吗？”舒情深吸一口气，用力推开了霍云城，抿了抿唇，淡淡道。

看着舒情的背影，霍云城的目光渐渐变得异常坚定。他会让舒情给他一个肯定的答案的，而且他相信，不会等太久。

舒情回到家中，觉得有些累了，本来打算改进“冰与火”系列作品设计的，也暂且搁置了。

她慵懒地躺在床上，脑海中情不自禁地浮现出今晚霍云城向她求婚的情景。她辗转反侧，也不知道过了多久，才迷迷糊糊地睡着。

在睡梦中，她竟然又见到了霍云城！

而且，还是一个春色缭绕的梦。

她梦见霍云城霸道地吻她，而她非但没有反抗，还很配合，两个人在大床上相拥热吻……

舒情猛地惊醒，打开灯四处看了看，才发现是做梦。

真要命！她怎么会做这种梦？

这都怪霍云城，动不动就撩拨她。

舒情深吸了几口气，才把脑海中那些粉色画面给赶走。

徐家别墅。

书房中，徐婉儿正缠着徐沐阳：“大哥，你之前答应让我进霍氏上班的事情，什么时候才能实现啊？”

徐沐阳有些烦躁地揉了揉太阳穴，抬头看了宝贝妹妹一眼：“婉儿，这事急不得。”

“我都等了这么久了，怎么不急？”徐婉儿拉着徐沐阳的胳膊，撒娇道，“大哥，我知道你最疼我了！我不管，我要去霍氏。”

徐沐阳有些无奈，轻叹一声：“婉儿，这世上好男人这么多，你为什么非盯着霍云城？”

“我不管，我就是喜欢他！”徐婉儿的眼中闪过一抹志在必得。

徐沐阳有些敷衍地说：“行了，我再想想办法。”

“大哥，你一定要帮我啊！”徐婉儿强调道。她已经迫不及待地想去霍氏，那样就可以天天见到霍云城了。

徐婉儿从书房出来，刚回到房间，就接到了白岚的电话。

“这么晚找我什么事？”徐婉儿看了一下时间，已经是夜里十一点了。

白岚吞吞吐吐地道：“婉儿，有件事情我不知道该不该告诉你。”

听白岚这欲言又止的口吻，徐婉儿没好气地开口：“有什么话就直说。”

白岚连忙说道："今晚我表姐和孩子去海滨沙滩玩，看见了霍云城和舒情。"

"这么晚了他们在一起？"徐婉儿脸色一变，语气带着嫉妒。

"是的，而且……"

"而且什么？"徐婉儿迫不及待地追问。

白岚小心翼翼地说道："而且，听周围的人八卦说，霍云城向舒情求婚了。"

求婚？徐婉儿的眼中抑制不住地闪过嫉恨。

"婉儿，你别担心，好像霍云城求婚没成功。"见徐婉儿不说话，白岚连忙补充道。

"没成功？一定是舒情玩的欲擒故纵的把戏！"徐婉儿恨恨地开口，"舒情，你不会得手的！"

# 第二十一章
## 心里满满都是她

舒情凭什么能够得到霍云城的爱慕？霍云城向她求婚，她竟然还不答应。欲擒故纵这一招，她玩得炉火纯青啊，昨天是沈俊言，今天是霍云城，两个优秀的男人，先后向舒情求婚，这些男人都眼瞎了吗？为什么一个个都围着舒情转？这个女人究竟有什么好的？

“婉儿，我们现在应该怎么办？”见徐婉儿突然沉默了，电话那头的白岚忍不住问道。

徐婉儿回过神来冷冷地说道：“帮我去约吴清冉。”

“婉儿，你的意思是……”白岚故意问道。其实她知道，徐婉儿想来一招借刀杀人。

“想要舒情死的，可不止我一个人！”徐婉儿扬了扬嘴角，目光中迸发出一股寒意。

“好的，我知道了。”白岚附和完还不忘溜须拍马，“还是婉儿你聪明。”

第二天，阳光明媚，是个大晴天。

舒情刚出门准备去上班，忽然一辆熟悉的黑色劳斯莱斯不偏不倚地停在她面前——霍云城的车。

“舒情，上车吧。”霍云城打开了车门，似笑非笑地看着舒情。

舒情坐到了副驾驶的座位，有点疑惑地问道：“你怎么过来了？”

霍云城扬了扬嘴角，幽深的目光带着几分难得的柔和：“接老婆上班，天经地义。”

老婆？她怎么就不知道，在别人面前一本正经、生人勿进的霍大总裁，在她面前可以这么不要脸呢。

“谁是你老婆？”舒情没好气地给了霍云城一个白眼。

霍云城笑了笑，目光中是志在必得的自信：“很快就是了。”

“脸皮真厚。”舒情扬了扬嘴角，一转头，差点碰上霍云城正在向她靠近的俊脸。

刀刻一般的面庞，立体精致的五官，幽深的眼眸，高挺的鼻梁，性感的薄唇……俊美得让人窒息。

“你干什么呢？”舒情一脸警惕地往后靠了靠。

霍云城又向舒情靠近了几分，额头几乎贴着她的额头，薄唇轻启，富有磁性的声音在她耳边响起：“我帮你系安全带。”

突然拉近的距离，让他那温热的气息尽数喷在舒情的脸上。舒情的脸微微有些发烫。

不知怎么的，她的脑海中猝不及防地跳出了昨天晚上的那个梦。

脸上烫得厉害，呼吸莫名地急促起来，她连忙推开了霍云城：“我自己来就可以了。”

霍云城微微颔首，幽深的目光落在舒情脸庞上，语气中带着几分戏谑：“你脸怎么这么红？”

天啊，这男人能不能不要哪壶不开提哪壶？舒情深吸几下，正色道：“太热了。”

“是吗？”霍云城勾了勾嘴角，眉眼之中是忍不住的笑意。

舒情坐直了身体，瞪了他一眼：“还不赶紧开车？”

到了霍氏，舒情就投入忘我的工作之中。快到中午的时候，她接到了 Anthony 的电话。

“Ada 姐，之前你让我查唐若颖的身世，有点眉目了。”

舒情走到了外面的走廊上，看了看四周没人，才问道：“怎么样？”

“收养唐若颖的澳大利亚华人，是一个大学教授，在一年前已经去世了。”Anthony 沉声说道。

“大学教授？和李承阳有关系吗？”舒情追问。

Anthony：“暂时没有查到有什么关系，但是有一件事情很奇怪。”

舒情问：“什么事？”

“在澳大利亚，没有唐若颖的任何入院记录。”Anthony 沉吟道，“按说，糖糖当年伤得这么重，不是一朝一夕可以治好的，就算她到了澳大利亚，也应该每年去做例行体检，但是她没有。”

“如果当年她根本就没有受伤呢？”舒情微微眯了眯眼眸。

如果唐若颖不是糖糖，那她根本就没有摔下山崖，更不可能重伤。

Anthony 沉声道：“也有这个可能。”

舒情想了想说道：“我要唐若颖养父的全部资料。”

“好，Ada 姐，我尽快发给你。”Anthony 一口答应。

挂断了电话，舒情抿了抿唇，若有所思。

那天，唐若颖被她揭穿泄露标底嫁祸给她的时候，为了博得霍云城的同情，故意露出身上的伤痕，哭哭啼啼地提起当年为了救霍云城受伤的事。舒情记得很清楚，当时看唐若颖身上的那些伤痕，根本不像是八年前摔下山崖造成的。

看来，她得找个时间去会会唐若颖了。

刚回到座位，又接到了霍云城的电话。

“找我有事？”舒情接起办公位的座机。

霍云城清冽的声音在电话那头传来：“给我送杯咖啡来。”

舒情：……

他又把她当成干杂活的了？

不等舒情开口，霍云城已经挂断了电话。

既然霍云城发了话，舒情只能去二楼的茶餐厅给霍云城拿了一杯咖啡。

来到十八楼的总裁办公室门口，舒情抬手敲了敲门。

“进来。”霍云城富有磁性的声音响起。

舒情推门而入，把咖啡端到霍云城面前，淡淡道：“你要的咖啡。”

霍云城双手噼里啪啦地敲着键盘，抬眸看了舒情一眼，似笑非笑地勾了勾嘴角：“我手挪不开，你喂我。”

舒情无语，把咖啡往他面前一放：“爱喝不喝。”

霍云城蓦地站起身，拉住了舒情的手：“生气了？”

舒情给了霍云城一记白眼。

“晚上一起吃饭吧。”霍云城低头在舒情耳畔说道，“我亲自下厨，你尝尝我的手艺。”

舒情摇摇头：“你忘了我晚上约了沈俊言吗？”

霍云城闻言脸色一下子沉下来。舒情还真打算去和沈俊言约会？

“不准去！”霍云城霸道地开口。

舒情对上他冰冷的视线：“如果我偏要去呢？”

话音刚落，却见霍云城径直向她吻来……

舒情一个劲儿地和他唱反调，不顾他的强烈反对非要去见沈俊言，霍云城心中不由得冒起了一股无名怒火。难道在舒情的心目中，沈俊言真的这么重要？她明明说了，对沈俊言没有意思的，为什么还要去赴沈俊言的约？就算真的只是为了公事，也不行！

心中那团妒火燃烧着，霍云城低头毫不犹豫地吻住了面前女人那让他回味无穷的柔嫩唇瓣。

再次尝到舒情如樱花般甜美的诱人粉唇，霍云城的呼吸一紧，手上的动作根本就停不下来。

舒情身上淡淡的幽香，那么熟悉，那么让他心动，和记忆中的感觉一模一样。

恍惚中，霍云城又回到了八年前，他和糖糖被关在那个暗无天日的小黑屋，不远处，便是凶恶的大狼狗。

那个时候，他怕狗。瘦小勇敢的糖糖，毫不犹豫地抱住了他。

女孩伸出双手，紧紧地抱着他，用清脆如银铃般的声音在他耳畔说道：“城哥哥，你别怕，我会保护你！”

糖糖抱着他，他闻到她身上淡淡的香味，很甜很甜，让他感到莫名的安心。那种感觉，一如现在这样。

为什么他总觉得，舒情才是八年前那个让他心动，让他念念不忘的女孩？

霍云城无比霸道地吮吸着她的唇瓣，呼吸开始有些凌乱，眼眸中翻腾着灼热的火花。

这突如其来的吻，让舒情有些晕。

这个男人，一言不合就吻她？真要命！

舒情想要伸手反抗，可双手被他牢牢禁锢着，根本用不上力。

这种感觉……难以形容。

就在两个人如火如荼的时候，突兀的敲门声打破了此刻暧昧的气氛。

霍云城只好松开舒情，冷冷地开口：“进来。”

“云城……舒情！你怎么在这儿？”

徐婉儿好不容易缠着徐沐阳，让他带她来霍氏谈合作案，一到霍氏就直奔总裁办公室。却没有想到，敲开门看到的便是霍云城和舒情单独在一起的一幕，霍云城的领带、衬衫有些乱，而舒情的脸庞更是浮现一抹红晕。

她无比嫉妒地走上前，狠狠瞪了舒情一眼。

霍云城松开了舒情，慢条斯理地整了整凌乱的衬衫，斜睨了徐婉儿一眼："你怎么过来了？"

徐婉儿一把拉开舒情，收起嫉恨的情绪，对着霍云城露出一个自认为迷人的笑容："云城，我是和我哥一起来和你商讨徐氏与霍氏的合作案的。"

霍云城神色淡淡的："你哥呢？"

"哦，他停车去了，马上就到。"徐婉儿看向霍云城的目光带着几分痴迷。

这是她徐婉儿看上的男人，别的女人休想染指！

徐婉儿心中正盘算着，徐沐阳走了过来："婉儿，怎么不等我？"

"哥，你来得正好。"徐婉儿拉着徐沐阳的胳膊，向着舒情冷冷道，"舒情，我们现在要和云城讨论公事，你杵在这干什么？"

舒情看了徐婉儿一眼："徐小姐，我也在和霍云城讨论公事，你该知道什么叫做先来后到吧？"

"沐阳，你带你妹妹先去会议厅等我。"霍云城勾了勾嘴角，冷声对徐沐阳说道。

"好，那我们在会议厅等你忙完过来。"徐沐阳点头，拉着徐婉儿走出了总裁办公室。

徐婉儿一脸的不甘心："哥，明明刚才舒情她……"

"行了，婉儿，既然云城让你去会议室等，你照做就是。"徐沐阳不由分说地把徐婉儿给拉走了。

徐婉儿回头狠狠瞪了舒情一眼。

见徐沐阳和徐婉儿远去，霍云城勾了勾嘴角，看向舒情："你刚才不是说，要和我谈公事吗？"

舒情耸了耸肩膀："我突然忘记要和你谈什么了。"

其实她根本就没什么公事要谈，只是单纯看不惯徐婉儿的样子而已。说完，便转身离开，只留下一脸黑线的霍云城。

舒情回到办公位，将“冰与火”的设计又做了一些改进，却总觉得差了点味道。

不知不觉，就到了下班时间，舒情站起身，正准备收拾一下下班，就接到了沈俊言的电话。

“沈俊言？”舒情接起了电话。

沈俊言清冽的声音传来：“舒情，下班了吗？”

“刚下班。”舒情回答道。

“我在霍氏门口等你。”沈俊言沉声说道。

舒情下楼，出了霍氏大门，便看见了沈俊言的车子。

沈俊言打开车门下车，走到舒情面前，目光无比温柔：“舒情，上车吧！”

“嗯。”舒情淡淡地应了一声，坐上了副驾驶的座位。

她侧头看了一眼沈俊言：“我本来打算吃完晚饭去找你的。”

沈俊言笑了笑：“我请你，一起吧。”

舒情点点头：“行。”

见舒情答应了，沈俊言情不自禁地扬了扬嘴角，露出了一抹柔和的笑容。他发动了车子，向着他郊外的别墅方向开去。

徐婉儿和徐沐阳与霍云城谈完合作案，恋恋不舍地被徐沐阳拉出霍氏的时候，正好看见舒情上了沈俊言的车。

徐婉儿眼中闪过一抹精光。

刚才在总裁办公室，舒情不要脸地勾引霍云城，现在一转身，她又上了沈俊言的车？

徐婉儿紧紧地盯了沈俊言的车子好一会儿，而后拿起手机，给白岚发了短信：“去通知记者，舒情和沈俊言鬼混去了。另外，别忘了告诉吴清冉！”

很快，徐婉儿收到了白岚的回复：“收到，婉儿！”

徐婉儿眯起了眼眸，舒情，你等着吧！！

霍云城迈着沉稳的步伐走了出来。徐婉儿一看到霍云城的身影，便连忙快步迎了过去。她指着沈俊言那辆已经快看不见影子的车子，故意加油添醋说：“云城，刚才我看见舒情上了沈俊言的车，他们两个人有说有笑的，看起来好亲热呀。”

霍云城闻言，俊脸一下子就沉了下来。

他匆匆忙忙结束了和徐沐阳的合作案讨论，再去秘书部找舒情的时候，她已经不见了人影。周围的同事告诉他，舒情已经下班走了。

见霍云城这副生人勿近的样子，徐婉儿扬了扬嘴角，又故意说道：“其实舒情和沈俊言很相配呀。我听我哥说，沈俊言之所以要和吴清冉解除婚约，就是因为舒情。听说沈俊言追了舒情整整两年了，而且那天在颁奖典礼上，沈俊言向舒情求婚，虽然他们说是为新戏做宣传……”

徐婉儿的话，在霍云城听来极其刺耳，他不耐烦地打断了她：“你不说话，没人当你是哑巴。”说完便头也不回地走了。

徐婉儿盯着霍云城那冷漠疏离的背影，心中暗暗发誓，总有一天，她一定会得到这个优秀的男人，霍家女主人的位置，最终一定会是她徐婉儿的！

舒情坐着沈俊言的车，一直到了他在城郊的别墅。

沈俊言把剧本递给了舒情：“这是《后宫风月》的剧本，你看一下，喜欢哪个角色？”

舒情接过剧本，随手翻了几下：“你给我点建议，随便找个角色吧，戏份不要太多。”

对于拍戏，舒情并不太感兴趣。一来她并不喜欢太高调，二来她也没有太多的时间来拍戏。但是，既然那天在颁奖典礼上面为了解燃眉之急在众人面前说过会饰演新剧里面的角色，那她就一定不会食言。

“舒情，不然你就选玲妃这个角色吧，这个角色符合你的要求。”沈俊言侧头看了舒情一眼建议道。

其实，选这个角色，沈俊言就是有那么一点点私心的。玲妃是男主角皇上的心上人，可惜从小体弱多病，虽然万千宠爱在一身，却红颜早逝，成为男主角心中的白月光。关键是，这个角色和男主角有很多对手戏，甚至有很多亲密戏。就算只是在戏中，可以和舒情扮演情侣，那他也会很满足。

舒情没有多想，点了点头：“行，那就这个吧。”

“这个剧本给你，你有时间可以先多看看和背背台词。”沈俊言又把玲妃的剧本递给了舒情，耐心地说道。

“谢谢。”舒情笑了笑。

沈俊言顿了顿，忽然想起了什么，又问道：“对了，明天是《后宫风月》的开机仪式，你会参加吧？”

“当然会。”舒情抿了抿唇说道。

虽然霍云城可能会有意见，但这是她的自由，霍云城也管不着。

到了别墅后，边吃饭沈俊言边又给舒情讲解了拍戏的要领，一直到夜深。

舒情抬手看了看时间，站起身来说道：“很晚了，我该回去了。”

“我送你。”沈俊言连忙跟着站起来。

两个人刚走到别墅的大门口，在外守候多时的娱记们一窝蜂地围了上来。

相机不停闪烁着，对着沈俊言和舒情狂拍了一阵。

今晚，他们收到白岚的消息，说舒情深夜私会沈俊言。

没想到守在沈俊言别墅门口，果然等到了两个人深夜出门。

沈俊言连续三年获得百花奖的最佳男主角，而舒情又是星辰娱乐的大老板，不管两个人是不是那种关系，只要炒作一下，就是流量。更何况，白岚还给了他们钱，这种好事上哪儿找去？

“你们干什么？”舒情被记者们围住，皱着眉问道。

“舒情小姐，请问你这么晚了还在沈俊言别墅中，你们两个人是不是有什么非同寻常的关系？”娱记问道。

“当然不是。”舒情冷声道，“我们在讨论工作。”

“孤男寡女共处一室讨论工作到深夜吗？”有一个娱记对着舒情穷追不舍，“舒小姐，我们收到匿名爆料，说你和沈俊言之间，并非是你所说的同事关系这么简单。请问你们究竟是什么关系？”

舒情正想开口，忽然传来了一道冷厉的男子声音：“你们是哪家媒体的？”

这个声音，这么熟悉，舒情循着声音回头看去。

果然是霍云城。

只见他身穿一身黑色高定西服，浑身散发着冰冷的气息，几乎与黑夜融为一体。

“霍总！”娱记们看见霍云城，面面相觑了几秒钟，便围了上去。

虽然说白岚爆料并没有提到今晚霍云城会出现，但这三角恋关系，岂不是更加吸引眼球？

于是，便有不怕死的娱记开口问霍云城：“霍总，请问……”

“全都给我走开！”娱记话还未说完，霍云城扫了他一眼，冷冰冰地开口。

霍云城周身的气场，强大到几乎要让人忍不住后退：“谁敢乱写，以后就不用再出现在 A 市了！”

娱记们全部噤声，战战兢兢大气也不敢喘。

“还不走？”霍云城眼神冰冷，薄唇微动。

在他那强大的气场下，娱记们一溜烟地跑了。

舒情看着面前脸色森冷的男人，语气带着几分诧异：“霍云城，你跟着我？”

霍云城微微眯了眯眼眸，带着几分寒意的目光，落在舒情的脸上，沉声说道：“跟我回去。”

“霍云城，我会送舒情回家。”沈俊言上前一步，挡在了舒情面前。

“这里没你的事，我的女人，不用你送！”霍云城冷冷地扫了沈俊言一眼，直接将舒情打横抱起就走。

我的女人？霍云城在说什么呢？她什么时候就成他的女人了？简直莫名其妙！

“你干什么？”舒情猝不及防整个人被霍云城抱了起来。

落入霍云城那坚实的怀抱，她下意识地抬头，一下子就对上了霍云城那双深不可测的眼眸。在那双眼眸中，舒情看见了自己的影子。晃神间，舒情竟然忘记了挣扎，就这样任由他抱着走了。

霍云城直接把舒情抱进了车里面。他坐到驾驶座位上，面色铁青地发动了车子。

看着霍云城的车子渐渐远去，沈俊言的眼中闪过了一抹黯然。

他眼睁睁地看着自己心爱的女人被其他男人带走，却无能为力。因为，他看得出来，舒情根本就忘不了霍云城。

那种挫败感，让沈俊言觉得自己从来没有这样失败过。但是，他不会轻言放弃。

只要舒情一天没有结婚，他还是有机会的！更何况，现在舒情还没有答应和霍云城在一起。

他有机会的，一定有机会的！沈俊言不停地对自己说道。

“霍云城，你要带我去哪儿？”舒情看了看窗外，发现并不是去往城东花园的路。

霍云城侧头斜睨了她一眼，淡淡地说道：“水月新城。”

“你送我回去。”舒情揉了揉眉心，“我累了，要回去休息。”

霍云城勾了勾嘴角：“我已经让人把你的东西都搬到了水月新城。”

“什么？”舒情一脸黑线，“你怎么可以不经过我的同意，就随便乱动我的东西？”

“没有乱动，只是原封不动搬来而已。”霍云城一副理所应当的样子。

舒情：……

这男人，真够强词夺理的！

半小时之后，霍云城停下了车，他先下车帮舒情打开了车门，舒情却给了他一记白眼。

他已经把她的东西都搬来了，先斩后奏，她想回城东花园也不行了。

再次回到水月新城，一切都是那么熟悉。

“霍总，舒小姐。”王妈在看见舒情的那一刻，笑得灿烂。

这一次，霍云城把舒小姐的东西全都搬回来了，舒小姐应该不走了吧。

“王妈。”舒情笑了笑，打着招呼。

“霍总，没什么事的话，我先回去了。”王妈很有眼力见地说道。

霍云城神色淡淡地点了点头：“嗯。”

舒情上楼回到了她的房间。房间打扫得一尘不染，一切还是原来的模样。

她有些感慨。打开霍云城从城东花园给她搬来的两个皮箱，开始收拾了起来。

“不是说累了，要早点休息吗？”霍云城斜倚在门边，双手插在裤子口袋中。

橘黄色的灯光照在他的身上，整个人俊美又从容不迫。

“你杵在那儿，让我怎么休息？”舒情没好气地说，站起身，把他推出门外，“快出去！”

也许是太用力了，她脚下一滑，整个人径直扑到霍云城的怀中。

霍云城伸手揽住了她的腰，轻笑一声：“我是不是可以理解为，你迫不及待地投怀送抱？”

这男人，脸皮比城墙还厚！

舒情使劲从他怀中挣脱出来：“别胡说，快出去！”

终于把霍云城给推了出去，连忙把房门锁上。

躺在熟悉的大床上，舒情的思绪有些飘远。她就这么又搬回来了？还是有点不敢相信，想着想着就迷迷糊糊进入了梦乡，一夜安睡。

翌日，徐家别墅。

“婉儿，本来记者都已经拍到沈俊言和舒情半夜私会了，只是……”白岚站在徐婉儿的面前，小心翼翼地开口。

“只是什么？”徐婉儿追问。

白岚深吸一口气，回答道：“只是霍总突然出现，把记者赶走了。”

徐婉儿抑制不住地嫉妒冒火：“然后呢？”

“霍总就把舒情给带走了。”

白岚看了一眼一脸怒色的徐婉儿，连忙说道：“其实我们昨晚也并非毫无所获的，记者把拍到的照片都给我了。”

白岚说着，连忙打开手机，把照片拿给徐婉儿看：“婉儿，你看，都是沈俊言和舒情在一起的照片。”

徐婉儿眯了眯眼眸：“很好。你帮我约了吴清冉了吗？”

白岚连连点头：“约好了，中午在咖啡厅。”

徐婉儿的目光闪过一抹阴狠。

被舒情揭露她的丑事，沈俊言又和她解除了婚约，吴清冉高雅钢琴家的形象也彻底毁灭，想来，吴清冉一定恨透了舒情。

只要她再暗示挑拨几句，吴清冉一定会忍不住出手对付舒情，到时候，她要让舒情死无葬身之地！

徐婉儿和白岚特意提前了几分钟赶到咖啡厅，可吴清冉比她们到得更早。

“徐小姐，你找我什么事？”吴清冉搅动着手中的咖啡，开门见山地问道。

徐家和吴家，也算是世交，吴清冉和徐婉儿，也从小就认识。

徐婉儿向白岚使了一个眼神，白岚心领神会地拿出手机，将那些照片点了出来：“吴小姐，你看看这个。”

吴清冉接过手机，低头看去。

每一张照片的主角都是沈俊言和舒情，吴清冉的脸色一下子变得很难看。

“吴小姐，这些照片是我的一个记者朋友发给我的。”白岚清了清嗓子，夸张地说道，“昨晚，舒情可是一直都在沈俊言的别墅，孤男寡女，谁知道都干了什么？”

吴清冉把手机还给白岚，看向徐婉儿，淡淡地笑了笑：“徐小姐，你今天找我，不会就为了给我看这些照片吧？有什么话，请直说吧。”

“吴小姐，我这次约你，没有别的意思，纯粹是为你打抱不平而已。”徐婉儿轻呷了一口咖啡，抬头看了吴清冉一眼。

见吴清冉的眼眸微微闪烁了一下，徐婉儿给白岚使了一个眼色。

白岚心领神会，说道：“吴小姐，我们真是替你感到不值啊。其实我们都知道，一切都是舒情搞的鬼。她故意让沈俊言在台上讲那些话，把你的名声搞臭了，让沈俊言和你解除婚约。舒情也不是第一次做这种事情了，之前她和霍云城不清不楚的，表面上清高地和霍云城解除婚约，暗地里一直欲擒故纵吊着霍云城呢。沈俊言也是，你看他紧张舒情的那个样子，明眼人都看得出来，沈俊言喜欢舒情。舒情就是想脚踏几条船，让所有男人都拜倒在她的石榴裙下！”

白岚每说一句，吴清冉的脸色就冷一分。

没错，一切都怪舒情！

是舒情刻意在颁奖典礼上让她丢脸，让沈俊言恨她，非要和她解除婚约！而她好不容易积累起来的名声更是一落千丈，现在她像小丑一样，被人指指点点，就连和她签约的公司，都明里暗里要和她解约。

“舒情，我绝不会放过她！”一想到这些，吴清冉的眼眸中迸发出恨意。

“听说她马上就要和沈俊言一起拍《后宫风月》这部电视剧，两个人要演情侣呢。”徐婉儿话中有话，“拍戏这种事情，片场龙蛇混杂的，倒是很容易出什么意外呢。”

吴清冉闻言笑了笑，站起身：“徐小姐，谢谢你的咖啡，我还有事先走了。”

看着吴清冉远去的背影，徐婉儿眼中闪过一抹得逞的笑意。如果她猜得没错的话，吴清冉应该很快就会对舒情动手了，到时候，她就可以得渔翁之利。

舒情，你等着吧，这一次，你一定没这么走运了！

霍氏集团。

舒情看了看时间，差不多快中午了，《后宫风月》的开机仪式是在下午两点开始。她收拾了一下东西，就去总裁办公室找霍云城请假。

想到早上说要去参加开机仪式时，霍云城一副冰山脸的样子，舒情不禁有些头疼。她深吸一口气，伸手敲响了总裁办公室的大门。

“进来。”霍云城清冷的声音从里面传了出来。

舒情推门而入。

霍云城坐在座位上，聚精会神地盯着电脑屏幕，敲着键盘，正在专心致志地工作。

都说认真工作的男人是最帅的，这话一点也不假。他的西服外套脱下来，挂在一边的衣架上面，上身只穿了一件白色丝质衬衣，胸前的纽扣解开了两颗，隐隐露出胸肌。精致立体的五官，就好似上帝的杰作一般，让人挪不开眼。舒情看得不由有些恍神。

“看够了没有？”霍云城忽然抬头，冷不丁地开口。

“啊，没有……”舒情回过神来，不由得有些尴尬。

“怎么？还没有看够吗？”不等舒情说完，霍云城故意打断了她，语气带着几分戏谑。

见霍云城故意曲解了她的意思，舒情没好气地瞪了他一眼：“没在看你。”

“是吗？我都看见了。”霍云城轻笑了一声，长腿一迈，走到舒情面前，把她拉进了总裁办公室，顺手把门关上。

忽然拉近的距离，让舒情的脸色微微有些绯红。

她连忙推开霍云城，清了清嗓子，冷声说道：“我是来和你请假的。”

“是要去参加开机仪式吗？”霍云城看着舒情，面无表情地问道。

“对。”舒情点头。

“我送你去。”霍云城道。

舒情诧异：“怎么，你不反对了？”

今天早上和他说的时候，他还一副冰山脸，这会儿怎么突然转性了，竟然要主动送她去？这是太阳从西边出来了吗？

见舒情一脸疑惑的样子，霍云城似笑非笑地看了她一眼，微微俯下身，在她耳畔低沉地说道：“不是要表现好一点吗？这样你就可以早点答应我的求婚了，对吗？”

他那富有磁性的嗓音，加上他刻意拖长的尾音，又酥又撩人。舒情的脸，红得更深了。

她那害羞可爱的样子，落在霍云城的眼眸中，让他的喉结不由得滚了滚。

下一秒，他低头，猛地吻住了她诱人的红唇。

如狂风骤雨般的吻落下，舒情的脑袋一下子宕机了，他能不能不要动不动就吻她？

面前女人那熟悉美好的感觉，让霍云城忍不住加深了这个吻。

他的目光渐渐深沉，修长的手指探进了舒情的上衣。

霍云城手心灼热的温度传来，舒情呼吸一窒，下意识地按住了他的大手，用力推开他：“这是办公室呢！”

“舒情，你逃不出我的手掌心。”霍云城紧盯着面前的女人，已经迫不及待地想要她回到她身边。

霍云城从未有过这样的感觉，从小到大，只要是他想要的东西，就没有得不到的。至于女人，多的是想要扑上来的，可他从来都不会看她们一眼。

以前，他心里面有糖糖，一心想的就是要找到糖糖。可自从舒情来到霍家，他心里面满满的都是舒情，再也装不下别人了——包括糖糖。

他想要她，想和她在一起，不离不弃，共度余生。

他自信，可以守护她一生，让她成为全世界最幸福的女人，可偏偏舒情一次次地拒绝他。

霍云城深邃的目光落在舒情脸上，他的双手按住了她的肩膀，一向清冷的眉眼此刻闪着炽热的光芒：“你这个女人，还要拒绝我多少次？”

对上面前男人深邃的目光，舒情深吸几口气，转移话题：“快走吧，要迟到了……”

说完，舒情便连忙转身，往门口方向走去。她怕再多待一秒钟，就会忍不住答应他。

不过，现在真的不行，她不想这么快答应他。

见舒情那几乎落荒而逃的娇俏背影，霍云城的目光黯淡了几分。他长腿一迈，跟了上去。

两个人到了地下车库，舒情坐上了霍云城的车。霍云城发动了车子，向着星辰娱乐的方向开去。

一路默默无语，车子中的气氛有些尴尬。

舒情侧头看向窗外。之前也是爷爷规定的三个月的时间，现在算算也没剩几天了。到时候，她该怎么回答爷爷呢？是继续留在A市，还是跟爷爷一起环游世界，回归以前那种无拘无束的生活呢？

一时之间，舒情心里也没了答案。

她有些疲惫地揉了揉眉心，忽然听见霍云城的声音响起："到了。"

舒情正准备下车，霍云城蓦地拉住了她。

"怎么了？"舒情回头看了他一眼。

霍云城故意带上了几分委屈："舒情，你还没有答案吗？"

见霍云城忽然又旧事重提，舒情的心跳不由得快了半拍。

舒情想了想说道："等霍爷爷的病好了再说，行吗？"

一提到霍老爷子，霍云城的脸色冷了几分，微微点了点头。

"你放心，霍爷爷没事。"舒情知道霍云城担心霍老爷子，安慰道，"我每天都和倪医生有联系，他的状态很稳定。齐叔叔说，再过几天就可以给霍爷爷施最后一次针灸了，到时候霍爷爷一定会醒来的！"

"嗯。"霍云城的神情放松了几分。他相信舒情，她一定可以让爷爷醒来。

"那我先进去了。"舒情笑了笑。

"我和你一起。"霍云城长腿一迈，不由分说地跟了上去。他打定了主意，不能给沈俊言和舒情独处的机会。舒情，只能属于他。这回他时刻紧跟在舒情身边，他就不信，在他眼皮子底下，沈俊言敢对舒情怎么样？

舒情有些无语，公务繁忙的霍大总裁什么时候这么清闲了，跑来参加和他八竿子打不着的开机仪式？

经过那晚的颁奖典礼后，现在星辰娱乐所有人都知道，舒情是自家大老板。

见舒情和霍云城一起出现，星辰娱乐的员工纷纷向她打招呼："舒小姐好，霍总好。"

舒情脸上挂着淡淡的笑容，微微点头，往电梯走去。

看着舒情和霍云城的背影，员工们开始八卦了起来。

“不知道我们大老板和霍总是什么关系？”

“不是有传闻，霍总一直在追求舒小姐吗？”

“还有传闻沈俊言也在追求舒小姐呢！我觉得还是沈俊言和舒小姐更相配，沈俊言又帅又多金，对舒小姐又温柔体贴。”

这些话，一字不漏地落在了霍云城的耳中，他的脸色变得有些冷。

“电梯来了。”舒情感受到身旁男人的不悦，抿了抿唇。

两个人坐着电梯，到了顶楼。

“舒情，你来了。”沈俊言早就在等着舒情了，见到舒情后脸上洋溢着春风一般的笑。

当看到舒情身后的霍云城时，他脸上的笑容僵了僵。

“霍云城，你先回去吧，我要去做造型。”舒情对霍云城说道，然后去了化妆间。

当舒情再度走出化妆间的时候，却见霍云城高大挺拔的身影，正斜倚在门口。

舒情微微蹙了蹙眉：“你怎么还没走？”

“来给你捧场。”霍云城淡淡地说道。

面前这个与平日截然不同的女人，惊艳了霍云城。

一袭紫色的礼服，衬得她的肌肤格外白皙，长发高高绾起，露出了性感的锁骨，鱼尾裙摆更是将她玲珑曼妙的曲线展现得淋漓尽致。一双波光潋滟的眼眸如水洗一般，清澈明亮，眉眼的部分微微染着红晕。整个人看起来优雅得体、落落大方、精神干练，她美得难以用语言来形容。

感受到来自面前男人的灼热目光，舒情不自在地别开脸。

刚好沈俊言从另外一个化妆间走出来。

舒情冲他弯了弯嘴角：“时间差不多了，我们走吧。”

沈俊言温柔的目光落在舒情身上，挪不开眼：“好。”

看着舒情和沈俊言并肩离开，霍云城的脸色不自觉得冷了几分。

开机仪式在星辰娱乐的大礼堂举行，这是舒情第一次参加开机仪式。以往推出新片，都是由沈俊言一手搞定，她这个幕后老板只想当甩手掌柜。可这次不一样了，毕竟，她星辰娱乐大老板的“马甲”已经掉了，现在所有人都知道她的这个身份。再者，她参演《后宫风月》也是这部剧最大的噱头，因此，今天的开机仪式格外热闹。

除了《后宫风月》演员、导演、制片人，到场的还有很多商界名流。

记者们也是早早地赶到，兴奋地扛着长枪短炮。

听说今天参加开机仪式的都是重量级人物，不仅有蝉联三年最佳男主角的沈俊言，更有星辰娱乐神秘低调的大老板舒情，因此记者们一个个摩拳擦掌，生怕错过劲爆的新闻。

舒情和沈俊言一出现，全场沸腾了。

“是沈俊言和舒小姐！”有人喊道。

所有人的目光，全部都集中到了舒情和沈俊言的身上。

就在这时，不知道是谁又喊了一声：“霍总！霍总也来了！”

众人又顺着声音，往礼堂的大门口看去。

只见霍云城修长挺拔的身影，正迈着沉稳的步伐，走进大礼堂。他的出现，一下子又吸引了所有人的目光。

记者们更是兴奋不已。

沈俊言是气度不凡、英俊潇洒、人气超高的最佳男主角；舒情则是倾国倾城，才情与美貌并重的幕后大老板；再加上叱咤风云，犹如帝王一样让人望而生畏的大总裁霍云城。这三个人之间的关系，错综复杂。不管是和沈俊言，还是和霍云城，舒情最近可有不少绯闻。

总而言之，今天的开机仪式一定会很精彩。

第二十二章
# 此生，他认定了这个女人

记者们向着霍云城围了过去，一个又一个问题向他抛来。

“霍总，请问你来参加星辰娱乐的开机仪式，意味着霍氏要进军演艺圈吗？”

“霍总，有传闻说你又重新追求舒小姐了，请问是真的吗？”

“霍总，之前有传闻你和舒小姐解除婚约，是因为她身份低微配不上霍家，而事实上舒小姐是富家小姐，更是星辰娱乐的神秘CEO，这是你重新追求舒小姐的原因吗？”

霍云城剑眉紧蹙，冷冰冰地开口：“抱歉，我不接受任何采访。”

他强大冰冷的气场，让记者们自动让开一条道路，不敢再多问什么。

霍云城走到角落的座位坐下。

两点整的时候，开机仪式准时开始。

主持人的声音响起：“大家好，今天是《后宫风月》的开机仪式，我宣布，开机仪式正式开始！让我们以热烈的掌声，欢迎沈俊言和舒小姐上台发言。”

在雷鸣般的掌声中，沈俊言和舒情一起走上台。

沈俊言清了清嗓子：“欢迎各位参加《后宫风月》开机仪式。《后宫风月》这部大型古装剧，是星辰娱乐重金投资的项目，演员阵容强大，饰演主角的都是演艺圈数一数二的当红艺人，更有我们星辰娱乐CEO舒情小姐友情客串，相信一定会带给大家非同一般的视觉盛宴。”

“请大家多多支持。”舒情脸上挂着得体的笑容。

掌声再次响起，在大礼堂中回荡着，经久不息，气氛空前的热烈。

就在这时，突然有两个年轻女孩手捧鲜花，冲到了台前，往台阶上走去。

一旁的保安连忙上前拦住了她们："对不起，不允许观众上台，请坐回去。"

"沈俊言，我们是你的忠实粉丝，我们只是想来献花而已。"两个女孩对着沈俊言喊道。

热情粉丝上台献花，是常有的事情，沈俊言也没有放在心上。

他冲着保安微微点了点头，保安便放行了。

两个女孩每人手中捧着一束鲜花，向着沈俊言和舒情走去。

"沈俊言，我是你的影迷，你演的所有影片我都看过好多遍，爱死你了！"其中一个女孩兴奋地开口，将手中的鲜花递给了沈俊言。

沈俊言伸手接过鲜花，礼貌地说："谢谢。"

"舒小姐，你比在电视上更漂亮。"另外一个女孩则走到舒情面前，看向舒情的目光充满了惊艳。她一边说，一边把手中的鲜花递给舒情："舒小姐，送给你。"

"谢谢。"

舒情刚想接过鲜花，可那个女孩不知道怎么回事，脚下崴了一下，整个人往舒情身上扑过去。她手中的鲜花，重重砸在舒情的脸上、肩膀上，胸前……然后散落一地。

"对不起，对不起，舒小姐，我刚才不小心脚崴滑了一下。"女孩一脸尴尬，连连道歉。

舒情笑了笑："没关系。"

两个女孩献花的小插曲过去，很快就到了记者提问的环节。

记者们早就蓄势以待，争先恐后地开始提问。

"舒小姐，今天这次是你第一次以星辰娱乐CEO的身份亮相开机仪式，请问你有什么感受？"一个娱记抢先问道。

舒情脸上保持着得体的笑容，优雅地说道："当然是很开心。我们星辰娱乐的宗旨一向是拍出最优秀的作品，回馈广大观众，希望大家多多捧场。"

"舒情小姐，听说这次也是你第一次拍戏，对于客串的角色，你觉得有难度吗？"记者追问道。

"当然有难度，但我会努力做到最好。"舒情回答道。

"听说舒小姐和沈俊言在戏中会饰演情侣，请问你们会不会假戏真做呢？”又有记者问道。

“当然……”舒情话还没说完，沈俊言便在一旁打断了她，抢先说道，“当然不排除这个可能性。”

不排除这个可能性？在台下角落坐着的霍云城原本就难看的俊脸，一下子变得更加冷了。舒情没有反驳，这是默认了？

该死的！霍云城恨不得上台把沈俊言拉下去，换成自己。

正在台上的舒情，感到凉飕飕的两道目光直射向她。

她向霍云城所在的方向看了看，对上他那不高兴的目光。尽管离得很远，可舒情还是一眼就看出来，这个男人生气了。

“哇，看来舒小姐和沈俊言之间真有可能发展呢！”记者兴奋地开口，又将话筒对准了舒情，“舒小姐，有传闻你和霍总旧情复燃，请问是真的吗？”

舒情扯了扯嘴角，正想说什么，忽然觉得脸上有些痒。

她下意识地伸手揉了揉脸颊，结果这一揉，不仅脸上，就连肩膀、胸前都奇痒无比，就好像有千百只小蚂蚁，在她身上啃噬一般，很痒很难受。

这种感觉……好像是过敏了。

舒情不由得微微拧眉。她对铂金过敏，所以平时都会很小心，不会接触这一类东西。除了铂金，舒情就没有其他过敏源了。

现在，这种浑身奇痒无比的感觉，她的判断应该不会错，就是铂金过敏了。

那就奇怪了，今天她没有接触过铂金类的东西，怎么会突然过敏？而且，偏偏是在这么关键的时刻？

她的皮肤只要接触铂金，用不了几分钟就会过敏红肿，若她是在上台前接触的，可她在台上至少已经半个小时了，怎么可能才发疹呢？可台上怎么会接触到铂金呢？

舒情百思不得其解，低头，目光落在地上的鲜花上。脑海中忽然灵光一现，刚才那个女孩不小心摔倒的时候，那些花接触过她的脸颊、肩膀和胸前。而现在，也正是这些部位出现了过敏反应。

难道是那些花有问题？

“舒小姐……”见舒情忽然沉默不语，神色异常，记者正要追问，却眼尖地发现了她的不对劲，舒情的脸上、身上都变得又红又肿，起了很多小疹子。

“舒小姐，你的脸怎么了？”娱记像发现了新大陆一般，紧紧盯着舒情的脸，兴奋地追问道。

演艺圈一向最注重的就是形象，舒情身为星辰娱乐的CEO，在新片开机仪式上突然像是被毁容了一样，这可是大新闻，而娱记们最擅长和乐于捕捉这类花边新闻了。

这一下，所有人的目光都集中到了舒情的身上。只见她的脸和身上裸露的部分，肉眼可见地变得红肿不堪，整张脸上长满了红疹子，看起来触目惊心。

所有人都惊讶地议论起来——

“天啊，这是怎么回事？舒情的脸被毁容了？”

“太可怕了，刚才还像仙女一样，一下子变成丑八怪了。”

“不会真的被毁容了吧？还是她有什么病突然发作了？”

沈俊言也看到了舒情的不对劲，担心地问道：“舒情，你怎么了？”

“对不起，我有些不舒服。”舒情强忍着想要上手挠的痒意，拉着沈俊言的胳膊，“快扶我下去。”

沈俊言的目光中尽是紧张和关切，忙扶着舒情走下台，“怎么回事？我送你去医院。”

娱记们争先恐后地围了上来，对着舒情狂拍了一阵，一个接一个地提问——

“舒小姐，请问你的脸上为什么突然变成这样？”

“舒小姐，请问你的脸是意外呢？还是别有内情？可以向我们透露一下吗？”

“舒小姐……”

看着被娱记们团团围住的舒情，坐在台下的吴清冉压低了鸭舌帽，嘴角扬起了一抹冷笑。

她的计划成功了！舒情不是想在开机仪式上大出风头吗？她就让大家都看看舒情的丑样！让她的开机仪式变成一场闹剧！

现在舒情这个样子，沈俊言还能再喜欢她吗？

吴清冉感到了一丝报复的快感。

她从徐婉儿那里得知，舒情对铂金过敏。她还特意去问了医生，如果过敏严重的话，有可能会致命。

于是，她就特意让人在鲜花里面加了大量的铂金粉末，乔装打扮来到星辰娱乐的开机仪式，使计让两个想上台献花的女孩拿到了做过手脚的花。今天的计划出乎意料地顺利，舒情现在这个样子，她的丑照一定很快会传遍全网！

就算要不了她的命，也得让她脱层皮。

吴清冉得意地扬了扬嘴角，阴冷的目光紧紧盯着被娱记围住的舒情。

舒情，今晚只不过是开始而已！

舒情身上又痒又难受，急需回去涂抹抗过敏的药膏，却被娱记们团团围住。

她正要开口请娱记们让开，一道熟悉的冷厉的声音及时传来："请你们都让开！"

是霍云城。

舒情抬眸望去，只见霍云城正朝她走来。他霸气英俊的面容，线条紧绷着，周身散发着冰冷的气息，让人群不由自主地让出了一条道路。

他迈着沉稳的步伐，一步一步走近。在众目睽睽之下，直接把她打横抱起。

在看向怀中女人的时候，刚才还冰冷无比的目光，一下子变得柔和起来，他关心地问道："你怎么了？没事吧？"

落入熟悉的怀抱中，舒情莫名感到一种心安。

她抿了抿唇："过敏了。"

霍云城也看出，舒情是过敏了。

他知道舒情对铂金过敏，当初在徐家的宴会上，徐婉儿冤枉舒情偷了她的钻戒，舒情就用过敏来证明了自己的清白。但是，今天她怎么会过敏？

"我送你去医院。"霍云城双手紧紧抱着舒情，径直往门口走去。

舒情忽然想起了什么，看向舞台地上的那些花瓣。

"霍云城，你让人去查一下那些花。"舒情依偎在霍云城的胸前，有些艰难地说道。

花？霍云城闻言，不由得一怔。

刚才两个女人上台献花的情景，在他脑海中闪过，他很快就明白了舒情的意思。

从今天下午他送舒情过来，一直到开机仪式开始，她一直都好端端的。在舞台上，舒情没有接触过其他东西，唯一碰过的，就是那束鲜花。

所以，问题很有可能出在那束鲜花上。

霍云城的目光不由得冷了几分：“你放心，我会让人去查清楚究竟怎么回事。”

“嗯。”舒情点点头。

很明显，今天的事情，是有人故意为之。当初她在徐家的宴会上，当众展示过她对铂金会过敏。因此，知道她对铂金过敏的人不少。

可究竟是谁呢？唐若颖？徐婉儿？还是其他人？

舒情此刻浑身奇痒无比，脑袋也有些宕机，一时半刻想不出来究竟是谁最有可能动手脚害她。

当务之急，还是先去医院，等她的过敏好了，再好好追查这件事情。

霍云城把舒情抱上了他的车子，看着她这个样子，眼底尽是心疼：“你坚持一下，我送你去医院。”

“没事，你先带我回水月新城，那儿有我的过敏药。”舒情不敢乱碰身体，强忍着浑身的奇痒说道。

也不知道那些花究竟被动了什么手脚，这一次，她好像过敏得特别严重。不仅浑身发痒，现在还浑身发烫，好像发烧了。

见舒情这么说，霍云城立刻发动车子，心急如焚地向着水月新城的方向开去。

车子一路飞驰，他们终于赶回水月新城。

霍云城停下车，侧头看向副驾驶座位上的舒情。

只见舒情歪倒在座位上，脸色滚烫，浑身又红又肿，让人心疼不已。

“舒情，你怎么样？”霍云城伸手摸了摸舒情的额头，滚烫的温度传到了他的掌心。

舒情烧得迷迷糊糊的，躺在座位上，下意识地嘤咛了一声：“好难受。”她不仅过敏，还发烧了。

看见舒情这个样子，霍云城又心疼又紧张，他想了想，拨通了何宏伟的电话。

何宏伟正在参加一个医学学术交流会，正要轮到他发言的时候，口袋里面的手机忽然振动起来。

低头看了看，是霍云城打来的。

他不敢怠慢，走到会议厅外面接起了电话：“霍哥，什么事？”

“到水月新城来一趟，现在赶紧过来。”霍云城冷声说道。

“是谁生病了吗？很严重吗？能等会儿吗？我正在参加交流会呢。”何宏伟往会议厅的方向看了看。

不等何宏伟说完，霍云城打断了他：“你赶紧过来吧，很严重。”

“好吧。”何宏伟一脸无奈，只能去请假了。

挂断了电话，霍云城弯腰抱起了舒情，眸底带着紧张和关心，语气温柔地安慰道：“舒情，没事的，医生一会儿就过来了。”

舒情靠在霍云城的胸前，只觉得自己很难受，霍云城的胸膛清清凉凉的，好像一汪清水一样舒服。

舒情下意识地往霍云城的怀中靠，不停地蹭着他的胸口。蹭得霍云城胸口痒痒的，仿佛有一阵电流穿过。这个女人都病成这样了，还在不停地撩拨他。

霍云城深吸一口气，把舒情抱回了房间，小心翼翼地放到了大床上。

“好热……”舒情整个人浑浑噩噩的，身上又烫又痒，她下意识地伸手往脸上挠。

霍云城手疾眼快地一把按住舒情的手说道：“别乱动，挠破了会留疤的。”

“痒，好痒……”舒情噘了噘小嘴，一脸委屈的样子。

从未见过舒情这般委屈的小模样，霍云城眼中划过一抹心疼。他轻轻揉着舒情的脸颊：“再忍耐一会儿，医生马上就到了。”

何宏伟就是在这个时候匆匆忙忙赶到的。

见霍云城一脸心疼和紧张的样子，何宏伟恍然大悟。

每一次霍云城火急火燎地让他赶来，都是和舒情有关。看来舒情在霍云城心中的地位，非同寻常。霍云城真的是爱极了舒情，才会这样使唤他。

“霍哥，舒小姐怎么了？”何宏伟走过去问道。

“快过来看看，她过敏了。”霍云城抬眸看了何宏伟一眼，语气中带着几分急切。

何宏伟低头看了一眼床上的舒情，只见她浑身不仅红肿、起了很多小疹子，还发烧了。何宏伟蹙了蹙眉，问道：“舒情小姐过敏挺严重啊，怎么会弄成这样？”

“她对铂金过敏，应该是不小心接触到了铂金物品。”看着舒情难受的样子，霍云城的心都揪起来了，冷声道，“你赶紧帮她治一下。”

“嗯。”何宏伟点了点头，从医药箱里面拿出了抗过敏的药，调试了针剂，“我先给舒小姐打一针抗过敏的。”

一边说着，一边弯腰打针。

打针有些疼，舒情下意识地皱着秀眉，想要抽回胳膊。

霍云城忙按住了她的胳膊，不让她乱动，难得地温柔哄她：“舒情，忍一下，打了针会很快好的。”

“好了。”何宏伟打完了针，又拿了一瓶药出来，递给了霍云城，“霍哥，这是抗过敏的药，你给舒小姐每天吃三次，每次三片。”

霍云城接过了药瓶，仔细看了看：“这个管用吗？”

“我说霍哥，你还不相信我的医术吗？”何宏伟有些无奈地耸了耸肩膀。

关心则乱，看来一点也不错。高高在上、叱咤风云的霍大总裁，在心爱的女人生病的时候，也是这样手足无措。

“可是她还在发高烧。”霍云城关切的目光落在了舒情身上。

“发烧也是过敏引起的。”何宏伟笑了笑说道，“只要过敏好了，自然也会很快退烧了。”

“是这样吗？”霍云城蹙眉。

何宏伟拍了拍霍云城的肩膀：“放心吧，没事的。只是过敏而已，过几天就好了。”

“嗯。”霍云城点了点头。

“没有其他事情的话，我先走了，我还得继续去开学术交流会呢。”何宏伟收好了医药箱，看了看时间说道。

何宏伟走了之后，霍云城低头看了一会儿舒情。见她的脸色越来越红，好看的秀眉紧紧地锁着，时不时呻吟几声，一副很难受的样子。

“舒情，你感觉怎么样？”霍云城温柔地握住了舒情的手，关心地问道。

刚才都已经打过针了，怎么她的样子，一点好转都没有呢？

舒情整个人都迷迷糊糊的，神志不清地呓语着：“痒死了……”

“我喂你吃药好吗？吃了药就不难受了。”霍云城温柔地哄着舒情。

他坐在床头，抱起了舒情，让她的脑袋靠在自己的肩膀上。

他一手抱着舒情，另一只手拿起药瓶打开，取出一粒白色的药片，小心翼翼地喂到了舒情的嘴中。

“好苦……”舒情下意识地撇了撇嘴，往一旁扭了扭脑袋。

霍云城将舒情的脑袋扶正，用勺子舀了一勺温水，喂到舒情的口中，温柔地哄着她：“乖，喝下去。”

“不要……苦……”舒情皱着秀眉，一口将温水和药全部都吐了出来。

这样不行，霍云城低头看着怀中的女人，沉吟了片刻，又拿了一片药丸，放到杯子里，和温水一起搅拌均匀。

霍云城拿起水杯，小心翼翼地把药水喂给舒情。

“舒情，听话，喝下去。”霍云城放柔了嗓音。

“呜呜……”舒情觉得有些难受，下意识地把药水都咽下去了。

见舒情喝下了药，霍云城心头一松。

“好苦……”舒情喝完了一杯药水，下意识地舔了舔唇瓣。

这样一个动作，却对霍云城有着极大的诱惑，他的目光一下子变得灼热了起来。紧紧盯着面前的女人，她的唇那样诱人，就算她因为过敏而变成了丑八怪，却依然对他有着无穷的吸引力。因为，他爱她。

他爱她，并不是因为她的绝色美貌，而是情不自禁被她的人格魅力吸引。

她的聪明、自信、从容，无一不让他心动不已。这种感觉，是他从来没有过的。

此生，他认定了这个女人。他会用实际行动，让舒情再次爱上他，答应他的求婚，然后，生生世世爱护她，照顾她。

霍云城拉起了舒情的手，放到自己性感的薄唇上，轻轻地摩挲着，眸底是从未有过的温柔。

“舒情，你会没事的。”霍云城低沉地说道。

“嗯……”舒情靠在霍云城胸前，嘤咛了一声。

她下意识地觉得霍云城的唇凉凉的很舒服，用脸颊在他的唇瓣上蹭了蹭。

一种清清凉凉的触感，就像清泉一样，让她想要得更多。

舒情的这个动作，让霍云城再也忍不住。

他反客为主，双手捧着舒情的脸颊，向着她那诱人的红唇吻了过去……

第二天，晴空万里。窗外的阳光透过玻璃照在舒情脸上。

舒情揉了揉眼睛，缓缓睁开，映入眼帘的，是霍云城那张棱角分明的脸。

“你醒了？”霍云城坐在床头，一夜未眠。他担心舒情的病情，此刻见她终于醒了，语气带着几分喜悦。

“霍云城？你怎么在我房间？”舒情下意识地问道。

霍云城看着她，低沉地问：“昨天你过敏发烧了，我不放心，就在这陪你。”

过敏？发烧？舒情揉了揉眉心，昨天的记忆渐渐回拢。

她想起来了，昨天是《后宫风月》的开机仪式，她和沈俊言在台上回答记者问题的时候，突然就过敏了。当时她很难受，还被记者围攻，是霍云城赶走了记者，把她抱到了车上。

后来……

后来发生了什么事，舒情有些想不起来了。

“你现在感觉怎么样？”霍云城看着舒情，她的脸已经好多了，看来何宏伟的药还是挺有效的。

霍云城这么一问，舒情才觉得自己身上还是有些痒。

她低头看了看，肩膀上、胸前已经不像昨天那么红肿得厉害了，红疹子也消下去不少。

“我好多了。”舒情笑了笑，“昨天幸亏有你，谢谢。”

“不需要和我客气。”霍云城说道，“你没事，我就放心了。”

对上面前男人的视线，他关切的话音传入耳畔，舒情心中不由一暖。却见他带着几分憔悴，脸色也有些疲惫的样子。

“你不会一晚上都坐在这儿没睡吧？”舒情问道。

“嗯。”霍云城点了点头。

他忽然想起了什么，拿起一旁桌子上的药瓶，倒出了3片递给她：“这是何宏伟给你开的药，效果不错，你昨晚吃了，今天就已经好多了。”

“昨晚是你喂我吃的药？”舒情接过药丸，下意识地问道。

霍云城挑眉，薄唇微动：“不然呢？”

昨天她烧得迷迷糊糊的，隐隐约约感觉好像有人抱着她，还吻了她，她好像有种喘不过气的感觉。

舒情的脸，一下子烫了起来。

“你脸怎么红了？”霍云城微微眯了眯眼眸，似笑非笑地问道。

舒情一阵尴尬：“那个……可能是烧还没完全退吧！”

“是吗？”霍云城勾唇笑了笑。

今天一大早，在舒情还没醒的时候，他就给她量过体温，她已经退烧了。

现在，她的脸突然这么绯红，是害羞了吗？所以，昨晚其实她也并非完全没有意识。

见霍云城一脸不怀好意的笑，舒情白了他一眼，下床准备去皮箱里拿她自制的药膏。

虽然说何宏伟的药很有效，可毕竟还没有完全好，她身上还有些痒，再配合使用她的药膏，会好得更快一些。

舒情刚想下床，就被霍云城按了回去。

“干什么呢？”舒情皱眉问道。

霍云城欺身而上，双手撑在了舒情的肩膀两侧，低头看向她：“这应该我问你，你干什么呢？病还没好就想到处乱跑，何宏伟让你好好休息，你乖乖在床上躺着休息。”

看着面前霍云城那帅气逼人的脸，舒情的脸又不争气地开始发烫了。

她深吸一口气：“那你别压着我……”

可霍云城像是偏偏要和她作对似的，不仅没有起身，反而把舒情给压得更紧了。

他勾了勾性感的薄唇，低笑道：“就不走。”

舒情没好气地给了他一记白眼：“快走开，我要去拿药膏。”

“什么药膏？”霍云城闻言，不由得一怔。

趁着霍云城愣神之际，舒情推开了他：“我自制的抗过敏药膏。”

“我去帮你拿。”霍云城把正要下床的舒情给拉了回来，“药膏放在哪里了？”

舒情指了指皮箱：“就在我皮箱的夹层里面。”

“嗯，我去拿。”霍云城淡淡道，目光柔和地看了舒情一眼，“你乖乖躺好休息。”

面对霍云城的关心，舒情感觉心中有一股暖流流过。

这种感觉，很温馨，很特别。

霍云城在皮箱里面找到了药膏，回头问舒情："是这个吗？"

"对。"舒情点头。

霍云城又走回床边，坐下。

"给我吧。"舒情伸手问霍云城要药膏。

可霍云城并没有给她，只是看了她一眼："我帮你。"

"嗯？"舒情还没反应过来，就看见霍云城打开了药膏。

他那修长的指尖，挤了一抹白色的药膏，小心翼翼地给舒情涂抹了起来。指尖带着药膏的清凉，在舒情的脸颊轻轻地按摩着。那种感觉……就像被柔软的羽毛轻轻抚过一般，麻麻酥酥的，很舒服。

这样近距离的接触，舒情的脸又开始有些发烫，心跳微微加速。

看出面前女人的窘迫，霍云城低沉地开口："把眼睛闭上。"

他的声音极具穿透力，好像被施了魔法一样，舒情依言闭上了双眼。

霍云城修长灵巧的手指，顺着她的脸颊、脖子、肩膀……一路往下，再往下……直到胸口。

一种异样的感觉，就像触电一般，传遍了舒情浑身每一个细胞。她赶紧睁开眼睛，按住了霍云城落在她胸前的大手，语气带着几分娇羞："可以了，这里我自己来。"

面前女人那窘迫害羞的小模样，让霍云城心情大好。

舒情连忙转移话题："对了，霍云城，昨天地上的那些花，你让人去查了吗？"

她基本上可以肯定，让她过敏的，就是那束鲜花。那两个送鲜花的女孩，她根本不认识，应该是有人指使的。现在想想，和她有过节的几个人里，夏星星还在坐牢。其他人，徐婉儿、白岚、唐若颖、吴清冉、安妮……好像个个都有可疑。

舒情有些搞不明白，这些女人一个个都疯了一样，非要针对她干什么？她真的不屑和这些女人斗，可是，她们却偏偏爱找她的麻烦。

舒情也是很无语。

"我让林岩峰去查了。"霍云城放下了药膏，在舒情身旁坐下。

舒情点头，追问道："那他查到什么了吗？"

"还没有，应该快了。"霍云城淡淡地说道。

昨天她过敏又发烧那么严重，他全部的心思都在她身上，还来不及问林岩峰有什么进展。

他话音刚落，手机就响了。霍云城拿起手机，低头看了看，正是林岩峰打来的。

“喂，林岩峰，昨天让你查的事情，有眉目了吗？”霍云城按下免提，可以让舒情清楚听见电话那头林岩峰说的话。

“是的，总裁。”林岩峰的声音传来，“我让人把那些花拿去化验了，结果才刚出来，花瓣上面确实含有大量的铂金粉末。”

舒情闻言，微微眯了眯美眸。她的猜测没有错，果然是那些花的问题！

“那两个献花的女孩找到了吗？”霍云城冷声问道。只要找到那两个女孩，就能找出幕后主使她们的人。

“找到了，是两个A大的学生。”林岩峰回答道，“但是她们不承认在鲜花上动过手脚，什么都问不出来。”

“是吗？”霍云城脸色一沉，“继续查！”

“是！”林岩峰恭敬道。

挂断了电话，舒情和霍云城对视了一眼。

“舒情，你有什么看法？”霍云城问道。

舒情抿了抿唇：“那两个女大学生我不认识，所以有可能是有人指使或利用她们做的。”顿了顿，她话锋一转，“但是，如果真的有人刻意指使的话，这样太明显了。”

霍云城赞同地点头：“你说得对。当时有那么多人在场，还有很多记者，一查就能查到那两个学生是谁，如果真的是有人刻意指使，也会很容易被查出来。”

“嗯。”舒情眸色冷了几分，沉吟说道，“很有可能那两个学生只是替罪羊，是有人暗中在她们送的鲜花中动了手脚，想要害我。只是不知道这个人是谁……”

“不管是谁，我一定不会放过她！”霍云城俊脸紧绷，幽深的目光散发着寒意。

舒情嘴角缓缓勾起一抹浅浅的弧度：“这个人是冲我来的，我自己会解决。”

“你想干什么？”霍云城声音低沉。

舒情笑了笑：“当然是找出这个人，然后嘛，有冤报冤，有仇报仇。”

“你打算怎么找？”霍云城蹙眉。

舒情耸了耸肩膀，一脸轻松地说道：“很简单啊，等她自投罗网。”

“你的意思是？”霍云城隐隐感到舒情要做什么，脸色一下子变得冷凝了起来。

舒情眯着眼眸，语气满满的都是笃定：“既然这个人处心积虑想要害我，而我现在没事，他一定不会善罢甘休，肯定很快就会再次出手来害我。所以，我所要做的就是守株待兔，等他自投罗网。”

“不行，太危险了。”霍云城一口否定，声音中带着几分霸道，“在没有查清楚幕后黑手前，你就留在家里，哪儿也不准去！”

“那怎么行？”舒情抿了抿唇，“《后宫风月》马上就要开拍了，不能因为我而耽误新戏的进度。”

她有预感，那个想要害她的幕后黑手很快就会再度出手，而且很可能会在拍戏的时候。

那人能选择在开机仪式上对她下手，可见对她的行踪很熟悉。舒情可不想躲起来，只要那人一出手，她就能尽快抓到那个人。

“换个人去拍不行吗？”霍云城剑眉紧蹙，一方面他担心舒情的安危，另一方面，他也不想舒情和沈俊言有独处的机会。

舒情摇头：“我不想言而无信。”

见舒情坚持，霍云城的脸色有些难看。

舒情这么坚持要去拍戏，真的只是因为不想言而无信吗？还是……想和沈俊言一起拍戏？

舒情饰演的角色，虽然只是一个配角，可和沈俊言有很多对手戏。一想到这个，霍云城的心里面就有些不舒服。

沈俊言对舒情的心思太明显了，虽然舒情言之凿凿地说对沈俊言没有意思，可霍云城还是有点在意。

“行了，时间不早了，你快去公司上班吧。”见霍云城不悦的样子，舒情站起身，催霍云城去公司。

“我在家陪你。”霍云城却坐着不动，舒情现在这个样子，他不放心。他只想和她在一起，时时刻刻都和她在一起。

“我已经没事了，刚才涂了药膏好多了。”舒情佯装生气，“你再不走，我可要赶你了。”

“行吧……那我走了。”霍云城叮嘱道，“你在家好好休息。”

“知道啦。”舒情连推带搡地把霍云城给推出了门。

霍云城走了没多久，舒情的房间就传来了敲门声。

舒情看了看门口，不会是霍云城忘记什么又回来了吧？

她刚想去开门，就传来了王妈的声音：“舒小姐。”

原来是王妈，舒情打开房间门，只见王妈端着一个餐盘，上面放着各式各样的早餐。

“这是？”看着面前丰富的早餐，舒情有些疑惑。

王妈笑着把餐盘放下：“这是霍总让我给你准备的早餐，他说你过敏，需要吃得清淡一点，特意让我做的。舒小姐你看看合不合口味？”

霍云城特意让王妈给她做的？

舒情心头一暖：“谢谢，我很喜欢。”

“霍总还说，你身体不好要多休息，我不打扰你了，有事你喊我。”王妈笑盈盈地说道。

她还从来没有见过霍总对谁这么紧张这么关心呢，舒小姐是第一个，也是唯一的一个。之前，舒小姐搬走之后霍总每天都绷着个脸，家里也是气氛压抑。现在好了，舒小姐又搬回来了，霍总的脸上又有了笑容。王妈是看着霍云城长大的，真心希望他可以和自己喜欢的女孩在一起，幸福一生。

“谢谢你，王妈。”舒情道谢。

王妈转身出去，舒情一边吃着早餐，一边习惯性地刷起了手机。

昨天《后宫风月》的开机仪式已经上了热搜，舒情过敏的照片也被放了出来，引来各种评论。

天啊，星辰娱乐CEO舒情怎么变成丑八怪了？

太丢人了！

就她这个样子，还要和沈俊言演对手戏？

……

舒情不屑地勾了勾嘴角，让子弹先飞一会儿吧。

直到下午，身上痒的地方基本都没感觉了。看来她的药膏还是很有效果的，再涂抹几次就应该差不多了。

舒情打算去浴室洗个澡，先把残存的药膏洗掉，再涂新的效果会比较好。

她慵懒地躺在浴缸中，享受着泡泡浴，觉得很舒服。

只是，那个躲在暗处想要害她的人，此刻还没有头绪。

眯了眯美眸，不管是谁，用这样下作的手段来害她是活得不耐烦了吗？

她一定不会放过这个人！

舒舒服服地洗完了澡，舒情才发现，她忘记把换洗衣服带进来了。

没办法，只能先用浴巾裹一下，出去再换了。

舒情仔仔细细围好了浴巾，打开浴室的大门，走到房间。赫然发现，沙发上坐着一个修长挺拔的身影。

竟然是霍云城！

“啊！”舒情下意识地尖叫一声。

霍云城不是去上班了吗？怎么突然出现在她房间里？

要命了！

舒情双手紧紧抓住浴巾，一脸警惕地看着坐在沙发上的男人：“你不是在公司吗？什么时候回来的？”

霍云城担心舒情，一整天都心不在焉的，因此提早下班回来了。

他到家的时候，舒情正好在浴室洗澡，于是他便坐在舒情房间的沙发上等她。

可谁知道，一抬头，入眼的便是如此香艳的美人出浴图。

面前的女孩，发梢湿漉漉的，浑身上下只围了一块白色的浴巾，虽然胸前的肌肤上还有些许淡红色的痕迹，却衬得她更加诱惑迷人。

霍云城直勾勾地盯着面前的女人，只觉得全身的血气上涌，他蓦地站起了身，幽深的墨眸翻腾着灼热的火花。

他可是一个血气方刚的正常男人，这女人穿成这样，她可知道后果？

感受到霍云城灼灼的目光，舒情不由得一阵窘迫，他怎么突然回来了！

现在自己这个样子……太尴尬了。

“你快出去！”舒情脸色通红，深吸一口气说道。

霍云城非但没有出去，反而大手一伸，将她拉进了自己的怀中。

“舒情，你乖一点，别动，不然我可不能保证会发生什么。”霍云城低头，性感的喉结滚了滚，在她耳畔低沉地说道。

“啊，你……你松开手！”舒情挣扎着，又不敢用劲，生怕浴巾掉下来。

霍云城根本不理会她，双眸中的火花熊熊燃烧着，一低头，就用力吻住了她的红唇……